Le Livre de Poliakov

Mario Lemieux

Le Livre de Poliakov

roman

LES INTOUCHABLES

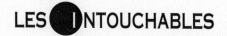

Les Éditions des Intouchables bénéficient du soutien financier de la SODEC, du Programme de crédits d'impôt du gouvernement du Québec, du PADIÉ et sont inscrites au Programme de subvention globale du Conseil des Arts du Canada.

LES ÉDITIONS DES INTOUCHABLES
4674, rue de Bordeaux
Montréal, Québec
H2H 2A1
Téléphone : (514) 529-8708
Télécopieur : (514) 529-7780
intouchables@yahoo.com
www.lesintouchables.com

DISTRIBUTION : PROLOGUE
1650, boulevard Lionel-Bertrand
Boisbriand, Québec
J7H 1N7
Téléphone : (450) 434-0306
Télécopieur : (450) 434-2627
www.prologue.ca

Impression : AGMV-Marquis
Infographie : Édiscript enr.
Maquette de la couverture : Marie-Lyne Dionne
Illustration de la couverture : Simon Dupuis
Photographie de la quatrième de couverture : Agence Stock

Dépôt légal : 2002
Bibliothèque nationale du Québec
Bibliothèque nationale du Canada

ISBN 2-89549-086-4

Ce livre s'écrira par le sang et dans la langue de celui qui le lira. Tu as rompu le sceau : le maléfice s'éveille. Tu as ouvert le Livre : tu en écriras la suite. Ne sens-tu pas sur toi tomber le voile froid de la mort ?

Le Fossoyeur

I

Ce fut un jour comme les autres dans cet endroit du monde. Nicolas retira sa casquette et épongea son front avec le lambeau de tissu crasseux qui lui servait de mouchoir. Il enfonça sa pelle dans l'amas de terre meuble, sous lequel reposait la dépouille d'une vieille femme qu'il n'avait pas connue. Fouillant la poche de sa veste défraîchie, il en extirpa un petit sac de cuir râpé.

L'air de ce matin d'avril 1937 était frais. Une vapeur grisâtre et langoureuse rasait le sol fangeux, où les herbes, moroses et affaissées, se relevaient durement de leur longue affliction hivernale. Des monceaux de neige immaculée couvraient encore la terre par endroits, telles les pièces d'un suaire déchiré par le printemps naissant. Nicolas promena un long regard de conquérant sur le cimetière. Ce monde de mort était sa vie. Il aspira une goulée de vent chargé de relents âcres, puis, les yeux mi-clos, il remit son couvre-chef et s'appuya sur une pierre tombale pour rouler une cigarette.

Le jeune fossoyeur du cimetière de Roublev était un être chétif et laid. Il n'avait pas vingt ans mais son visage ravagé et son corps voûté lui donnaient, pour peu qu'on l'observât de suffisamment loin, des allures de vieillard miséreux. Ses doigts plongèrent dans la blague et déposèrent une pincée de tabac sur un mince papier froissé. À une vitesse surprenante, un rouleau se forma entre ses mains noueuses et sales. Nicolas eut un rictus de satisfaction qui dévoila ses dents rares et gâtées. Tenant la cigarette entre le pouce et l'index, il tira la langue pour humecter le papier. Cette langue était un organe horrible, un muscle mutilé, un moignon hideux et violacé comme une charogne. Le jeune homme craqua une allumette sur le granit poreux de la pierre tombale. Il plaça ses mains en coupole pour protéger la flamme du vent ; puis, dans des volutes de fumée pâle, il alluma sa cigarette en poussant un soupir d'aise qui ressemblait à un râle d'agonie. Nicolas Branilov était muet. Il ne pouvait s'exprimer qu'au moyen de gestes nerveux et de grommellements étouffés. Il avait cinq ans lorsqu'il avait pu, une dernière fois, prononcer un mot.

À cette époque, lui et sa mère habitaient Moscou. L'enfant n'avait pas connu son père. Et Olga, sa maman, n'avait aucune idée de l'identité de l'homme qui avait semé en elle la graine ayant donné naissance à cette petite vermine. Olga avait toujours détesté Nicolas. Elle l'abhorrait déjà à l'instant où elle avait pressenti qu'il grossissait en elle. Forcément, elle eût pu empêcher cette naissance comme elle l'avait souvent fait par le passé. Elle eût également pu conduire cette petite souillure à l'orphelinat, s'en débarrasser en la jetant dans la Moskova ou l'abandonner, simplement, dans le froid hostile de cette nuit de janvier où elle était née. Pourtant, elle n'avait rien fait de tout cela. Non qu'elle eût ressenti, durant cette grossesse, un miraculeux soubresaut de dévotion maternelle ; mais, avec toute la froideur que lui conférait son parfait égoïsme, elle avait jugé que l'enfant, dans la mesure où elle le nourrirait avec modération, pourrait lui apporter certains bénéfices.

Olga était une âme perdue. Elle n'avait pas été enfant, ni jeune fille, ni femme ; qu'un tas d'os et de peau qui subsistait, dans l'infamie de la misère, depuis son premier jour. Elle était une bête. Une créature pitoyable d'où jaillissaient la hargne et l'irrespect de toute chose. Elle volait, mendiait, se prostituait. Pour elle, l'enfant qu'elle avait mis au monde était moins qu'un rat. Elle n'avait rien à lui offrir. Pas d'amour, pas d'espoir, rien d'autre que ce manteau d'indigence qu'elle avait elle-même incessamment porté. Nicolas était né en 1918, dans le désordre d'une Russie en train de naître. Il n'avait que trois jours lorsque sa mère l'avait entraîné dans les rues. En voyant cet enfant décharné et fiévreux dans le giron de cette miséreuse, des passants, souvent très pauvres eux-mêmes, lui donnaient l'aumône sans trop de réserve. Nicolas n'était donc qu'un accessoire pour Olga. Elle s'assoyait sur un banc et elle jouait à la perfection les mamans éplorées. Elle disait d'une voix enrouée : « Mon mari est mort à la guerre et Octobre a emporté le reste ! Mon logis a brûlé ! Ayez pitié de mon pauvre petit chat ! » De temps à autre, un promeneur s'approchait d'elle pour glisser quelques sous dans sa paume tremblante. Olga le remerciait en pleurnichant. « Dieu vous bénisse ! » soupirait-elle. Puis elle pressait l'enfant contre son sein, avec dans les yeux une détresse émouvante et affligée. Personne n'eût pu se douter que, lorsqu'elle se retrouvait seule avec son petit chat, c'était pour l'accabler de coups, d'indifférence et de méchanceté.

La mendiante était aussi prostituée. Les mains ne la touchaient qu'avec dégoût, mais il y avait toujours des mains pour la toucher. Elle était laide, maigre et masculine. La plupart de ses clients la battaient et l'humiliaient. Nicolas, en bon bouc émissaire, subissait invariablement les contrecoups de ces humiliations. Olga le traitait avec une violence sans borne. Visiblement, elle adorait battre son fils. Il était la seule personne sur laquelle elle avait une quelconque emprise. L'enfant connut donc une existence de chien jusqu'au soir où un événement, tragédie ou providence, vint le délivrer de cette haine. Ce soir-là, Nicolas mentit pour la première et la dernière fois de sa vie.

Olga recevait chaque jour deux ou trois individus. Lorsque le premier de ces messieurs frappait à sa porte, la femme emprisonnait son fils dans un placard fermé à clef. Certains jours, les clients étant plus nombreux qu'à l'ordinaire, l'enfant demeurait, durant de longues et pénibles heures, prostré dans le noir jusqu'à ce que le dernier visiteur eût quitté le logis. Si par malheur, pendant l'une de ces visites, Nicolas faisait un bruit susceptible de révéler sa présence, il était aisé pour Olga de mettre ce bruit sur le dos des légions de rats qui cavalaient dans les murs. Cette explication s'avérant pleinement satisfaisante, tous les messieurs s'en contentaient. Il était en fait plutôt rare qu'on interrogeât la prostituée sur la provenance de ces bruits. Néanmoins, il suffisait que Nicolas heurtât d'un coup de coude malencontreux une cloison de son placard pour que la femme, une fois son client parti, administrât à l'enfant une furieuse raclée. Et il n'était pas rare que Nicolas fût puni pour un bruit dont il n'était pas responsable. L'hôtel tombait en ruine. Des fragments de plâtre se détachaient des murs comme les gales d'un lépreux. Les solives et les poutres craquaient de lassitude. Dans une autre pièce, la patte d'une commode pouvait bien céder et le meuble plier l'échine en ouvrant ses tiroirs. Il arrivait qu'un pot de chambre, une écuelle ou un quelconque autre objet touchât le sol avec fracas. L'hôtel vide avait sa propre rumeur : des balbutiements de vieille femme esseulée. De temps à autre, Olga quittait le logis pendant quelques jours en laissant Nicolas dans sa prison exiguë. Elle l'abandonnait sans remords, sans nourriture, sans eau, et pataugeant dans une boue infecte d'urine et d'excréments. L'hiver, lorsque les dernières braises du poêle s'étaient consumées, l'enfant luttait contre le froid du mieux qu'il pouvait. Lorsque sa mère revenait, le petit, malgré sa faiblesse, se devait de nettoyer son placard souillé et malodorant. Après, elle daignait lui donner quelque chose pour assouvir la soif et la faim qui le tenaillaient.

Le logement qu'ils habitaient dans ce vieil immeuble laissé à l'abandon, n'était constitué que d'une chambre au plafond haut et aux murs de lambris décrépit. Il y avait là un lit, une commode, un vieux poêle, quelques chaises dépareillées et une table branlante, sur laquelle s'empoussiéraient un vétuste réchaud et un samovar terni. Il y avait aussi le placard : armoire massive au bois sombre, dont les planches intérieures avaient été maintes fois rayées par les ongles de l'enfant terrifié. Chaque fois que la porte se refermait sur lui, Nicolas vivait dans l'inquiétude que sa mère partît pour toujours en omettant de le libérer. Une fois dans le noir, il pleurait longuement en reniflant dans ses haillons pour ne pas faire de bruit.

Une fente laissait filtrer un mince rai de lumière à l'intérieur du placard. Il arrivait au petit captif d'y risquer un œil. Il voyait alors sa mère retirer ses vêtements. Le monsieur faisait de même, puis Nicolas le regardait s'acharner sur le corps frêle d'Olga. Le bambin entendait la femme gémir sous la masse de l'homme qui râlait comme l'Ours. Nicolas n'avait jamais vu l'Ours. Olga le menaçait souvent en lui disant : « Si t'es pas sage, l'Ours viendra te dévorer ! » Le petit était épouvanté par ce monstre, même s'il n'avait aucune idée de ce à quoi il ressemblait. Lorsque dans ses cauchemars il entendait hurler l'Ours, les cris atroces de la bête se mélangeaient aux gémissements âpres de ces messieurs qui venaient quotidiennement torturer sa mère. Il craignait que l'Ours prît l'apparence d'un homme et qu'il s'amenât un jour pour dévorer Olga. Alors, lorsque retentissaient les lamentations femelles de la prostituée ; lorsque les cris rauques du client grondaient dans la pièce ; lorsque, de sa prison, il entrevoyait la lutte farouche et inégale opposant les deux corps sur le vieux lit éreinté, l'enfant pleurait, serrant les mâchoires pour ne pas hurler son effroi. Et il s'assoyait au fond de l'armoire, en plaquant bien fortement ses mains sur ses oreilles.

La soirée où l'enfant devint muet, Olga ne reçut qu'un seul monsieur. Nicolas, selon l'usage, fut enfermé dans le placard jusqu'au départ tardif de l'homme. Ensuite, Olga le libéra, lui disant qu'elle allait s'absenter quelques heures et qu'il devait rester bien sage jusqu'à son retour. Comme chaque fois que cela se produisait, Nicolas accueillit cette nouvelle avec une joie fébrile qu'il se garda bien de montrer. Il considérait ces rares instants de liberté comme des cadeaux ; et il ne fallait surtout pas qu'il s'en privât en laissant voir à Olga qu'il était heureux de ses largesses. Quand sa mère fut partie, il grimpa sur une chaise pour grignoter un morceau de biscuit rance oublié sur la table. Ses mains étant trop petites et faibles pour ouvrir le robinet oxydé du samovar, il cueillit, sur l'extrémité de ses doigts, les quelques gouttes d'eau encore tiède qui perlaient à son embout. Puis il laissa errer son regard dans la pièce lugubre pour trouver de quoi s'amuser un peu. Ses yeux accrochèrent le vif reflet d'un objet étrange traînant sur le plancher parsemé d'immondices.

C'était une sphère suspendue à une chaînette : une splendide montre de gousset en or délicatement ouvragé. Un aigle bicéphale était ciselé sur son couvercle. Nicolas ne savait pas ce qu'était une montre. Il n'avait jamais rien vu d'aussi beau. Il joua longtemps avec le bijou, le faisant tournoyer dans la lumière tremblante et jaune de la lampe poussiéreuse. De vifs reflets d'or dansaient sur les murs sombres du gîte. Avec précaution, le gamin déposa la montre sur la table. Il la regardait fixement, comme s'il eût cherché à s'imprégner de sa splendeur. Dans un silence troublé seulement par le chuintement discret de la lampe à pétrole,

Nicolas entendit pour la première fois le tic-tac assourdi provenant de l'objet. Il porta la montre à son oreille et sursauta. Il y avait quelque chose à l'intérieur du bijou. Quelque chose qui voulait sortir. Il imagina une petite bête captive et affolée se heurtant aux parois : une petite créature qu'on enfermait et qui, tout comme lui, avait peur du noir. Le couvercle de la montre s'ouvrait en séparant deux saillies qui s'entrecroisaient sur sa partie supérieure. L'enfant les ignora. Une mince faille parcourait le bijou sur toute sa circonférence. Cette démarcation divisait le cadran et le couvercle en deux hémisphères égaux. Nicolas glissa ses ongles dans la faille et tenta vainement d'ouvrir la sphère dorée. À bout de patience, il finit par lancer la montre qui heurta violemment le sol. Le choc brutal produisit un bruit sourd sur le parquet de lattes. Nicolas reprit l'objet qui semblait intact et le lança de nouveau. Il recommença ce manège jusqu'au moment où la montre s'ouvrit enfin, en laissant échapper son contenu inextricable de minuscules pièces et de verre pulvérisé.

Le gamin ne trouva évidemment pas la petite bête qu'il avait imaginée dans le fouillis métallique qu'était devenue la montre. Sans savoir pourquoi, il était conscient qu'il venait de faire quelque chose de mal. Il observa longtemps, avec une incrédulité mêlée de frayeur, le cadavre éventré de ce qui avait été pour lui le plus bel objet du monde. Puis il ramassa tous les morceaux éparpillés sur le sol et les cacha au fond du placard. Ensuite, il s'installa sur le lit où, non sans mal, il parvint à s'endormir.

Olga revint au milieu de la nuit avec l'homme qui lui avait rendu visite dans la soirée. Leurs voix dans le couloir réveillèrent Nicolas. D'un bond, afin de ne pas provoquer la colère de sa mère en se montrant au monsieur, l'enfant courut s'enfermer dans son placard. Faisant patienter quelques instants son client sur le seuil, Olga entra dans la chambre. La femme se dirigea vers le placard et entrouvrit le vantail. Après avoir jeté un coup d'œil furtif à son fils qui feignait de dormir profondément, elle referma et verrouilla l'armoire. De nouveau plongé dans l'obscurité, l'enfant s'était replié sur lui-même : la tête sur les genoux, les mains derrière la tête, comme s'il eût tenté de s'abriter d'une prévisible pluie de pierres. La brève visite que lui avait rendue sa mère avait suffi à éveiller chez lui une grande terreur. Olga avait bu. Les remugles âcres de son haleine emplissaient l'espace restreint du placard. Lorsqu'elle buvait, même un peu, Olga battait Nicolas avec plus de véhémence qu'à l'habitude. Et, cette fois-là, l'odeur fétide qu'elle dégageait montrait qu'elle avait beaucoup bu.

Il y eut dans la chambre des bruits de pas pressés et des murmures vindicatifs. Nicolas releva la tête et tendit l'oreille pour tenter de saisir quelques bribes de la conversation qu'avaient sa mère et le monsieur. Le petit sursauta lorsque la voix de l'homme tonna dans la pièce.

« Sale catin ! Tu dois la retrouver, sinon… !

— Sinon quoi ? coupa Olga. Qu'est-ce qui te dit qu'elle traîne ici, ta montre ? Tu l'auras sans doute perdue ailleurs ! Et puis, d'abord, qu'est-ce que ça valait, cette saloperie ? »

Le claquement sec d'une gifle interrompit la voix nasillarde et traînante de la femme. Nicolas entendit quelques bruits de bagarre et le monsieur hurla :

« Catin ! Sale paysanne ! N'aurais-tu donc aucun respect ? Cette montre est un cadeau du tsar !…

— Le tsar ? fit Olga avec un ricanement hargneux. Le tsar est mort à Iekaterinbourg il y a cinq ans ! Il n'était plus le tsar ! Il n'y aura plus jamais de tsar ! Un jour, ils t'auront aussi, sale bourgeois ! Tu ne pourras te soustraire indéfiniment à la vengeance du peuple ! Ils te démasqueront, ils fouilleront ton passé et ils te fusilleront ! »

D'autres gifles claquèrent et la lutte reprit. Nicolas tentait d'apercevoir la scène par le petit trou. Pendant un long moment, il ne distingua que les ombres fugaces qui jouaient sur le mur. Ensuite, il vit Olga s'écrouler violemment sur le lit. L'homme se jeta prestement sur elle et lui entoura la gorge de ses mains énormes et velues.

«Cette montre vaut bien mille misérables vies comme la tienne, sale truie! Je vais te tuer car tu mérites de mourir! Tu vas crever comme devraient crever tous ces rats de révolutionnaires qui ont brisé la sainte Russie!»

Olga râlait. Ses jambes battaient l'air. Elle tentait désespérément de se libérer de la poigne de l'homme. Soudain, Nicolas hurla d'effroi, martelant de toutes ses forces les cloisons qui l'empêchaient de s'interposer entre sa mère et le monsieur. Ce dernier desserra son étreinte meurtrière, fronça les sourcils et jeta sur la prostituée un regard interloqué. Il se leva d'un bond et se dirigea vers le placard.

«Qu'y a-t-il là-dedans?» demanda-t-il.

Olga se tenait la gorge en respirant avec difficulté. Elle manquait d'air mais parvint néanmoins à murmurer du bout des lèvres:

«Mon fils...»

Elle fut interrompue par une violente quinte de toux qui la fit vomir. L'homme tenta de faire tourner la poignée du placard.

«C'est fermé à clef, conclut-il au bout de quelques essais infructueux.

— La clef est sur la table, répondit la prostituée d'une voix entrecoupée de spasmes. Il n'y a que mon fils là-dedans. Ta montre n'y est pas. Tu peux toujours vérifier.»

L'homme trouva la clef et il ouvrit le placard. Au fond, Nicolas, recroquevillé, tremblait comme un petit animal frileux. Le monsieur se pencha sur lui pour lui saisir le menton.

« Voyez-vous ça ! dit-il. Quel est ton nom, petite vermine ? »

Nicolas pleurait. La peur l'avait fait uriner. Il sentait la montre sous ses fesses trempées. Des éclats de verre et de petites pièces éparses lui lacéraient la peau.

« N'aurais-tu donc pas de nom ? insista le monsieur.

— Il s'appelle Nicolas », grommela la prostituée en s'essuyant la bouche avec la couverture sale du lit.

Le rire gras de l'homme éclata tel un coup de tonnerre. Son regard noir étincelait de mépris.

« Nicolas ? Comme le tsar ! Ce petit moujik porte le nom du monarque ! Quelle honte ! Quelle insulte !… »

Il s'arrêta, approchant davantage son visage de celui de l'enfant. Son souffle sentait l'alcool. Ses yeux étaient injectés de sang. Il dévisageait Nicolas avec insistance, savourant goulûment la terreur panique qui se lisait dans les prunelles embuées du petit. Ses ongles s'incrustèrent plus profondément dans la peau fragile de l'enfant qui poussait de petits cris aigus.

« Alors, Nicolas, reprit le monsieur d'une voix douce. Tu as eu peur que je tue ta maman, n'est-ce pas ? On ne doit pas s'en faire pour une putain. Est-ce que tu sais que ta maman est la pire des putains ?… Mais oui, tu le sais. Tu sais aussi où elle a caché ma belle montre en or et tu vas me le dire pour ne pas que je me fâche et que je te fasse très mal. »

Le garçon hoquetait. L'angoisse le terrassait. La montre ne pouvait être que l'objet sur lequel il était assis à cet instant. À son corps défendant, Nicolas se mit debout, découvrant ainsi les restes de ce qui était encore, quelques heures auparavant, une splendide montre de gousset.

« Nom de Dieu ! cria l'homme, dont le visage avait désormais la pâleur de la craie. Ma montre ! Qui… qui a osé faire une chose pareille ? »

Olga s'était approchée du placard et elle considérait le bijou cassé avec stupeur.

« Je ne comprends pas, dit-elle. C'est la première fois que je vois cette chose. »

Furieuse, elle agrippa son fils par les cheveux et lui flanqua une vigoureuse claque derrière le crâne. L'enfant, étourdi, croula sur le sol.

« C'est toi qui as fait ça, petite peste ! » cria-t-elle à l'adresse de Nicolas qui gémissait de douleur.

La femme tenta de le saisir de nouveau par les cheveux, mais le gamin se déroba. Il courut dans la pièce, cherchant désespérément un endroit où se cacher pour échapper aux souffrances qui l'attendaient. Comme il passait près du monsieur, ce dernier l'attrapa et le souleva de terre par le col de sa chemise crasseuse.

« Où vas-tu comme ça, petite loque ? fit l'homme d'une voix sinistre. Ce que tu as fait est très grave et...

— Pas Nicolas ! cria l'enfant, mort de trouille.

— Que veux-tu dire par "Pas Nicolas" ? demanda l'homme.

— Pas Nicolas !... Olga brisé bijou ! Olga lancé bijou par terre !

— Il ment ! clama Olga. Ce satané bâtard a menti ! »

Elle avait la figure cramoisie. Une rage sourde s'était emparée d'elle. Le monsieur laissa tomber l'enfant et, d'un œil sarcastique, il considéra longuement la prostituée.

« Je savais bien que c'était toi ! dit-il enfin. Cesse de me jouer la comédie ! Ton petit morveux semble beaucoup trop imbécile pour savoir mentir !

— Et pourtant il ment ! braille Olga en postillonnant. Si j'avais volé cette saloperie de montre, pourquoi l'aurais-je cassée ?... Elle ne vaut presque plus rien dans l'état où elle est maintenant !

— Une misérable fille comme toi ne pouvait connaître la valeur réelle d'un tel bijou. Il porte la marque du tsar de toutes les Russies ! Tu auras sans doute craint que l'on puisse le reconnaître ! Alors, avoue-le donc ! Tu l'auras cassé uniquement pour faire fondre l'or et le vendre pour son pesant ! »

L'homme fouilla sa redingote pour en sortir un pistolet automatique, noir et luisant. Il braqua l'arme sur la femme. Sa main tremblait à peine.

« Tu vas mourir maintenant », siffla-t-il entre ses dents serrées.

Olga avait reculé. Ses yeux allaient du visage de l'homme au pistolet et du pistolet au visage de l'homme. Elle ne pouvait lire, dans le regard de ce dernier, qu'une froideur extraordinaire. Elle le supplia d'une voix blanche :

« Vous n'allez pas me tuer, mon noble ! Je rembourserai la montre ! Vous ferez de moi ce que vous voudrez mais, au nom de la Vierge Marie, ne me tuez pas !

— Tu n'es pas digne d'implorer la Madone miraculeuse ! Tu iras brûler aux enfers ! »

Le pistolet aboya. Olga sursauta et ses yeux s'arrondirent. Elle porta une main à sa poitrine où une tache écarlate souillait déjà le tissu blanc de sa chemise. L'arme tonna encore et la femme s'adossa au mur. Un ruisseau de sang prit naissance à la commissure de ses lèvres. Elle glissa lentement sur le sol, le visage figé dans une expression d'intense surprise. L'air sentait la poudre. Nicolas hurlait à la mort. Le monsieur pointa son pistolet vers l'enfant et fit feu presque sans viser. Le petit s'effondra aussitôt, face contre terre. Une auréole rouge et poisseuse entoura vite sa tête. L'homme replaça son arme dans sa redingote, ramassa dans l'armoire les débris de sa montre et quitta le triste logis. Il ne prit pas la peine de refermer la porte derrière lui.

II

Ce fut la vieille Zénaïde Koudrilovna qui, réveillée par les coups de feu, découvrit la première cette horrible scène. Zénaïde habitait, à l'autre extrémité de l'immeuble, une chambre jumelle de celle qu'Olga partageait avec son fils. Il n'y avait que trois chambres occupées dans cet hôtel particulier ayant appartenu à un noble. Le propriétaire des lieux avait été massacré pendant la Révolution, et l'immeuble appartenait désormais à l'État. Le bâtiment avait jadis été un endroit où régnaient l'opulence et la beauté. De belles dames, lourdement parées et richement vêtues, avaient traversé avec grâce le gigantesque vestibule au pavement de marbre laiteux. Sous les coups d'œil envieux, elles s'étaient mirées dans la pureté limpide des miroirs d'Italie : de grandes et précieuses glaces dont les éclats jonchaient maintenant le sol en milliers de larmes poudreuses. Des laquais en livrée avaient encadré le colossal escalier menant aux appartements. Il y avait eu, entre les murs de cet édifice, tout le faste et toute l'élégance qui caractérisaient la haute société moscovite d'avant l'insurrection. Maintenant, laissé à l'abandon depuis plusieurs années, dévasté par la marée des insurgés et les rigueurs du climat, l'hôtel n'était plus que désolation. Les tapis d'Orient étaient moisis et les grands lustres de cristal s'étaient écrasés au sol, où ils

23

gisaient, poussiéreux, éclatés, à tout jamais dérisoires et ressemblant un peu à de grosses araignées emprisonnées dans de la glace.

Lorsque Zénaïde avait entendu les trois détonations, elle avait d'abord cru qu'elles provenaient de l'extérieur de l'hôtel. Les fenêtres de sa chambre étant obstruées par d'épaisses planches, il avait été impossible pour la vieille femme de regarder au-dehors. Elle était donc sortie dans le couloir pour aller voir si Stépan avait entendu quelque chose. Stépan Branilov habitait une chambre du rez-de-chaussée. Il prétendait qu'avant la Révolution il avait été le cocher d'un cousin des Romanov. Stépan était un homme jovial et serviable qui veillait constamment à ce que Zénaïde ne manquât de rien. Il lui apportait du bois pour le feu, de l'eau, de la nourriture ; et il prenait soin d'elle lorsqu'elle était souffrante. Il avait souvent proposé à la vieille femme de venir habiter chez lui, mais, chaque fois, celle-ci avait refusé. Elle préférait demeurer seule avec Dieu. Du soir au matin, Zénaïde Koudrilovna se réfugiait dans la prière. C'était une petite vieillarde dévote, frêle comme la canne de jonc et toujours vêtue de noir. Elle portait on ne savait quel deuil, mais elle le portait avec zèle. Il émanait de sa personne une impassibilité de catacombes, une froideur sinistre de sépulcre. Mais les yeux de Zénaïde venaient éclairer tout cela. Son regard bleu avait l'effet d'une aurore sur une contrée mortifiée.

En sortant de chez elle cette nuit-là, la vieille dame comptait donc aller rejoindre Stépan. Cependant, elle avait entendu des pas précipités dans l'escalier. Elle s'était arrêtée un moment. Il y avait eu par la suite ce bruit de course dans le vestibule et le claquement de la grande porte donnant directement sur la rue. Zénaïde avait jeté un coup d'œil sur l'extérieur par le carreau brisé d'une fenêtre du couloir. Elle avait vu un homme marchant dans la rue. Toutefois, la distance ainsi que la

faible lueur que diffusaient les becs de gaz ne lui permettaient pas de distinguer convenablement les traits
de l'inconnu. Elle se dirigeait vers l'escalier lorsque,
quelque part derrière elle, avait retenti un cri qui l'avait
glacée d'effroi.

La plainte semblait provenir de chez Olga. C'était
un hurlement inhumain et strident, comme si quelqu'un dans l'hôtel eût égorgé un porc. Zénaïde se dirigea à petits pas feutrés et craintifs vers la chambre
d'Olga. Cette dernière était assez éloignée de celle de la
vieille dame qui, pour s'y rendre, dut traverser l'immense balcon à colonnades ceinturant le vestibule.
Madame Koudrilovna connaissait peu Olga. Elle l'avait
rencontrée quelques fois et n'avait échangé avec elle
que de simples politesses. Olga avait un fils que la
vieille n'avait vu qu'une seule fois. C'était un enfant
malingre et sale comme un charbonnier ; un pauvre
petit, grelottant et tourmenté, qui comptait parmi les
plus purs représentants de la misère humaine. Zénaïde
savait seulement qu'il s'appelait Nicolas.

Le cri guidait la dame dans l'obscurité. Il résonnait,
continu et amplifié par le vide des dédales de l'hôtel.
Parvenue à un endroit où le couloir faisait un coude,
Zénaïde distingua le rectangle faiblement éclairé d'une
porte ouverte. Elle s'y précipita et, lorsqu'elle franchit
le seuil, elle faillit s'évanouir en voyant le tableau qui
s'offrait à ses yeux. Olga, les yeux exorbités et la chemise maculée de taches rutilantes, était adossée au mur
du fond. À ses côtés, son petit enfant hurlait sans répit.
Le garçon avait le visage massacré. Il tentait désespérément d'arrêter, de la vasque de ses mains menues, le
torrent rouge qui giclait de sa bouche.

La balle tirée par le monsieur avait atteint Nicolas à
la joue droite. Elle lui avait tranché la langue, broyé de
nombreuses dents et fracturé le côté gauche de la
mâchoire. Après avoir été touché, l'enfant s'était éva-
noui. Il avait repris ses sens quelques minutes plus tard

sans ressentir le moindre mal. Ses oreilles bourdonnaient et il avait la nette impression que tout le bas de son visage avait cessé d'exister. Il se sentait plutôt bien, couché sur le ventre dans une source où sourdait une eau tiède et sirupeuse. Le liquide lui emplissait la bouche et il en avalait quelques gorgées insipides. Il vogua un bon moment dans des nuées duveteuses comme un suave songe. Puis il sentit son cœur battre comme s'il s'était trouvé dans sa bouche. D'abord, ce fut une pulsion douce, presque imperceptible; ensuite, chaque battement devint une atroce brûlure. Cette douleur cuisante vint le sortir de sa tendre torpeur. En ouvrant les yeux, il vit la mare poisseuse de son propre sang. Il cria sans reconnaître sa voix. Ce cri de terreur qui eût dû jaillir clairement dans une octave aiguë de voix d'enfant, ressemblait plutôt à une plainte animale. C'était un bêlement rocailleux qu'entrecoupaient d'affreux gargouillis. Nicolas toussa dans ses mains pour libérer sa gorge. Un flot de sang inonda ses paumes. Il porta la main à sa bouche pour saisir entre ses doigts quelque chose de spongieux, de froid et d'inerte comme un morceau de viande. C'était la moitié de sa langue qui s'accrochait au reste par un mince filet de chair.

Nicolas cria aussi fort que le lui permettait son état lamentable. Il cria pour réveiller Olga, il cria parce qu'il avait très mal, il cria pour chasser la mort, qu'il sentait sournoisement tapie quelque part autour de lui. Quand Zénaïde pénétra dans le logis, il crut que c'était elle, la mort, qui venait le prendre.

«Par la Vierge de Vladimir!» gémit Zénaïde en se signant énergiquement.

Le petit la regarda et cessa soudain de crier. Il s'approcha du cadavre d'Olga, ses yeux se révulsèrent et il s'effondra sur le corps encore chaud de sa mère.

«Madame Koudrilovna?... Vous êtes là, madame Koudrilovna?»

La voix rauque de Stépan provenait du couloir.

« Stépan ! Venez vite, pour l'amour de Dieu ! »

Zénaïde s'était avancée dans la pièce en serrant son rosaire dans sa main crispée. Ses petits souliers plats imprimaient leurs semelles sur le plancher maculé de sang frais. Une lumière pâle dansa un moment dans l'obscurité du couloir et Stépan fit irruption dans l'encadrement de la porte. Dans une main, il portait un fanal ; dans l'autre, son vieux fusil de chasse. Un frisson de répulsion parcourut le dos de l'homme lorsqu'il entra et découvrit lui aussi la scène sordide du petit logis. Sa voix, d'ordinaire sèche et bourrue, devint vacillante et faiblarde.

« Saloperie de saloperie ! Que s'est-il donc passé, madame Koudrilovna ? »

Nicolas était demeuré inconscient pendant plus de trois jours. Le soir du meurtre de sa mère, il avait perdu beaucoup de sang. L'état de choc dans lequel il s'était trouvé alors eût sans doute été fatal sans la rapidité d'esprit de ses sauveurs. En constatant que l'enfant vivait toujours, la vieille dame était parvenue à freiner l'hémorragie en compressant la plaie avec des lambeaux de drap. Stépan était allé quérir une voiture pour transporter le petit chez un médecin. Quinze minutes plus tard, l'homme était miraculeusement revenu avec un fiacre tiré par une vieille rosse. Le fiacre avait maintenu une allure respectable dans les rues de Moscou. Stépan avait fouetté la bête avec méthode, serrant les guides avec une dextérité qui ne permettait plus à Zénaïde de douter que son ami était bel et bien, comme il l'avait maintes fois prétendu, un cocher aguerri. Malgré l'heure tardive et le fait que la vieille dame n'eût trouvé aucun papier concernant Nicolas, le médecin avait consenti sans réticence à soigner le misérable gamin.

Il n'y eut pas d'enquête sur le meurtre d'Olga. La bureaucratie surchargée n'attachait que bien peu d'importance à l'assassinat d'une vulgaire prostituée. C'est Stépan qui avait entendu dire qu'Olga était une prostituée. Il suffisait de voir l'état de la pièce pour deviner qu'il y avait eu dispute entre la fille et son client. Des policiers avaient simplement noté les dépositions de Zénaïde et de Stépan, puis ils avaient fait transporter le corps d'Olga pour qu'il fût enterré en fosse commune. Comme Zénaïde était la seule à connaître un peu cet enfant sans papiers, la garde provisoire du petit Nicolas lui revint. En raison de son âge, presque soixante-dix ans, il était absurde qu'elle assumât une si lourde responsabilité. Néanmoins, on la désigna comme tutrice. Elle avait le devoir de veiller sur le petit jusqu'à l'improbable guérison de ses blessures. Par la suite, elle pourrait le conduire dans l'un des orphelinats de l'État. On pensait que l'enfant ne vivrait sans doute que peu de temps. Puisque, s'il vivait, il demeurerait à tout jamais affligé d'un lourd handicap, c'était là, pour les bureaucrates, une manière d'éviter quelques tracasseries supplémentaires. Fort heureusement pour Zénaïde, Stépan se montra prêt à accueillir le fils d'Olga chez lui.

Ce fut donc dans le logis du cocher que Nicolas ouvrit les yeux. Le médecin avait recommandé de l'attacher afin qu'il ne pût rouvrir ses blessures en faisant un geste brusque. La douleur que ressentait l'enfant était atroce. On avait immobilisé sa mâchoire dans une attelle métallique. Il ne pouvait fermer la bouche. Sa tête entière n'était que souffrance et chaque battement de son cœur devenait l'équivalent d'une marque au fer rouge. Il sentait sa bouche pleine de quelque chose sans pouvoir définir de quoi il s'agissait. Lorsqu'il vit Stépan debout près de son lit, le gosse fit une tentative pour se redresser. Constatant sa totale impuissance, il tressaillit et ses yeux troubles se remplirent d'une extrême frayeur.

Il faut dire que l'apparence de Stépan n'avait rien pour rassurer le petit garçon. Le cocher était un colosse surpassant par sa grandeur tous les hommes que Nicolas avait vus. Ses yeux gris brillaient d'un éclat morne de pierre humide. Il était coiffé d'un chapeau de cuir verdâtre d'où émergeaient de longues mèches de cheveux d'un noir fade. Une barbe hirsute intensifiait la dureté de son visage. Sur sa joue gauche se dessinait une imposante cicatrice en forme de fer à cheval.

Lorsqu'il vit Nicolas émerger du sommeil, Stépan se pencha sur lui. L'enfant frissonna de terreur et ferma les yeux : seule façon pour lui d'échapper à l'instant effroyable qu'il était en train de vivre. La grosse main du cocher caressa les cheveux du petit. Ce geste était empreint d'une tendresse que Nicolas n'avait jamais encore connue.

« Tu reviens de loin, petit homme », dit Stépan d'une voix qu'il voulait douce et rassurante.

La tête de Nicolas trembla dans son enchevêtrement de sangles et de pièces métalliques.

« Non, petit. N'essaie pas de bouger. Tu as très mal, n'est-ce pas ? »

L'enfant acquiesça du regard et de grosses larmes roulèrent sur ses joues. Stépan retira délicatement le tampon de ouate imbibé de sang qui encombrait la bouche du petit blessé. Il lui administra, par gouttes infimes, une dose du puissant calmant que lui avait donné le médecin. L'homme posa ensuite la fiole de médicament sur une caisse retournée qui faisait office de table de chevet. Puis, d'une voix fausse et rude, il commença à chanter une berceuse. Cette chansonnette naïve, entonnée sur une note trop aiguë, montait tout droit des profondeurs nébuleuses de ses propres souvenirs d'enfance. Elle cadrait plutôt mal avec son allure de gueux et sa stature de géant. Nicolas la trouva tout de même très belle. Le gamin eut la sensation de sombrer dans une eau floue, puis, rapidement, il s'endormit dans un refuge de moelleuses ténèbres.

La guérison du petit blessé fut longue et laborieuse. Elle s'accompagna d'infections répétées et d'intenses poussées de fièvre. Afin de vérifier l'évolution du rétablissement de Nicolas, le médecin lui rendait visite à intervalles réguliers. Au fil des semaines, le gosse avait pris la mesure de cette nouvelle vie où l'on s'occupait de lui comme jamais personne ne l'avait fait par le passé. La vieille Zénaïde Koudrilovna venait le voir tous les jours, lui apportant de temps à autre de petits jouets usés et de vieux livres d'images qu'elle glanait, çà et là, chez ceux qui s'en débarrassaient pour rien. C'était elle, Zénaïde, qui surveillait l'enfant lorsque Stépan devait s'absenter.

Après un certain temps, le médecin vint retirer l'attelle qui immobilisait la mâchoire du petit. Les muscles atrophiés et terriblement douloureux mirent plusieurs semaines à pouvoir fonctionner de manière satisfaisante.

Stépan adopta le petit Nicolas. Ce dernier avait perdu l'usage de la parole, mais ce triste constat ne semblait pas l'affecter. De toute façon, rares avaient été les jours, dans sa vie d'avant, où il avait pu s'exprimer sans recevoir une pluie de coups. Il s'appellerait désormais Nicolas Branilov. Il aurait de l'amour, des vêtements chauds et une ration quotidienne de pommes de terre, de pain noir et de hareng. Il jouerait comme les enfants jouent : il serait heureux.

La chambre de Stépan était beaucoup plus grande que celle qu'avait habitée le petit muet avec sa mère. Le délabrement des lieux n'était pas moins visible, mais, entre ces murs, une douce chaleur flottait. Une chaleur mielleuse, dense, presque palpable ; une chaleur qui disait à Nicolas : «Tu ne seras plus jamais seul.» Le mobilier de Stépan était vieux et sale. Une poussière abondante s'accumulait partout en flocons moussus. Le plancher pourri était constellé d'écales de graines de tournesol. Stépan fumait et buvait beaucoup. Des odeurs lourdes d'urine, de sueur, d'alcool et de tabac saturaient l'air. Le cocher était souvent saoul mais jamais agressif. Il devait s'absenter fréquemment pour aller travailler au marché, où Nicolas l'accompagnait de temps à autre. Certains jours, le petit préférait demeurer à l'hôtel. Il avait le bonheur d'aller où il voulait dans cet immeuble qu'il connaissait maintenant dans ses moindres recoins. Il sortait même dans la cour, où il partait à l'aventure, à l'affût de tant de choses qu'il n'avait jamais eu le loisir de connaître. Lorsqu'il ne jouait pas, Nicolas rendait visite à Zénaïde Koudrilovna. La gentille dame lui offrait toujours quelque chose à manger. Chez elle, des cierges brûlaient incessamment sous des icônes noircies. Lorsqu'elle ne lui lisait pas des versets de la Bible, elle lui racontait avec nostalgie les souvenirs de sa lointaine enfance passée à Saint-Pétersbourg. Une douce lumière animait ses yeux bleus lorsqu'elle évoquait les splendeurs de la ville qui l'avait vue naître. Elle décrivait à l'enfant la cité des tsars : ses ponts pâles enjambant le ruban noir des dédales de canaux ; la lumière jaune qui baignait toute chose et qui jetait des faisceaux d'or dans les eaux sombres de la grandiose Neva. Zénaïde lui décrivait sa maison, son école, son église. Jaillissant de ses souvenirs, cette ville qu'on avait renommée Petrograd et qui, depuis peu, portait le nom de Lénine, se transposait dans le silence et dans la médiocrité de cette chambre insalubre où la vieille dame achevait de vivre. Au-dessus du lit de Zénaïde, un tableau, craquelé et poussiéreux, représentait le palais d'hiver, dont la façade s'illuminait des feux du couchant. Dans le cœur de madame Koudrilovna, Leningrad s'appellerait à tout jamais Saint-Pétersbourg.

Un jour, Nicolas s'aventura jusqu'au logis dans lequel il avait vécu avec Olga. Trois ans le séparaient des événements horribles qui l'avaient rendu muet et orphelin. Il retrouva l'endroit sensiblement pareil à ce qu'il avait été. Les meubles étaient demeurés à leur emplacement respectif, mais les araignées avaient tissé partout des rideaux de toile alourdis de poussière. Une odeur atroce de moisissure et de viande pourrie rendait l'air presque irrespirable. L'une des planches qui obstruaient la fenêtre était tombée, laissant entrer un rayon de jour morne dans la pièce sale. L'absence de chauffage avait donné l'occasion aux grands froids de trois hivers de s'infiltrer entièrement dans la chambre. Le sol était maintenant jonché de particules de plâtre friable, décrochées des murs humides et lézardés. Malgré cela, Nicolas put voir les dessins brunâtres que le sang avait tracés jadis sur le plancher de lattes. Dans le mur où Olga s'était appuyée pour mourir, il y avait un trou qu'avait fait l'un des projectiles après avoir traversé son corps. L'enfant toucha ce trou de ses doigts tremblants. Il pleura en silence pendant quelques minutes. Son regard se porta ensuite sur la masse sombre du placard dont la porte était demeurée entrouverte. Une sorte de magnétisme en émanait. Le gamin fut irrésistiblement attiré par son ancienne prison. Un bruissement indéfinissable provenait de la vieille armoire et Nicolas avait très peur. Néanmoins, il avançait. Son cœur battait à tout rompre et le sang affluait à ses tempes luisantes de sueur. Mais il avançait toujours. Était-ce le fantôme d'Olga qui voulait l'attirer là afin de l'enfermer à tout jamais pour le punir d'être encore vivant ? Lui, vivant et heureux ; alors qu'elle… Lorsque le petit atteignit le placard, le bruissement se mua en chuchotement sinistre. Nicolas prit la poignée du vantail et demeura un long moment figé, éperdu et tremblant de trouille dans la légère pénombre de la pièce. Brusquement, il s'arma de courage et ouvrit plus grand le battant. Quelque chose jaillit des ténèbres et effleura son visage. L'enfant lâcha un long cri aigu et entama une danse hystérique. Ses bras battaient l'air pour chasser la chose répugnante qui l'avait touché. Cette chose, le muet mit peu de temps à en connaître la nature. Dans une cacophonie de couinements agressifs, une cascade de rats pris de panique déferla à ses pieds. Nicolas se rua vers la porte en courant comme un damné. Dans le couloir qui menait au balcon, il heurta maints obstacles sur son passage. Il était convaincu que la marée dégoûtante et poilue le suivait. Sans regarder derrière lui, il fonça dans le noir à toute allure, se dirigeant aveuglément vers le grand escalier. Dans sa précipitation, il trébucha sur un objet et dégringola les nombreuses marches menant au vestibule. Il atterrit dix mètres plus bas, cul par-dessus tête, un peu abasourdi mais sain et sauf. L'enfant ne retourna jamais dans la chambre maudite.

Un an plus tard, en décembre, Zénaïde mourut d'une pleurésie. Stépan l'avait transportée à l'hôpital où elle devait succomber, trois jours après, à la terrible maladie. Avant qu'elle ne quittât l'hôtel, Nicolas lui avait rendu une brève et ultime visite. Malgré d'intenses douleurs à la poitrine, une lueur de sérénité éclairait le regard bleu de la vieille dame. Elle avait donné à l'enfant sa vieille Bible racornie, en lui disant qu'elle n'en aurait plus besoin, puisqu'elle allait enfin rencontrer Dieu. La mourante souriait. Elle avait essuyé de sa main frêle et sèche la joue ruisselante de larmes de Nicolas ; puis, de sa voix douce et apaisante, elle lui avait murmuré : « Je lui dirai qu'il veille sur toi. » Le lendemain, une forte fièvre s'était emparée d'elle. Elle avait pris le chemin de l'hôpital, où elle était passée de vie à trépas, sans trop s'en rendre compte, perdue qu'elle était dans les affres d'un profond délire.

Peu de temps après la mort de madame Koudrilovna, au printemps de cette année-là, Stépan, au hasard d'une conversation qu'il eut avec un ouvrier agricole rencontré au marché, apprit qu'on cherchait un gardien de cimetière aux environs de Toula. Ce travail nécessitait une bonne connaissance des chevaux : le fossoyeur devait atteler la bête et aller chercher les morts en calèche. Par ailleurs, il fallait que l'homme en question fût en mesure de soigner le cheval mis à sa disposition. Stépan Branilov, dans l'espoir d'obtenir ce travail qui correspondait bien à ses habiletés, décida de se rendre sur place pour y offrir ses services. Avec peu de bagages et, surtout, nul regret, lui et Nicolas embarquèrent dans le train qui les mènerait vers une existence nouvelle.

Le village n'avait pas de nom officiel. Les gens de l'endroit l'appelaient Roublev. C'était une petite agglomération d'à peine deux cents âmes, sise sur les rives du Don. Le cocher, comme il l'avait espéré, se fit engager sans trop de peine. Les Branilov s'installèrent donc dans la modeste isba qui serait dorénavant leur demeure. La maisonnette était construite au beau milieu du cimetière. L'endroit n'était pas très vaste et avait été convenablement entretenu par le gardien précédent. L'habitation s'avérait solide et bien isolée. Son confort, bien que modéré, avait tout pour séduire un homme et un gamin ayant vécu de longues années dans la décrépitude d'un hôtel condamné, humide et infesté par la vermine. Le cheval plaisait à Stépan. Il se nommait Boris. C'était une bête robuste à la robe noire et saine. Pendant l'absence de gardien, des hommes du village avaient pris soin de l'animal. Deux mois auparavant, en raison de sa santé chancelante, le prédécesseur de Stépan avait dû abandonner le cimetière. Il n'y était revenu que pour y être enterré. Quelques cadavres non inhumés étaient entreposés dans un mausolée prévu à cet effet. Le printemps était chaud et, une fois sur place, Stépan Branilov avait dû hâtivement se mettre au travail pour inhumer ces dépouilles putréfiées.

Nicolas avait dix ans à son arrivée au cimetière. Dès lors, il commença à travailler. Stépan lui donna rapidement quelques tâches à accomplir. Chacune de ces tâches était un travail d'homme et procurait au garçon une grande fierté. Le fait de devoir vivre et dormir au milieu des cadavres eût sans contredit terrorisé plus

34

d'un enfant de son âge. Toutefois, ses craintes ayant vite cédé le pas à une foule de petits bonheurs tout neufs, la mort ne faisait plus peur à Nicolas.

Le soir où Stépan avait annoncé au garçon qu'il allait sans doute travailler dans un cimetière, le muet avait froncé les sourcils avec perplexité. Il avait pointé l'homme du menton en jetant quelques cris sourds en guise d'interrogation. Stépan avait ouvert une bouteille de vodka et en avait sifflé une longue rasade avant de commencer à s'expliquer.

«Tu te demandes ce qu'est un cimetière, n'est-ce pas, petit?»

Nicolas avait acquiescé en souriant. Stépan avait ri aussi. Mais le rire du cocher, presque inaudible, ressemblait à celui qu'eût fait un chasseur sur le point de faire feu sur un daim. Il avait bu une autre gorgée de vodka et avait jeté d'une voix neutre:

«Un cimetière, c'est un endroit où sont enterrés les morts.»

Nicolas avait ouvert la bouche bien grande, mais aucune plainte ne s'en était échappée. Il avait posé sur Stépan des yeux écarquillés et incrédules. L'homme regrettait maintenant de lui avoir exposé les faits de manière aussi directe. Histoire de s'amuser, il avait juste voulu effrayer un peu le gamin. Ce dernier était maintenant assis sur son lit, l'œil vide, balançant machinalement le torse comme il le faisait toujours lorsqu'il était vraiment contrarié. Embarrassé au point de laisser sur la table sa bouteille de vodka entamée, Stépan s'était approché de Nicolas. Le colosse s'était laissé tomber sur le lit, et les vieilles lames de ressort avaient énergiquement protesté sous son poids. Hésitant, l'homme avait passé un bras autour des épaules frêles de l'enfant. Il avait laissé son regard gris errer dans la pièce, comme s'il eût espéré trouver, au hasard de ce misérable décor, les paroles réconfortantes qu'il cherchait pour effacer sa maladresse. Au bout d'un moment, il avait commencé à discourir sur un ton paternel :

« Tu ne dois pas avoir peur, Nicolas. Tu sais, les morts, ils sont beaucoup moins dangereux que les vivants. C'est l'esprit qui est méchant, petit homme. Et les morts n'ont plus d'esprit. »

Stépan s'était penché pour ramasser quelques-unes des écales de graines de tournesol qui jonchaient le plancher. Il en avait placé une au centre de sa paume calleuse, puis, après avoir laissé tomber les autres, il avait continué :

« Regarde bien cette écale, petit. C'est une écale vide, n'est-ce pas ? »

Nicolas avait approuvé d'un signe de tête timide. Stépan avait repris :

« Une écale de graine de tournesol vide, ça ressemble quand même à une graine de tournesol, non ?… Mais ce n'en est plus une ! Tu comprends, petit ? Je pourrais la mettre en terre, cette foutue écale. Dans la meilleure des terres avec tout ce qu'il faudrait de soleil et de pluie. Je pourrais la cajoler comme je rêverais de cajoler la plus belle des femmes. Pourtant, elle ne bougerait pas, l'écale. Elle pourrirait. Elle pourrirait comme pourrissent les morts. Car les morts, Nicolas, même s'ils ressemblent aux vivants, ne sont plus rien d'autre que des écales vides. »

Pendant qu'il parlait, Stépan avait senti l'enfant se décontracter légèrement. L'homme s'était levé et s'était dirigé vers la table pour prendre une copieuse gorgée de son tonique favori. Après s'être mouché bruyamment dans ses mains, il avait continué son discours :

« La mort, petit, est la seule chose en ce monde qui soit vraiment juste. Peu importe qui on est : la mort passe. Que l'on soit riche ou pauvre ; que l'on soit beau ou laid ; fort ou faible, on finit toujours par mourir. Prends la gentille madame Koudrilovna. L'écale vide de son corps repose maintenant au cimetière. Ta maman aussi y est. Leurs carcasses pourrissantes sont désormais dans des fosses où sont empilés des tas d'autres corps. Sont-elles revenues depuis? Les as-tu vues en train d'errer dans les couloirs de l'hôtel? Non, n'est-ce pas? Elles ne sont pas revenues parce que leurs âmes sont ailleurs. Un corps sans âme, Nicolas… ça ne revient jamais. »

Stépan s'était tu. Il avait caressé les cheveux du gamin et s'était affalé sur une chaise pour terminer sa bouteille. Nicolas gardait un affreux soupçon de crainte. Puisqu'il n'y avait pour lui aucune autre possibilité, il irait habiter au cimetière avec Stépan. Il essaierait de ne pas avoir peur des morts, de ces écales vides, sans esprit ; et condamnées à pourrir dans la terre. Dieu veillerait sur lui, peut-être. Il se souvenait de la sérénité qui avait illuminé le visage de Zénaïde Koudrilovna avant son départ pour le paradis. Il se rappelait aussi les paroles qu'elle avait prononcées en essuyant ses larmes d'enfant de sa main rêche et jaune comme une patte d'oiseau : « Je lui dirai qu'il veille sur toi. »

De toute manière, dès son départ de Moscou, Nicolas Branilov avait été enchanté par le voyage en train. Parvenu au cimetière, il avait bondi de joie à la vue de la petite maison et du cheval noir qui caracolait dans son enclos en bordure du chemin. C'était neuf ans plus tôt. Nicolas avait maintenant dix-neuf ans. Les souvenirs de son enfance troublée, il les avait laissés dans un vieil hôtel. Il était maintenant fossoyeur. Les événements de son passé étaient comme les cercueils qu'il enterrait. Ils disparaissaient, peu à peu, sous d'innombrables pelletées de terre.

III

Un corbeau croassa dans le silence ouaté du cimetière. Nicolas Branilov se pencha et creusa de son index un petit trou dans la terre. Il y enfouit son mégot et le fit disparaître sous une motte boueuse, un peu comme s'il eût enterré une semence. Il fallait garder le cimetière propre. Pas pour les morts, car les morts s'en foutaient. Mais il y avait les visiteurs : ceux qui venaient pour prier et pour déposer des gerbes de fleurs sur les tombes de tous ces morts qui s'en foutaient. Nicolas regarda le ciel, un ciel étonnamment bleu, parsemé çà et là de quelques nuages rachitiques. Le temps serait beau. Il valait mieux qu'il en fût ainsi. Le jeune homme avait deux autres corps à inhumer avant le soir et il détestait travailler sous la pluie. Parce que la pluie, en venant s'ajouter aux écoulements soutenus de la fonte des neiges, rendait la terre trop molle et, une fois la terre trop molle, on ne pouvait creuser sans que les parois du trou s'affaissassent un peu, délivrant souvent d'autres cadavres enterrés à côté. Il ne restait que six morts à enterrer sur les onze macchabées hivernaux. L'hiver, il était laborieux de creuser la terre gelée. Donc, dès décembre, on n'enterrait plus les cadavres. Le printemps venu, Nicolas et Stépan avaient toujours beaucoup de besogne. Le jeune homme accomplissait la majeure partie de ces travaux quotidiens. Stépan, lui, sans jamais dire à son fils où il allait, quittait le cimetière au lever du soleil pour n'y revenir qu'au crépuscule.

Comme toujours, Nicolas s'était levé à l'aube. La veille, il avait creusé les trois fosses qu'il remplirait aujourd'hui. Il venait tout juste de porter en terre une vieille dame morte en janvier. Ce corps ne lui avait rien offert de bien précieux. Dans le cercueil, le muet avait trouvé une bague qui ne valait que quelques roubles et un collier dont les perles grisâtres étaient sans doute fausses ou de piètre qualité. Le rosaire de la dame, avec ses grains de bois sombre et sa croix d'étain, ne présentait pour lui aucun intérêt. Chaque fois qu'il en avait l'occasion, Nicolas dépouillait ainsi les morts. Pour Stépan, le fait de piller les cercueils n'avait rien d'ignominieux. C'est d'ailleurs lui qui en avait eu l'idée. « Les morts en ont moins besoin que nous », disait-il. Au fil des saisons, les fossoyeurs avaient ainsi accumulé un intéressant butin. Ils cachaient tous les fruits de leurs morbides cueillettes dans une crypte oubliée. On accédait à cette crypte en soulevant une lourde dalle de granit sans inscription. L'entrée en était plutôt étroite et une haleine fétide montait des profondeurs du caveau, comme d'une bouche trop longtemps fermée. Le mortier qui joignait entre elles les pierres plates de l'escalier était encore bien dur. Le caveau était de construction relativement récente. Il avait été édifié trente ans plus tôt pour un riche paysan qui comptait en faire une sépulture familiale. Ce paysan avait tout perdu dans la collectivisation des terres que Staline avait imposée. L'homme et sa famille étaient allés mourir ailleurs et, depuis, la crypte n'avait reçu d'autres cadavres que ceux des cafards ayant vécu et trépassé dans l'humidité fraîche de ses entrailles. La dalle de l'entrée était lourde. Stépan et Nicolas devaient se servir du cheval pour la soulever. Ils attachaient un câble à un anneau de fer fixé à la dalle et passaient ensuite ce câble par-dessus les ramifications robustes d'un chêne qui la surplombait. Le cheval tirait et la dalle s'extirpait lentement de son alvéole. Avant de détacher l'animal, on plaçait de solides bûches sous la masse de granit. Ainsi assise, la dalle ne risquait pas de retomber. Les fossoyeurs pouvaient donc entrer dans la sépulture sans craindre que le piège ne se refermât sur eux. Stépan et Nicolas ne descendaient dans la crypte qu'une ou deux fois par mois. Ils allaient y déposer leurs nouvelles trouvailles et, à chacune de ces occasions, ils demeuraient de longues minutes dans le caveau pour contempler leur pactole.

Nicolas se dirigea vers le grand mausolée pour aller chercher le second des trois morts qu'il prévoyait mettre en terre avant la tombée du jour. Il marchait dans l'allée d'un pas traînant qui faisait crisser les gravillons sous les semelles de ses bottes avachies. Tout à coup, il s'arrêta net. Un pigeon sommeillait sur le petit toit de cuivre qui protégeait la croix de Nina des intempéries. Un soupir de dépit franchit les lèvres du muet. Sans quitter des yeux le volatile, le fossoyeur s'accroupit. Sa main droite tâta les graviers. Il prit un caillou et le soupesa dans le creux de sa paume. La pierre était plate et suffisamment lourde pour l'usage auquel Nicolas la destinait. Le jeune homme se redressa lentement, puis, dans un élan vigoureux, il lança le caillou, qui heurta la croix en produisant une détonation sèche. Le pigeon profanateur, effarouché mais sain et sauf, prit son envol dans une série de battements d'ailes lourds et maladroits. Tout en s'approchant respectueusement de la tombe de Nina, Nicolas Branilov suivit du regard la fuite de l'oiseau. Le muet constata ensuite que l'impact du caillou avait tracé une virgule sombre sur le bois peint de la croix. Il la fit disparaître en polissant la surface lisse d'un doigt mouillé de salive. Il resta un long moment immobile, les yeux égarés dans une quelconque rêverie. Ensuite, il caressa la croix blanche avec des gestes exaltés et empreints d'une tendresse hautement pathétique. Nina avait été son grand amour. Son seul amour.

Comme elle était belle, Nina ! Elle rayonnait comme ces anges ornant les vitraux des églises ! Son père, Victor Khoudenko, était un ami de Stépan. L'homme avait perdu une jambe durant la guerre. Paradoxalement, cette infirmité contribuait largement à améliorer sa qualité de vie, car, incapable de travailler dans la ferme collective qui se trouvait non loin de là, il réparait les bottes des bergers et les selles des chevaux. Victor et sa famille devaient aussi s'occuper d'un petit élevage de poulets dont les œufs servaient à nourrir les ouvriers de la ferme. Stépan avait rencontré Victor dans un cabaret aux abords de Toula. Les deux hommes partageaient depuis lors leurs passions communes qu'étaient l'alcool et les chevaux. Victor disposait lui aussi d'un cheval. C'était une vieille jument boiteuse et pelée. La bête ne lui appartenait pas mais, sous ce régime où personne n'avait le droit d'en posséder un à des fins personnelles, le fait de disposer d'un cheval, aussi piteux fût-il, se révélait être un privilège inestimable.

De temps à autre, Stépan s'absentait pour aller soigner la jument de Victor. La maison où habitait l'infirme se trouvait à une demi-heure de trajet de chez les Branilov. Un matin de juillet, Stépan avait préparé la calèche et demandé à Nicolas s'il voulait l'accompagner chez les Khoudenko. Nicolas avait accepté avec plaisir. Il était rare que le muet pût quitter la nécropole et, chaque fois qu'il en avait l'occasion, celle-ci se présentait comme une aventure. Ce matin-là, plusieurs têtes s'étaient retournées sur le passage des fossoyeurs. Des regards inquiets avaient suivi la voiture noire pour voir si elle ne s'arrêterait pas, à tout hasard, devant la maison d'une connaissance. Les quelques automobiles que Stépan et Nicolas avaient rencontrées avaient ralenti respectueusement en croisant la calèche. Un homme avait même enlevé son chapeau pour baisser la tête dans un recueillement solennel. Stépan avait dit en riant :

« La calèche du cimetière, c'est comme un vautour ! Il suffit qu'elle se montre et on s'imagine aussitôt qu'il y a un mort pas trop loin ! »

Nicolas avait ri de bon cœur, même s'il ne savait pas ce qu'était un vautour. Le reste du trajet s'était fait en silence, car Stépan se montrait généralement peu loquace lorsqu'il tenait les guides. Le claquement sec des sabots et le tintement métallique de l'attelage plongeaient le cocher dans une sorte de torpeur. Nicolas, lui, regardait partout à s'en dévisser la tête, comme s'il eût voulu observer chacun des détails du paysage campagnard cernant la bande terreuse du chemin.

Victor Khoudenko et sa famille habitaient une modeste isba construite au centre d'un mamelon chauve. Stépan arrêta la calèche au pied de ce tertre et Victor, une bouteille à la main, vint accueillir les nouveaux venus. L'amputé était petit. Un pilon de bois émergeait de la jambe gauche de son pantalon. Il ressemblait un peu à un poisson. Son visage rond, jaunâtre et flasque, était glabre, sans relief et encadré de cheveux noirs, lisses et gras. Son nez plat et spongieux semblait avoir été enfoncé là par un énorme poing. Ses yeux globuleux et d'un bleu délavé bougeaient sans cesse comme s'ils eussent cherché à s'expulser de leurs orbites. Les paupières de l'homme étaient lourdes et sombres. On eût dit un hareng qui marchait.

Avec effusion, Victor pria ses invités de le suivre dans sa pitoyable demeure. Malgré sa jambe de bois, l'homme se déplaçait avec aisance. La femme de Victor se tenait sur le seuil de l'isba. Elle était laide et sèche. On n'eût su dire quel âge elle avait. Elle semblait plutôt vieille. Sa peau était flétrie et sa tête était couverte de cheveux filasse. La femme adressa un signe de tête timide aux invités de son mari, puis, à petits pas nerveux, elle s'éloigna de la maisonnette. L'intérieur de l'isba sentait l'ail, le tabac froid et le mauvais alcool. Un enfant jouait avec un petit chien sur le plancher malpropre. Victor sortit deux verres pour Stépan et Nicolas. Il les remplit à ras bord d'un liquide infect qu'il qualifiait de « petite eau ». Nicolas détestait l'alcool et ignora son verre. C'est Stépan qui le but sans que Khoudenko y prêtât attention. Une heure plus tard et après que les deux ivrognes eurent éclusé quelques verres de plus, Victor entraîna Stépan à l'étable pour que ce dernier jetât un coup d'œil aux fers de la jument. Nicolas ne les accompagna pas. Il alla plutôt se dégourdir les jambes dans le bois entourant la masure.

Le muet suivit un sentier sinueux qui s'enfonçait sous le couvert des arbres. Le bruit cristallin d'une cascade lui parvint clairement sous la coupole tranquille du sous-bois. Il fit une centaine de pas et, là où s'arrêtait le sentier, il trouva le serpent argenté d'un ruisseau. Nicolas retira ses bottes et remonta le bas de son pantalon, découvrant ainsi ses mollets blêmes et squelettiques. Il resta longtemps assis sur une pierre, ses pieds baignant dans l'eau fraîche. Il se laissait bercer par le chant de cette onde claire qui frappait les rochers émergeant du lit peu profond du cours d'eau. Puis des branches craquèrent du côté du sentier. Nicolas vit une forme blanche se mouvoir derrière le rideau obscur des arbres. Instinctivement, il se cacha à l'abri des roseaux, d'où il aperçut une jeune femme qui s'avançait sur la rive.

Autour d'elle, toute chose avait subitement disparu. Nicolas était subjugué par la beauté de la nouvelle venue. Elle était plus vieille que lui. Pas de beaucoup cependant. Elle devait avoir vingt ans, tout au plus. Elle avait de longs cheveux blonds — pâles comme le cœur d'un arbre, avait songé le muet — dans lesquels des parcelles de soleil venaient s'accrocher. La peau de son visage rond portait un léger hâle qui intensifiait le bleu profond de ses yeux. Sa bouche charnue ébauchait un sourire de contentement. Comme si elle eût voulu s'assurer qu'elle était seule, la jeune femme parcourut attentivement du regard les environs. Apparemment satisfaite, elle s'accroupit pour toucher l'eau et laissa jouer ses doigts ouverts dans le courant. Au bout d'un court moment, elle se dirigea vers le sentier par lequel était venu le muet. Là, elle posa un genou au sol et commença à déboutonner ses chaussures. Nicolas pensait à ses propres bottes qui gisaient dans l'herbe haute, à peu de distance de l'endroit où se trouvait la jeune femme. La pensée que cette dernière pût les remarquer le fit se recroqueviller davantage dans les roseaux. Que ferait-il si elle découvrait sa présence ? C'était une fille ! Il n'avait jamais su comment se comporter avec les filles ! Les filles s'étaient toujours moquées de lui ! Il regardait l'intruse et il avait hâte qu'elle repartît d'où elle venait. Une sorte de hargne l'habitait. À quatre pattes, tel un chien, il avait les genoux et les mains qui s'enfonçaient dans la vase avec de légers bruits de succion. Tout à coup, ce fut le choc. Ayant du mal à croire ce que ses yeux voyaient, le jeune fossoyeur réprima un râle d'émoi. La fille retirait sa robe légère. Elle dégrafait, un à un, les boutons qui s'attachaient à l'avant. La robe glissa lentement dans l'herbe, longeant son corps comme une caresse. En dessous, la fille était nue.

Suffoqué par la splendeur de la scène, Nicolas tremblait de tout son être. Ses yeux ébahis restaient rivés aux beautés généreuses que la belle lui dévoilait sans le savoir : la peau claire au grain délicat ; la divine et ample parenthèse de ses hanches de femme ; son ventre blanc et un peu rond où se découpait la faille ombrée du nombril ; ses seins lourds mais fermes, deux poires laiteuses sur lesquelles s'épanouissaient les fleurs délicatement rosées des mamelons ; et son sexe : toison blonde, lèvres pulpeuses, disparaissant entre ses cuisses charnues. Elle avança dans l'eau jusqu'à un creuset où de grosses pierres détournaient la force du courant.

Debout dans cette zone plus calme du ruisseau, elle aspergea son corps en jetant des soupirs de divin ravissement. Ses mains dansèrent sur sa peau avec une grâce méthodique. D'abord sur son front, ses paupières et ses joues ; elles s'attardèrent ensuite dans son cou frêle, sur le dessus de ses épaules et dans les creux duveteux de ses aisselles ; puis, elles rejoignirent la poitrine avec une lenteur caressante. La belle cueillit ses seins généreux dans ses paumes avides et mordantes. Les mamelons gonflés prirent une teinte plus prononcée. Sous le soleil rageur de juillet, les gouttes d'eau brillaient sur son corps comme des éclats de cristal. Les mains jointes ouvrirent l'antre des cuisses pour s'y glisser. Les yeux fermés, la baigneuse se coucha lentement dans l'eau. Sa bouche entrouverte laissait entrevoir deux rangées de dents saines et régulières. Les soupirs de la jeune femme devinrent le chant d'un plaisir exquis. Nicolas l'observait, immobile, les membres gourds et le sexe tendu.

La belle resta longtemps à se laisser bercer par la caresse du petit cours d'eau. Nicolas rampa jusqu'à ses bottes. Celles-ci étaient si proches de la robe qu'il était étonnant que la jeune femme ne les eût pas aperçues en se déshabillant ! En prenant ses chaussures, Nicolas ne put s'empêcher de frôler des doigts le tissu mince de la robe blanche. Un clapotis discret l'alerta et il vit la jeune femme sortir de l'eau. Apeuré, le muet se réfugia derrière un buisson de ronces. Il se cacha du mieux qu'il put, tout en prenant bien garde de ne pas faire craquer les ramures sèches sous ses pieds nus. Bientôt, la demoiselle fut là, près de lui. Tellement près qu'il eût pu la toucher ! Elle regarda dans sa direction, juste assez longtemps pour qu'il se sentît débusqué. Un souffle glacial vint labourer les vertèbres du jeune fossoyeur. La fille sembla fixer quelque chose au-delà de lui, puis, au grand soulagement du muet, elle détourna enfin les yeux. La belle écarta ensuite les jambes et se pencha vers l'avant. Elle secoua la tête pour extraire l'eau de ses cheveux ruisselants. Ses fesses nues touchaient presque le buisson derrière lequel le jeune homme était tapi. Nicolas avait cette chair invitante tout juste sous les yeux. Son regard éperdu demeura un instant fixé sur les deux fossettes marquant le creux des reins. Timidement, il suivit ensuite le sentier ambré de la raie. Plus bas, ses yeux furent absorbés par le sexe ourlé, scindé d'un mince sillon de chair vive comme celle d'une plaie. Les oreilles du garçon bourdonnaient. Il sentait son cœur battre à un rythme effréné dans sa maigre poitrine. Il battait si fort qu'il eut peur que la fille l'entendît. Son ventre brûlait d'une envie forte et animale. Cette envie, il ne la comprenait pas et ne chercha pas à la comprendre. Il voulait simplement toucher la fille. Il voulait goûter sa peau et se blottir contre sa chair molle. Nicolas tenait fermement sa verge gonflée à travers le tissu rêche de son pantalon. La belle, sans se douter le moins du monde qu'on l'observait avec autant de convoitise, s'étendit sur une grosse pierre afin que le soleil séchât sa peau. Ses longs cheveux blonds s'étalaient sur la masse grise et froide du rocher. Son corps illuminait la pierre. Au bout d'une heure, la fille passa lentement sa robe et remit ses chaussures. Nicolas, ankylosé par l'attente mais émerveillé par son infatigable contemplation, la vit avec regret s'engager dans le sentier. Il attendit un moment, puis, la tête encore pleine d'images de ces instants de grâce qu'il venait de vivre, il soulagea dans les fougères son sexe congestionné. Il se lava ensuite les mains dans le ruisseau et enfila ses bottes. Le cœur léger comme une plume, le muet s'enfonça d'un pas allègre dans le sous-bois.

L'étable était sur le point de s'écrouler. Son toit de tôle rouillée s'affaissait en son milieu et ses murs de planches n'en pouvaient plus de se tenir debout. De l'intérieur, on pouvait voir des morceaux de ciel dans les trous du plafond. Nicolas regardait son père qui s'affairait à limer la corne d'un sabot de la jument de Victor. Stépan faisait de son mieux pour chausser la bête de vieux fers usés. Le cocher tenait l'une des pattes arrière entre ses cuisses, de façon à ce que le dessous du sabot fût tourné vers le haut. L'homme limait un peu la corne, prenait le fer, tentait de l'ajuster puis, insatisfait, reposait le fer et limait encore un peu. Le cheval hennissait, renâclait, bougeait; et Stépan, lui, jurait grassement. Une chèvre noire aux yeux jaunes mâchouillait le pantalon de Nicolas. Le muet caressa le dos osseux de l'animal, qui lâcha une bonne bordée de crottin verdâtre en guise de remerciement.

Une silhouette vint s'encadrer dans le grand rectangle imparfait de l'entrée de l'étable. La main de Nicolas se crispa sur le pelage rude de la chèvre. La fille du ruisseau se tenait dans le grand pan de jour. L'enfant que Nicolas avait vu dans la maison de Victor dormait dans ses bras. Elle s'engouffra dans l'ombre et fit quelques pas en direction de Stépan.

« Ah! Nina! fit le cocher. Que nous vaut l'honneur de ta présence, jolie petite caille?

— Je vous apporte du saucisson, du pain et aussi quelque chose à boire, répondit-elle en tendant un sac de jute maculé de taches.

— Donne-le à mon fils, il va s'en occuper. »

Nicolas avait les nerfs à vif. Son visage était rouge et il se dandinait avec une raideur maladroite. Il s'empara du sac que la fille lui tendait. Sa main frôla celle de Nina et ce premier contact velouté augmenta sa nervosité. En reculant, il trébucha sur la chèvre. Après une danse burlesque où il tenta sans succès de retrouver son équilibre, il atterrit avec fracas sur une pile de vieilles planches. Nicolas, étendu dans l'enchevêtrement de pièces de bois, tenait le sac à bout de bras. Il le tenait bien haut, comme s'il s'agissait là d'une très précieuse marchandise. Stépan avait abandonné son travail et croulait presque sous les secousses de son rire tonitruant. Nina riait aussi. L'enfant qu'elle portait dans ses bras s'était réveillé. Nicolas se leva, humilié. Son souffle était court et sa mâchoire tremblait. Il lança le sac avec violence et Stépan s'en saisit de justesse. Le garçon assena un furieux coup de pied sur le sol, puis il sortit en courant, réprimant difficilement la crue amère de ses sanglots.

Le jeune muet n'alla pas bien loin. Il eût voulu fuir. Seulement, il ne connaissait pas suffisamment le chemin pour s'en retourner chez lui. Il était appuyé contre une barrière de bois, à quelques pas seulement de l'étable. La fille s'était moquée de lui. Stépan aussi d'ailleurs. Mais Stépan en avait le droit : il était son père, son ami ; il était la seule personne pour laquelle Nicolas revêtait une quelconque importance. En toute autre occasion, Nicolas serait tombé, Stépan aurait ri à perdre haleine et Nicolas aussi. Mais, cette fois-là, il y avait la fille… En outre, Nicolas s'était blessé en tombant sur le tas de planches. Un vieux clou rouillé avait écorché sa main et celle-ci saignait abondamment. Le garçon luttait contre un sentiment de haine féroce. Cette haine, il l'éprouvait d'abord envers lui-même pour s'être montré, devant la fille, sous un jour aussi ridicule. Il haïssait également la fille. Parce qu'elle avait été là, simplement, avec toute sa beauté et son éclat de rire femelle.

« Bonjour, Nicolas. »

Le garçon sursauta. Il n'avait pas entendu venir Nina qui était maintenant à ses côtés. Elle portait toujours l'enfant, dont les petites mains maladroites agrippaient fermement sa tignasse claire. Les yeux rivés au sol et la lippe boudeuse, Nicolas répondit d'un bref signe de tête.

« C'est ton père qui m'a dit ton nom, expliqua Nina d'une voix douce. Je suis désolée pour tout à l'heure. Je ne voulais pas me moquer de toi. C'était tout de même très drôle, non? Si tu avais pu voir la tête que tu fai-sais!»

Nicolas, en guise de réponse, lui montra sa main blessée. Il avait les sourcils froncés et les yeux exorbités. S'il eût pu parler, il lui eût sans doute crié: «Et ça! Tu trouves ça drôle, ça!» La plaie était sur le tranchant de sa main droite. Elle semblait très profonde, labourant la chair de l'auriculaire au poignet. Le sang couvrait la dextre d'un gant écarlate.

«Seigneur! s'exclama Nina, les traits crispés par une souffrance qui ne lui appartenait pas. Tu es blessé! Viens vite à la maison! Il faut désinfecter ça!»

Le jeune homme hésita. La belle dit en désignant l'enfant du menton:

«De toute manière, mon petit frère commence à s'agiter. Il doit avoir un peu faim. Tu viens avec moi?»

Nicolas accepta de suivre la jeune femme. Sa colère s'était subitement volatilisée. Il était désormais partagé entre la gêne et la joie intense de se retrouver avec Nina. Il marchait derrière elle, sur le petit sentier en pente conduisant à la baraque. Le vent jouait dans la robe de la fille. Le bas voletait parfois suffisamment haut pour que le garçon pût apercevoir furtivement le galbe dodu d'une fesse. Un cortège d'images défilait dans sa tête, réveillant ce même émoi qui s'était emparé de lui quelques heures plus tôt. Chemin faisant, il sortit sa chemise de son pantalon pour dissimuler le renfle-ment embarrassant qui recommençait à le gonfler.

Le petit chien les accueillit sur le pas de la porte. Sa queue battait l'air avec vigueur. Il sautait de l'un à l'au-tre avec une folle effervescence. Lorsque Nina déposa l'enfant sur le sol, le bambin essuya aussitôt une rafale affectueuse de coups de langue et de coups de patte désordonnés. L'enfant se mit à courir et le petit chien le suivit. Nina râpa une carotte pour son jeune frère qui s'en empara avec une promptitude gloutonne. La jeune femme demanda ensuite à Nicolas de s'asseoir et elle jeta un coup d'œil à sa main mutilée.

La blessure avait semblé bien pire qu'elle ne l'était en réalité. Nina remplit un bol d'eau chaude dans lequel elle versa un désinfectant. La plaie fut nettoyée et pansée avec délicatesse. Pendant que la jeune femme le soignait, Nicolas avait les traits crispés. Nina lui demanda plusieurs fois s'il avait mal et, chaque fois, le garçon fit signe que non. En fait, ce n'était pas tant la douleur que l'exultation qui marquait ainsi son visage. Nina le touchait. Ses mains étaient douces, habiles et tièdes. Lorsqu'elle se penchait sur lui, Nicolas risquait des regards furtifs dans l'échancrure large de sa robe. Le décolleté s'ouvrait suffisamment pour que le muet pût voir les seins presque en entier. Le jeune homme prenait de grandes respirations pour tenter de réprimer les pulsations brutales de son cœur. Dans une autre pièce, Victor ronflait. Sa femme était sortie pour vaquer à une occupation quelconque. Nicolas était seul avec Nina et l'enfant. Après avoir soigné le blessé, la fille était allée jeter l'eau qui avait servi à nettoyer la plaie. Ensuite, elle offrit du thé et des biscuits à son invité. La jolie boîte bleue qui contenait les biscuits provoqua une expression d'intérêt sur la figure de Nicolas. C'était un contenant rond et métallique, orné de riches illustrations en relief. Une marine était peinte sur le couvercle, montrant une goélette secouée par les flots d'une mer noire et déchaînée. Le muet contemplait la boîte avec admiration, un peu comme un enfant devant un jouet convoité. Nina se laissa tomber sur sa chaise et trempa les lèvres dans son thé.

«Elle est belle, cette boîte, n'est-ce pas, Nicolas?»

Il hocha la tête en guise d'assentiment.

«C'est un homme de la ville qui l'a donnée à mon père, il y a de cela quelques années. Il paraît qu'elle vient d'Angleterre! Elle était vide mais nous la remplissons toujours.»

Un de ses doigts fins effleura les motifs du couvercle. Elle soupira, l'esprit ailleurs :

« J'aimerais tellement vivre près de la mer, tu sais. Quelquefois, je vais me baigner dans un ruisseau pas très loin d'ici. Là, je me couche dans l'eau, je ferme les yeux et j'écoute le vent qui souffle dans les feuilles des arbres. Lorsqu'il souffle fort, ça fait comme un bruit de vagues qui iraient s'écraser sur des rochers. Et à ce moment-là, j'ai l'impression de m'y trouver, dans la mer. De m'y laisser emporter pour qu'elle purifie mon corps, pour qu'elle nettoie ses crasses, pour qu'elle cicatrise les plaies qui ne guériront jamais… Puis je me réveille… »

Nina s'interrompit. Ses yeux bleus étaient mouillés. Elle respira profondément et un sourire las vint éclairer son beau visage.

« Je dois bien t'ennuyer avec mes sottises. »

Nicolas secoua énergiquement la tête pour dire non.

« Je suis trop romantique, reprit Nina. C'est à cause des livres. Je ne suis jamais allée à l'école, mais ma mère m'a appris à lire et à écrire. Le problème avec les livres que j'ai lus, c'est qu'ils m'ont montré des endroits où je voudrais vivre. Ils m'ont plongée dans des histoires extraordinaires qui, une fois leur récit achevé, rendaient ma propre histoire insupportable. »

Nina se tut. La porte s'ouvrit et sa mère entra, portant un panier d'osier rempli d'œufs. Elle semblait fourbue. La sueur faisait luire son visage émacié. Nina se leva pour la décharger de son fardeau. La mère et la fille étaient côte à côte. La laideur de la femme Khoudenko rendait Nina plus furieusement belle encore. Mais peut-être était-ce la dame qui paraissait encore plus laide. On n'eût su le dire. Ce qui étonnait, c'était que Nina fût issue de cette femme morne dont l'apparence était aux antipodes de la sienne. Nicolas pouvait sentir un malaise palpable qui venait s'insinuer entre les deux femmes. Elles se côtoyaient sans vraiment se regarder. Elles se parlaient évasivement, sans cependant entretenir une véritable conversation. Pendant que Nina et sa mère s'affairaient à préparer le repas du soir, le muet jouait avec l'enfant et son chien. Le petit garçon était beau. Il avait les mêmes cheveux clairs que Nina. Il devait avoir trois ans. La différence d'âge entre lui et sa sœur avait de quoi surprendre, mais Nicolas ne s'en formalisa aucunement. Nina termina ce qu'elle avait à faire, puis elle demanda au muet s'il voulait l'accompagner en promenade. La jeune femme voulait lui montrer ce ruisseau dont elle lui avait parlé précédemment. Elle ne se doutait pas que son nouvel ami avait déjà tout vu de ce coin intime. Voire…

Arrivés au cours d'eau, les deux jeunes gens allèrent s'asseoir sur le tronc d'un gros arbre affaissé et recouvert de lichen. Nina, les yeux clos, humait l'air à pleins poumons. Nicolas la regardait, le cœur rempli d'une félicité indicible. La jeune femme l'invitait à évoluer dans son monde. C'était la première fois qu'il se trouvait en compagnie d'une fille qui appréciait véritablement sa présence.

« N'est-ce pas qu'on est bien ici ? » soupira Nina au bout d'un moment.

Nicolas acquiesça en souriant. Nina posa sa main sur la main gauche du garçon. Elle sentit aussitôt, sous sa paume délicate, toute la fébrilité de son compagnon.

« Tu trembles, Nicolas… Je te rends nerveux ? »

Le muet fixait un point sur le sol. Il tentait tant bien que mal de camoufler son visage ardent de timidité.

« Allons ! murmura la belle. Tu n'as pas à te sentir mal à l'aise. Je ne vais tout de même pas te dévorer ! »

Elle retira sa main, se leva, puis, lançant à Nicolas un regard où pointait une lueur de tendre moquerie, elle alla s'agenouiller devant lui.

« Est-ce qu'une fille t'a déjà embrassé, Nicolas ? »

Regardant toujours par terre, le muet fit non de la tête. Nina débordait d'un attendrissement tout à fait visible pour ce garçon disgracieux et fragile. Nicolas n'était pas beau. Il semblait peu intelligent et, comme si cela n'était pas suffisant, la vie était venue l'accabler d'un handicap qui l'empêchait de communiquer ses pensées, ses craintes, ses envies; d'interroger, de connaître, d'évoluer. Nicolas faisait partie de ces âmes misérables pour lesquelles rien de ce qui devrait normalement être accordé à un homme ne semble accessible. Le muet ne connaîtrait sans doute jamais l'amour d'une femme. Il ne sentirait probablement jamais sur ses lèvres la caresse puérile mais agréable d'un tendre baiser. Nina plaça donc son visage si près de celui de Nicolas que ce dernier sentit sur sa bouche la brise légère d'un souffle chaud.

« J'aimerais bien t'embrasser, moi. »

Les mains du muet s'incrustèrent dans la mousse verte couvrant le tronc de l'arbre mort. Ses yeux ne pouvaient fuir. Ils se noyaient dans le bleu céleste de ceux de Nina. La jeune femme plaqua ses lèvres moelleuses et mouillées sur celles du garçon. Le baiser ne dura que quelques secondes, mais, cet instant furtif, porteur d'une jouissance ineffable, devint le plus beau moment de la courte existence de Nicolas Branilov. Et il le demeurerait pour le peu de temps qu'il lui restait encore à vivre.

L'ombre du sous-bois s'épaississant, les deux jeunes amis étaient retournés à la maison. Stépan et Nicolas partagèrent le repas des Khoudenko, puis ils se mirent en route au crépuscule. Les lueurs du couchant embrasaient le ciel, soulignant la mort d'un autre jour, marbrant l'horizon d'or et de rouge. Dans le lointain, les terres semblaient recouvertes de charbon. La nuit tomba rapidement. Nicolas alluma les lanternes de la calèche qui se balançaient lentement au hasard des cahots de la route bosselée. Le muet repassait dans sa tête le défilé d'événements extraordinaires qui avaient marqué ce jour d'été. Un sourire vague illuminait son visage. Ses yeux scrutaient un point de l'obscurité comme si une scène s'y fût déroulée que lui seul voyait. Grâce à la lumière tremblotante qu'émettaient les lanternes, Stépan discerna cette expression de béatitude sur la figure de Nicolas. Le cocher n'eut aucun mal à deviner la cause de cette profonde rêvasserie. Il s'interposa entre le muet et son songe en disant :

« Elle est plutôt jolie, la petite Nina, n'est-ce pas ?... »

Nicolas tourna la tête pour fuir le regard inquisiteur de son père. Ce dernier, visiblement amusé par la gêne évidente de son protégé, continua sur un ton facétieux :

« Tu sais, je t'ai bien vu loucher sur ses gros seins ! »

Le jeune muet tressaillit. À cet instant, il eût bien aimé se fondre entre les interstices du plancher de la calèche.

« Ne fais pas cette tête, p'tit gars ! reprit Stépan. Le bout de viande qui pendouille entre tes cuisses, il n'est pas fait que pour pisser ! Ce qu'il y a... c'est que tu bandes, mon vieux ! »

Le cocher s'interrompit dans un éclat de rire viril. Il toussa fortement et expulsa un lourd crachat sur la route. Il reprit son souffle et se dressa sur ses jambes. Les bras en croix à la manière d'un crieur public, il clama à la ronde, d'une voix forte et grave :

« Messieurs, cachez vos filles et enfermez vos tendres épouses à double tour ! Mon fils, Nicolas Branilov, est maintenant un homme ! Vous entendez ? Un homme ! Et l'homme qu'il est devenu va bientôt écumer vos villages pour jeter sa gourme aux quatre vents ! »

Comme pour répondre aux avertissements de Stépan, un chien aboya dans le lointain. Nicolas pouffa et son père, tirant un flacon de sa veste, réintégra le banc pour boire un peu et reprendre les guides. Pendant un long moment, seuls le claquement des sabots et les bruits de l'attelage empêchèrent le silence d'avoir la nuit claire sous son emprise. Les yeux du garçon se perdirent dans un coin nébuleux de la voûte étoilée. De nouveau, une flopée d'images entêtantes revint s'interposer entre lui et le monde, le plongeant dans des limbes suaves où il revit, comme s'il y était toujours, les scènes du ruisseau. Il revit Nina debout dans l'onde claire, le soleil jouant dans les perles d'eau constellant son corps pâle et nu. Il pouvait encore sentir sur ses lèvres la trace fiévreuse et indélébile que lui avait laissée le baiser de la jeune femme. Elle était belle, Nina. Elle était douce, Nina. Elle avait été gentille avec lui et elle l'avait soigné lorsqu'il s'était fait mal sur un vieux clou rouillé. Tout en rêvassant, Nicolas toucha sa main droite pour effleurer sa blessure à travers le coton blanc du pansement. Cette écorchure était comme un lien qui le rattachait à la belle. Et il eût bien voulu qu'elle restât là, la plaie. Qu'elle ne guérît pas afin qu'il pût conserver à jamais de ce jour un souvenir tangible.

La voix rauque de Stépan vint encore une fois tirer le garçon de ses songes.

« Elle a vraiment des seins magnifiques, cette petite Nina. De vraies mamelles de nourrice prêtes pour la tétée. Bon Dieu ! ce que je donnerais pour les tenir dans mes mains ! Et son derrière ! Tu as vu son derrière ? Elle a un très beau cul, la diablesse ! Oui ! un beau cul : pas trop gros, un peu potelé, tout rond, juste comme il faut ! Depuis le temps que je la vois, j'ai remarqué qu'elle ne porte jamais rien sous ses robes. Tu as vu celle qu'elle portait aujourd'hui ?… C'est ma préférée ! La robe blanche ! Elle est si mince que, quand Nina se tient devant la lumière, on peut tout voir au travers ! Et puis, lorsqu'elle se penche, on peut voir ses seins qui se collent joue contre joue !… Je suis sûr qu'elle le fait exprès. Cette petite est une vraie chienne en chaleur ! Elle a le cul qui brûle et laisse-moi te dire qu'il me ferait bien plaisir de le lui soulager, ce cul ! »

Nicolas émit un cri d'indignation. Stépan se tourna vers lui et fut surpris de lire de la colère dans les traits de son fils.

«Pourquoi me regardes-tu de cette manière? Tu crois que je ne suis qu'un vieux salaud, c'est ça?... »

Nicolas soutint le regard de Stépan. Sa mâchoire tremblait. Le cocher prit une lampée de vodka, claqua de la langue et ricana doucement avant de dire:

«Ah! ça y est, j'y suis! Tu t'es entiché de cette créature, n'est-ce pas? »

Le muet avait croisé les bras sur sa poitrine avec une rigidité comique. Il regardait devant lui en exhibant une moue outrée. Stépan lui flanqua une bourrade sur l'épaule.

«Pauvre Nicolas! Tu crois peut-être qu'elle est pucelle, la Nina? Elle est douée d'une rare beauté, c'est vrai, mais elle n'a pas deux doigts de vertu. Son petit bouton de rose est depuis longtemps flétri. Le corps d'une pucelle, c'est comme un champ de neige où personne n'a encore marché: c'est immaculé, c'est blanc, c'est pur. Le corps de Nina... c'est un champ de bataille. »

Stépan vida d'un trait ce qu'il lui restait de vodka et il lança le flacon en bordure de la route. Il lâcha un rot sonore avant de poursuivre:

«Je vais te confier un secret si tu me jures de ne rien répéter à personne... »

Nicolas ne réagit pas à la mauvaise plaisanterie de son père. Le cocher continua sans s'être vraiment interrompu:

«Tu sais, le fils de Victor? Le petit enfant blond que Nina portait dans ses bras? Eh bien, tout le monde sait que ce gosse est le fils de Victor. Donc, il est le frère de Nina. Ce que les gens ne savent pas cependant, c'est que le petit frère de Nina est aussi le fils de Nina... C'est Victor qui me l'a dit, une fois que nous étions un peu saouls tous les deux. Il paraît que cette petite garce couche dans le lit de son père depuis ses quinze ans... La vieille Khoudenko se la ferme. Elle craint beaucoup trop la fureur de son mari. De toute manière, où irait-elle si jamais Victor la flanquait à la porte? Elle a la chance de vivre dans une isba où elle est comme chez elle. Elle nourrit les poulets et ramasse les œufs pour les ouvriers agricoles. Elle ne voudrait surtout pas se retrouver à tondre les moutons de l'aube à la nuit dans une ferme du peuple! Alors, elle reste. Elle ronge son frein. Elle est là comme un animal domestique et simplement pour l'utilité qu'elle représente, comme les poulets, la chèvre et la jument de Victor. Quand Nina s'est retrouvée enceinte de son père, la vieille était là pour donner le change. Elle ne voulait pas que ça se sache. Elle aspire à la sainteté, la femme de Victor. Elle a tout pris sur elle pour ne pas qu'on voie les péchés qui se commettaient sous son toit. Lorsqu'elle devait se montrer, elle s'habillait de robes trop grandes qu'elle remplissait de bourre pour donner l'impression d'avoir été engrossée. Nina, quant à elle, restait cloîtrée à la maison. Victor m'a dit aujourd'hui que Nina attend un autre enfant de lui. Il est un peu découragé, le pauvre bougre. Ce sera une autre bouche à nourrir, tu comprends? Il ne l'a pas cherchée, la petite. Il paraît qu'elle ne cesse de l'aguicher, qu'elle se tortille comme un serpent et qu'elle fait tout pour qu'il ait envie d'elle. On ne peut que condamner un père qui couche avec sa fille. Mais, à part pour ce qui est de sa jambe, cette vieille peau de Victor n'est tout de même pas fait de bois, non?»

Le muet balançait le torse et serrait les mâchoires. Il tremblait violemment mais ne pleurait pas. Terrassé par les paroles de Stépan, il sentait dans ses veines la brûlure d'un perfide poison. Pour la première fois de sa vie, il ne croyait pas son père. Pour la première fois de sa vie, il le haïssait. Nicolas ne doutait pas de la véracité des faits exposés par Stépan. Cependant, il avait la certitude que sa belle et tendre Nina n'était pas responsable de ce que lui faisait subir son ignoble père. Un jour, il irait la chercher pour l'emmener vivre, comme elle en rêvait, tout près de la mer. Il se sentait prêt à tout renier pour elle, prêt même à quitter Stépan qui, jusqu'à ce jour, avait été son unique raison de vivre.

Mais Nicolas ne revit jamais Nina telle qu'elle était par cette splendide journée de juillet. En mars de l'année suivante, on enterrait la jeune femme.

IV

Il faisait tempête ce soir-là. La maisonnette des fossoyeurs, secouée par les bourrasques, semblait douée d'une vie propre. Des flocons de neige compacts grésillaient sur les vitres comme des cristaux de sable fin. Depuis trois heures, le vent soufflait, rageur, incessant, hantant la campagne environnante de sa mélopée plaintive et hallucinante. Dans la chaleur confortable de la petite demeure, Nicolas, le front plissé par l'attention, sculptait un morceau de bois avec son couteau de poche. Stépan toussait de temps à autre, interrompant par saccades le crépitement discret des braises qui se consumaient entre les flancs arrondis du poêle. C'était une soirée d'un hiver rigoureux, humide et interminable. Dehors, le froid glacial raclait la peau, le blizzard aveuglait et le vent assourdissait. Les jours ne venaient que par intervalles brefs et grisâtres pour jeter quelques lueurs maladives sur un pays gelé à mort. Les journées de travail de Nicolas se résumaient à disposer, avec l'aide de Stépan, les nouveaux cadavres dans le grand mausolée. Le reste de son temps, le muet le passait à déneiger les pierres tombales et les allées du cimetière que l'hiver, inlassable, rhabillait aussitôt d'un épais tapis blanc.

L'intérieur de l'isba, malgré le fait qu'il témoignât de l'existence modeste de ses occupants, était doté d'un confort plus qu'appréciable dans la tourmente de ce début de mars. Une odeur âcre de chou bouilli saturait l'atmosphère. Calé dans les coussins râpés d'un vétuste fauteuil vert bouteille, Stépan lisait un vieux journal en grignotant des graines de tournesol et en buvant de la vodka. Nicolas ne savait pas lire et cela ne l'intéressait guère. Toutefois, il aimait bien les moments où son père lui lisait des extraits de la Bible que madame Koudrilovna lui avait donnée autrefois.

Le bruit métallique d'un attelage s'imposa brusquement sur les bruits de l'hiver, troublant ainsi le calme relatif de la maisonnette. Nicolas sursauta et son couteau mal affilé vint lui écorcher le pouce. Stépan regarda la fenêtre d'un œil soupçonneux.

« Qu'est-ce que c'est, à ton avis ? »

Nicolas haussa les épaules. Stépan se leva en maugréant :

« C'est sûrement pour embarquer un cadavre ! S'ils croient que je vais m'y rendre par ce temps de damné ! »

À regret, il enfila son lourd manteau et se dirigea vers la porte.

« Ouais ? » cria-t-il en sortant de l'isba.

Stépan resta de longues minutes à l'extérieur. Lorsqu'il revint dans la petite maison, un rideau livide couvrait son visage. Par la porte entrebâillée, le cocher lança d'une voix lourdement affligée à quelqu'un qui se trouvait au-dehors :

« Je suis désolé, mon pauvre vieux... Je prépare la troïka et j'arrive. »

Stépan, l'air hagard, referma le battant. Sans rien dire et sans retirer son manteau, il s'affala dans son fauteuil. Le muet s'approcha, jetant sur l'homme un regard chargé d'inquiétude. Stépan Branilov leva la tête et, d'une voix à peine audible, il laissa tomber :

« C'est Victor qui est dehors. Il est venu avec un autre homme. Il faut que je parte. C'est à cause de la petite Nina... Elle est morte. »

Ce matin-là, bien avant l'aube, les Khoudenko avaient été réveillés par les pleurs incessants de l'enfant que Nina avait mis au monde le mois d'avant. La femme de Victor s'était levée pour tenter de secouer un peu cette mère indigne qui semblait ne pas vouloir répondre aux appels affamés de son rejeton. Nina brillait par son absence. C'est Victor qui l'avait retrouvée en fin d'après-midi. Il l'avait cherchée partout sans résultat. Puis, soupçonnant une escapade avec un berger qui tournait autour d'elle depuis quelque temps, il s'était rendu à la ferme et avait interrogé le jeune homme, lequel avait juré qu'il n'avait pas vu la fille de Victor. Ce dernier était furieux. Nina était son bien et elle n'avait aucunement le droit de disparaître ainsi. Convaincu qu'elle reviendrait, il se proposait déjà de la battre comme jamais il ne l'avait battue. Finalement, en regardant par terre autour de sa maison, l'homme avait découvert des empreintes de pieds nus dans la neige durcie. Il avait suivi cette piste qui s'enfonçait dans le bois, où, par endroits, la neige lui montait jusqu'aux cuisses, rendant pénible le déplacement de sa jambe de bois. Parvenu au ruisseau, il avait découvert Nina. La jeune fille était complètement dévêtue. Son corps figé baignait dans l'eau claire et glaciale du petit cours d'eau qui jamais ne gelait. Elle semblait dormir profondément. Ses lèvres mauves dessinaient un dernier sourire.

Nicolas ne voulut pas accompagner son père chez les Khoudenko. Le muet prépara néanmoins le cheval et remplit le seau de braises qui réchaufferait les pieds de Stépan durant le trajet. Le cocher prit la route et Nicolas resta seul, prostré dans l'obscurité et étouffé par ses sanglots. Sa douleur était cuisante. Malgré les mois qui le séparaient de sa brève rencontre avec Nina, il n'avait cessé de penser à elle. Le baiser de la jeune fille avait été pour lui comme une promesse. Depuis lors, il s'était imaginé que Nina l'attendait, qu'elle l'aimait et qu'elle rêvait, autant que lui-même, du jour où ils se retrouveraient. En prévision de ce jour, Nicolas avait profité d'une visite dans la crypte pour subtiliser, à l'insu de son père, une jolie bague dans le précieux amoncellement de bijoux. Il avait été impatient de voir la figure de Nina lorsqu'il lui offrirait ce beau présent en gage de son amour. Malheureusement, le projet qu'avait caressé le jeune homme ne se réaliserait jamais.

Tôt le lendemain, Stépan revint au cimetière. Victor, sa femme et le petit garçon blond l'accompagnaient. Une bâche traversée de lanières de cuir couvrait le baquet de la troïka. Nicolas sortit afin d'aider son père à décharger le cercueil. Stépan tendit une main secourable à la femme Khoudenko pour qu'elle descendît du traîneau. Elle portait un bébé dans ses bras. L'enfant était emmitouflé dans une épaisse couverture de laine. Nicolas commença à délier les lanières qui retenaient la bâche. Stépan l'arrêta :

« Laisse ! Victor et moi, on s'en occupe. Amène plutôt madame Khoudenko et les enfants à la maison. Va vite préparer du thé pour cette pauvre femme. »

Désarmé, le muet regarda son père avec stupéfaction. Sans même s'apercevoir du trouble de son fils, le cocher acheva de défaire les sangles. À contrecœur, le jeune homme se plia aux exigences de Stépan. D'un signe de tête peu enthousiaste, il invita la femme à le suivre. Madame Khoudenko semblait grandement souffrir du froid. Elle serrait frileusement le bébé contre sa poitrine. Son châle de laine laissait entrer l'hiver entre ses mailles trop espacées. Insensible à l'inconfort de la dame, Nicolas marchait d'un pas lent. Il s'arrêta même en chemin pour nouer un lacet. Avant d'entrer dans l'isba, il regarda en direction de la troïka. Un humble cercueil de bois clair gisait maintenant dans l'allée enneigée.

Madame Khoudenko posa le bébé sur le lit de Nicolas. Pendant qu'elle emmaillotait l'enfant dans une couche propre, elle s'adressa au jeune homme. Elle ne dit rien à propos de sa fille décédée. Il semblait que seul le nouveau-né lui importât. Où trouverait-elle une nourrice susceptible d'offrir le sein jusqu'au sevrage du petit ? De plus, le lait de chèvre, même très dilué, rendait l'enfant malade. Nicolas n'éprouvait aucune compassion à l'égard de l'infortunée grand-mère. Il ne la regardait même pas. Le muet ne savait rien de ce qui avait causé la mort de Nina. Cependant, il avait la conviction que c'était un peu la faute du bébé. Aussi considérait-il ce petit être avec un certain ressentiment.

Stépan et Victor mettaient du temps à revenir du mausolée. Nicolas servit du thé foncé et fumant à madame Khoudenko, puis il enfourna quelques nouvelles bûches dans le ventre incandescent du poêle. Au retour des deux hommes, Nicolas nota chez Victor un accablement incommensurable. L'amputé avait sans doute beaucoup pleuré. Ses paupières étaient rouges, presque mauves. Son visage de hareng avait pris une teinte verdâtre qui le rendait encore plus laid, pour autant qu'il fût possible à l'homme de progresser dans sa laideur. Il était tout à fait abattu. Son dos formait un arc fort prononcé, comme si le malheur qui le touchait se fût mué en lourd fardeau. Le muet détestait cet homme abject. Intérieurement, il jubilait de le voir ainsi. Nombreuses avaient été les nuits où il avait imaginé avec un horrible sentiment d'impuissance que, là-bas, dans la sordide demeure des Khoudenko, Nina subissait en pleurant les sollicitations lubriques et les immondes caresses de son père. En un sens, la mort de Nina avait permis à la jeune femme de se soustraire aux tourments que Victor lui avait fait supporter. En mourant de la sorte, elle s'était vengée de façon magistrale. Nicolas avait envie de rire en voyant cet homme défait, ruiné, anéanti. Il avait envie de s'esclaffer à en perdre le souffle, de pointer sur lui un doigt moqueur et d'assener à ce mollusque hideux le coup fatal qui l'écraserait définitivement. Mais Nicolas ne rit pas et personne ne put remarquer le fielleux contentement qui l'animait. Il se faisait petit, effacé. Il se tenait légèrement en retrait et sculptait son bout de bois, en prêtant une oreille attentive aux propos des autres.

Ainsi, il apprit que Nina avait été retrouvée morte dans le ruisseau. Victor croyait à un accident. Il prétendait que Nina avait l'habitude de faire de violents cauchemars et qu'elle se levait souvent la nuit, marchant dans son sommeil et bredouillant des phrases inintelligibles. L'homme était convaincu que sa fille s'était rendue inconsciemment jusqu'au petit cours d'eau. Madame Khoudenko, quant à elle, avança timidement que Nina, qui avait toujours fait preuve d'une très grande oisiveté, s'était probablement suicidée pour échapper à ses obligations de mère. Victor dit à sa femme de fermer sa gueule et celle-ci obtempéra avec soumission. Toutefois, avant que l'épouse de l'infirme ne baissât humblement la tête, Nicolas crut percevoir une malicieuse lueur de triomphe dans le regard généralement terne de cette femme triste et désabusée. Il n'y eut pas de cérémonie funèbre en mémoire de Nina. Victor détestait ces choses-là. Sa femme y tenait mais ses opinions n'avaient aucune importance. Elle dut donc renoncer à faire appel à un pope. Elle parvint néanmoins à convaincre son mari de confectionner une petite croix de bois pour orner la sépulture de Nina. Le paysan promit de le faire avant que le corps fût porté en terre. Comme mars n'en était qu'à ses débuts et qu'on ne devait enterrer Nina qu'en avril, Victor avait tout son temps.

En milieu d'après-midi, Stépan partit pour aller reconduire Victor et les siens. Nicolas sortit pour les saluer poliment et pour regarder disparaître la calèche au tournant de la route. Ensuite, il rentra dans l'isba pour attendre. Un peu plus tard, il profiterait de l'absence de son père pour aller voir Nina.

Le muet attendit le crépuscule. D'une fenêtre voilée de givre, il observait le grand mausolée. Ombre chinoise.

Masse inquiétante. Son amour l'attendait. Des bourrasques soudaines soulevaient de fins nuages de neige poudreuse. Les volutes tourbillonnaient, puis se volatilisaient. Fantômes. Ce soir-là, même le vent n'était plus le vent. Il était une voix, ouatée, chantante : la voix de Nina. Son amour l'appelait. Nicolas enfila son lourd manteau de laine. Son cœur battait à tout rompre. Un bloc de glace se détacha du toit de la maisonnette et s'écrasa sur le sol avec fracas, comme un signal. Il lui fallait y aller. Dans quel état la retrouverait-il ? Le masque de la mort avait-il altéré sa beauté ? Le jeune homme mit le feu au fanal, puis sortit.

Un froid vif l'enveloppa. D'un pas hésitant, il marcha vers son macabre rendez-vous. Dans sa poche, la bague qu'il avait voulu offrir à Nina. Il lui en ferait cadeau malgré tout. Le mausolée se dressait : trapu, menaçant, gueule béante sur la toile plus claire du soir. Les glaçons accrochés au rebord du toit ressemblaient aux crocs acérés d'une bête cauchemardesque. Fébrile, Nicolas fouilla ses poches. Les clefs ! Où étaient les clefs ? Le trousseau tinta. Il avait oublié qu'il le tenait à la main. La serrure mal huilée grinça. Le lourd battant de chêne s'ouvrit en miaulant. La lueur agitée du fanal embrasa les murs intérieurs du tombeau. Malgré le froid, l'haleine douceâtre de la mort demeurait envahissante. Nicolas chercha des yeux le modeste cercueil de cèdre. Il se trouvait au fond, posé sur des caisses qui étaient rangées contre le mur. Le muet s'avança lentement, respectueusement. De chaque côté de l'allée étroite, d'autres cercueils s'empilaient, formant une haie d'honneur pour cette ultime rencontre. Au passage, Nicolas saisit un pied-de-biche. Il déposa ensuite le fanal, considérant avec émotion cet écrin oblong qui retenait, entre ses parois, la dépouille de Nina. De longues minutes, il demeura totalement immobile. Il avait peur. Un frisson douloureux labourait son échine. Ce n'était certes pas la proximité des cadavres qui lui causait cette frayeur. Car, en ce lieu, il était dans son élément. Il trouvait normal d'être là. Le cimetière était son monde. Dans la solitude lugubre et baignée d'odeurs cadavéreuses de la sépulture, il ne ressentait pas cette appréhension qui eût plongé quiconque dans un effroi innommable. La peur qu'éprouvait le muet était étrangère à tout cela. C'était plutôt le genre de vertige qu'eût pu ressentir un désespéré sur le point de se jeter du haut d'une falaise. Nicolas se faisait peur à lui-même. L'ouverture du cercueil tuerait le souvenir, jusqu'à ce jour impérissable, qu'il conservait de son amour. Elle tuerait cette image. La seule qu'il gardait en mémoire. Celle qui n'était que splendeur et beauté. Une autre image serait alors consacrée. Définitive celle-là. Ce serait le portrait d'une écale vide, d'une forme inerte ; Nina sans son âme, Nina sans Nina. C'est pour cela que Nicolas avait peur. Et il eut envie de reculer, de fuir, de ne pas ouvrir la bière et de s'affranchir de cette peur, comme le désespéré qui, finalement, décide de ne pas sauter. Mais il resta. Et, d'un geste mal assuré, il glissa l'extrémité du pied-de-biche sous le couvercle du cercueil.

Les clous glissèrent hors du bois tendre sans offrir trop de résistance. Nicolas ferma les yeux, puis il souleva le couvercle, dernier obstacle le séparant encore de sa bien-aimée. Il n'osa pas regarder de suite. Un flot de sang impétueux comprimait ses tempes. Ses membres tremblaient et ses dents s'entrechoquaient. Il avait très froid tout à coup. Son souffle s'emballait et sa bouche était sèche. Le jeune homme mit du temps à régulariser sa respiration saccadée. Il recouvra un peu son calme. Les paupières toujours closes, il retira totalement le couvercle sans charnières et posa ce dernier sur un autre cercueil. En ouvrant les yeux, Nicolas eut un brusque mouvement de recul. Un râle d'étonnement terrifié demeura coincé dans sa gorge. Il refusait d'admettre la véracité du tableau pathétique qui s'offrait maintenant à son regard. À coup sûr, ce corps, étendu là, ne pouvait être celui de Nina. Le doute qui assaillait le muet venait du fait qu'il n'avait jamais pu comparer un être humain vivant à sa dépouille mortelle. Au cimetière, il voyait toujours les gens plusieurs jours, voire plusieurs semaines, après leur mort. Il avait vu mourir sa mère mais, mise à part l'expression figée de son visage, Olga, même morte, ressemblait toujours à Olga. Il en allait tout autrement pour les restes de Nina. Le visage était grotesque, sans traits et rond comme une lune. La peau était grise et les lèvres, bleues et gonflées, esquissaient un sourire tout à fait clownesque. Les cheveux couronnant ce faciès horrible descendaient en faisceaux de paille terne sur la poitrine de la morte.

Au bout d'un moment, Nicolas réalisa qu'il se trouvait en présence d'un cadavre ; et que ce cadavre, qui n'avait en fait rien de bien différent des autres, pouvait fort bien être celui de sa chère Nina. Lorsqu'il reconnut la robe blanche que revêtait le corps, ses doutes se dissipèrent complètement. Cette robe, Nina l'avait portée par un splendide jour d'été. C'était celle qu'elle avait laissée choir avec grâce sur l'herbe de la rive d'un ruisseau. Cette robe, Nicolas la connaissait par cœur pour l'avoir maintes fois revue, flottant au vent dans les vapeurs de ses songes. D'une main à la fois fébrile et hésitante, le jeune homme toucha le tissu du vêtement. Peu à peu, sur cette figure refaçonnée par la mort, il reconnut celle de son amour. Il s'accoutuma à cette nouvelle apparence, lentement, graduellement, tel un œil qui, après avoir quitté la lumière cinglante du jour, s'habitue doucement à la pénombre d'un intérieur. Les bras nus du cadavre étaient enflés, sans joint, comme le tronc d'un jeune arbre. Les mains, soudées dans une éternelle prière, semblaient grossièrement modelées, rappelant celles d'une sculpture inachevée. Nicolas caressa la chevelure de la morte. Il eut la sensation de plonger ses doigts dans une herbe longue et desséchée. Puis, sans répulsion, il toucha les mains de Nina. Ces mains jadis si tendres, si douces ; ces doigts fins et habiles dont le seul contact avait autrefois enflammé son cœur ; ces mains, donc, méconnaissables sous leurs gants de boursouflures et de chair gelée, avaient dorénavant une consistance et une couleur de pierre. Nicolas se mit à pleurer. Fouillant sa poche, il prit la bague et la jeta avec véhémence sur le plancher couvert de sciure du mausolée. Comment avait-il pu croire un seul instant qu'il pourrait enfiler ce bijou au doigt de Nina ? Son amour, sa beauté, était maintenant un cadavre ; et il fallait toujours couper les doigts des cadavres pour prendre les bagues que ceux-ci portaient ! Accablé, captif d'une absolue fixité, le jeune homme maudissait l'immense gâchis qu'avait entraîné l'absence de vie sur ce visage jadis si beau. La flamme du fanal créait l'illusion que la figure de la morte s'animait. Derrière le rideau flou de ses larmes, le fossoyeur crut voir respirer Nina. Cette vague impression le troubla au point de prendre une totale emprise sur ses sens. «Tu respires

puis, sentant les battements vigoureux de son propre cœur qui se répercutaient dans la cage thoracique du cadavre, il eut la profonde conviction que Nina vivait. «Tu n'es pas morte ! Tu dors, c'est tout ! Tu as froid ! Il faut que je te réchauffe ! Te réchauffer, Nina ! je vais te réchauffer ! » Ces clameurs angoissées retentissaient dans sa tête lourde tandis que d'horribles râles jaillissaient de sa bouche. Puis, contre toute attente, se produisit un événement improbable qui vint achever d'attiser la flamme de son délire. De la gorge atrophiée du muet émergèrent deux syllabes parfaitement modulées :

«Ni !... na ! »

Nicolas se jeta sur le cercueil. C'est là qu'il perdit totalement sa conscience.

Stépan rentra au milieu de cette nuit-là. Il ne neigeait plus. Victor avait retenu le cocher un long moment. Les deux compagnons avaient bien sûr discuté de la terrible épreuve qui secouait les Khoudenko, épreuve qui, de toute évidence, s'avérait être un excellent prétexte pour vider quelques bouteilles de petite eau. Stépan était ivre. En franchissant la grande grille du cimetière, il eut le bonheur de constater qu'il y avait de la lumière à l'intérieur de l'isba. La cheminée crachait dans l'air froid un lourd panache de fumée blanche. Malgré l'heure tardive, Nicolas ne devait pas dormir. Il pourrait donc s'occuper du cheval. Le cocher, dans son état, était peu disposé à dételer et à conduire lui-même la bête à sa stalle. Stépan arrêta le cheval devant la maisonnette. Abruti par l'alcool et ankylosé par la longue immobilité que lui avait imposée le trajet, il se délogea péniblement du banc inconfortable de la troïka. Une main appuyée sur le marchepied du traîneau, il regarda l'isba d'un air perplexe. Ses yeux allèrent de ses pieds à la demeure et de la demeure à ses pieds, comme si, avant d'entreprendre sa progression, il lui eût fallu d'abord compter chacun des pas qui le conduiraient dans la chaleur de son gîte. Ensuite, en titubant, il se dirigea vers la maison. S'agrippant mollement à la rampe de fer, il mit un temps fou à gravir les trois marches couvertes de givre du petit escalier. Parvenu sur le balcon, son pied heurta un seau vide. Le contenant métallique frappa le mur, produisant un son de cloche fêlée qui se répercuta longuement dans le silence du cimetière. Regardant les rangées de tombes d'un air faussement affecté, Stépan dit, la voix avinée et comme si les morts eussent pu l'entendre :

« Vous me voyez vraiment navré, mes pauvres amis ! Loin de moi l'intention de perturber votre sommeil ! Allez, rendormez-vous et ne faites plus attention à moi ! »

En ouvrant la porte de la maisonnette, Stépan souriait. Mais, au moment même où il leva les yeux sur le tableau qui l'attendait, sa bonne humeur tomba en même temps que sa profonde ivresse. L'isba était devenue le théâtre d'une scène effroyable. La chaleur était dense, le poêle rougeoyait. Nicolas, couché sur le sol, regardait le plafond avec une fixité de dément. Il était nu. Dans ses bras était blotti le cadavre livide de Nina Khoudenko.

V

La main de Nicolas Branilov délaissa à regret le bois peint de la croix. Il gardait un souvenir atroce de cette nuit de mars où il avait retiré Nina de son cercueil. Il n'arrivait pas à se rappeler ce qu'il avait fait. Vaguement, il se souvenait d'avoir parlé. Était-ce un rêve? Il n'en avait pas la certitude. Il manquait des passages au fil de sa mémoire: de longues séquences occultées par la folie aveugle qui l'avait poussé à commettre ce geste insensé. Il se rappelait cependant, avec une douleur amère et indélébile, que Stépan l'avait battu. Il l'avait battu, non pas pour le punir, mais pour le tuer, sauvagement, avec une longue tige de fer servant de tisonnier. Nicolas avait mis une semaine à pouvoir sortir du lit. Stépan avait soigné ses plaies mais, froidement, dédaigneusement même, comme s'il avait eu l'affreuse besogne de remettre sur pied une créature immonde et malfaisante. Le cocher ne comprenait évidemment pas comment son fils avait pu faire une chose pareille. Il mettait cela sur le compte de la perversité. Jamais il n'avait soupçonné l'attachement qu'avait éprouvé Nicolas envers la fille de Victor. Comment eût-il pu en avoir la moindre idée? Après tout, le jeune homme n'avait rencontré Nina qu'une seule fois. Jusqu'à cette nuit sordide, Stépan avait cru connaître son fils. Il le savait peu intelligent et même un peu débile par moments. Il le savait dévoué et travailleur, mais le cocher, malgré l'attention qu'il avait toujours accordée à Nicolas, ne savait rien des pensées profondes de celui-ci. Entre l'homme et le garçon, il y avait toujours eu ce fossé insondable qu'est le silence.

Avant Nina, le monde du jeune fossoyeur avait été un monde terne. Sa vie, elle, avait été une suite de jours sans but et sans lendemain. Il avait vécu le bonheur paisible de l'ignorance. Un bonheur d'errance sans véritable joie, sans motivation et sans préoccupation. Un bonheur de larve. Nina était venue rompre cette torpeur. Son baiser puéril ne fût devenu qu'un vague souvenir dans l'esprit d'un autre que Nicolas. La scène du ruisseau, pour un garçon plus averti, se fût transformée en simple anecdote grivoise, de celles que les jeunes hommes se plaisent à raconter au cours de leurs discussions viriles. Mais, dans l'âme du muet, ces deux événements avaient causé une commotion d'une ampleur que personne n'eût pu concevoir. Nina avait éveillé en lui une envie, un besoin, un rêve. Elle avait jeté, sur son monde de grisaille monotone, l'éclair vif et coloré d'une expérience sensuelle. Cette brève rencontre avec la jeune femme avait fait connaître l'amour au muet. Et cette expérience agréable, bien que fugace, s'était vite muée en dépendance, en obsession, en désir ardent de posséder Nina et de boire d'elle à s'en saouler.

Ce que Stépan considérait comme un acte pervers n'avait été, en fait, qu'un geste désespéré de la part de Nicolas. Dans son délire, il avait voulu réchauffer Nina. Il avait refusé d'admettre la mort de son rêve, et il avait eu l'impossible espérance de pouvoir extraire des restes gelés de son amour une infime parcelle de vie. Alors, il s'était couché, nu contre le cadavre nu, pour faire corps avec Nina dans une osmose pathétique et dérisoire. Il avait voulu qu'elle ouvrît les yeux. Il avait voulu qu'elle absorbât sa chaleur. Il avait tout simplement voulu que sa Nina revînt au monde, comme certaines fleurs le font au bout de l'hiver. C'est cela que Stépan n'avait pas compris. Mais il faut dire que toutes les apparences jouaient en faveur de cette incompréhension. Et Nicolas, entravé par sa mutité, n'avait pu plaider sa propre cause. D'ailleurs, même s'il eût pu parler, le jeune homme n'eût su expliquer un geste dont la seule cohérence résidait dans la furieuse folie qui l'avait habité ce soir-là.

Après ces événements, les sentiments paternels de Stépan s'estompèrent jusqu'à s'éteindre tout à fait. Nicolas devint alors une bête de somme. Chaque jour, de l'aube au crépuscule, il effectuait à lui seul la majeure partie des travaux qu'exigeait l'entretien du cimetière. Le cocher lui trouvait toujours quelque chose à faire. Ces innombrables tâches s'avéraient souvent improvisées et injustifiées, mais le muet se devait de les accomplir. Il peinait ainsi, sans relâche et souvent jusqu'au bout de ses maigres capacités, simplement pour conserver le privilège de dormir et de manger à l'intérieur de l'isba. Stépan lui parlait peu. Le muet était confiné dans un impitoyable isolement. Son existence d'avant Nina lui était désormais interdite. Sa vie devint plutôt un vide ténébreux où il n'était plus qu'un pauvre esclave noyé dans la sueur, la douleur et l'ennui. Stépan, appréhendant une récidive des pulsions lugubres de son fils, avait dit à ce dernier : « Si tu recommences, je te jure que je te tue ! » Ces paroles avaient été lâchées froidement, sans hésitation et sans le moindre tremblement dans la voix de l'homme. Plus encore que ne l'avaient fait les blessures physiques que lui avait infligées son père, cet avertissement fit mal à Nicolas. Le muet eût aimé protester. Il eût aimé jurer qu'il n'avait pas fait cela pour faire le mal et que jamais il ne recommencerait. Stépan le détestait et c'était atroce. La complicité qui le liait au cocher était à jamais révolue. Désormais, il serait seul.

Nicolas se signa puis tourna le dos à la modeste sépulture de sa bien-aimée. D'un pas rapide, il s'engagea dans l'allée en jetant des regards anxieux en direction de la grille. Il ne fallait pas qu'il traînât. Il devait terminer son travail avant le retour de Stépan. Ce dernier était parti dans la matinée et il ne tarderait pas à rentrer. Parvenu au mausolée, le jeune homme sortit un foulard de la poche de son pantalon. Il déploya le morceau d'étoffe, se l'attacha autour du cou et s'en couvrit le bas du visage. Le tissu avait été généreusement imbibé de vinaigre. C'était pour contrer l'odeur des morts, qui, en raison de la tiédeur des jours printaniers, dégageaient une puanteur chaque jour de plus en plus forte. Les nuits étaient encore suffisamment froides et la chaleur des journées ne se révélait encore que timidement. L'intérieur du mausolée gardait donc une température qui préservait un peu les corps de la décomposition.

Nicolas ouvrit la porte du monument. Il lui restait deux morts à enterrer avant le soir. En regardant les six cercueils qui s'alignaient dans la pénombre, il se réjouit du fait qu'avant une semaine il en aurait fini avec ces morts en attente. Le fossoyeur s'approcha d'un lourd cercueil au bois sombre. Il étudia la masse d'un œil averti, puis il sortit prendre le chariot qui servirait à la transporter. Il revint rapidement, poussant un support mobile dont les trois roues d'acier grinçaient. Il plaça le solide chariot parallèlement au cercueil. Celui-ci était posé sur des caisses, à une hauteur qui excédait de peu celle du chariot. Nicolas effectua quelques ajustements et, en s'arc-boutant, il parvint à glisser la masse de bois sur le catafalque. Après l'effort, il reprit son souffle. Ensuite, il empoigna le pied-de-biche pour ouvrir le cercueil. Avec une aisance forgée par l'habitude, il retira tous les clous sans abîmer le bois. Il posa le pied-de-biche, arrangea son masque et souleva vivement le couvercle à charnières. Le muet prêta peu d'attention au corps captif d'un nuage de satin clair. Ses yeux remarquèrent tout de suite l'objet doré, coincé dans l'étau des mains cendreuses de la dépouille.

La pièce était splendide. C'était un coffret à peine plus gros qu'une Bible et constellé de détails et de reliefs purement magnifiques. Avec empressement, Nicolas extirpa l'objet de la poigne robuste du mort. Il courut vers la porte pour examiner sa trouvaille à la lumière du jour. Dehors, il arracha le foulard qui entravait sa respiration devenue haletante. Étourdi et tremblant, il dut s'asseoir sur une grosse pierre par crainte de s'affaler de tout son long dans la terre boueuse. L'objet exerçait sur lui une ardente fascination. C'était de l'or. Il en était sûr. Non que ce métal représentât quelque chose d'exceptionnel pour le muet, mais celui-ci savait que, pour Stépan, l'or était tout. Et Nicolas, surexcité, imaginait avec joie l'expression heureuse qu'aurait la figure de son père lorsqu'il lui dévoilerait cette précieuse découverte. Il espérait de tout son être que ce joyau, infiniment plus beau que tout ce qu'avaient pu contenir les cercueils précédents, parviendrait à effacer la rancœur soutenue qu'éprouvait Stépan à son endroit.

Le jeune fossoyeur tourna et retourna le coffret dans le jeu nerveux de ses mains sales et maladroites. La montre du tsar qui lui avait autrefois ravi sa mère et sa voix n'était qu'une bien piètre création en comparaison de cette œuvre. Le coffret était lourd. Un portrait était ciselé sur son couvercle arrondi. L'illustration, savamment détaillée, représentait le visage d'un homme jeune et beau. Les yeux du sujet avaient quelque chose d'inquiétant qui fit frissonner Nicolas. Il détacha son regard du masque doré. Tout autour du coffret, il y avait des inscriptions et des symboles que Nicolas ne pouvait associer à rien. Un sceau elliptique, taillé dans une mince feuille d'or, était soudé au couvercle pour en empêcher l'ouverture. De toute manière, Nicolas ne songeait pas à ouvrir l'objet mystérieux. Certes, il eût bien aimé connaître la nature du trésor que pouvait contenir un coffret si fabuleux. Toutefois, en faisant cela, il eût risqué de compromettre ses chances d'obtenir le précieux pardon qu'il espérait recevoir de son père.

Le muet remit son masque et réintégra le mausolée. Il posa le coffret dans un coin sombre. Là, il couvrit l'objet de sciure afin de le soustraire au regard d'un éventuel intrus. Personne ne venait jamais à proximité de la grande sépulture. Seulement, en raison de l'importance de sa somptueuse trouvaille, Nicolas ne voulait prendre aucun risque. Son travail de camouflage terminé, il retourna vers le cercueil ouvert. Le cadavre était celui d'un vieillard. Il avait de longs cheveux blancs et une étroite barbiche prolongeait son menton. En raison du dégel et de l'humidité, sa peau crayeuse était recouverte d'une fine rosée diaphane. Il était vêtu d'une lourde veste bleue à col d'astrakan sur laquelle serpentaient de fines broderies dorées. Le vêtement était orné par deux rangées de boutons de cuivre rutilant. Les manchettes immaculées d'une chemise blanche dépassaient des manches obscures de la veste. Les jambes du pantalon, également d'un bleu sombre, disparaissaient dans les cylindres noirs d'une paire de bottes longues, souples et astiquées avec soin. Ainsi accoutré, le défunt faisait songer à un hussard. Nicolas trouva ce costume très beau. L'individu ne portait aucun bijou. Les familles des morts ne laissaient généralement pas beaucoup d'objets de valeur dans les cercueils. Au hasard de ses pillages, le jeune fossoyeur ne récoltait ordinairement que peu de choses. Il trouvait surtout des bagues, des bracelets, des colliers et des montres. Il avait aussi mis la main sur quatre médailles de guerre, qui ne valaient rien mais qui faisaient sa fierté. Toutefois, jamais il n'avait espéré découvrir une pièce aussi fantastique que le coffret doré. Nicolas songea que les proches du vieillard devaient tous être fous pour laisser un mort emporter une telle richesse dans sa tombe. Il referma le cercueil et recloua son couvercle. Ensuite, il poussa la masse, qui roula sur son socle vers la sortie. Émergeant au-dehors, les roues du chariot lancèrent au ciel des cris stridents. Quelque part, un oiseau répondit.

Environ deux heures plus tard, le jeune fossoyeur jeta la dernière pelletée de terre sur la tombe du vieil homme. Le visage rougi par l'effort soutenu qu'il venait de fournir, Nicolas fit une pause pour masser son cou douloureux. Un instant, il ferma les yeux, savourant goulûment son répit. Ses oreilles bourdonnaient. Ses jambes flageolantes avaient peine à le supporter. Il fut pris d'un agréable vertige et se laissa choir sur le dos, les bras en croix sur la terre molle et humide. Une mouche précoce et engourdie vint s'écraser sur sa joue. Il la chassa d'un geste de la main. Le Soleil était bon. Sa chaleur, bien que parcimonieuse, jetait un baume sur les plaies qu'avait causées l'hiver sur toute chose. Le vent était de terre, doux et caressant. Nicolas ouvrit les yeux. Il laissa voguer son regard dans le ciel. Les nuages, légers et farineux, ressemblaient à des brebis dispersées dans un champ d'azur beaucoup trop

suite un long silence, puis un cheval ricana. Nicolas reconnut ce hennissement. Il s'assit et tendit l'oreille en regardant en direction de la grille ouverte. La tête noire de Boris déboucha dans l'entrée. Le muet se leva précipitamment et courut chercher le coffret doré. Lorsqu'il émergea du mausolée en tenant fermement son magnifique trésor, Stépan avait déjà mis pied à terre. Pantois, le cocher vit son fils qui s'amenait à toute allure. Celui-ci trébucha en contournant une pierre tombale. Il chuta, roula sur lui-même, puis, sans avoir lâché le coffret, il se releva pour poursuivre sa course effrénée. Lorsque Nicolas fut parvenu à sa hauteur, Stépan l'accueillit avec un lourd coup d'œil de mépris.

« Qu'est-ce qui te prend, pauvre abruti ? grommela-t-il. Tu as vu un fantôme ou est-ce encore une fois ta raison qui déraille ? »

Nicolas tendit à son père l'objet qui était à l'origine de son grand emportement. L'homme s'empara vivement du coffret. Avec des yeux de gamin incrédule, il examina la chose sous toutes ses faces. D'une voix étranglée par l'émerveillement, il bêla :

« Bon sang ! C'est de l'or, du vrai ! Une jolie brique d'or !… Je suis riche !… Je suis… »

Il s'interrompit dans un long rire retentissant qui le fit s'étouffer. Sous la secousse, son fidèle chapeau de cuir verdâtre roula dans une flaque. Sa cicatrice en forme de fer à cheval devint écarlate. Il rit longtemps, le corps plié en deux. Lorsqu'il se redressa, de grosses larmes cristallines roulaient sur ses joues. Il déglutit, recouvra péniblement son souffle, puis, sur ce ton franchement amical que Nicolas n'espérait plus entendre, il s'exclama :

« Ça alors, mon p'tit vieux ! Aurais-tu par hasard découvert les joyaux des Romanov ? »

Nicolas, à la fois triomphant et ému, se balançait nerveusement sur ses jambes trop maigres. Il eut bien du mal à retenir les larmes de joie qui lui brûlaient les yeux. Après avoir ramassé, secoué et remis son chapeau, Stépan posa une main tendre sur l'épaule de son fils.

« Avec ce trésor, dit-il, on va se faire une nouvelle vie. À lui seul, ce coffret vaut certainement une fortune. Et, comme un écrin est rarement plus important que ce qu'il contient, j'ai bien hâte de découvrir ce qui se cache là-dedans ! As-tu terminé ton travail ? »

Timidement, le muet fit signe que non. Le cocher lui arracha sa casquette pour lui ébouriffer comiquement les cheveux.

« Eh bien, vas-y, camarade ! Faut pas faire attendre les macchabées ! Conduis Boris à l'écurie, termine ce sale boulot de croque-mort, et puis rejoins-moi… Ce soir, mon p'tit vieux, on va festoyer comme des tsars ! »

Nicolas, le cœur rempli d'un bonheur immense, s'empara de la longe du vieux cheval noir. Il tira sur

celle-ci avec une telle vigueur que Boris émit un grognement de vive protestation. La bête suivit d'un pas
lourd et la calèche s'ébranla sans ardeur. Le muet,
impatient, accéléra sa marche, augmentant ainsi le tintement de l'attelage et le crissement des roues sur le
gravillon. À mi-chemin, il regarda vers l'isba. Stépan
Branilov, le coffret serré sous son bras, urinait sur une
congère qui bordait l'allée. Nicolas esquissa un sourire.
Il se dit que rien ne serait plus pareil désormais. Sur ce
point, il ne se trompait guère. Car il venait de tuer son
père.

VI

Stépan avait posé le coffret sur la table. Il s'était assis sans même retirer son chapeau et son manteau. Il contemplait le boîtier avec une expression étonnée et respectueuse. Le portrait ciselé sur le couvercle l'intéressa peu. Brièvement, il tenta de déchiffrer les inscriptions ornant les côtés. N'y comprenant rien, il abdiqua. Le cocher trouvait l'objet extrêmement beau. Cependant, comme il lui faudrait faire fondre la pièce afin de la transformer en petits lingots, il n'attacha qu'une importance minime à cette beauté. Il sortit son couteau de poche et introduisit sa lame oxydée sous la mince feuille d'or qui scellait le boîtier. Il fit tourner la lame et, aisément, le sceau céda. Trépignant d'impatience, l'homme murmura entre ses dents serrées :

« Voyons voir ce que tu caches, merveille des merveilles. »

Stépan souleva le couvercle en ayant la forte conviction qu'il allait découvrir, à l'intérieur de cet écrin, un contenu d'une valeur inestimable. Sa déception fut grande. Il eut un vif sursaut d'incompréhension.

« Qu'est-ce que ça veut dire ? fit-il d'une voix blanche. Un livre ! Ce maudit coffret ne contient rien d'autre qu'un livre ! »

En effet, parfaitement inséré dans un contour de velours noir, il y avait un bouquin, noir lui aussi. Le cuir de sa couverture luisait doucement dans l'ombre du coffret. Sans être revenu de son étonnement, le colosse retira le livre du boîtier afin de vérifier s'il n'y avait pas autre chose en dessous. Il plongea les yeux dans un espace sombre et désespérément vide. Il laissa tomber le livre et, de ses mains fébriles, il tâta le fond du coffret. Ses doigts ne rencontrèrent que des parois lisses. Le cocher jeta quelques jurons, puis, mu par le vague espoir d'y découvrir une explication, un plan, une lettre ou quelque chose qui le mènerait vers un quelconque butin, il ramassa le livre qui gisait ouvert sur le parquet. C'était un ouvrage d'une épaisseur respectable. Sa surface de peau crevassée ne portait pas de titre. Nulle dorure ne venait agrémenter son cuir obscur. Le livre était noir. Parfaitement noir et froid. Stépan ouvrit l'épais bouquin à la première page. Sur cette page sèche et jaunie, il n'y avait que quelques lignes d'une mystérieuse missive écrite en russe à l'aide d'une encre brunâtre. Ce paragraphe disait :

Ce livre s'écrira par le sang et dans la langue de celui qui le lira. Tu as rompu le sceau : le maléfice s'éveille. Tu as ouvert le Livre : tu en écriras la suite. Ne sens-tu pas sur toi tomber le voile froid de la mort ?

Le cocher tourna la page sans s'interroger sur ce qu'il venait de lire. Il n'y avait rien d'écrit sur les pages suivantes. Stépan constata alors que, mis à part l'étrange paragraphe, ce bouquin, que quelqu'un avait jugé bon d'enfermer dans ce riche coffret, ne contenait rien d'autre que quelques centaines de feuilles vierges. Furieux, il lança le livre à l'autre bout de la pièce. Du regard, il suivit sa trajectoire. Le bouquin fit quelques cabrioles et glissa sous le fauteuil de Stépan. Le cocher émit un grognement satisfait. Il cracha par terre et reporta son attention sur le coffret. À la vue de celui-ci, ses cheveux se dressèrent. Stépan Branilov n'en croyait pas ses yeux. Il frotta vigoureusement ses paupières avec ses poings, comme si, par ce geste, il eût pu chasser l'image invraisemblable qui l'avait ainsi rempli d'ahurissement. Il risqua de nouveau un œil chargé d'inquiétude sur le coffret. Il était toujours là, au centre de la table sur laquelle il avait été posé. Mais était-ce bien le même coffret ? L'objet avait la même forme et les mêmes dimensions. Toutefois, l'or, ce précieux métal qui avait fait de lui un joyau d'une richesse inouïe, s'était transmué en matière grossière, grise et terne comme du plomb.

En proie à une entière incrédulité, le cocher se rua pour saisir le coffret. Ses doigts se refermèrent sur une substance friable comme de la cendre. Stépan hurla. Une fureur aveugle l'animait. D'un poing vigoureux, il frappa le monticule de poussière qu'était devenu son trésor. La matière s'effrita davantage et ses particules volèrent, telle une fumée lourde, dans l'air de la maisonnette. De longs sanglots convulsifs secouèrent l'homme. Ses râles rappelaient ceux d'un gros animal blessé. Il pleura de longues minutes, assis sur une chaise, la tête entre les mains. Des filets de bave tombaient de sa bouche pour s'accumuler en petites flaques visqueuses sur le bois patiné de la vieille table. À bout de forces, il se leva. Il ressentait le besoin impératif de boire, de se saouler la gueule jusqu'à rouler par terre. Il ne voulait pas essayer de comprendre ce qui était arrivé au coffret. Sa raison venait de basculer. C'était là l'unique façon d'expliquer le phénomène. La seule interprétation logique de ce qu'il venait de vivre était de concevoir qu'il était devenu fou à lier. Ainsi convaincu de sa démence, Stépan ne broncha presque pas lorsqu'il vit l'homme étrange qui se tenait au fond de la pièce.

Le personnage était d'une taille comparable à celle du cocher. Ses cheveux longs et sa barbiche étroite étaient d'une blancheur impeccable. Il était bizarrement vêtu d'une sorte d'uniforme sombre dont la veste, à haut col d'astrakan, était agrémentée d'un réseau complexe de broderies de fil d'or. Les nombreux boutons de cuivre qui paraient son torse brillaient d'un éclat neuf. Ses bottes de cavalier, astiquées avec application, lui montaient presque aux genoux. Le nouveau venu faisait immanquablement songer à un soldat. Ce qui consterna surtout Stépan, c'étaient les yeux de cet homme : ils étaient jaunes et luminescents comme ceux d'un tigre.

« Qui êtes-vous ? demanda le cocher en s'approchant lentement de son visiteur. Comment êtes-vous entré ? »

L'homme ne répondit pas. Il y eut un vent froid, trop froid en fait pour n'être que du vent. Stépan eut la subite impression de se retrouver nu dans une eau glaciale. Pourtant, les fenêtres étaient closes. Pourtant, dehors, la température était agréable. Stépan Branilov se sentit soulevé par une force invisible. Bientôt, sans qu'il pût rien faire, ses pieds ne touchèrent plus le sol. Stépan flottait, comme une bulle de savon, à un mètre du plancher.

Le colosse tenta de se débattre, mais ses membres refusèrent de répondre. Son corps ne lui appartenait plus. Il voulut crier. Toutefois, quelque chose de plus fort que sa volonté rendait stérile toute tentative d'émettre le moindre son. Il demeura suspendu de longues secondes, puis, sous l'effet d'une poussée magistrale, il fut projeté avec violence contre le mur qui se trouvait derrière lui. Son chapeau tomba. Sa tête et son dos heurtèrent brutalement le mur. Des planches et des os craquèrent sous la force de l'impact. Après le choc, Stépan resta en l'air, comme accroché à la cloison. Une intense panique occultait ses souffrances. En bas, le visiteur ébaucha un sourire tranquille, puis il leva la tête pour plonger ses yeux jaunes dans ceux du cocher. Celui-ci perçut un rire grave et moqueur. Il ne l'entendit pas avec ses oreilles comme la raison l'eût voulu. Ce rire provenait plutôt de ses pensées. Il semblait issu de nulle part. Stépan avait la désagréable impression que la voix de l'individu résonnait dans sa tête. Ensuite, pour ajouter à cette curieuse et déplaisante perception, l'étranger parla sans ouvrir la bouche :

« Tu as peur, n'est-ce pas ? »

C'était une voix aux modulations envoûtantes qui, tout comme le ricanement, provenait des pensées de Stépan Branilov. Le cocher pensa que, effectivement, il avait peur. Il ne pouvait plus parler. Par instinct, il formula une question dans son esprit :

« Qui êtes-vous donc ?

— Je suis l'héritier, répondit la voix.

— L'héritier de quoi ? demanda mentalement Stépan.

— Je suis l'héritier du coffret. Tu as brisé le sceau qui contrait le maléfice de Lev Poliakov. Par ta cupidité, tu as engendré le mal. Tu dois donc mourir…

— Mourir ! Non ! Je n'ai pas pris ce coffret ! Ce n'est pas moi ! C'est Nicolas, mon fils !

d'autres périront.

— Qu'est-ce que c'est que ce maléfice de merde ? Laisse-moi tranquille ! Va-t'en ! Retourne d'où tu viens, démon ! »

Toujours malgré lui, Stépan s'éloigna du mur en flottant lentement dans le vide. Il s'éleva un peu et sa tête heurta le dessous rugueux d'une solive. Puis, subitement, la force qui le retenait en l'air relâcha son emprise. Le cocher s'écrasa au sol, sur le dos, les membres écartés, tel un pantin dont les ficelles, soudainement, se seraient rompues.

Le choc fut brutal et fort douloureux. Le malheureux, dont la tête avait violemment heurté le plancher, mit plusieurs minutes à reprendre connaissance. Il avait l'impression que son corps avait été broyé. La douleur lui coupait le souffle. Ses membres restaient inertes et il se sentait aussi lourd qu'un rocher : un rocher qui souffrait. L'héritier du coffret était maintenant debout près de lui. Les bouts lustrés de ses longues bottes noires touchaient presque la figure de Stépan. Ses yeux d'ambre, aux éclats irréels, scrutaient intensivement le regard trouble de son impuissante victime. La voix télépathique reprit, plus hallucinante que jamais :

« Je vais te raconter l'histoire du maléfice de Lev Poliakov. Je la connais dans ses moindres détails, car les grandes lignes de ce récit furent rédigées par mon père dans un carnet qu'il m'a ensuite légué. J'ai dû lire ce manuscrit des milliers de fois durant mon existence. J'ai passé et repassé cette histoire dans ma tête jusqu'à ma dernière heure. Mon nom est Volodia Zoubov. Je suis mort. Je devais, en tant qu'héritier du coffret du maléfice, emporter ce coffret dans ma tombe. C'était là l'unique manière de mettre un terme à la menace qui pesait sur ma famille et sur le monde. Avant ma mort, je ne connaissais pas la nature de ce châtiment. Maintenant, je sais que le coffret contenait un livre et que ce livre a le pouvoir de tuer ceux qui le lisent. Tu as pris le coffret, Stépan Branilov. Tu l'as volé, devrais-je dire. Mon corps a été porté en terre sans que je puisse emporter cette chose maudite avec moi. À cause de toi, fossoyeur, j'ai failli à la tâche qui m'incombait de conjurer définitivement le maléfice de Lev. Tu as ouvert la porte au mal. Laisse-moi maintenant te raconter l'histoire de ce qui te tuera.

« Il y a longtemps, non loin d'Armavir, mon père, Iaroslav Illarionovitch Zoubov, fit la rencontre fortuite d'un homme qui transforma à jamais son existence. C'était par un jour d'octobre où le ciel du Caucase était singulièrement déchaîné. Il pleuvait à torrents et un vent impétueux faisait tomber les arbres trop fragiles. À cette époque, Iaroslav, malgré sa jeune trentaine, était déjà un homme envié de tous. Il était l'un des héritiers d'une fortune colossale et sa réputation de rigoureux négociant le précédait de cent lieues. Quelques années plus tôt, Iaroslav et son frère Joseph avaient pris la tête de la florissante entreprise d'importation qu'avait fondée leur père en 1840.

« En ce jour de tempête, mon père revenait d'un village situé à trois jours de selle d'Armavir. Il avait plu pendant toute la durée du voyage de retour. Le cheval d'Iaroslav était rompu de fatigue. À chaque pas, les sabots de la bête s'enfonçaient profondément dans la glaise molle. Mon père, harassé lui aussi, transi et trempé jusqu'aux os, décida de s'arrêter. Ses terres n'étaient plus tellement loin, mais il jugea bon de ménager sa monture afin d'éviter qu'elle ne se blessât. À un jet de pierre du chemin, il remarqua une petite construction qui devait servir d'abri aux bergers de la région. D'un coup de bride, il aiguilla sa bête vers ce gîte inespéré. L'entrée en était vaste et Iaroslav tenta de faire pénétrer le cheval à l'intérieur. La monture retint l'encolure et refusa obstinément d'avancer dans l'abri. Après maints efforts, mon père dut finalement se résoudre à attacher son cheval au-dehors. Il faisait sombre à l'intérieur du gîte, où le jour ne diffusait qu'un mince ruban de lumière glauque. En entrant, mon père discerna dans la pénombre ce qui avait effarouché l'animal. Dans un coin, un homme gisait. Il semblait mort. Sa figure était couverte d'un masque écarlate. C'était du sang. En s'approchant du corps, Iaroslav constata que l'individu respirait faiblement. Une plaie large et profonde sillonnait son front. La blessure semblait récente car le sang s'en échappait encore abondamment. Étrangement, tout près de la tête de l'homme, se trouvait le cadavre d'un corbeau. L'oiseau était figé dans une pose grotesque, le bec grand ouvert et les ailes déployées, comme si, avant de trépasser, il eût tenté d'émettre un ultime croassement de protestation. Iaroslav prit le cadavre de l'oiseau pour aller le jeter dans les fourrés entourant le gîte. Ensuite, à l'aide d'un linge mouillé d'eau de pluie, il nettoya la figure du blessé. Ce dernier ne bougeait pas. Il ne semblait même pas se rendre compte que quelqu'un se portait à son secours. Iaroslav lui fit une compresse avec des pièces d'une chemise propre déchirée en bandes grossières. Il couvrit le malheureux d'une épaisse couverture et il fit du feu. Ensuite, mon père se dévêtit pour faire sécher un peu ses propres vêtements détrempés.

« Le feu prodiguait une chaleur bienfaisante dans l'espace exigu de l'abri. Assis près de la flamme, mon père, à demi nu, observait l'étranger. C'était un bel homme, jeune et robuste. Son visage imberbe ou soigneusement rasé conservait, au seuil même de l'agonie, des traits dignes et nobles. Son épaisse chevelure noire était soignée. Avant de le couvrir, Iaroslav avait remarqué qu'il était vêtu avec un raffinement qui ne permettait pas de douter de son existence aisée. Mon père attendit de longues heures auprès de l'homme. Il n'était pas question de reprendre la route. En raison de l'état lamentable dans lequel se trouvait l'inconnu, il eût été risqué de lui imposer l'inconfort d'un trajet à cheval. La pluie tombait avec une ardeur redoublée et la nuit s'avançait. Iaroslav eût aimé sortir pour quérir de l'aide, mais, connaissant très bien la topographie de ces lieux déserts, il jugea vaines ses chances d'y rencontrer quelqu'un.

« Plus tard, après avoir ingurgité un frugal repas de pain noir et de hareng séché, Iaroslav installa une couche rudimentaire sur le sol jonché de paille. Brisé de fatigue, il s'endormit rapidement. Au bout de quelques heures, son sommeil de plomb fut interrompu par les gémissements âpres du blessé. Le feu était presque éteint et l'obscurité baignait maintenant le gîte de son eau opaque et intangible. Pendant un instant, mon père, ne sachant plus où il se trouvait, évolua dans le brouillard. Puis il se souvint. Une plainte douloureuse se fit entendre à ses côtés. Iaroslav se leva d'un bond. Pour rassurer un peu l'étranger pendant qu'il cherchait à faire de la lumière, il adressa à ce dernier quelques paroles réconfortantes. Il alluma un fanal et ranima le feu en disposant quelques tronçons de branches sèches sur les braises mourantes.

« Le blessé avait ouvert les yeux. Mon père se pencha sur lui. L'individu le dévisageait. Iaroslav devait confesser plus tard à ses proches que ce premier regard, échangé avec cet homme au seuil d'une mort certaine, l'avait aussitôt enveloppé d'une peur inexplicable. Et, toute sa vie durant, il regretta amèrement d'avoir ignoré le vague sentiment de terreur qui l'avait habité à ce moment. Lorsque les circonstances l'amenaient à décrire cet instant, il disait :

« "J'avais l'impression que ces yeux-là venaient fouiller le moindre recoin de mon âme. Il avait des yeux noirs. Noirs et luisants comme les plumes du corbeau mort qui gisait à ses côtés lorsque je l'ai découvert. Il était grièvement blessé et je sais maintenant que tout autre que lui eût succombé à de telles blessures. Sa peau était pâle et ses lèvres étaient livides comme celles d'un mourant. Son sang maculait la paille autour de son corps. Mais ses yeux noirs, ses satanés yeux noirs, brillaient toujours d'un éclat farouche et vigoureux. Ils brillaient, outrepassant la souffrance, comme s'ils eussent appartenu à quelqu'un d'autre que lui. Ils semblaient vides de tout sentiment et ils flamboyaient d'une lueur maléfique qui eût pu trouver sa place dans le regard même du diable. "

« Surmontant son étrange inquiétude, mon père entreprit de soigner plus à fond l'étranger. L'homme n'avait pas la force de parler. Ses lèvres sèches s'ouvraient péniblement. Elles s'arrondissaient pour former des mots, puis elles se refermaient, tremblantes, dans de longs et pénibles soupirs de résignation. Précautionneusement, Iaroslav délesta le jeune homme de ses habits souillés de sang. Il constata avec horreur que le corps du malheureux était couvert de graves contusions. Des plaies parsemaient son torse. Elles s'ouvraient, béantes, pourpres comme des entailles dans la chair sanguine d'une cerise. Elles semblaient tout aussi redoutables que la blessure au front. Pendant que mon père soulevait le dos de l'homme pour lui retirer sa redingote, celui-ci se cabra dans un cri de douleur atroce. Dans un ultime souffle de capitulation, il perdit de nouveau connaissance.

« Iaroslav lava et pansa du mieux qu'il put les innombrables plaies du mourant. L'étranger n'en avait sans doute plus pour très longtemps. Il était même étonnant qu'il survécût encore à toutes ces blessures. Aussi, voyant qu'il n'avait plus rien à perdre, mon père entoura le corps d'une couverture qu'il ceintura de longues lanières de cuir. Il n'avait pas le temps de confectionner un brancard de fortune. Il hissa donc l'inconnu sur sa monture. La masse molle du corps emmailloté de laine se moulait telle une tumeur à la croupe du cheval. Dehors il pleuvait toujours. La nuit était insondable. Néanmoins, Iaroslav se mit en route. Une force aveugle le poussait à tout mettre en œuvre pour sauver la vie de cet homme.

« Au matin, mon père atteignit ses terres, où les yeux s'égaraient dans un interminable tapis d'herbe haute. Dans son dos, le blessé émettait de temps à autre de faibles gémissements. Iaroslav suivit le sentier qui menait au campement des gardiens de chevaux. Les Zoubov possédaient un impressionnant domaine et un élevage remarquable de splendides pur-sang. Ils employaient de nombreux hommes, tous de fiers Tcherkesses, qui entretenaient avec rigueur la magnificence de cet incomparable troupeau. Le campement ressemblait à un petit village. Des baraques aux murs de terre glaise et aux toits de tôle formaient deux rangées compactes, partagées entre elles par une allée large menant aux vastes écuries. Des monticules de fumier formaient des masses sombres aux abords des enclos vides.

« Ce matin-là, un lourd silence régnait sur le campement des Tcherkesses. N'eût été le fait que quelques poules se dandinaient dans l'allée criblée de flaques, mon père eût eu l'impression de pénétrer dans un village abandonné. Les chevaux dressés étaient tous aux écuries. Les autres, encore sauvages, devaient courir et s'ébattre quelque part, non loin de là, dans un seul attroupement fougueux et libre. La pluie des derniers jours avait noyé la steppe d'une morne désolation. Le cavalier guida sa monture vers une baraque qui se détachait un peu des autres. C'était la demeure d'Akim, l'intendant du domaine et le doyen de l'endroit. La porte de la masure s'ouvrit et un vieillard en sortit. Son visage avait une couleur de terre cuite. Sa peau était labourée par des années de vent, de soleil brûlant et de froid hostile. Il portait une tunique de laine noire ornée de cartouchières. Un long et précieux poignard se balançait sur sa cuisse. Le dos droit et le regard brave, Akim marcha vers mon père. Il dit en circassien, seul langage qu'il sût parler :

« "Qu'Allah te protège, Iaroslav Illarionovitch !

« — Que Dieu te garde, Akim ! répondit Iaroslav dans le même dialecte. Je transporte un mourant qui aurait grand besoin de la grâce des dieux ! Rassemble vite tes hommes ! Il faut porter ce malheureux à l'intérieur !"

« Akim cracha vers le ciel un appel court et sec. Les portes des baraques s'ouvrirent presque toutes et de nombreux hommes vinrent entourer le vieux Tcherkesse. Tous saluèrent brièvement Iaroslav. Ils étaient vêtus de vestes chaudes et de bottes souples. Visiblement, bien avant qu'Akim les eût convoqués, ils étaient déjà prêts à entreprendre leur labeur quotidien. Après un court conciliabule, on transporta le blessé chez l'intendant.

« Iaroslav demeura quelques heures dans la demeure du vieil homme. Une jeune fille à la longue chevelure tressée s'était occupée de panser les plaies profondes du blessé. Il n'avait subi aucune fracture et, bien qu'il fût toujours inconscient, son teint blafard s'était peu à peu coloré de rose pâle. Rassuré, mon père se lava, enfila des vêtements propres et demanda qu'on lui préparât un cheval frais. Il quitta le campement vers midi en ayant la certitude que l'étranger s'en sortirait. Il avait bien raison. Toutefois, pour lui-même, ses proches et combien d'autres, il eût mieux valu qu'Iaroslav se trompât tout à fait. »

VII

L'héritier du coffret s'était interrompu. Stépan Branilov gisait toujours sur le sol. Seul son regard lui appartenait encore. De l'endroit où il se trouvait, le cocher ne voyait pas grand-chose. Ne pouvant remuer la tête, l'homme fixait bêtement le ventre des solives noircies et il parvenait tout juste à entrevoir, sur sa gauche, l'étroit cylindre couvert de suie du tuyau de poêle perçant le plafond. C'était tout. Bizarrement, toute frayeur l'avait abandonné. Le récit du visiteur défilait dans sa tête avec une limpidité que rien, pas même une pensée, ne venait troubler. Pendant ce silence, il n'y eut que du vide dans la tête de Stépan. Puis l'héritier du coffret continua :

« Deux semaines passèrent avant que mon père, trop occupé par les affaires de la compagnie, retournât enfin au campement des gardiens de chevaux. C'était en novembre. Iaroslav voulait s'enquérir de la santé du blessé. Il avait la certitude de retrouver ce dernier en meilleur état car, s'il y avait eu des complications, Akim aurait envoyé un messager pour l'en informer. Il frappa donc à la porte du vieux Tcherkesse et, lorsqu'on ouvrit, mon père eut bien du mal à retenir un cri d'étonnement. Le blessé lui-même était venu lui ouvrir la porte. Il était debout dans l'embrasure et il semblait grandement amusé de la surprise qu'il provoquait. À voir l'homme qui se tenait là, personne n'eût pu croire qu'il avait frôlé la mort deux semaines auparavant. L'individu eut un geste cérémonieux pour inviter mon père à pénétrer dans la masure. Akim était assis par terre, sur des coussins, devant une table basse. Lui et l'inconnu échangèrent un heureux regard de connivence.

«Ce fut le miraculé qui engagea la conversation. D'entrée de jeu, il remercia chaleureusement Iaroslav de lui avoir sauvé la vie. Il lui assura qu'en raison de ce geste, il resterait à tout jamais son obligé. Il décrivit par la suite les événements épouvantables qui expliquaient le bien piteux état dans lequel mon père l'avait découvert ce jour-là. Il prétendait que des brigands l'avaient détroussé. Ces bandits étaient, selon ses dires, une demi-douzaine. Après leur méfait, ils l'avaient soi-disant battu à coups de pierres et de bâtons. Ensuite, le jeune homme avait été laissé pour mort dans ce gîte où Iaroslav l'avait trouvé, inconscient et baignant dans son

cades dont certains négociants d'Armavir avaient fait les frais. Seulement, jamais encore, dans toute la région, n'avait-on connu de brigandage atteignant un tel degré de violence.

«Iaroslav demanda son nom à l'étranger. Ce dernier répondit qu'il s'appelait Lev. Il refusa cependant de divulguer son nom de famille et de dévoiler d'où il venait. Il évoqua comme prétexte la crainte que, s'il s'aventurait à donner plus de détails sur sa vie, certains de ses proches pourraient subir un sort semblable au sien. Il expliqua à Iaroslav qu'il était issu d'une famille très fortunée et que, pour un temps du moins, il préférait, par mesure de précaution, conserver son anonymat. Mon père n'insista pas. Il comprenait la peur qui habitait Lev. Que l'individu fît montre d'aussi peu de confiance à son égard ne l'offensa guère. Iaroslav, de vive voix, commença même à ébaucher un plan afin de retrouver les scélérats qui s'étaient si sauvagement attaqués au jeune homme. Lev l'enjoignit de ne rien tenter de tel. Les brigands le croyant sans doute mort, il ne souhaitait pas prendre le risque qu'on ébruitât l'événement. Il voulait à tout prix éviter d'éventuelles représailles de la part de ses assaillants. Il se dit heureux qu'Iaroslav ne l'eût pas conduit à l'hôpital ou chez un médecin. "De cette façon, assurait-il, peu de gens seront au courant de ma mésaventure."

« Pendant que Lev s'exprimait d'une voix brisée par l'affliction, Iaroslav l'étudiait discrètement. Il pouvait lire sur ce visage toutes les terreurs du monde. Les traits du jeune homme étaient crispés ; une sueur abondante faisait luire ses tempes et son front ; ses lèvres étaient parcourues de tics, et ses mains tremblaient violemment. Sa terreur semblait réelle. Cependant, à cette terreur, les yeux noirs de Lev ne participaient pas. Akim, qui s'était tu jusqu'alors, entra dans la conversation. Le vieillard fit l'éloge de Lev. Il se dit étonné que ce dernier parlât le circassien avec autant d'aisance. Il louangea aussi la forte constitution du jeune homme, mais il affirma que sa guérison rapide était due, d'abord et avant tout, aux vertus d'herbes médicinales et à de vieilles incantations que les Tcherkesses tenaient de leurs ancêtres. Évidemment, Iaroslav ne croyait pas à la sorcellerie du vénérable Akim. Il ne croyait pas non plus aux miracles. Néanmoins, considérant Lev qui se tenait bien droit sur sa chaise en ne montrant, pour toutes séquelles de sa terrifiante mésaventure, que quelques cicatrices déjà presque estompées, il va sans dire que mon père, dans son immense incrédulité, eût aimé croire à n'importe quoi.

« Le jeune homme eût pu vite retourner à l'endroit mystérieux d'où il venait. Il décida néanmoins de demeurer quelques semaines de plus au campement des Tcherkesses. Il partit comme décembre arrivait, promettant qu'il reviendrait rembourser son dû à Iaroslav.

Mon père objecta qu'il n'avait fait, en l'aidant de la sorte, que son devoir d'homme juste. Lev promit de revenir tout de même. Lui et mon père se séparèrent sans vaines effusions. Iaroslav ressentait une certaine hâte de voir cet homme étrange quitter ses terres.

«Lev revint en avril de l'année suivante. Il offrit à mon père, en gage de son extrême gratitude, un pur-sang arabe à la robe ivoire. La bête était superbe et beaucoup plus grande que ne le sont les chevaux circassiens. Mon père fut ravi de ce présent. Pour des raisons obscures, Lev avait décidé de s'établir dans la région. Aussi fit-il ériger une somptueuse demeure, à quelques verstes d'Armavir, sur un vaste terrain en friche qu'avaient consenti à lui céder les frères Zoubov. La vive appréhension qu'avait ressentie mon père à l'endroit de cet individu avait dorénavant tout à fait disparu. Rapidement, une profonde amitié vint lier les deux hommes. Joseph, le frère de mon père, trouva en Lev un fort habile compagnon de chasse. Tout allait donc pour le mieux et le jeune homme s'incorpora graduellement dans le quotidien des Zoubov.

«Entre-temps, Lev avait bien sûr levé le voile sur le mystère qui l'entourait. Il prétendait qu'il était originaire de Minsk et que son nom de famille était Poliakov. L'engouement qu'éprouvaient mon père et mon oncle pour cet homme se propagea rapidement dans la haute société d'Armavir. Lev Poliakov possédait un charisme et un humour hors du commun. Il était vraiment très riche et il faisait étalage de sa fortune sans aucune retenue. Il envoyait aux femmes les plus somptueux cadeaux, et nombreuses étaient celles qui se targuaient de l'avoir eu comme amant. Étrangement, les hommes, plutôt que de voir en lui un rival, eussent tout donné pour acquérir sa sympathie. La popularité de Lev grandissait de jour en jour. On l'adulait. On se l'arrachait. Une réception où il ne se montrait pas s'avérait être un échec pour son hôte. Les établissements où il daignait s'attabler pour manger devenaient aussitôt des hauts lieux. Cet enthousiasme touchait aussi le campement des gardiens de chevaux. Les Tcherkesses voyaient dans cet étranger un demi-dieu. Lev Poliakov faisait une bête servile de la plus récalcitrante des montures. Les chevaux obéissaient à ses moindres gestes, comme si le jeune homme eût possédé le pouvoir de régir totalement leur volonté.

« Puis, un jour, alors que Lev chevauchait un pur-sang particulièrement fougueux, un chien se jeta sous les sabots du cheval. Épouvantée, la monture désarçonna son cavalier. Le jeune homme se releva péniblement. Ses traits exprimaient une virulente colère. Il s'approcha du chien qui boitait un peu. Le chien s'aplatit sur le sol : piteux, repentant, les oreilles basses et la queue entre les pattes. Lev fixa l'animal droit dans les yeux. Le pauvre chien eut un spasme. Il se dressa un instant, puis, sans un gémissement, il s'écroula, raide mort, comme si ce seul regard l'eût tué.

« Akim fut secrètement témoin de cette scène. Le jour même, le vieil homme rendit visite à Iaroslav pour lui raconter ce qu'il avait vu. Plus par respect que par intérêt, mon père l'écouta sans broncher. Le vieux Tcherkesse exprima sa grande crainte à l'égard de cet homme qui semblait trop parfait. Sans qu'il fût question cette fois des bienfaits de ses incantations, Akim déclara qu'en y réfléchissant bien, la guérison trop rapide de Lev lui apparaissait désormais comme un exploit tout à fait improbable. Iaroslav tenta de rassurer le vieil intendant. Ce dernier semblait peu disposé à l'écouter. Malgré le ton convaincant de mon père, le vieux Tcherkesse dodelinait du chef avec obstination. Avant de partir, Akim y alla d'un avertissement :

« "Prenez bien garde ! dit-il. Cet homme est le mal incarné ! Par Allah ! ne faites pas de lui l'un de vos rivaux ! car il pourrait vous tuer comme il a tué ce pauvre chien ! "

« Ce ne fut que bien plus tard que mon père comprit l'importance et le bien-fondé de cette prophétie. Bien plus tard. Beaucoup trop tard en fait.

« Deux années passèrent. Lev Poliakov était toujours le même et rien ne laissait présager le changement subit qui s'opérerait bientôt en lui. À la maison, le bonheur régnait. Jamais, en ce temps, Iaroslav n'eût pu prévoir que les liens l'unissant à Lev étaient sur le point de se rompre. Pourtant, graduellement, leurs rencontres s'espacèrent. Lev demeurait chez lui. Il se confinait dans un isolement chaque jour plus profond. Mon père tentait bien de découvrir les raisons de cette morosité, mais le jeune homme ne voulait rien dire de ce qui l'accablait ainsi. Iaroslav pensa que son ami avait peut-être subi une quelconque déconvenue amoureuse. Peut-être même avait-il d'importants problèmes d'argent. Mon père mettait le silence de Lev sur le compte de l'orgueil. Il ne voulait pas l'indisposer en l'interrogeant plus à fond sur ce qui n'allait pas. Puisque le jeune homme semblait vouloir demeurer seul, Iaroslav cessa peu à peu de le fréquenter. Il se disait que cette humeur taciturne passerait et que Lev reviendrait bientôt lui rendre visite, avec sa fougue, ses sourires et son incomparable joie de vivre.

« Mon père resta longtemps sans nouvelles de Lev. Puis, un jour, on lui fit d'étonnantes révélations sur le jeune homme. À ce qu'on disait, les manières distinguées de Poliakov s'étaient muées en comportements d'une inconcevable vulgarité. Lev s'était mis à boire comme une terre assoiffée. Il frayait désormais avec les pires âmes d'Armavir. Il fréquentait assidûment certains lieux peu recommandables. Il voyait les putains, les brigands, les Tziganes. Le bruit courait qu'il organisait chez lui de fréquentes et interminables orgies. On avait vu des femmes déambuler complètement nues aux alentours de son domaine. Parmi elles, on avait reconnu des dames de la bourgeoisie aisée qui, jusqu'alors, avaient toujours fait preuve de vertu. Selon la rumeur, Lev Poliakov les envoûtait tragiquement. Elles quittaient mari et enfants pour aller se livrer aux jeux obscènes du Maître. Le "Maître". Lev avait fait savoir qu'il voulait dorénavant qu'on ne le désignât que par cette pompeuse appellation. Après quelques mois de scandales répétés, on avait exclu Poliakov des lieux huppés de la ville. Iaroslav se montra lourdement affligé par la transformation dégradante qui s'était opérée chez celui qu'il considérait encore comme son ami. Il voulait comprendre les raisons qui avaient provoqué chez Lev cette fulgurante perversion. Il ne l'avait pas vu depuis six mois lorsqu'il décida enfin de lui rendre visite.

« En arrivant à proximité du domaine de Poliakov, mon père constata qu'on y avait exécuté d'importants travaux. Lev avait fait ériger de hautes murailles de pierre autour de sa propriété. Sous un imposant porche, une lourde grille interdisait désormais l'entrée du domaine. Iaroslav noua la longe de son cheval à un anneau fixé dans la pierre bleue de la muraille. Il marcha ensuite vers la grille, qui s'ouvrit d'elle-même lorsqu'il passa devant. Un homme l'attendait sous le porche. L'individu était vêtu de blanc. D'une voix neutre, il dit à mon père :

« "Veuillez me suivre, monsieur Zoubov. Le Maître vous attend."

« Iaroslav se demandait comment Lev avait fait pour savoir qu'il se trouvait là. Sans doute l'avait-on vu venir de loin. Il n'eut pas le loisir de s'attarder longtemps sur cette question. L'homme en blanc lui tournait déjà le dos. Mon père le suivit jusque dans l'antre du Maître.

« Tandis qu'il traversait les vastes et splendides jardins de Lev Poliakov, mon père ne put que constater, avec une vive répulsion, que les rumeurs circulant sur le compte du jeune homme s'avéraient bel et bien fondées. Partout, sur les pelouses, dans les allées et les pavillons, s'ébattaient des corps langoureusement enchevêtrés. À première vue, ils étaient plus d'une centaine. Tous étaient nus et copulaient sous le ciel comme de vulgaires animaux. Iaroslav put reconnaître parmi eux certains visages familiers. Il vit, entre autres, le vieux docteur Konstantinov, un homme respecté et de tout temps irréprochable, qui, malgré ses soixante-dix ans, se livrait à des jeux dégradants avec deux jeunes filles à peine pubères. La femme du docteur était là, elle aussi. Elle avait vingt ans de moins que son mari. Cependant, son visage gris, sa peau ridée et son caractère vieillot rendaient l'écart d'âge entre les deux époux à peine discernable. D'ordinaire hautaine et opiniâtre sur la façon de bien se comporter devant ses semblables, madame Konstantinov était lascivement couchée sous un arbre, les cuisses ouvertes pour livrer son sexe en offrande à un homme aux allures de paysan. L'individu, sale et barbu, injuriait la femme d'une voix forte. Il pétrissait violemment ses chairs flasques de ses mains bourrues. La dame semblait savourer cette union brutale. Elle implorait son partenaire d'une voix à la fois insatiable et soumise.

« Iaroslav détourna les yeux de cette scène déshonorante. Au même instant, une femme aux seins lourds se jeta à son cou. Il perdit l'équilibre sous une bourrasque de baisers impétueux et de cheveux roux. Mon père tomba par terre et la furie aussitôt fut sur lui. Elle s'assit sur son ventre et déchira le haut de sa chemise d'un geste véhément. Sa bouche crachait une litanie de mots obscènes. Sa peau était blanche et moite. Elle sentait le lait caillé et la sueur. Mon père se débattit et son assaillante roula dans l'herbe. Il la gifla avec force mais elle revint, plus enflammée qu'auparavant. La tigresse bondit sur lui et lui mordit une lèvre. Iaroslav la repoussa avec dédain. Le combat dura quelques secondes encore et un homme trapu, au faciès de brute, vint enfin soustraire mon père aux élans de cette folle. Le nouveau venu saisit la rousse par les cheveux et l'entraîna au sol pour la posséder sauvagement.

« Un sentiment âpre de dégoût s'était emparé d'Iaroslav. Une honte amère l'écrasait. Il craignait cette chose qui poussait tous ces gens à se conduire ainsi. Il craignait d'avoir franchi, sans espoir de retour, l'entrée de ce sordide endroit où l'on laissait libre cours à tous les péchés du monde. Il avait peur de demeurer prisonnier de cette horrible bacchanale en tombant, lui aussi, sous l'emprise des pouvoirs diaboliques de Lev Poliakov. L'homme en blanc s'était arrêté. Il avait attendu pendant que mon père tentait de repousser la rousse. Très en colère, Iaroslav s'avança vers lui en essuyant, avec la manche de sa chemise, sa lèvre ensanglantée.

« " Pour quelle raison n'êtes-vous pas intervenu ? " demanda-t-il.

« L'homme ne répondit pas. Il continua sa route d'un pas traînant. Iaroslav marcha dans sa foulée en enjambant et en contournant des couples endiablés, enlacés ou endormis. Craintivement, il avançait vers la demeure du Maître. À ses pieds, un homme râla. Iaroslav baissa les yeux sur un visage crispé. L'homme jeta un cri de bête et se cabra sous les caresses saccadées que prodiguait une jeune femme à son sexe brandi. Une puissante giclée de sperme aspergea une dalle mauve de l'allée. Quelques gouttes laiteuses vinrent souiller le bas du pantalon de mon père. Iaroslav cracha sur le couple et continua son chemin. Le vent était chargé de parfums agressifs, d'odeurs de fauves et de relents d'alcool. La musique déchaînée d'un orchestre tzigane se mêlait aux rires des femmes, aux clameurs viriles et aux plaintes languissantes. Lorsqu'ils parvinrent à l'imposante demeure, le guide invita Iaroslav à gravir les degrés menant à son porche. Il lui fit signe d'entrer, puis il partit sans un mot. Mon père le regarda s'éloigner. Le costume blanc étincelait comme une neige nouvelle. Il semblait presque étrange que cet homme portât des vêtements. Dans cet archipel mouvant de corps nus, le guide ressemblait à un messie venu pour convertir une tribu de païens.

« Les portes étaient ouvertes et Iaroslav s'engouffra dans la pénombre bleutée d'un hall gigantesque. L'atmosphère qui régnait à l'intérieur était empreinte de la même lubricité que celle qui inondait les jardins. Là aussi, les silhouettes s'emmêlaient. D'innombrables formes humaines s'abandonnant sans retenue au contentement de leur chair. Des vapeurs d'encens ne parvenaient pas à couvrir tout à fait les odeurs du sexe. La chaleur écrasait. Iaroslav, abasourdi par tant de disgrâce, se sentait étourdi. Planté au centre de la pièce, il cherchait Lev des yeux. Son regard rencontrait des scènes délirantes de débauche. Ces images scabreuses faisaient monter en lui une fièvre douloureuse. Il voulait les ignorer mais elles le captivaient. La vue de tous ces êtres en extase ; du rose provocant d'un sexe féminin gorgé de sève ; du glaive violacé d'une verge gonflée disparaissant dans le fourreau d'une bouche ; de ces seins qui valsaient ; de ces culs et de ces ventres tremblotant sous les coups de butoir de furieux corps à corps ; toutes ces images, malgré l'écœurement indéniable qu'elles provoquaient chez mon père, le remplissaient d'une envie folle d'aller se joindre à ces gens. Il brûlait de plonger dans ce flot grouillant de peaux suintantes et de recevoir, à son tour, les caresses torrides de ces âmes dépravées. Iaroslav ferma les yeux pour tenter de chasser le désir cinglant et honteux qui l'envahissait. Mais les bruits mouillés, les lamentations langoureuses, le bruissement des caresses et les soupirs exaltés rendaient vaines ses tentatives de résister aux appels d'une suave perdition. Le sexe entrait par ses yeux, par ses oreilles, par sa bouche. Ses remugles chauds captivaient ses narines. Sa peau frissonnait d'envie. Sa verge le suppliait d'arrêter la torture, lui ordonnait de prendre la première fille venue pour cracher sa lave dans un ventre accueillant. Une bouche veloutée vint effleurer son cou. Il ouvrit les yeux et ces derniers plongèrent aussitôt dans le regard de jais d'une magnifique Tzigane.

« Iaroslav enfouit une main nerveuse dans une cascade soyeuse de longs cheveux sombres. Il glissa ses lèvres sur une peau délicatement cuivrée, une peau d'une douceur remarquable qui fleurait bon la vanille. Il cueillit dans sa main libre le globe tendre et frémissant d'un sein généreux. Un mamelon pointu sillonna sa paume. Son autre main quitta les cheveux pour parcourir une croupe huilée de sueur. Elle termina sa course brève sur le renflement d'une fesse au galbe lisse et onctueux. La belle Tzigane écarta sèchement les pans de la chemise en lambeaux de mon père. Elle fit jouer sa langue sur son torse. Ses longs ongles griffèrent son dos. Le pantalon tomba et Iaroslav sentit une bouche gourmande engloutir son sexe. Le visage de ma mère s'immisçait dans ses pensées. En succombant aux charmes de cette Tzigane, il déshonorait son épouse adorée. Il lui fallait repousser cette ravissante tigresse dont les caresses sapaient sa volonté. Mais, malgré les protestations de sa conscience, Iaroslav ne pouvait s'extraire du gouffre bienfaisant de cette bouche affairée. Jamais il n'avait ressenti de plaisir aussi vif. La belle le possédait. L'homme était inondé de contentement. Cette enivrante délectation masqua ses réticences. Il se raidit, puis, l'esprit voguant à mi-chemin entre la répugnance et la volupté, Iaroslav explosa violemment dans la gorge de la belle inconnue.

« Au bout de son plaisir, mon père se retira rageusement de l'emprise ferme des lèvres closes. La Tzigane, agenouillée, levait vers lui ses yeux obscurs. Un sourire charnel éclairait son visage. Elle se leva, triomphante. Iaroslav serrait les poings. Il eut envie de la frapper pour effacer, d'un coup brutal, l'expression de satiété femelle qui rendait plus affriolant encore son magnifique visage de femme. Elle domina l'homme d'une œillade frondeuse et jeta d'une voix feutrée :

« "Est-ce que ta bourgeoise te fait jouir comme ça, gadjo ?" »

« Iaroslav baissa les yeux, vaincu. Il remonta son pantalon, ajusta tant bien que mal sa chemise lacérée puis, sans répondre à la bravade de cette maîtresse d'un bref instant, il se dirigea d'un pas traînant vers le grand escalier menant à l'étage. Il se sentait honteux, désemparé. Il s'en voulait farouchement d'avoir cédé à cette chair offerte ; au piège d'une tentation qui avait relégué ses principes aux oubliettes ; au plaisir fugace que lui avait procuré cette négligeable créature, cette vulgaire catin, cette chienne sans vertu. Pendant qu'il gravissait les marches, mon père se dit qu'en vérité, il ne valait guère mieux que ce pitoyable Lev Poliakov. »

VIII

« Parvenu au balcon, Iaroslav s'appuya un instant à la rambarde pour observer la salle en contrebas. De là-haut, il avait une vue d'ensemble sur le bal indécent qui s'y déroulait. Il scruta les visages pour tenter de trouver Lev Poliakov dans cette cohue de danseurs pervers. Il ne vit le Maître nulle part. Son regard s'attarda un peu sur la Tzigane qu'il venait de quitter. Elle avait rejoint un couple : un jeune homme maigre et une dame brune un peu fanée mais jolie. Les deux femmes, couchées sur des coussins, échangeaient de fiévreuses caresses. Lentement, gracieusement, les doigts fins et soignés de l'une effleuraient la peau de l'autre. Leurs paupières étaient closes et leurs lèvres s'ouvraient, pointues, comme si elles s'étaient appliquées à souffler des chandelles. L'homme, souriant et assouvi, ne faisait que regarder. Il était assis en tailleur et son sexe rassasié inclinait paresseusement la tête, bavant son reste de semence sur le velours pervenche d'un coussin.

« Iaroslav détourna les yeux et quitta la balustrade pour continuer ses recherches. Sur le balcon, il vit un homme sodomisant un autre homme. Cette scène lui glaça le sang et il baissa les yeux pour ne pas en voir davantage. D'un coup d'épaule rageur, il écarta un flâneur ventru qui bloquait l'accès d'un couloir. L'obèse proféra un juron en plaquant malgré lui sa masse molle et suintante contre le mur.

« Iaroslav emprunta le couloir où se succédaient de nombreuses portes. Tous les battants étaient entrouverts. Il franchit un seuil et fut assailli par les vapeurs d'une fumée âcre et lourde. Dans cette pièce, étendus sur des tapis, des hommes fumaient. Ils aspiraient de l'opium par leurs bouches soudées aux tuyaux de corde qui les reliaient aux fourneaux jaunis des pipes. Le calme de cette chambre contrastait avec l'effervescence ambiante. Les fumeurs étaient nus, eux aussi, mais leurs corps immobiles et leurs faces moribondes les faisaient ressembler à des malades dans un mouroir. Parmi cette assemblée de dormeurs, quelques chats lourds et gavés de fumée somnolaient.

« L'autre pièce que mon père visita était vouée à la restauration des nombreux invités de Lev Poliakov. Plusieurs grandes tables étaient dressées le long des murs. Sur des nappes rouges s'étalaient des dizaines de plateaux étincelants et garnis de mets copieux. Il y avait là un véritable banquet de fête. Des plaies sanglantes s'ouvraient dans les carapaces brunâtres des rôtis entamés. La peau des volailles mutilées avait une couleur d'ambre. Entre les charcuteries, les fromages et les fruits, des carafes de cristal bombaient leurs ventres repus d'alcools multicolores. Les convives mangeaient debout, reprenant leurs forces avant de retourner s'ébattre dans leurs jeux lascifs. Iaroslav s'approcha d'une petite femme courte et ronde de partout. Elle trempait un biscotin dans un monticule de caviar. La dame leva vers lui des yeux étonnés. Des particules charbonneuses tombèrent du biscuit pour aller choir entre ses seins énormes et avachis.

« "Il faut retirer tes vêtements, jeune homme ! dit-elle d'une voix nasillarde. Aurais-tu honte de ton corps ? Il faut le montrer à tout le monde, ton corps !

« — Je cherche le Maître. Où est-il ?

«— Le Maître ? Il est au salon ! J'y étais tout à l'heure. Il fallait que je vienne me nourrir un peu. Ça creuse, l'amour ! J'ai eu quatre amants depuis ce matin. Je vais manger et je m'occuperai de ta virilité…

«— C'est hors de question ! s'indigna mon père.

«— Je vois ! fit la grassouillette. Tu n'en peux plus d'attendre, c'est cela ? Alors, fais-moi l'amour tout de suite ! Pendant ce temps, moi, je mangerai ! "

« La dame tourna le dos à Iaroslav. Elle posa ses coudes sur la table, écarta les cuisses et souleva ses fesses rebondies. Mon père négligea ce cul offert et quitta la salle.

«Il trouva enfin Lev Poliakov dans un vaste salon décoré avec raffinement. Le Maître était assis dans un grand et luxueux fauteuil aux pattes torses. Contrairement à presque tout le monde, Lev n'était pas nu. Il portait une toge ample, blanche et solennelle. À ses pieds, deux femmes s'embrassaient fougueusement. Lev observait leur étreinte passionnée. Un sourire amusé était figé sur ses lèvres. Le salon, comme la plupart des autres endroits que mon père avait visités, grouillait de gens qui s'accouplaient. Installé sur son trône, le Maître semblait se repaître du spectacle qui se déroulait devant lui. Il faisait songer à un jeune roi contemplant sa cour.

« Le regard de Lev Poliakov rencontra celui de mon père. Le Maître adressa à son visiteur un sourire large et étonné. D'une voix forte qui s'imposa clairement dans la cohue, Lev clama :

« " Quelles que soient tes pensées, Iaroslav Illarionovitch, sois le bienvenu chez moi ! "

« Iaroslav se fraya un chemin dans la fourmilière obscène du salon. Il rejoignit Lev, qui l'invita à prendre place dans un fauteuil jumeau du sien. Mon père refusa de s'asseoir. Il resta donc debout, les poings fermés et le visage décomposé par la rage sourde qui l'habitait. Le Maître le regarda d'un œil perplexe ; puis il y alla d'un rire long, retentissant et moqueur. Iaroslav leva la main pour gifler son hôte. Sa dextre demeura figée en l'air. Les prunelles vides de Lev avaient capté son regard. La main menaçante retomba mollement et mon père, malgré sa hargne, se laissa choir dans le fauteuil. Les traits rieurs du Maître s'assombrirent d'une expression faussement désolée. Sur un ton de doux reproche, il dit à voix basse :

« " Allons, mon ami, que me vaut l'expression d'une pareille agressivité ? Oublierais-tu ces liens fraternels qui nous unissent ?

« — Ces liens sont rompus, Lev ! répondit mon père entre ses dents serrées. Je ne saurais fréquenter un homme aussi malfaisant que celui que tu es devenu ! Qu'as-tu fait de tous ces gens ? Quelles graines as-tu semées dans leurs âmes pour les rendre semblables à des bêtes ? Tu es l'instigateur de toutes ces viles bassesses ! Tu es visiblement un dément et ta démence, Dieu m'en préserve, semble contagieuse comme la peste ! "

« Lev demeura impassible. Il considéra longuement Iaroslav, puis il embrassa la vaste pièce de ses yeux froids. Sa paume ouverte décrivit un arc de cercle qui englobait l'ensemble du troupeau pervers qui s'agitait devant eux.

« " Allons ! fit-il d'une voix mielleuse. Ne vois-tu pas comme ils sont beaux ? Regarde cette euphorie sur leurs figures ! Et ce bonheur qui se lit dans leurs yeux ! Si je suis l'instigateur de quelque chose, ce n'est que de leur plaisir à tous ! Si j'ai semé de quelconques germes dans leurs âmes, ce ne sont que des semences d'amour, de paix et de liberté d'être ce qu'ils sont vraiment !

« — Tu es fou, Lev ! répliqua Iaroslav avec véhémence. Ce que je vois ici n'est en réalité qu'un abîme de perdition ! Parmi ces immondes créatures, j'ai reconnu des personnes fort respectables qui ne se seraient jamais aventurées à fréquenter en toute bonne conscience le sordide démon que tu es ! Tu les as envoûtées !

Tu as détruit leurs valeurs ainsi que leurs principes honorables ! Tu as fait de ces gens de ridicules pantins dans le but d'assouvir tes instincts barbares ou pour réaliser je ne sais quel affreux dessein ! Tu encourages les invertis ! Ici, des hommes s'accouplent avec des hommes ! Des femmes se commettent dans le péché avec d'autres femmes ! Tout cela me donne la nausée, Lev ! Tu pues ! Ta demeure pue ! Ton âme pue !

« — Est-ce que Raïcha pue, elle aussi ? demanda Lev Poliakov.

« — Qui est Raïcha ? fit Iaroslav.

« — Allons, lança Lev d'une voix doucereuse, ne connaîtrais-tu pas le nom de cette splendide femelle qui t'a fait jouir dans sa bouche ? »

« Mon père voulut bondir sur son interlocuteur. Cependant, une force étrange le retint et il demeura prisonnier du fauteuil. Le Maître avait froncé les sourcils. Son visage était devenu grave.

« " Ne sois pas sot, Iaroslav Illarionovitch ! s'exclama-t-il sur un ton où sourdait un vague mépris. Tu sais que je suis beaucoup trop fort pour toi. En fait, je suis trop fort pour vous tous… Regarde ce couple là-bas. "

« Iaroslav tourna son regard vers l'endroit indiqué par Lev. Là, une cavalière enflammée chevauchait un homme. La femme, un peu grasse, s'empalait sur le sexe de son compagnon. Ses fesses montaient et retombaient avec rapidité. Ses hanches bougeaient avec une souplesse déconcertante. Son corps, charnu et laiteux, tremblait comme une gelée sous les coups répétés du séisme. L'homme, le dos collé aux dalles, ne bougeait presque pas. Ses mains s'animaient en tentant vainement de saisir la paire de seins flasques qui se balançaient frénétiquement au-dessus de ses yeux. Soudain, Iaroslav vit la femme se figer. Elle porta prestement ses mains à ses tempes. D'un bond, elle fut debout. Sa bouche se tordit dans un rictus d'épouvante. Ses yeux s'arrondirent. Sa figure exprimait un mélange d'effroi et de perplexité. Elle avança un peu, droit devant elle, ses mains tâtonnant le vide dans des gestes d'aveugle. Elle porta sa tête vers l'arrière comme pour regarder le plafond. Elle vacilla, puis, sans le moindre soupir, elle tomba à la renverse. Son corps percuta les dalles avec un bruit de puissante gifle. Un filet de sang vif coula de son nez et rampa sur sa joue pâle. Elle venait de mourir.

« Il y eut un vague remous dans le troupeau. Un homme murmura quelque chose et une jeune fille émit un petit rire nerveux. L'hésitation des gens fut cependant très brève. Au bout d'une minute, tous avaient recommencé là où ils s'étaient arrêtés, sans se soucier de cette femme qui venait de rendre l'âme tout juste devant leurs yeux. Le partenaire désœuvré de la morte regardait la forme inerte avec dépit. Une femme vint à sa rencontre. Il échangea avec elle quelques paroles, puis, sans autre préambule, l'homme se recoucha sur le dos pour se laisser chevaucher par cette nouvelle cavalière, à quelques pas seulement du cadavre encore chaud de l'ancienne.

« Il y a de ces scènes qui vous laissent sans voix. Mon père eût voulu hurler son indignation. Une angoisse douloureuse nouait ses entrailles. Lev venait de tuer cette femme. Qu'elle mourût au moment même où le Maître avait attiré l'attention de son visiteur sur elle ne pouvait relever du hasard. Dans la commotion causée par la terreur vive qu'il ressentait, Iaroslav revoyait le visage buriné d'Akim. Il se rappelait ce jour où le vieux Tcherkesse était venu chez lui pour lui dire de prendre garde. Akim avait parlé du diable, de mal incarné ; il avait affirmé que, d'un seul regard, Lev Poliakov avait tué un chien. Et Iaroslav ne l'avait pas cru le moins du monde. Car, comment ajouter foi à de tels propos ? Comment eût-il pu croire pareille anecdote sortie de la bouche d'un pauvre vieillard superstitieux ? Comment Iaroslav pouvait-il admettre ce qui venait de se dérouler dans cette pièce, une minute plus tôt, même si cela avait eu lieu sous ses propres yeux ?

« Ce ne fut pas la mort spontanée de la femme qui causa le plus grand trouble dans l'esprit de mon père. Ce fut plutôt la totale indifférence des autres face à ce subit trépas. Tous ces gens qui s'étaient retournés un court instant, par simple curiosité et sans même prendre la peine de mettre un terme à leurs ébats. Et puis, il y avait le partenaire de cette malheureuse ! Qu'avait fait ce dernier lorsque la dame s'était écroulée sur les dalles ? Rien ! Il n'avait rien fait ! Sinon qu'il avait regardé ce corps inerte, comme un gamin qui contemple avec contrariété un jouet cassé ! "Des monstres, murmura mon père, ce sont tous des monstres."

« Iaroslav se tourna vers Lev. Aucun sentiment ne se lisait sur la figure du Maître. Mon père eût aimé y voir un sourire sadique, une expression de démence, n'importe quoi qui eût dénoté chez le jeune homme une certaine folie. Mais le visage blanc de Lev Poliakov demeurait stoïque et froid comme un bloc d'albâtre. En faisant cette constatation, Iaroslav comprit que Lev n'était pas fou. Il réalisa que cet homme pouvait tuer quelqu'un en toute conscience et avec le même détachement que s'il eût écrasé un futile insecte. Le Maître venait de tuer cette femme pour montrer sa force. Cette démonstration n'avait pas été motivée que par l'orgueil. Iaroslav savait qu'il s'agissait plutôt d'un avertissement à son endroit.

« Sans que personne l'eût appelé, un colosse vêtu de blanc pénétra dans la pièce. Il se dirigea vers la morte, souleva son corps mollasse et le jeta sur son épaule comme un vulgaire sac de pommes de terre. Il sortit d'un pas traînant, le dos voûté par son fardeau.

« Ce fut Lev qui réengagea la conversation. Les mots chuintaient entre ses dents serrées. Il semblait fixer un horizon imaginaire ou un détail précis d'une tapisserie se trouvant à l'autre extrémité du vaste salon.

« " Pourquoi es-tu venu, Iaroslav Illarionovitch ? Ce qui se passe ici ne regarde que moi. C'est mon monde, tu comprends ? Mon monde. Et ce monde n'a rien à voir avec le tien. "

« Le Maître posa son regard sur mon père. Ce dernier gardait le silence, cherchant ses mots dans un tumulte de pensées délirantes. Il tentait tant bien que mal d'atténuer les tremblements de peur qui secouaient chaque fibre de son être. Ses nerfs étaient tendus à rompre dans l'attente du sort inconnu que lui réservait Poliakov. Constatant l'émoi qui paralysait Iaroslav, Lev parut sincèrement embarrassé. Il recommença à parler, calmement, d'une voix sourde où se mêlaient colère et tristesse.

« " Tu me désoles, Iaroslav. J'avais cru que tu comprendrais. Je savais que tes intentions à mon égard étaient mauvaises. Je le savais déjà au moment où tu as franchi la grille qui protège ma propriété des indésirables. Je t'ai pourtant permis de venir me rejoindre. Je t'ai même souhaité la bienvenue chez moi. J'espérais te convaincre des bienfaits de ma vision du monde. J'espérais partager mon vin avec toi, comme nous partagions le tien, jadis, quand nous étions encore de grands amis. Hélas ! je constate que tu es venu pour m'accabler de ta haine stupide et que cette haine semble tout à fait inaltérable. Sache que je peux faire ce que je veux de ton âme. Je pourrais aisément user de mes pouvoirs pour faire de toi un allié. Mais, tu vois, c'est le vrai Iaroslav Zoubov que je veux à mes côtés. L'Iaroslav Zoubov que j'aime bien. Je ne voudrais pas d'un pantin loufoque qui ne saurait être que le pâle reflet de ton ombre.

« — Je t'aimais bien, moi aussi, parvint à balbutier mon père. C'était avant. Avant que tu deviennes l'infâme magicien que je rencontre aujourd'hui. Avant que tes pouvoirs démoniaques viennent révéler le monstre qui se terrait sous la beauté de ton visage angélique et derrière le voile charmeur de tes bonnes manières.

Notre amitié est morte, Lev. C'est peine perdue. Je pourrais t'accorder mon pardon si tu délivrais ces âmes malheureuses de ton joug sordide ; mais jamais je ne ferai alliance avec le diable ! Va-t'en, Lev ! Quitte la région ! Et, lorsque tu nous auras quittés, je brûlerai moi-même ta maison afin d'effacer les relents d'horreur que tu y auras laissés !... "

« Le rire de Lev s'éleva, rauque, puissant et projetant dans l'air des éclats nets comme des coups de canon. Le Maître se leva, toujours secoué par les salves de son rire tonitruant. Il frappa de la paume le cul d'une femme qui passait devant lui. La dame gloussa, se retourna et considéra Poliakov avec de grands yeux éperdus de bonheur. Lev se pencha pour déposer un baiser sur chacun de ses seins menus. Le Maître lui murmura ensuite quelques mots à l'oreille. La femme soupira d'aise, comme sous l'effet d'une expérience délectable. Elle fixa le jeune homme un long moment, la lippe tremblante, l'œil mouillé et reconnaissant. D'un geste de la main, Lev l'invita à prendre congé. Elle s'exécuta sur-le-champ et se dirigea vers la sortie en se dandinant comme une poule.

« "Je l'ai envoyée se préparer, fit Poliakov à l'adresse de Iaroslav. Elle partagera mon lit cette nuit. "

« Mon père ne dit rien. Lev continua :

« "Tu as vu la joie immense que j'ai provoquée chez elle ? Elle trépigne à l'idée que je la posséderai ! Elle pleure de bonheur en prévision de la grâce que je lui accorderai ! Je ferai d'elle, le temps d'une seule nuit, ma seule femme ! Au moment où je te parle, elle se dirige gaiement vers un endroit où l'on procédera à ses ablutions. Lorsque, cette nuit, elle viendra me rejoindre, elle sera fardée, parfumée et coiffée. Elle brûlera d'une extrême impatience. Elle sera comme une bonne sœur qui s'apprêterait à se faire dépuceler par le bon Dieu ! "

« Iaroslav serrait les mâchoires. Une flamme de

haine embrasait ses prunelles. Lev, appuyant ses mains sur le bronze des accoudoirs du précieux fauteuil, se pencha vers lui.

« " Ainsi, Iaroslav Illarionovitch, tu voudrais brûler ma maison. Ainsi, tu voudrais que je quitte la région. Dis-moi, qui crois-tu être pour émettre pareilles volontés ? Qui crois-tu être pour oser prétendre que je devrais quémander ton précieux pardon ? Sache que de telles paroles te voueraient à la mort si je ne t'étais guère redevable de m'avoir jadis sauvé la vie !

« — Qui es-tu, Lev ? murmura Iaroslav entre ses dents serrées. Mais qui es-tu donc, en vérité ?

« — Tu crois que je suis le diable en personne, n'est-ce pas ?

« — Pourquoi pas le diable ? fit Iaroslav. Ou l'un de ses suppôts ? Je n'ai aucune idée de qui tu es. Je sais cependant qu'une bête immonde s'est éveillée en toi. "

« Lev s'écarta d'Iaroslav et se rassit pensivement dans son fauteuil.

« " Le diable n'existe pas ! claironna-t-il après un bref silence. Le diable est une invention de l'homme, afin que l'homme puisse jeter, sur autre chose que lui-même, le blâme des actes qu'il juge indûment médiocres. Nombreux sont ceux qui se déculpabilisent en blâmant le diable pour leurs fautes. " Ce n'est pas moi qui ai commis ce péché ! jurent-ils. C'est le diable qui a guidé mon âme ! Il a guidé mes mains ! Il a guidé ma bouche ! Il a guidé mes yeux ! " Depuis des millénaires, l'homme met ses prétendues bassesses sur le dos du diable comme si cela effaçait tout ! Comme si cela expliquait tout ! En fait, l'image que l'homme se fait du mal fut peinte par les faibles, les pauvres, les laids ! La richesse est malsaine ! La luxure est malsaine ! Le plaisir est néfaste ! La beauté provoque la tentation ! Le diable se fait l'instrument de la revanche de l'homme faible à qui l'existence n'a rien donné. Celui-ci se dit : " Je suis pauvre, je suis laid, je mène une vie morose de cloporte, mais je suis touché par la grâce de Dieu car, dans ma médiocrité, j'ai l'approbation du ciel!" En vérité, l'homme est captif de liens qu'il a lui-même tressés. Il s'est enchaîné à ses propres règles et à ses propres principes pour asservir des valeurs ridicules qui vont à l'encontre de ses désirs légitimes. L'homme est d'abord et avant tout un animal. Un animal très doué, certes, mais un animal tout de même. Et cet animal, comme tous les autres, se doit de tout mettre en œuvre pour assouvir tous ses besoins. Mais, malheureusement pour lui, l'homme a cherché à comprendre le monde qui l'entourait. Il est la seule créature terrestre à rejeter le hasard de la création. Avant de sombrer dans des valeurs morales, l'homme a voulu expliquer le Soleil, la pluie, la peste, les fléaux. Pour l'homme, l'inexplicable fut de tout temps une menace à sa sécurité. Les peuples s'inventèrent donc des dieux, des chefs, des idoles; et les déchaînements ou les bienfaits d'une nature mystérieuse devinrent alors les manifestations d'utopiques êtres suprêmes. Les faibles profitèrent vite des avantages que leur conféraient les divinités. Ils s'allièrent à eux, ils ébauchèrent des doctrines, ils écrivirent des livres et des tables de lois divines. Certains prétendirent même avoir rencontré le Créateur! Des faibles devinrent dominants en entraînant d'autres faibles dans leur sillage. Des marées d'êtres insuffisants déferlèrent sur le monde en condamnant la richesse, la force et la beauté, qui permettaient d'accéder aux jouissances de l'être. Renoncer pour régner! En observant les animaux, on remarque que, dans les troupeaux, les faibles ne dominent jamais. Chez les bêtes, la logique est maintenue. L'homme, lui, a inversé les rôles. Aujourd'hui, les hommes voués à la jouissance sont aliénés par les valeurs que cette humanité de faibles leur a imposées. En tenant les peuples dans la servitude et l'ignorance, les dirigeants en gardent le contrôle. Les hommes sont trompés. Leur conception de ce qui est mal et de ce qui est bien est faussée par des principes de perdants qui leur furent inculqués au sortir du berceau.

« — À ce que je vois ici, fit mon père, rien ne semble mal à tes yeux, Lev.

« — Le mal et le bien ne sont en vérité que de simples perceptions. Une souris se débattant dans la gueule d'un serpent ne peut voir que l'incarnation du mal dans ce reptile qui la dévore. Le serpent, quant à lui, éprouve un bien incontestable en sentant le sang de sa proie gicler entre ses crocs. En ces lieux, tu vois le mal, Iaroslav Illarionovitch. Cependant, tu es le seul à le voir. Je n'ai pas envoûté ces gens. J'ai simplement extirpé de leur esprit toutes les aliénations néfastes que l'humanité y avait gravées. Maintenant qu'ils sont libérés, mes agneaux n'obéissent plus qu'à l'assouvissement de leurs pulsions. Ils exercent leur droit d'être des créatures animales. Ils sont simplement ce que la nature veut qu'ils soient. "

« Pendant que Poliakov proclamait les vertus de sa dégradante philosophie, mon père sursauta. Une belle jeune femme venait de faire son entrée dans le salon. Cette femme, Iaroslav la connaissait bien. »

IX

« Mon père avait reconnu Axinia, l'épouse de son grand ami Ivan Vassiliev. Ce dernier était négociant agricole et mon père le connaissait depuis longtemps. Ils avaient tous deux, à la même époque, étudié le commerce à Moscou. Axinia, elle, s'était depuis longtemps liée d'amitié avec ma mère. Le couple Vassiliev avait deux enfants et ils formaient une famille aisée au bonheur resplendissant. Ivan et sa femme étaient invités à toutes les réceptions des Zoubov ; et la réciproque était de mise depuis de nombreuses années.

« Quelques semaines plus tôt, Iaroslav et Ivan, accompagnés de leurs épouses, étaient allés au théâtre. Ce soir-là, Tatiana et Axinia avaient rivalisé de splendeur. La femme d'Ivan, fidèle à son habitude, était souriante et volubile. La pièce avait été remarquable en tous points. À la fin de la représentation, les deux couples étaient allés s'attabler dans un restaurant où ils avaient bavardé durant de longues heures. Axinia et Ivan semblaient amoureux. Comme toujours, leurs gestes et leurs regards étaient empreints de tendresse. À ce moment, rien ne laissait présager le drame qui secouerait ces âmes unies comme l'arbre et la terre.

« Iaroslav eut un pincement au cœur lorsqu'il vit Axinia pénétrer dans le salon. Les infamies de Lev touchaient maintenant des êtres qu'il aimait. La femme vertueuse de son ami se mouvait de façon irréelle au milieu de cette foule odieuse. Ses longs cheveux blonds étaient décoiffés comme au bout d'un long sommeil. Ses petits seins en poires plongeaient timidement, comme pour exprimer leur désapprobation d'être ainsi exposés au grand jour. Des plaques rougeâtres s'étalaient par endroits sur sa peau pâle et d'apparence fragile. Axinia remarqua Iaroslav. En l'apercevant, elle eut un sursaut et son visage s'illumina d'un air de profonde allégresse. Elle se dirigea vers mon père, un sourire enchanté découvrant ses dents blanches. En s'approchant, elle fit d'une voix mélodieuse :

« "Iaroslav ! C'est bien toi ? Si tu savais comme je suis heureuse de te savoir ici !"

« Elle voulut embrasser mon père, mais celui-ci la repoussa maladroitement. Il était fortement choqué de voir la femme d'Ivan Vassiliev déambuler dans sa plus stricte intimité au milieu des disciples de Lev. Néanmoins, il ne la repoussa pas avec violence. Il connaissait trop bien Axinia. Il savait qu'elle n'agissait pas de son propre chef. Pour qu'elle fût là, il fallait que Lev l'eût ensorcelée. Axinia lui jeta un regard interloqué. Elle recula un peu et fit, sur un ton hésitant :

« "Qu'est-ce que tu as, Iaroslav ? Pourquoi me rejettes-tu ainsi ? De pareils agissements ne sont pas convenables ici…

« — Que fais-tu dans ce bordel, Axinia ? Où est Ivan ? Sait-il seulement que tu te trouves ici ?

« — Ivan est à Moscou. Il ne sait rien. Les enfants sont chez les grands-parents Vassiliev. J'ai laissé une lettre à mon mari pour tout lui expliquer. À son retour de voyage, il saura. Il saura que je ne retournerai plus à la maison. Cette vie-là est terminée pour moi, Iaroslav.

« — Pourtant, tu semblais heureuse, fit Iaroslav sans animosité. Pourquoi fais-tu cela, Axinia ? Pourquoi ?"

« Axinia posa des yeux admiratifs sur Lev Poliakov. Ce dernier lui sourit comme à une enfant. La femme d'Ivan répondit d'une voix émue :

« "J'étais seule, Iaroslav. Terriblement seule. J'ai croisé le Maître et il a deviné ma trop grande solitude. Il m'a comparée à la plus belle des fleurs. Une fleur ne peut s'épanouir dans l'ombre. Mon ombre, c'était l'oubli. Ivan me négligeait. Le Maître m'a montré le véritable bonheur. Il m'a encouragée à combler sans remords mes besoins de femme.

« — Tu n'es pas toi-même en ce moment, Axinia. Ton "Maître" est un affreux sorcier. Il a abaissé la tendre épouse et la mère attentionnée que tu étais, au rang peu enviable d'une grossière chienne en chaleur. Réveille-toi vite, Axinia ! Tu ne peux quand même pas tout laisser tomber pour suivre ce monstre dans les abjections où il se vautre ! "

« La femme regarda le Maître avec surprise. Elle était visiblement offusquée du peu de respect dont faisait preuve mon père envers Poliakov. Ce dernier fit un geste pour apaiser le trouble d'Axinia. Il prit sa main et il lui dit doucement :

« "Maintenant, laisse-nous, ma belle fleur. Sois tranquille. Iaroslav Illarionovitch est mon ami. Il ne comprend tout simplement pas le grand bonheur que nous vivons ici. "

« Mon père prit sa tête entre ses mains. Résigné, abattu, il songeait à sa femme en se disant qu'un jour, peut-être, ce serait au tour de sa Tatiana de répondre aux appels mystérieux du Maître. Elle viendrait alors rejoindre Axinia dans ce monde de débauche, et il ne pourrait rien faire pour la retenir. Iaroslav pensait également à la peine qu'aurait son ami Ivan lorsque, revenu de Moscou, il constaterait la fugue déshonorante de sa femme. Il leva les yeux. Axinia avait laissé les deux hommes pour se perdre dans la cohue. Lev Poliakov observait mon père d'un air narquois.

« " Qu'as-tu fait d'elle, salaud ? " fit Iaroslav en secouant la tête comme pour faire non.

« Un rictus de rage dévoilait ses dents. Il voulait mordre. Lev souriait avec fierté. La colère de mon père semblait accroître son plaisir. Il ouvrit les bras dans un geste d'apaisement et, sur un ton calme, il répondit :

« " Si tu te voyais, mon pauvre vieux ! Tu ressembles à un chien enragé. Pour un peu, tu baverais. Laisse-toi donc imprégner par ce bonheur que je t'offre au lieu de te conduire en brute.

« — Axinia est la femme de mon ami ! C'est une épouse charmante et une mère exemplaire ! Il n'y a rien qui justifie qu'elle soit ici ! Elle était un ange ; tu en as fait une diablesse !

« — Elle n'était pas un ange. Un ange n'est que du vent, mon cher. Une autre de vos inventions humaines. Un paradoxe. L'ange n'a pas de sexe. Il symbolise la beauté dans la pureté. Une beauté divine qui a tout pour attirer baisers et caresses, mais qui n'a guère accès aux joies de la chair. Axinia n'est pas un ange. C'est une femme, Iaroslav Illarionovitch. Tu l'observais simplement dans le miroir déformant de l'imposture. Elle se mentait à elle-même. Elle jouait l'épouse parfaite, la mère exemplaire ; et elle faisait fièrement son devoir de tout cela. Mais, chaque heure qu'elle vivait de son existence morne, forgeait en elle une révolte douloureuse. Axinia était emmurée dans un quotidien triste. Elle n'éprouvait plus aucun plaisir à subir les étreintes rares, fugaces et sans fougue d'un époux trop affairé.

« " Les étiquettes d'épouse et de mère ne suffiront jamais à éteindre le feu qui brûle en certaines femmes. Axinia brûlait d'une foule d'envies inapaisées. Elle fait partie du nombre de ces bourgeoises mal aimées qui viennent en ces lieux pour y être vénérées. Chez moi, Iaroslav, il y a cette bourgeoise qui épiait de la fenêtre de sa chambre le viril jardinier s'affairant dans la cour. Et, pendant qu'elle l'observait, elle sentait un désir

119

honteux monter en elle. Elle avait honte, certes, mais elle ne pouvait détacher son regard de l'homme. La nuque d'un homme, les bras d'un homme, le torse d'un homme, le sexe d'un homme ! Une envie folle l'embrasait jusqu'à la souffrance. Une envie intense de sentir les mains rudes de ce moujik sur sa peau douce et frémissante de noble dame. Elle rêvassait, la bourgeoise ! Et elle s'en voulait de s'enflammer ainsi pour un ouvrier, un prolétaire, un sale type qui, de surcroît, devait sentir mauvais à donner la nausée. Néanmoins, son ventre hurlait à l'amour. Elle frissonnait dans sa solitude et, en silence, de derrière la fenêtre de sa fastueuse demeure, elle mendiait le plaisir. Les bouts de ses seins devenaient durs comme des noyaux de cerises. Sa main relevait sa jupe tandis que l'autre tirait les rideaux. Et, n'y tenant plus, elle s'affalait sur une bergère pour s'abandonner à des songes enivrants. Ses doigts plongeaient fébrilement dans son sexe, jusqu'à ce que le désir tenaillant ses entrailles soit enfin assouvi. Plus tard, le jardinier regardait la bourgeoise marchant dans l'allée. Cette femme trop riche, trop bien, trop belle, simplement trop pour lui. Il suivait discrètement des yeux sa démarche gracieuse comme un vol d'oiseau, en se disant qu'il eût tout donné de son bien modeste pour avoir la chance de posséder, ne serait-ce que pour une heure, une femme comme celle-là. Il se perdait lui aussi dans des songes où il voyait la dame couchée, nue et suppliante, dans le décor misérable de sa cahute. Puis le pauvre homme regardait ses mains noueuses d'ouvrier en se disant que de telles mains n'étaient pas dignes de pétrir la chair de cette femme d'un monde qui ne serait jamais le sien. Il reprenait donc son labeur, fort loin de se douter des fantasmes de la noble dame, fantasmes dont il était souvent le principal objet.

« — Ton imagination est fertile, Lev, dit mon père. Ce sont là des fabulations salaces qui pourraient faire de toi un conteur apprécié dans certains lieux minables !

« — Ce ne sont pas des fabulations, Iaroslav. Tout cela est rigoureusement vrai et…

« — Tout cela est farfelu ! coupa mon père en y allant d'un petit rire méprisant. Le fait est qu'il existe des lois inaltérables régissant notre milieu ! Je sais pertinemment qu'il existe, chez les nobles, des dames aux mœurs légères ! Mais, lorsque ces femmes trompent leurs maris, elles le font en choisissant des amants dignes de leur rang ! Le sang du noble ne se mêle pas au sang du moujik ; si ce n'est sur un champ de bataille, pour l'honneur du tsar et de la patrie !

« — Ta grande naïveté m'émeut, mon ami. Comment peux-tu tenir de tels propos ? Toi qui viens tout juste d'oublier ta noblesse sous les caresses d'une Tzigane ? "

« Iaroslav rougit. Cette constatation l'embarrassait au plus haut point. Comme pour lui-même, il murmura :

« "Elle… elle a pris sans rien demander… Elle a profité de mon désarroi, de ma surprise… Je n'étais plus moi-même lorsque j'ai franchi les portes de cet enfer. Je n'étais plus moi… ça non…

« — Bien sûr que si ! s'exclama le Maître. Tu étais toi, Iaroslav Illarionovitch Zoubov ! Et tu l'étais, à ce moment, plus que tu ne l'as jamais été ! N'aurais-tu donc jamais reluqué l'une de tes domestiques ? N'aurais-tu pas le désir secret de trahir ta douce Tatiana avec la fille de ton palefrenier ? Quel est son nom ?… Sacha ! C'est cela : Sacha ! Elle te fait saliver, Sacha ! Et pourtant, que je sache, elle n'est pas de ton rang, pas de ton sang ! Cette pauvresse n'a pour elle que la beauté de ses seize printemps ! Une beauté qui, du reste, sera vite altérée par le dur labeur que ta richesse lui imposera ! "

« Mon père avait blêmi. Son assurance s'était dissipée. La terreur l'habitait de nouveau.

« "Comment peux-tu savoir à propos de la fille du palefrenier ? demanda-t-il d'une voix blanche.

« — Je sais tout. Je vois tout. Tes pensées, tes souvenirs, tout de toi m'est révélé dans les moindres détails. Je peux plonger au tréfonds de ton âme et en resurgir avec des mots qui te blesseront ou qui te guériront.

« — Si tu peux lire mes pensées, tu pourras y voir que je suis toujours resté fidèle à Tatiana. Depuis que je suis avec elle, je n'ai jamais touché une autre femme.

« — Certes. Tu ne l'as pas fait. Du moins, pas avant que tu succombes aux charmes de Raïcha. Pour ce qui est de la fille du palefrenier, tu as eu envie d'elle, tu auras encore envie d'elle, et puis, après elle, tu rêveras d'une autre.

« — Le rêve n'a rien à voir avec la réalité, Lev.

« — L'homme est ce qu'il désire, Iaroslav. Voilà tout. Ce qui t'a empêché de coucher avec Sacha ne vient pas de toi. Ce sont des principes absurdes qui vont à contre-courant de tes besoins d'homme.

« — Si je n'ai pas cherché à coucher avec Sacha, c'est que je respecte ma femme ! Le respect est une autre notion qui t'échappe, Lev !

« — Le respect n'est qu'une autre de vos barrières. Vous repoussez vos envies pour ne pas déplaire aux autres. Tous ces gens qui viennent se joindre à moi le font dans le but d'acquérir la liberté de laisser libre cours à leurs envies. Tu ne verras personne de malheureux entre mes murs. Ici, le sang du noble se mêle à la boue qui coule dans les veines du moujik. Le boyard estime le serf. La bourgeoise s'abandonne sans remords aux étreintes d'un jardinier. La dame flétrie qu'on ne désirait plus, trouve ici des hommes qui rendent hommage à ce corps dont l'affaissement irréversible la condamnait au regret et au dégoût d'elle-même. La jeunesse rencontre la vieillesse comme l'aube croise la nuit. La beauté se marie à la laideur. Il y a des hommes qui aiment des hommes. Des femmes qui aiment des femmes. Il n'y a plus d'hommes, plus de femmes. Il n'y a ici que des âmes et des corps épanouis dans un affranchissement qu'aucune des règles de l'humanité ne vient entraver.

« " Je peux voir en toi que tu as été choqué en voyant le vieux docteur Konstantinov. Il n'est pas habituel, dans ton monde, de voir un vieil homme se repaissant des grâces que lui offrent deux jeunes filles dont il pourrait être le grand-père. Mais dis-toi bien que cet Alexandre Konstantinov, que tu croyais bien connaître, n'avait rien à voir avec ce qu'il était en réalité. Cet homme était souffrant, Iaroslav. Sa pratique le rendait fou. Il éprouvait un engouement particulier pour les filles de douze ans. À cet âge, la femme s'éveille sous un voile d'ingénuité troublante. La chair est déjà prête à recevoir les délices de l'amour, mais l'esprit vogue encore dans un monde d'innocence égayé de poupées. Chaque fois qu'une de ces jeunes filles se trouvait dévêtue et rougissante devant le vieux docteur, le cœur de ce dernier s'emballait et sa gorge se nouait. Chaque examen banal devenait pour lui un combat. Ses mains palpaient des seins à peine naissants, avec la froideur technique que leur imposait la profession. Ses doigts accomplissaient méthodiquement ce qu'ils se devaient d'accomplir, sans qu'aucun de leurs gestes ne vînt trahir le désir intense qui envahissait l'homme. Il touchait ainsi un ventre neuf, un pubis où naissait une toison émouvante de délicatesse. Il ouvrait, d'un doigt tendre mais empreint de froideur, la rose d'un sexe à l'hymen intact. Après la consultation, la jeune fille se rhabillait derrière un paravent tandis que le bon vieux docteur lui faisait les recommandations d'usage. À ce moment, il parlait de sa voix ferme dans laquelle personne n'eût pu déceler le moindre trouble. Dans ses yeux ne brillait nulle convoitise. La consultation se terminait sur un ton jovial et rassurant. Une sueur abondante faisait luire la figure du vieil homme. Son teint était rouge. Néanmoins, on ne prêtait pas attention à ces signes. Après tout, le docteur Konstantinov n'avait-il pas toujours eu ce visage en sueur et ce teint rougeaud ? Ceux qui le connaissaient le soupçonnaient de boire trop. Même si, en réalité, il détestait l'alcool, Alexandre Konstantinov entretenait ce soupçon d'ivrognerie qui cachait un vice qu'il croyait plus condamnable encore. Il s'octroyait, avant chaque consultation, une lampée de cognac qu'il n'avalait pas. Il s'en remplissait la bouche et conservait le liquide entre ses joues pour s'imprégner de son odeur. Ensuite, il recrachait le cognac dans la bouteille. Ce rituel avait lieu plusieurs fois par jour depuis des années. Le vieux se faisait un devoir de conserver incessamment son haleine de buveur. Même sa femme était dupe de cette mise en scène. Possédée par la tromperie, elle admettait à tort que son mari était alcoolique. Cette fausse réputation rassurait un peu le docteur. Car, si un jour, ne pouvant tenir tête à ses pulsions, il commettait un acte regrettable, l'alcool, sans excuser ce geste, pourrait à tout le moins en atténuer la responsabilité. Il ne voulait pour rien au monde qu'on sût que le vénérable Alexandre Konstantinov n'était en fait qu'un méprisable individu rêvant des caresses de ses vertueuses jeunes clientes. Ses envies refoulées le torturaient sans cesse.

« " Tous les matins, il commençait ses consultations en espérant la visite d'une jeune fille à son cabinet. Il espérait ce moment avec une envie plus que fébrile. Les jours où aucune d'entre elles ne se présentait étaient teintés de déception. Puis, immanquablement, une proie finissait par pousser sa porte. Konstantinov l'examinait en résistant aux tentations qui lui ordonnaient de commettre l'irréparable. Il résistait, le corps enflammé et l'esprit confus. Ses mains brûlaient de saisir à pleines paumes la poitrine en éclosion. La chair fraîche attirait sa bouche. Son sexe atrophié, qui ne daignait plus se dresser dans le lit conjugal, encombrait son pantalon avec une vigueur étonnante. Néanmoins, il résistait. Une fois seul, Alexandre Konstantinov se retrouvait honteux. Il demandait au ciel de lui pardonner ses idées malfaisantes. Lorsque je l'ai rencontré, il était attablé dans une taverne. Il ne buvait pas. Il tournait et retournait sa pipe entre ses mains. Son air pitoyable a piqué ma curiosité. J'ai lu dans ses pensées et j'y ai vu qu'il voulait se donner la mort. Il n'en pouvait plus de vivre ainsi : constamment au centre de l'interminable combat que se livraient un corps fiévreux de désirs et l'esprit impitoyable qui jugeait ces désirs immoraux et hautement répréhensibles. Je me suis levé et j'ai pris place à sa table. Je lui ai dit que je savais tout de ses souffrances. Je lui ai dit que, s'il venait chez moi, il y trouverait l'apaisement de ses douleurs et la fin des tortures de son âme. Alors, il m'a suivi. Désormais, il est un homme heureux.

« — Tu encourages le vice ! Voilà ce que tu fais ! Ne songes-tu pas au mal que tu fais à ces jeunes filles que tu livres en pâture à cet ignoble vieux fauve ?

« — Ces jeunes splendeurs sont mes initiées. Elles considèrent la caresse comme le plus agréable des jeux. Pour elles, le mal n'existe que dans ce qui contrarie leurs désirs. Les jeux de l'amour ne sont pas mauvais, puisqu'ils procurent des sensations agréables. Il faut dire que mes petites fleurs ne furent pas éduquées dans votre monde où presque tout ce qui est bon devient péché. Les musulmans ne mangent pas de porc parce qu'on leur a mis dans la tête qu'il est impur de le faire. Toi qui manges du porc, Iaroslav Illarionovitch, crois-tu que, pour cette raison, ton âme croupira dans les limbes pour l'éternité ?

« — Je ne suis pas musulman.

« — Eh bien, mes filles ne sont pas de ton monde ! Ce qui est impur dans ta civilisation pour une enfant de cet âge ne l'est pas dans mon paradis. Leur chair déguste l'amour telle une bouche savourant le nectar d'un fruit. Elles prennent les caresses avec gratitude et elles en donnent sans se lasser.

« — Comment peuvent-elles faire ces choses avec le vieux Konstantinov ? Comment le corps déclinant d'un vieillard peut-il leur inspirer du désir ?

« — Ce qu'elles désirent avant tout, c'est rendre cet homme heureux. Elles prodiguent leurs caresses dans des gestes de bonté. Elles assouvissent sa faim avec le dévouement attendri d'une mère donnant le sein à son enfant. À cet homme miné par l'ingratitude de l'âge, elles font l'offrande de leur jeunesse. À ce corps en ruine, elles conjuguent leur beauté. "

« Mon père revit en pensée Alexandre Konstantinov. Il songeait à la dernière fois qu'il avait rendu visite au vieux docteur. C'était trois mois plus tôt. Le vieillard, qui, comme toujours, semblait un peu ivre, l'avait accueilli avec sa bonhomie habituelle. Les deux hommes avaient discuté de chevaux. À ce moment, rien ne transparaissait du monstre qui se terrait derrière le visage rieur du vénérable médecin. Mon père était à mille lieues de penser qu'il rencontrerait ce dernier dans l'enfer de Lev Poliakov et qu'il le reverrait, comme il venait de le revoir, nu comme un ver et goulûment attablé devant le festin de ses vices inavouables et de tout temps insoupçonnés. En songeant au corps frêle et blafard du docteur qui se démenait entre deux vertes créatures à l'aube de leur féminité, Iaroslav fut pris d'un irrésistible fou rire. Lev rit également et, pour un moment, on eût cru les deux hommes réconciliés. Le rire franc de mon père se prolongea jusqu'aux larmes. Le souvenir de l'épouse du docteur vint encore ajouter au burlesque de cette conjoncture. Que venait faire cette mijaurée dans ce bordel à ciel ouvert ? Comment pouvait-elle se trouver là, elle qui ne daignait jamais gratifier qui que ce soit d'un sourire et qui inspirait toutes les sécheresses du monde ?

« De tout temps, Marie Konstantinov avait paru vieille et aigrie. Mon père la connaissait depuis plus de vingt ans et, toujours, elle avait eu une figure austère, sillonnée de rides profondes comme une pomme cuite. Jamais il n'avait vu ses cheveux rêches coiffés autrement qu'en chignon compact d'un jaune pisseux. Jamais il n'avait vu cette femme porter autre chose que des robes rigides et sombres : des accoutrements qui ressemblaient davantage à des sacs de grains qu'à de quelconques vêtements. Il était difficile d'imaginer créature plus dénuée d'émotion que madame Konstantinov. Pour elle, la moindre extravagance s'avérait déplacée. Le moindre emportement devenait un affront aux règles de la bienséance. Néanmoins, mon père l'avait bel et bien vue se vautrer dans l'herbe, femme offerte, languissante ; pathétique de soumission devant un paysan qui la couvrait d'injures. Tout cela était si profondément absurde qu'Iaroslav riait à s'en décrocher les mâchoires. L'air lui manquait. Lentement, par saccades, il parvint enfin à calmer cet accès d'hilarité. Ses côtes le faisaient souffrir. Il s'essuya les yeux et s'aperçut que Lev, souriant, lui tendait une coupe de cristal gorgée de vin.

« " Bois, fit le Maître. Ce vin est excellent. "

« Iaroslav s'empara de la coupe, la porta à ses lèvres et, tout en massant ses côtes endolories, il but quelques gorgées parcimonieuses.

« " Tu t'amuses bien finalement, fit Lev. Peut-être vais-je enfin réussir à te convaincre de te joindre à moi ?

« — N'y compte surtout pas, rétorqua mon père en riant encore un peu. À moins que tu me jettes un sort, tu ne sauras me retenir ici.

« — Sois tranquille, l'assura Poliakov. Je ne t'empêcherai pas de partir. Tu pourras donc retourner à ta triste existence.

« — C'est cela, Lev ! Ma triste existence ! Cette existence où je chérirai ma tendre épouse et où je guiderai chacun de mes enfants vers l'accomplissement d'une vie juste et honorable ! Durant cette existence, je combattrai les tentations qui, quelquefois, vont jusqu'à me suggérer de prendre pour maîtresse la fille d'un palefrenier ! Toujours, je combattrai ! Car, vois-tu, il n'y aura pour moi de mort plus douce qu'une mort sans regret ! Une fin où j'aurai la fierté de n'avoir jamais succombé à mes faiblesses d'homme ! "

« Iaroslav fit une pause. Un voile de tristesse descendit sur ses traits. Il plaqua un poing contre son front et il soupira longuement. Sa voix n'était qu'un murmure lorsqu'il reprit la parole.

« " Bien sûr, dit-il, il y a eu cette Raïcha. Cette Tzigane que je n'ai pas désirée. Elle m'a entraîné dans son tourbillon. Tu le sais, toi, Lev. Tu sais que je n'aurais pas succombé à ses charmes si cela s'était produit ailleurs qu'ici. Admets que tes pouvoirs y sont pour quelque chose.

« — Je n'ai rien fait à mon sens qui soit répréhensible, Iaroslav Illarionovitch. Je t'ai offert Raïcha en cadeau et, pour que tu acceptes ce voluptueux présent, il m'a fallu, je l'avoue, retirer un instant l'armure de tes principes. Ton corps en avait envie. Mes intentions étaient bonnes.

« — On dit que les routes de l'enfer sont pavées de bonnes intentions ! Je ne voulais pas de ce cadeau empoisonné ! En me livrant à cette hyène, tu auras seulement réussi à me combler de remords ! Et puis, dis-moi, cette femme que tu as foudroyée dans cette salle pour me prouver ta force, était-ce encore l'une de tes bonnes intentions ?

« — Cette femme était condamnée de toute façon. Elle est arrivée ici il y a trois semaines. J'ai tout de suite vu qu'un mal incurable rongeait ses entrailles. Elle n'en souffrait pas encore, mais ce n'était qu'une question de temps. Parmi mes pouvoirs, je possède celui de guérisseur. Malheureusement, il était beaucoup trop tard pour elle. La maladie progressait à toute vitesse. Les premières douleurs étaient sur le point de se manifester. La pauvre ne savait rien du mal qui la minait. Je me suis bien gardé de l'en aviser. Je voulais qu'elle savoure pleinement ses derniers jours. Dans ton monde, on l'aurait laissée souffrir pendant des mois, en lui faisant subir des traitements dérisoires. Elle aurait vécu plus longtemps, j'en conviens. Seulement, elle l'aurait fait au prix des plus atroces souffrances. Moi, je l'ai fauchée en pleine euphorie. Je devais le faire demain. Cependant, puisque tu étais là, j'ai saisi cette occasion pour te démontrer la puissance de mes facultés.

« — Pourquoi ? demanda mon père.

« — Pour te protéger, répondit Lev. Pour le cas où tu songerais à me tuer. Ainsi, tu sauras que c'est impossible et que je pourrais t'assassiner par la force de ma seule volonté. Je voulais que tu le saches afin de te préserver de la mort. Je t'aime bien, Iaroslav. J'aurais mal de devoir t'anéantir.

« — Maintenant que j'ai vu ton univers putride, ne crains-tu pas que je revienne ? risqua mon père. Il y a des hommes qui payeraient cher pour se rendre justice. Il y a tous ceux qui ont vu leur femme s'enfuir de la maison pour s'offrir tout entière à tes divertissements dépravés. Je pourrais mobiliser une armée de gens qui verraient d'un très mauvais œil ta philosophie qui abaisse l'homme au rang du chien. Dis-moi, Lev, que penserait le tsar du pouvoir que tu exerces sur une poignée de ses sujets ? Que ferais-tu si des cosaques venaient te mettre aux arrêts pour avoir osé prétendre à une autorité qui ne revient qu'au souverain de toutes les Russies ?

« — Le tsar ne me fait pas peur, déclara le Maître avec un sérieux déconcertant. Si le tsar m'envoie ses soldats, je saurai les accueillir.

« — Comment pourrais-tu défier les hommes du tsar ? demanda Iaroslav en ricanant. Quelques-uns d'entre eux suffiraient à investir ces lieux et à mettre en charpie ta bande de brebis dépouillées ! Sans doute parviendrais-tu à éliminer quelques hommes, mais, malgré toutes tes facultés, tu serais vite submergé par leur nombre.

« — Il y a des phénomènes qui dépassent tout entendement humain, Iaroslav. Sache que nul ne peut pénétrer dans ces jardins sans mon consentement. "

« Le Maître se leva et indiqua à mon père le chemin de la sortie.

« " Maintenant, va-t'en, dit-il. Et, une fois que tu auras franchi la grille qui te mènera au-dehors, jette une pierre par-dessus le mur qui ceint mon domaine. Peut-être comprendras-tu que mes pouvoirs vont bien au-delà de ce que tout homme peut concevoir. "

« Iaroslav posa sa coupe à peine entamée sur une petite table ronde et se leva. Ses jambes engourdies le faisaient un peu souffrir. Sans saluer son hôte, mon père traversa le salon. Lev Poliakov ne fit rien pour entraver sa marche. Sans encombre, Iaroslav parvint au seuil. Il déboucha dans le couloir, marcha jusqu'au balcon et descendit l'escalier. En bas, il fendit la foule du hall, atteignit la sortie et émergea au soleil vif d'un après-midi radieux. Tête baissée, il réemprunta l'allée des jardins. La chaleur était cuisante. Sous l'ombre des grands arbres, des grappes mouvantes de gens s'agglutinaient. L'orchestre tzigane s'était tu. Iaroslav avançait d'un pas vif, fixant le sol pour éviter les yeux des autres. L'inquiétude tendait ses muscles. Il sentait une présence dans son dos. Lev lui laisserait-il vraiment la vie sauve ? Cette promesse de liberté ne cachait-elle pas un piège ? Les traits crispés par l'attention, mon père s'attendait à ce que la foudre s'abattît sur lui ou que le sol se dérobât sous ses pieds.

« À quelques pas de la sortie, Iaroslav perçut le crépitement soutenu et caractéristique d'une pluie torrentielle. il leva la tête pour regarder autour de lui. Les jardins de Lev baignaient dans la lumière d'un soleil violent. Le ciel, aussi loin qu'il s'étendait, était une nappe bleue sans tache et sans nuance : une toile d'azur percée seulement par le tison de l'astre du jour. Pourtant, mon père entendait nettement la rumeur de la pluie. Il fit encore quelques pas avant de s'arrêter net sous le porche. Une vision invraisemblable s'offrit à lui. La grille de l'entrée se dressait devant lui et, dans les intervalles de ses barreaux serrés, Iaroslav put apercevoir un paysage sombre où il pleuvait à torrents. Il regarda derrière lui pour s'assurer qu'il ne rêvait pas. Encore une fois, il observa le ciel sans nuage. Il ne pleuvait, en apparence, que devant l'entrée du domaine. La grille s'ouvrit comme précédemment, sans que personne l'eût poussée. Mon père, éberlué, quitta les jardins pour sortir sous une pluie battante. La grille se referma avec un grincement. Un lourd loquet s'enclencha dans un bruit métallique. Iaroslav Illarionovitch resta longtemps immobile devant la grille du domaine. La pluie inondait ses bottes, trempait ses vêtements et lapidait son visage. Subjugué, il demeurait là pour forcer ses sens à admettre l'inadmissible. Derrière le porche qu'il venait de franchir, il faisait beau. Pourtant, de l'endroit où il se trouvait, mon père pouvait constater que, même au-dessus du domaine de Lev Poliakov, le ciel du Caucase donnait l'illusion de n'être rien d'autre, ce jour-là, qu'une vaste étendue de grisaille sinistre et tourmentée.

« Se remémorant les paroles du Maître, Iaroslav ramassa une pierre ronde et la lança avec force par-dessus la muraille. Il ne quitta pas le projectile des yeux. Comme la pierre franchissait le faîte du mur, mon père la vit se volatiliser en plein vol, comme happée par le vide. Elle n'était pas tombée de l'autre côté. Elle avait disparu, simplement, tel un flocon de neige sur la tiédeur d'une vitre. Iaroslav lança plusieurs autres pierres, et toutes subirent le même sort. Au bout d'un temps, il porta son attention sur la pluie. Il constata que les gouttes disparaissaient de la même manière lorsqu'un vent de côté les poussait vers l'intérieur des murailles. Le trait sombre d'un oiseau émergea, telle une flèche, d'un bouquet d'arbres. L'oiseau traversa le chemin, survola Iaroslav en valsant dans une bourrasque, puis, franchissant le haut du mur, il cessa d'exister.

« Déconcerté par la grandeur de ce sortilège, mon père se rendit à l'évidence : Poliakov, en prétendant que personne ne pouvait entrer chez lui sans qu'il le voulût, n'avait pas exagéré. Le monde du Maître était une forteresse impénétrable. Une citadelle sur laquelle la nature elle-même n'avait pas d'emprise. Le monde de Lev était simplement un autre monde.

« Mon père s'éveilla en sursaut de l'état hypnotique dans lequel l'avaient plongé ces troublantes constatations. Un chien lui léchait le revers de la main. Il repoussa l'animal mais celui-ci s'entêtait à rester là. C'était un lévrier d'une couleur indéfinissable. La pluie donnait une consistance d'algue à son pelage crasseux. Iaroslav lui flanqua un coup de pied qui rata son objectif. Le chien s'enfuit vers un boisé et il s'y enfonça. Secouant sa torpeur, mon père longea la muraille et retrouva son cheval. Il dénoua la longe, se mit en selle et rentra chez lui. Son esprit était encombré de lourdes inquiétudes. »

X

« Deux mois passèrent. Mon père ne retourna pas chez Lev Poliakov. Il conservait le secret sur ce qu'il avait vu là-bas. Bien qu'il fît de son mieux pour n'en rien laisser paraître, ses proches avaient noté chez lui une grande anxiété. Il dormait mal, mangeait peu, et il passait ses journées dans son bureau sans parler à personne. Lorsque ma mère l'interrogeait sur ces signes de tourments, il mettait tout sur le compte de projets importants qu'il ébauchait pour le commerce.

« Mon père n'était plus le même. Il traînait invariablement une mine soucieuse de condamné à mort. Il ne riait plus et se montrait irritable pour tout et pour rien. Tatiana, comme tout le monde, était au courant des frasques de Poliakov. Elle avait eu vent de ce qui se colportait comme ragots au sujet de l'ami de son mari. Partout, on ne parlait plus que du Maître et de ces gens qui abandonnaient tout pour aller le rejoindre. Ce qui n'avait été qu'un lot de vagues rumeurs s'était mué rapidement en une certitude dérangeante : il se tramait quelque chose de bien étrange derrière les murailles entourant la demeure de cet homme. Ma mère ne savait rien à propos de la fugue de son amie Axinia. Ivan Vassiliev était revenu de Moscou et mon père lui avait rendu visite. Il avait trouvé son vieux camarade dans un état lamentable. Ivan voulait se rendre chez Lev afin d'obtenir vengeance. Mon père, pour protéger Vassiliev, avait fait croire à ce dernier que des hommes armés gardaient la propriété. Malgré tout, Ivan forma un groupe de dix hommes et planifia secrètement un assaut nocturne au domaine du Maître. Personne ne revint de cette escapade dont mon père fut le seul à connaître les desseins. Bien sûr, il se mourait de savoir ce qu'il était advenu de son ami et des hommes qui l'avaient accompagné là-bas. Toutefois, il ne voulait alerter personne. Qu'eût-il pu dire aux autorités ? S'il eût fallu qu'il divulguât ce qu'il savait sur Lev, on l'eût à coup sûr qualifié de dément. Iaroslav avait menti à ma mère en lui disant que les Vassiliev étaient partis vivre à Moscou pour quelques mois. Tatiana n'avait aucune raison de ne pas le croire. Elle était simplement un peu déçue que son amie ne lui eût pas écrit un mot pour l'entretenir de son départ précipité. Pour ce qui était de Poliakov, ma mère ne comprenait assurément pas que le jeune homme eût pu changer à ce point. Les choses qu'on racontait sur lui étaient inconcevables. Ce qu'on avait d'abord considéré comme la trop grande excentricité d'un jeune bourgeois trop riche, prenait désormais des allures de dépravation intolérable. Par intuition, et peut-être à cause du fait que mon père était le seul homme d'Armavir à ne jamais parler du Maître, Tatiana se doutait que le trouble qui accablait son mari était intimement lié à toutes ces histoires. Un jour, n'y tenant plus de voir son homme reclus dans un monde de souffrances muettes, ma mère se hasarda à lui poser la question qu'Iaroslav redoutait :

« "Tu l'as vu, n'est-ce pas ?

« — De qui parles-tu ? fit mon père en sachant très bien où elle voulait en venir.

« — Poliakov ! Tu l'as vu ? Tu as été chez lui ?"

« Ils étaient seuls, assis face à face dans la salle à manger. Iaroslav hésita. Il voulut nier, puis, sachant qu'il mentait très mal lorsque le regard inquisiteur de sa femme fouillait le sien, il décida de tout lui dévoiler. Évidemment, il ne parla pas de la Tzigane ni de la fille de son palefrenier. Il ne parla pas non plus d'Axinia ni de la disparition d'Ivan. Mais, pour le reste, il relata tout sans rien omettre. À mesure qu'il s'exprimait, sa conscience se libérait d'un poids énorme. Au bout de son récit, Tatiana le regardait avec une compassion inquiète. Ses lèvres frémissaient et une buée de sueur faisait briller son nez. Ses doigts jouaient nerveusement sur l'étoffe de sa jupe. Elle était visiblement accablée, comme si on lui eût annoncé une terrible nouvelle, ou comme si d'un seul coup sa vie s'écroulait. Iaroslav, son amour, cet homme si droit, si fort et de tout temps si rationnel, venait de faire l'aveu d'une redoutable folie. Lorsque, en levant les yeux, il découvrit la terreur incrédule qui se lisait sur la figure de sa femme, mon père eut un soupir de désespoir. Ses épaules s'affaissèrent sous le poids d'une immense lassitude.

« "Tu ne me crois pas ? " dit-il en prenant les mains de ma mère.

« Le silence gêné de Tatiana vint répondre affirmativement à cette question. Iaroslav sombrait au fond d'un gouffre. Ma mère baissa la tête, et des larmes vinrent silencieusement mouiller ses joues.

« "Tu auras sans doute rêvé, fit-elle sur un ton de prière. C'est… c'est impossible, toutes ces choses que tu dis avoir vues… "

« Iaroslav eut mal de voir que sa tendre Tatiana, son alliée de toujours, n'ajoutait pas foi à son récit. Si elle ne le croyait pas, personne ne le croirait. Il était seul au monde. Un chagrin douloureux lui nouait la gorge. Ma mère se leva d'un bond. Elle prit la tête de mon père entre ses mains et plaqua la joue de l'homme contre son ventre. Ses doigts se crispèrent dans les cheveux d'Iaroslav, comme si elle tentait d'extirper de son crâne le mal sournois qui s'y était apparemment insinué.

« "Tu auras sans doute rêvé! répéta-t-elle d'une

voix cassée par les sanglots. Lev t'aura simplement hypnotisé!… C'est cela!… Il t'a hypnotisé! Comme cet enchanteur qu'on a vu au cirque, à Moscou! Tu te rappelles, Iaroslav?… Il avait envoûté une dame et elle caquetait comme une poule!… Tu as besoin de repos, mon amour! Que dirais-tu d'un voyage en Crimée? C'est magnifique, la Crimée!… Je t'aime, Iaroslav Illarionovitch!… Si tu savais comme je t'aime!… "

« Mon père pleurait contre le ventre secoué de spasmes de sa femme. Entre ses sanglots, il répétait sans cesse :

« "Que vais-je devenir, Tatiana? Que vais-je devenir?"

« Peu de temps après, Akim envoya un messager à la maison pour inviter mon père à se rendre au campement des Tcherkesses. L'envoyé ignorait les raisons qui poussaient le vieil homme à solliciter la présence d'Iaroslav. Ce dernier fit seller son cheval et partit, pressé de savoir ce qui n'allait pas au campement. Lorsque Akim ouvrit la porte de sa cahute, mon père constata que le vieux Tcherkesse n'était pas seul. Assis en tailleur sur les coussins plats qui jonchaient le sol, un étranger salua le nouveau venu. Mon père lui rendit la politesse et interrogea Akim du regard. Celui-ci resta muet et le pria gravement de prendre place auprès de l'inconnu.

« "Je vous remercie d'être venu si vite, monsieur Zoubov", fit l'homme.

« Sa voix était basse, enrouée, presque éteinte.

« "À qui ai-je l'honneur?" demanda Iaroslav en tendant la main à l'étranger.

« L'homme était de petite stature, mais sa poigne ferme dénotait une solide assurance. Il était vêtu sobrement d'une veste de laine élimée et d'une chemise qui avait connu de bien meilleurs jours. Son pantalon avait été rapiécé à plusieurs endroits. Il avait des allures de moujik, mais quelque chose de noble, d'aérien animait chacun de ses mouvements. L'inconnu eut un vague sourire et passa ses doigts en fourchette dans ses cheveux gris. Un collier de barbe jaunie ornait son menton. Il fixa Iaroslav de ses yeux noirs. Ce dernier tressaillit. Il retrouvait, dans les prunelles de cet homme frêle, la fixité inquiétante du regard inexpressif de Lev Poliakov. Mon père eut un brusque mouvement de recul. D'une voix défaillante, il bêla :

« "Lev !… C'est toi, Lev !… Ce sont tes yeux ! Je les reconnais ! Comme tu as changé ! Je t'en prie, Lev ! Je t'en prie ! Va-t'en !… Cesse de me tourmenter !"

« Mon père hurlait presque. L'inconnu fit un geste de la main pour tenter d'apaiser ses craintes.

« "Restez calme, monsieur Zoubov ! somma-t-il de son filet de voix. Je ne suis pas celui que vous croyez !"

« Iaroslav se détendit légèrement. Il avait eu la certitude de se trouver en présence du Maître. Pourtant, mis à part le fait qu'il avait les mêmes yeux, l'étranger ne ressemblait en rien à Poliakov. C'était presque un nain. Sa petitesse n'avait rien à voir avec la superbe prestance du Maître. Toutefois, connaissant les pouvoirs de Lev, il n'était pas farfelu d'imaginer que celui-ci pût modifier son apparence comme bon lui semblait. Mon père avait peur mais il jugeait inutile de tenter de fuir. Sa curiosité était plus grande que son appréhension. Il demanda d'une voix incertaine :

« "Alors, qui êtes-vous donc, étranger ?

« — Peu importe qui je suis, monsieur Zoubov. Laissez-moi plutôt vous parler de lui.

« — De lui ?

« — Oui. Laissez-moi vous entretenir de celui que vous appelez Lev.

« — Vous n'êtes donc pas lui ? fit mon père avec un reste d'incrédulité. Pourtant, vos yeux, ce sont les siens. Je le jurerais."

« L'étranger ignora cette remarque. Il se leva et arpenta l'espace restreint qui séparait la table et le mur. Iaroslav demeura assis. Il observait l'homme en se sentant étrangement pétrifié par la force tranquille qui émanait de ce freluquet. Si, comme il l'affirmait, ce dernier n'était pas Lev Poliakov, comment se faisait-il qu'il eût le même regard de néant ? Un regard de mort dans un visage de vivant. L'inconnu passa un doigt sur la lame affilée d'un long poignard ciselé, accroché de guingois à la cloison de terre glaise. Akim était assis à l'écart, dans l'ombre. Il frottait le cuir d'une botte avec un morceau d'os. L'étranger revint s'asseoir. Il prolongea un peu son silence avant de dire :

« "J'ai su, monsieur Zoubov, que vous connaissez bien cet homme qui s'appellerait Lev…

« — Poliakov, continua mon père. Son nom est Lev Poliakov. Il est de Minsk.

« — Très bien, fit l'étranger. Akim m'a raconté que vous avez naguère sauvé la vie de ce Lev Poliakov de Minsk.

« — Akim vous a dit la vérité. J'ai porté secours à ce démon. Et je le regrette, croyez-le bien.

« — Les remords sont inutiles. Vous avez agi comme agissent les bonnes âmes. Vous ne pouviez savoir ce qu'il est vraiment.

« — Vous sauriez donc qui il est ? demanda mon père dans un sursaut d'espérance et en sachant désormais, sans l'ombre d'un doute, que son interlocuteur n'était pas Poliakov.

« — C'est pour vous le dire que je suis venu vous rencontrer, monsieur Zoubov. Encore faut-il que vous soyez prêt à m'entendre ?

« — Depuis Poliakov, je suis prêt à tout, répondit Iaroslav Illarionovitch.

« — Très bien ! fit l'étranger. J'aimerais cependant que nous puissions être seuls, vous et moi…"

« L'inconnu se tourna vers Akim. La conversation entre lui et mon père se déroulait en russe et le vieillard n'y comprenait rien. Quand l'homme posa ses yeux sur lui, le Tcherkesse fronça les sourcils.

« " Akim est le plus fidèle de mes hommes, plaida Iaroslav. De toute manière, il ne comprend pas ce que nous disons.

« — Permettez-moi de ne vouloir prendre aucun risque, monsieur Zoubov. Ce Lev peut avoir des espions partout. "

« Iaroslav se résigna et dit à Akim quelques mots en circassien. Le vieillard hésita, fit un geste d'approbation contrainte, puis, avec une souplesse étonnante pour son âge, il se leva. Il enfila une lourde veste de mouton et il ouvrit la porte. Un courant d'air froid s'engouffra dans la cahute. La porte se referma en grinçant. On entendit le crissement du pas d'Akim, sa silhouette s'encadra furtivement dans une fenêtre et il disparut, avalé par la nuit.

« Durant un long moment, l'étranger garda le silence. Le calme régnait dans la petite habitation. Le poêle ronronnait et une lampe à pétrole diffusait une faible clarté jaune. La tête entre les mains, l'inconnu semblait se recueillir. Iaroslav restait coi. Il n'osait interrompre cette méditation. Mon père avait désormais l'impression de se trouver devant un sage homme. Ses sens lui dictaient qu'il pouvait avoir confiance en lui. Iaroslav brûlait de connaître la vérité sur Poliakov. Toute la vérité ! Intérieurement, il remerciait maintenant cet homme d'être là. Il pourrait enfin être affranchi des lourds secrets qui l'accablaient. Ces secrets qu'il avait dévoilés à ma mère et que celle-ci avait rejetés avec épouvante. L'étranger quitta son recueillement et leva les yeux sur mon père. D'une voix basse, il dit :

« " Promettez-moi de croire à tout ce que je m'apprête à vous dire, monsieur Zoubov.

« — Je vous promets seulement d'essayer, fit mon père, hésitant.

« — Cela sera très bien ainsi, approuva le petit homme. J'ai confiance en vous car vous êtes le seul qui soit revenu de chez lui.

«— Comment le savez-vous ?

«— Je sais tout, monsieur Zoubov.

«— Vous seriez donc comme lui ?"

« L'étranger eut un sourire vague avant de répondre :

«"Je ne suis pas vraiment comme lui. Je lui ressemble sur certains points, car Lev et moi sommes issus d'un même élément. Toutefois, pour vous éviter une interprétation trop ardue à concevoir, admettez simplement que je suis le bien et que Lev, lui, est le mal.

«— Il est le diable et vous êtes Dieu ?

«— Ce sont là des principes humains. Si vous me permettez une approche moins romanesque, je vous dirai que je ne suis que le contraire de lui. Nous sommes comme la lumière et les ténèbres. Comme l'eau et le feu. L'un conjure l'autre et, pourtant, afin que l'équilibre soit maintenu, l'un ne pourrait exister sans l'autre. C'est pour assurer rapidement l'équilibre de votre monde que j'aurai besoin de vous, monsieur Zoubov. Sans votre concours imminent, ce Lev Poliakov y sèmera le chaos.

«— Je ne suis qu'un homme ordinaire, dit mon père. Les facultés qui sont miennes feraient bien piètre figure face à la magie de Lev.

«— C'est un fait évident, acquiesça l'inconnu.

«— Alors ? Pourquoi êtes-vous venu ? Je ne saurais vous être d'aucun secours.

«— Vous vous trompez, monsieur Zoubov. Je suis venu vous rencontrer parce que vous êtes le seul homme à pouvoir m'entendre sans me prendre pour un fou échappé de l'asile. Vous avez été témoin des prodiges de Lev et, pourtant, il vous a laissé quitter son domaine. Dès lors, vous deveniez pour moi un allié indispensable. J'avais besoin d'un homme pour accomplir ce que je ne peux accomplir seul.

«— Et qu'attendez-vous de moi ? demanda mon père.

«— Je n'attends de vous qu'une seule chose en fait.

Je désire que vous vous rendiez chez Lev Poliakov dans le but de tuer cet homme. "

« Une onde glaciale avait traversé de part en part le corps d'Iaroslav. Les paroles de l'étranger n'avaient aucun sens. Qu'on le désignât comme futur assassin de Poliakov était bien difficile à admettre pour mon père. Il avait la certitude qu'il ne pouvait accomplir une telle mission sans y laisser sa vie. L'inconnu ne bronchait pas. Il regardait Iaroslav de ses yeux vides d'émotion ; et ce dernier savait que l'homme lisait en lui, qu'il sondait ses pensées comme Lev l'avait fait jadis. Ce viol de l'âme rendait mon père furieux. Il se savait impuissant devant cet homme qui, au lieu de le libérer de ses tourments comme il l'avait espéré, lui demandait plutôt d'aller se jeter la tête la première dans la gueule du loup. La peur et la hargne rendaient livide le visage d'Iaroslav. Il eût voulu bondir sur l'inconnu, comme si cet accès de violence eût pu alléger l'angoisse qui l'étouffait. Il prononça un seul mot en guise de réponse. Un mot catégorique, sec et sonore comme un coup de fouet :

« "Non ! "

« Cette repartie sembla glisser sur l'étranger, tel un caillou sur le fer d'une armure. Visiblement, il savait que ce refus ne pouvait rien contre son autorité. Iaroslav le savait également. Il se sentait comme un condamné devant un peloton d'exécution. Toute protestation de sa part devenait inutile : il devait mourir. L'inconnu ébaucha un sourire et fit de la main un geste d'apaisement.

« "Soyez tranquille, monsieur Zoubov. Ce que je vous demande vous semble impossible à réaliser, mais vous réussirez, croyez-moi.

« — Ce serait de la folie ! hurla mon père. Jamais je ne retournerai là-bas ! Vous m'entendez ? Jamais ! J'ai une femme, des enfants, une vie plus que belle ! Pourquoi renoncerais-je à tout cela ? Je me moque éperdument de ce que Poliakov manigance dans l'enceinte de son domaine! Qu'il y fasse ce qu'il veut bien y faire! Qu'il croupisse dans son marais de débauche si c'est ce qu'il désire! Il peut entraîner le monde entier avec lui si ça lui chante! Moi, je ne bougerai pas! Je ne suis qu'un homme; pas un sorcier! J'ai sauvé la vie de cet être perfide et il m'a laissé la vie sauve, une fois, alors qu'il aurait très bien pu me tuer! Lui et moi sommes maintenant quittes! À la prochaine occasion, rien ne l'empêchera plus de m'assassiner!

«— Je vous prie de me faire confiance, monsieur Zoubov. Grâce à moi, il ne pourra rien contre vous. Il faut arrêter cet infâme individu. Si vous souhaitez que vos enfants grandissent autrement que sous le joug de ce Poliakov, il vous faudra vous joindre à moi. Les forces de Lev progressent rapidement. Bientôt, il étendra son emprise bien au-delà des murailles qui l'entourent. Lorsque ses plans seront établis, il submergera le monde sous une mer d'atrocités. Il ne recherche ni la gloire ni le plaisir personnel. Son seul but est d'instaurer le désordre. Le mal est le désordre. Le mal, c'est la servitude des plaisirs. Une société qui ne penserait qu'à ses plaisirs sombrerait fatalement dans la désorganisation. C'est là l'unique but de Poliakov. En fait, il n'a pas d'autre choix que de faire le mal. Il est comme la syphilis qui ronge les chairs simplement parce qu'il s'agit là de sa raison d'être. Il est comme une maladie pour l'espèce humaine. Si je n'étais pas là pour intervenir, il sévirait jusqu'à l'extinction des peuples de ce monde."

«Mon père demanda:

«"Puisque vous semblez posséder des pouvoirs, puisque vous êtes comme lui, pourquoi n'iriez-vous pas vous-même éliminer Poliakov, étranger? Ne seriez-vous pas plus apte que je le suis à accomplir cette tâche?"

« L'homme caressa sa barbe. Une ride profonde se creusa sur son front. Au bout d'un moment pendant lequel, semble-t-il, il avait jaugé la situation qui se présentait à lui, il dit:

« "En fait, vous n'irez pas seul. J'irai avec vous. Il faut toutefois que je vous mette au fait de certaines choses qui vous apparaîtront assurément invraisemblables. Tout d'abord, sachez que celui qu'on appelle Lev Poliakov n'est pas vraiment Lev Poliakov. Il ne vient pas de Minsk et il n'est pas, à proprement parler, un homme. Lui autant que moi habitons des corps qui ne nous étaient pas destinés. Ces corps, voyez-vous, nous les avons pris à d'autres.

« — Vous divaguez! fit Iaroslav en écarquillant les yeux.

« — Ne soyez pas sceptique, monsieur Zoubov, rétorqua l'inconnu. Est-ce que vous vous rappelez ce jour où vous avez rendu visite à Lev Poliakov?

« — Je m'en souviendrai jusqu'à ma mort, répondit Iaroslav.

« — Lorsque vous êtes sorti des jardins, il pleuvait à torrents, n'est-ce pas?

« — Oui. Je m'en souviens. Comment pourrais-je oublier ce jour? C'était une pluie comme j'en ai rarement vu dans la région. J'ai failli perdre la raison parce que, de l'autre côté de la grille que je venais de franchir, il faisait un soleil radieux. Le domaine de Lev était isolé de tout, comme dans une bulle. Je vous jure que, de l'intérieur des murs, on ne pouvait apercevoir un seul nuage.

« — Je vous crois sur parole, monsieur Zoubov. Les jardins de Lev sont confinés dans un autre temps. Il a choisi une belle journée, une belle nuit, et il possède la faculté de les perpétuer sans cesse. Il est fort, très fort… Mais revenons plutôt à vous. Lorsque vous avez quitté le domaine, monsieur Zoubov, vous souvenez-vous de ce chien errant qui vous a léché la main?

« — Oui, répondit mon père. Comment le savez-vous? Vous étiez là?

« — Oui, monsieur Zoubov. J'étais bel et bien là. Car ce chien que vous avez repoussé… c'était moi. »

XI

« C'est sans broncher le moins du monde que mon père encaissa cette déclaration. Il demeurait pétrifié, tentant de mettre un peu d'ordre dans l'extrême confusion de ses idées. En peu de temps, Iaroslav avait été témoin de plusieurs choses inconcevables. Chez Lev, il avait assisté à des événements à ce point insensés qu'il en était presque venu à admettre qu'il avait imaginé tout cela. Maintenant, il était en présence d'un homme qui prétendait avoir été un chien. Le pire, c'était que cet homme lui paraissait tout à fait sain d'esprit. Donc, mon père ne dit rien. Et l'étranger continua sur la lancée de ses troublantes révélations.

« "Lorsque je vous ai vu pour la première fois, j'occupais le corps de ce lévrier. Cela faisait environ trois mois que je rôdais autour du domaine de Poliakov. En vous voyant y entrer, j'ai pensé que, comme les autres, vous n'en sortiriez plus, mais, à mon grand étonnement, Lev vous a laissé quitter sa forteresse. Vous avez lancé des pierres par-dessus la muraille et, par la suite, vous êtes resté longtemps, sous la pluie, à tenter d'admettre la véracité des sortilèges qui se révélaient devant vos yeux. Je me suis approché de vous et j'ai léché votre main. Vous m'avez chassé et je suis allé me réfugier sous le couvert d'un bois de hêtres. Après, vous êtes monté à cheval. Votre monture allait au trot et

144

il fut facile pour moi de la suivre. Dès lors, je savais où vous trouver. Il ne me restait qu'à découvrir un moyen de communiquer avec vous. Pour cela, il me fallait à tout prix devenir un être humain. Le cerveau d'un chien étant plutôt limité, il eût été laborieux pour moi d'entrer en contact avec votre pensée. Mes pouvoirs étaient trop faibles. Et puis, même si j'avais possédé ces forces manquantes, encore eût-il fallu que vous m'accordiez l'attention nécessaire à un tel transfert télépathique. Vous sembliez peu enclin à m'offrir cette chance car, lorsque j'ai tenté de m'approcher de vous, vous m'avez écarté. J'ai mis du temps à pouvoir vous rencontrer comme je le fais aujourd'hui. Si j'avais pu, je serais venu plus tôt car, pour mener à bien ma quête, chaque jour compte. Heureusement, j'ai réussi à m'infiltrer dans le corps de cet homme que vous avez devant les yeux. Il s'agissait d'un être misérable, malade et imbibé d'alcool jusqu'à la moelle. J'ai eu la chance de croiser son chemin. Il allait mourir. La tuberculose. Il a fait de moi son chien et je l'ai suivi un mois durant. Il y a deux semaines, il est entré dans une étable pour y passer la nuit. Pendant son sommeil, il a rendu l'âme et je me suis substitué à elle.

« — Je suis donc là à converser avec un mort vivant, dit mon père avec ironie. Mais, avant que je m'y perde, expliquez-moi donc comment un lévrier peut parvenir à se glisser dans la peau d'un ivrogne. Si je comprends bien ce que vous essayez de me faire avaler, Lev et vous étiez des chiens avant de devenir des hommes ?

« — Moi, j'étais un chien. Quant à Lev Poliakov, je n'en sais rien. J'imagine sans mal que cela peut être difficile à concevoir pour vous. Mes révélations n'ont rien de bien orthodoxe, mais elles sont véridiques. Pour ce qui est du reste, il faut que vous sachiez que nous sommes, Lev et moi, des forces invisibles comme l'air. Imaginez un fluide, quelque chose d'intangible qui serait doué d'intelligence. Comparez notre consistance à celle d'une âme. L'âme est impalpable, mais peut-on douter qu'elle existe ? Dans notre forme originelle, nous sommes un peu comme des âmes. Seulement, nous avons le loisir d'errer, comme bon nous semble, d'un univers à l'autre. L'âme, pour sa part, est attachée à un corps physique. Elle demeure prisonnière de cette enveloppe charnelle jusqu'à ce que la mort de cette dernière vienne la délivrer. L'âme peut quelquefois quitter le corps qui la retient, mais, tant que celui-ci est vivant, elle doit demeurer liée à lui par un mince fil.

« "Je ne m'attarderai pas sur ce sujet. Sachez seulement, monsieur Zoubov, que vous êtes actuellement en présence d'une entité dont l'existence est ignorée de l'espèce humaine. Je poursuis Lev depuis toujours et je le poursuivrai toujours. Jamais l'un de nous ne pourra éliminer l'autre. Je sais qu'il existe et il sait que j'existe. Nous sommes opposés et, pourtant, nous sommes dépendants l'un de l'autre. Peu importe dans quel monde il sévira, je serai toujours non loin de lui pour tenter de le contrer. Il est un poison dont je suis l'antidote.

« — Mais c'est magnifique ! s'écria mon père avec un sourire moqueur. Si vos histoires à dormir debout sont vraies, pourquoi donc interviendrais-je dans vos querelles ? L'humanité peut dormir tranquille, puisqu'il y aura toujours un sauveur pour tirer la queue du diable !

« — Ne riez pas, monsieur Zoubov. Je tire la queue du diable, mais je ne réussis pas toujours à le mettre en échec. Votre monde n'est qu'une minuscule poussière. Si Lev parvenait à pousser l'humanité jusqu'à son anéantissement, cela ne représenterait que très peu de chose pour moi. Cette planète pourrait exploser que cela ne me toucherait en rien. Dans cet univers et dans d'autres, il existe des milliers de mondes. La disparition de l'un d'eux n'affecterait en rien l'équilibre cosmique. Mais c'est votre monde que la force maléfique a choisi. Ma vocation est simplement de m'opposer à elle. Ce n'est pas la première fois que nous livrons bataille sur la Terre. Sachez que d'autres civilisations ont habité cette planète avant la vôtre. Vous n'avez que peu de traces de ces civilisations. Néanmoins, je puis vous affirmer qu'elles ont existé. Sous l'influence du bien et de l'ordre, elles ont progressé en quête de sagesse et de vertu. Le Mal a pris le dessus sur elles, et elles ont disparu dans la décadence et l'anarchie. Je ne suis pas toujours en mesure d'intervenir efficacement. Il y a des cycles où je gagne et d'autres où je dois m'avouer vaincu. Cette fois-ci, le Mal a pris beaucoup d'avance sur moi, et, sans votre aide imminente, je ne vois pas comment je parviendrais à contrecarrer ses desseins destructeurs. Si je perds, vous perdrez aussi. Et vous avez beaucoup plus à perdre que moi. Il n'en tient qu'à vous de choisir."

« Mon père eut un rire bref et désabusé. Il ouvrit les bras en signe d'impuissance.

« "Vous en avez de bien bonnes, étranger ! Je n'aurai pas d'autre choix que de me rendre chez Lev. Si je refusais, vous useriez certainement de vos pouvoirs afin de m'obliger à agir selon votre volonté.

« — Mes pouvoirs sont minimes, monsieur Zoubov. C'est la raison pour laquelle je ne pourrais affronter Lev tel que je suis en ce moment. La force qui anime Poliakov a su profiter d'une conjoncture exceptionnelle. Elle a investi le corps d'un jeune homme aux étonnantes facultés.

« — C'était le corps d'un mourant, rappela Iaroslav.

« — Oui… En fait, le corps du jeune homme était déjà mort au moment où la force maléfique s'est glissée en lui. Elle n'avait guère le choix, monsieur Zoubov. L'âme humaine est assez puissante pour se protéger des entités que nous représentons. Ainsi, tant et aussi longtemps qu'un corps humain est habité par son âme, il nous est impossible d'en prendre possession. Il arrive que nous puissions nous fusionner à une âme, mais, pour que cela se fasse, il faut que cette âme accepte de combattre à nos côtés. Il est extrêmement rare qu'une telle occasion se présente. Alors, il est moins laborieux pour nous de rechercher des mourants et d'attendre qu'ils trépassent. Lorsqu'une âme s'en va, nous devons rapidement prendre sa place pour réanimer le mort. Nous devons faire preuve de jugement, toutefois. Nous pouvons guérir les maladies et les blessures qui ont causé le décès d'un individu, mais certains cadavres peuvent s'avérer inutilisables. Il nous serait impossible de faire revivre une carcasse putréfiée, de faire rebattre un cœur perforé ou d'utiliser un cerveau trop abîmé. Il faut, de surcroît, nous assurer que le corps que nous choisissons sera en mesure de fonctionner adéquatement une fois réanimé. La force maléfique a pris un très grand risque en se glissant dans un corps aussi mal en point que celui de ce jeune homme. Akim m'a décrit l'état de Lev Poliakov au moment où vous l'avez transporté ici. Si vous n'étiez pas passé par là, je ne crois pas que la force serait parvenue à rétablir le corps. Ce dernier eût alors été perdu. Donc, la force a pris un énorme risque, mais ce risque était calculé. Elle savait que ce corps regorgeait de potentiel. Si elle parvenait à l'arracher de son état critique, elle pourrait rapidement lui redonner de la vigueur et faire de ce jeune homme l'être puissant et charismatique que vous connaissez.

« — Et si elle avait échoué? demanda mon père.

« — Si elle avait échoué, la force maléfique n'eût eu d'autre choix que celui de reprendre sa quête. Elle aurait dû recommencer à zéro en investissant le corps d'un cloporte, d'une couleuvre ou d'un rat, car, voyez-vous, ces petites créatures nous sont facilement accessibles. Nous pouvons, sans la moindre difficulté, prendre possession de leurs corps en chassant les forces dérisoires qui les animent. L'âme d'une petite bête est trop faible pour nous en empêcher. Dans leur état immatériel, les forces que nous représentons ne peuvent avoir aucune influence sur le monde tangible. Il est donc primordial pour nous, si nous voulons intervenir dans les mondes que nous visitons, d'accaparer un corps physique. Nos choix sont plutôt limités. Les facultés mentales d'un chat sont déjà suffisamment puissantes pour nous tenir en respect. Nous sommes condamnés à choisir parmi des créatures moins douées. J'ignore quel fut le premier corps de la force maléfique sur votre planète. En ce qui me concerne, ma première forme physique fut celle d'un crapaud. Je fus par la suite une souris, un écureuil, et je devins un merle. Sous l'aspect de cet oiseau, je pouvais aisément parcourir de vastes territoires, à la recherche d'une créature aux aptitudes mentales supérieures à celles que me procuraient les petits animaux. Ce fut Lev lui-même qui m'offrit cette possibilité. Je ne savais pas où se trouvait la force maléfique. C'est toujours comme cela. Poliakov et moi sommes arrivés sur la Terre au même moment et au même endroit. Toutefois, dès le premier instant, nous nous sommes séparés. Dès lors, une course s'engagea. Quand nous arrivons dans un monde, nous devons nous hâter d'investir la plus grande forme d'intelligence qui s'y trouve. Sur votre terre, c'est l'humain qui possède les plus grandes facultés. Lev et moi sommes donc partis chacun de notre côté afin de tout mettre en œuvre pour prendre une forme humaine. La force maléfique y est parvenue avant moi. Malgré tout, je me considère comme favorisé. Je sais où elle se trouve et elle ne sait pas où je suis. Souvent, dans nos duels passés, j'ai dû attendre des années avant de voir mon adversaire se manifester.

« "Cette fois-ci, par un heureux hasard, le Mal s'est dévoilé à quelques pas de moi. Ce jour-là, dans la peau du merle, je cherchais des vers dans un tas de fumier. Je vis un cheval s'amener au triple galop. La bête était montée par un brillant cavalier. Le cheval filait telle une flèche. Ses sabots soulevaient la poussière. Soudainement, un chien se jeta sous les pattes du cheval. Celui-ci trébucha et désarçonna son cavalier. Je vis l'homme se relever. Il regarda le chien et la pauvre bête fut foudroyée par ce regard. J'observai les yeux du cavalier et, dès lors, je compris que cet homme était habité par la force maléfique. Tout à l'heure, monsieur Zoubov, lorsque vous avez regardé mes yeux, vous avez cru que j'étais Poliakov. Je dois dire qu'il n'y a rien d'étonnant à cela. Les corps que nous habitons, Lev et moi, sont des corps sans âme; et les yeux sans l'âme sont des yeux dénués d'expression. Après avoir tué le chien, Lev Poliakov est remonté sur le cheval pour se diriger vers les écuries. Akim est sorti de chez lui. À voir son visage, il m'apparaissait évident que le vieil homme avait assisté à la scène. Akim alla jeter le cadavre du chien dans un fossé. Lorsqu'il fut parti, je m'emparai de ce corps pour le réanimer. Je devins ce lévrier que vous avez vu près de chez Poliakov. Je savais maintenant où se trouvait la force maléfique. Il ne me restait plus qu'à découvrir un humain à l'agonie pour me glisser en lui au moment de son trépas. "

« Le visage d'Iaroslav s'éclaira comme sous l'effet d'une soudaine révélation. Il demanda avec fébrilité :

« " Qu'advient-il d'un corps que vous abandonnez pour accéder à un autre ?

« — Quand l'âme n'est plus là, le corps, privé de cette énergie essentielle, ne peut que mourir.

« — Le corbeau ! s'exclama mon père.

« — Que voulez-vous dire, monsieur Zoubov ?

« — Tout près du corps agonisant de Lev Poliakov, il y avait le cadavre d'un corbeau ! La force maléfique devait habiter le corps de ce corbeau avant qu'elle trouve Poliakov ! "

« L'étranger ébaucha un sourire. Il clama sur un ton presque joyeux :

« — Vous voyez bien, monsieur Zoubov ! N'est-ce pas là une preuve que je vous dis la vérité ? Peut-être consentirez-vous à me croire désormais. "

« Mon père hésita. Au plus profond de lui-même, il voulait accepter la véracité du récit déroutant de l'inconnu. Cette explication tortueuse valait mieux que les questionnements incessants qui le troublaient depuis des mois. Pourtant, son esprit pragmatique rejetait cette histoire invraisemblable. Il flottait dans le vide, entre le rêve et la réalité.

« "Je ne sais plus que croire, fit-il, prenant sa tête entre ses mains. C'est tellement irréel!... Tellement démentiel!... Si j'acceptais vos dires, j'aurais l'impression de rompre le dernier lien qui me rattache encore au bon sens. Ce serait comme faire alliance avec vous. Je ne veux pas faire alliance avec vous. Si la lutte qui vous oppose à Poliakov existe vraiment, elle concerne des puissances qui me dépassent.

« — Je comprends votre désarroi, monsieur Zoubov. Il est vrai que l'issue de ce duel qui m'oppose une fois de plus à la force maléfique ne pourrait être scellée par un homme seul. Vous ne serez qu'une pièce dans notre jeu, qu'un pion sur l'échiquier de notre lutte infinie. Malgré tout, vous revêtez une importance capitale dans cette escarmouche. Vous serez mon épée. L'épée, sans la main, ne pourrait tuer. Je serai donc la main qui tiendra l'épée. C'est moi qui combattrai Poliakov. Toutefois, j'aurai besoin d'une arme. Vous êtes cette arme, monsieur Zoubov. Sans vous, le combat que je livre se soldera par un échec. Le sang de Lev Poliakov doit couler afin d'éviter qu'un autre sang, celui de l'humanité, ne se répande sur votre monde.

« — Et vous me croyez capable de réussir pareil prodige! fit Iaroslav avec un petit rire nerveux. Je ne pourrai même pas franchir la grille! Lev m'écrasera comme une vulgaire mouche!

« — Je vous protégerai. Soyez sans crainte.

« — Qu'est-ce qui vous empêche d'y aller seul?

« — Je vous ai déjà dit que la force maléfique avait pris possession d'un être aux facultés grandioses. Le cerveau mis à sa disposition possède un potentiel extraordinaire. Elle l'a développé jusqu'à ce qu'il atteigne toute sa puissance. Pour ma part, j'habite le corps d'un ivrogne. Le cerveau que j'utilise est irrémédiablement rongé par l'alcool. Dans ces conditions, il me serait impossible de livrer un combat mental à Poliakov. Ce serait comme opposer, à la course, un âne et un cheval. Nous sommes, le Mal et moi, deux cavaliers possédant les mêmes aptitudes. Hélas ! ma monture ne peut rivaliser avec la sienne.

« — Que puis-je changer à cela ? Je ne peux quand même pas vous offrir ces pouvoirs qui vous manquent. "

« La main de l'étranger disparut sous la table pour en resurgir avec un sac ample au cuir souple et élimé. L'étranger ouvrit le sac, le fouilla avec délicatesse, puis, lentement, sa main en ressortit avec un objet entouré de tissu. L'homme déposa la chose sur la table et déploya précautionneusement l'étoffe qui la soustrayait aux regards. L'objet fut dévoilé. Il s'agissait d'une sphère de cristal limpide. Elle était de la grosseur d'un poing. À l'intérieur de cette boule, un brouillard rose s'agitait langoureusement.

« "De quoi s'agit-il ? demanda mon père en reculant légèrement.

« — N'ayez pas peur, monsieur Zoubov. Cette chose est inoffensive pour vous. C'est grâce à elle que nous parviendrons à faire échec à la force maléfique. Mes pouvoirs sont faibles, mais mes connaissances sont infinies. Ce brouillard rose est un passage vers une autre dimension. Si j'y entrais, je serais transporté dans un autre espace. Bien que cela puisse vous sembler petit, sachez qu'il y a tout un univers dans cette boule. Cet univers existe parallèlement au vôtre. Comme vous le savez, la force maléfique et moi sommes liés. Si je passais dans cet univers, elle devrait obligatoirement m'y suivre.

« — Eh bien, qu'attendez-vous pour passer de l'autre côté ?

« — Je suis attaché à la force maléfique. Tant que celle-ci occupera votre univers, je ne pourrai entrer totalement dans l'autre. Imaginez deux chambres qui communiqueraient ensemble par une porte. Lorsque j'entrerai dans le brouillard rose, je demeurerai au centre de cette porte. J'aurai un pied dans chacune des chambres. La force maléfique devra venir me rejoindre sur le seuil qui sépare les deux univers. À ce moment, une lutte s'engagera entre elle et moi. Je tenterai de l'attirer dans l'autre dimension et elle cherchera à me garder dans la vôtre. Pendant ce temps, le corps de Lev Poliakov sera mort. Le combat ne devrait pas durer longtemps. Si je l'emportais, la force maléfique ne pourrait revenir pour le réanimer. Si je perdais, le Mal réinvestirait le corps inerte, Poliakov ressusciterait et tout serait à recommencer. C'est la raison pour laquelle j'aurai besoin de vous. Quand la force maléfique abandonnera le corps de Poliakov, vous devrez faire en sorte que ce corps devienne inutilisable pour elle. De cette façon, si je perdais, le Mal ne pourrait réinvestir cet être qui rend son emprise si puissante. Lev Poliakov ne serait plus alors pour vous qu'un horrible souvenir.

« — Vous voulez donc que j'assassine un mort ?

« — Oui. "

« Iaroslav posa les yeux sur la sphère. Le brouillard rose s'étirait, se contractait, se dissipait, changeant de nuance et de forme comme un nuage dans le ciel d'un crépuscule balayé par le vent. Inexplicablement, mon père avait la certitude que cette brume étrange recelait, dans ses volutes paresseuses, la conclusion du cauchemar qu'il vivait. Cette soudaine conviction augmentait son angoisse. Maintenant qu'il possédait l'outil voulu pour affronter Poliakov, le combat entre lui et le Maître, cet affrontement qu'il avait jugé tout à fait inconcevable et farfelu, prenait une tournure sérieuse et une forme réelle. Iaroslav songeait que le dénouement de cette histoire reposait peut-être sur sa seule volonté. Un poids incommensurable l'écrasait. Malgré l'assurance de l'étranger, il doutait de ses chances de réussite. Son visage exprimait un grand désarroi. Une question lui brûlait les lèvres. Il demanda :

« " Comment pourrons-nous approcher Poliakov ? Il pourra lire dans mes pensées. Il saura que je veux le tuer. Il m'éliminera aussitôt. Et vous ? Comment pourrez-vous m'accompagner là-bas ? Dès qu'il vous verra, il devinera qui vous êtes. Comment pouvez-vous croire à la réussite de vos plans ? Lev n'est pas un vulgaire lièvre. Il ne suffit pas de lui tendre un piège et d'attendre tranquillement qu'il daigne poser son cou dedans.

« — Pour aller là-bas, j'abandonnerai ma forme humaine. Si vous croyez en moi, je pourrai me glisser en vous. Ainsi, au moment opportun, ce sera moi qui dirigerai votre corps et votre esprit. Pendant cette période, vous serez inconscient. Je suggérerai à votre esprit des pensées qui feront croire à Poliakov que vous venez en ami. À un certain moment, je quitterai votre corps pour entrer dans la sphère et vous émergerez de votre inconscience. C'est à cet instant que vous devrez agir. La force maléfique m'ayant obligatoirement suivi sur le seuil qui sépare les deux univers, le corps de Lev Poliakov ne sera plus qu'un cadavre. Je ferai en sorte qu'il soit tout près de vous... Possédez-vous une arme, monsieur Zoubov ?

« — J'ai un revolver à la maison.

« — Ce sera parfait. Vous le chargerez à bloc et, lorsque vous vous réveillerez devant le corps de Poliakov, vous viderez votre arme dans sa tête. "

« Iaroslav tressaillit. S'il acceptait la proposition de l'étranger, il lui faudrait tuer un homme. Un homme qui, de surcroît, avait jadis été son ami. En fait, si l'étranger disait vrai, il devrait faire feu sur un cadavre.

Le meurtre n'en serait donc pas vraiment un. Mon père se fit violence pour chasser les images macabres qui l'assaillaient. Il se leva d'un bond léger et marcha dans la pièce. Il tournait en rond, les poings serrés. Dans un élan insensé où il eût voulu retenir ses mots, il s'entendit déclarer :

« "Eh bien, qu'attendons-nous ? Nous irons chez Poliakov ! Je tuerai le Maître ! Et, si je dois mourir, ce sera tout de même mieux que de vivre dans la crainte de voir un jour ceux que j'aime se livrer à lui ! Ce sera tout de même mieux que de vivre avec le regret de n'avoir rien tenté pour conjurer ce diable ! Je suis prêt, étranger ! Dites-moi ce que je dois faire et je le ferai ! "

« Le visage du petit homme s'éclaira d'un large sourire. Il proclama de sa voix fluette :

« "Je vous remercie, monsieur Zoubov ! Vous êtes un homme très courageux !

« — Quand irons-nous là-bas ? demanda Iaroslav.

« — Rentrez chez vous. Je resterai ici. Demain, à l'aube, je vous attendrai sur le chemin qui conduit au domaine de Poliakov. N'oubliez pas votre arme et, surtout, ne dites rien à personne. Notre réussite dépendra peut-être de votre discrétion. "

« L'étranger et mon père discutèrent encore un peu, puis Iaroslav ouvrit la porte pour héler Akim. Le vieillard s'amena rapidement. Après une brève discussion, il accepta d'offrir l'hospitalité à l'étranger. Mon père salua les deux hommes et rentra chez lui. Cette nuit-là, il ne trouva pas le sommeil. Il resta assis dans son bureau. La fatigue n'avait pas d'emprise sur lui. Son regard fixe allait se perdre dans les reflets froids du canon nickelé de son revolver. »

XII

« Iaroslav se mit en route bien avant les premières lueurs de l'aube. La veille, il n'avait pas retiré la selle de son cheval. La monture avançait lentement dans l'obscurité. Seule la lumière d'une lune claire révélait la bande étroite du chemin. Les naseaux de la bête soufflaient une buée légère dans la nuit froide. Iaroslav se tenait bien droit, les sens en éveil et les nerfs portés à vif par sa trop grande anxiété. Une lourdeur dans la poche intérieure de son manteau lui rappelait la présence du revolver.

« Il atteignit le lieu de la rencontre avant l'heure fixée par l'inconnu. Il attacha son cheval à la branche d'un arbre affaissé. L'attente fut longue. Le ciel noir rosissait, témoin timide de son impatience. Le soleil sortit sournoisement de la steppe, comme pour surprendre la lune dans un quelconque flagrant délit. La lune pâlit mais s'entêta à vouloir prolonger son règne. Les étoiles l'encourageaient.

« La silhouette sombre de l'étranger se découpa enfin à une centaine de pas. Un spasme serra la gorge d'Iaroslav. Ce dernier toussota pour signaler sa présence. Le petit homme ralentit sa marche, et mon père se dirigea vers lui. Lorsqu'il fut à sa hauteur, le nouveau venu murmura :

« — Venez, monsieur Zoubov. Ne perdons pas de temps.

« Il entraîna Iaroslav sous le couvert d'un maigre boisé. L'étranger était calme. Son visage faisait une tache pâle dans l'ombre. Mon père crut y discerner un sourire. Le petit homme laissa tomber son sac sur le sol et posa une main sur le bras de son complice.

« "Vous avez votre arme ? demanda-t-il.

« — Oui, fit mon père.

« — Êtes-vous prêt à me recevoir en vous ?

« — Que dois-je faire ?

« — Rien. Vous n'avez qu'à accepter. Lorsque je quitterai le corps que j'occupe en ce moment, vous le verrez tomber. Laissez-le mourir. Vous ne pourrez rien pour lui. Il ne faudrait pas que cela vous préoccupe.

« — Que vais-je ressentir ? interrogea Iaroslav avec inquiétude.

« — Ne craignez rien. Vous ne souffrirez pas le moins du monde. Vous sombrerez dans une sorte de sommeil et vous vous éveillerez devant Poliakov. À ce moment, vous ne devrez penser qu'à une chose et ce sera de vider votre revolver dans son crâne. Assurez-vous de ranger votre arme de manière à ce qu'elle soit invisible et facile à saisir."

« Iaroslav toucha sa poitrine. Sous son manteau de lainage, à l'endroit du cœur, l'arme se languissait, le ventre plein, de vomir sa foudre mortelle. En palpant la forme solide et froide, mon père tressaillit. Un tumulte houleux secoua son estomac. Il balbutia :

« "Soyez sans crainte… mon arme est prête… Espérons maintenant que ma main ne tremblera pas trop…

« — Vous serez parfait. J'en suis sûr."

« Des yeux, l'étranger embrassa l'horizon. Le soleil mettait le feu au ciel pour en chasser la lune frondeuse.

« "Il est temps d'y aller, monsieur Zoubov. Il nous faut profiter du fait que la plupart des gens doivent encore dormir dans la demeure de Poliakov. Le Maître n'a pas besoin de sommeil. Il sera là pour nous recevoir."

« Le petit homme posa ses mains sur les épaules de mon père. Le regard vide plongea dans le regard inquiet. Iaroslav vit un halo bleu entourer l'étranger. Ce dernier murmura :

« " Merci, monsieur Zoubov. "

« Le halo bleuté se sépara du corps, et mon père sentit mollir les mains de l'homme. Il vit le visage se figer dans un dernier souffle. L'étranger chancela, ses jambes ployèrent, puis il s'écroula, mort pour une seconde et ultime fois. Iaroslav vit la lueur bleue qui enveloppait son propre corps. Il fut envahi par un courant chaud, puis il sombra dans l'inconscience.

« Son réveil fut brutal. Il s'était endormi dans la pénombre et le calme d'un boisé ; il se retrouvait maintenant dans la cohue et la lumière crue du vaste salon de Lev Poliakov. Il y régnait une atmosphère de panique. Les gens couraient dans tous les sens en hurlant et en pleurant. Les femmes tentaient de cacher leur visage, leurs seins, leur sexe. Les regards ahuris se croisaient sans comprendre. Le troupeau, libéré de l'envoûtement du Maître, reprenait conscience en enfer. Un homme se jeta à genoux pour prier. On arrachait les draperies afin d'en revêtir l'étoffe. Mon père chercha le corps de Poliakov. Celui-ci gisait tout près de lui, les bras en croix, les jambes repliées. La sphère trônait sur une petite table. Une intense lumière en émanait. Iaroslav empoigna le revolver et pointa le canon sur la tête du cadavre. La crosse de l'arme solidement calée entre ses mains, il appuya sur la détente. Six coups de tonnerre retentirent, transformant la tête de Poliakov en bouillie sanglante et informe. Des relents âcres de poudre et de sang montèrent aux narines du tireur. Le revolver se tut mais, longtemps après la dernière balle, mon père continua d'appuyer sur la gâchette.

« Les coups de feu avaient intensifié le désarroi qui régnait dans la salle. Les gens se ruaient vers la porte. La lumière de la sphère gagnait en intensité. Elle vibrait. Dans le cristal limpide comme de l'eau, un combat avait lieu. Un rayon aveuglant inonda le salon, et la sphère explosa. Iaroslav vit deux lueurs distinctes tournoyer dans la pièce. Il reconnut le halo bleu qui avait jailli du petit homme durant leur dernière rencontre dans le boisé. L'autre lueur était grisâtre comme une fumée : une fumée furtive et étrangement luisante. Mon père avait devant les yeux l'essence même de la force maléfique qui avait habité Lev Poliakov. Le halo gris décrivit un cercle au-dessus du cadavre du Maître. Puis, tel un rapace, la force maléfique plongea sur la forme inerte au visage ensanglanté. Elle enveloppa le corps de sa brume lumineuse pour tenter d'en reprendre possession. Pendant un moment, la force demeura immobile, entourant le mort d'un cocon grisâtre. Puis Iaroslav la vit bondir sur lui. Il ne sentit rien lorsqu'elle le toucha. Néanmoins, il fut gagné par un horrible sentiment d'effroi. La force maléfique s'écarta de lui et flotta au ras du sol. Mon père vit la brume prendre l'apparence d'une ombre humaine. Cette ombre se dressait devant lui, compacte et menaçante. Elle le voyait, le reconnaissait ; et elle savait que c'était lui qui avait empêché son retour. Iaroslav se sentit observé avec hostilité. Après un long moment de cette intimidante et silencieuse contemplation, l'ombre se dissipa comme du sucre dans l'eau. Le Mal était vaincu.

« Iaroslav restait immobile au milieu du salon. Il avait le goût cuivré du sang dans la bouche. Ses oreilles bourdonnaient. L'affrontement avec Poliakov s'était déroulé exactement comme l'avait prévu l'étranger. Tout avait été facile. Trop facile. Mon père regarda l'arme vide qu'il tenait serrée dans son poing et, d'un coup, ses nerfs cédèrent. Une terreur rétrospective s'empara de lui. Il lâcha l'arme et tomba à genoux. Un rire dément fusa de sa gorge. La pièce s'était vidée de sa foule turbulente. Seules quelques âmes désemparées déambulaient encore avec hébétude dans le luxueux décor. Des rumeurs affolées provenaient du rez-de-chaussée. Des portes s'ouvraient, claquaient ; une vitre éclata ; un objet lourd tomba sur le sol avec grand fracas ; quelqu'un cria : « Au feu ! » et un concert de cris hystériques répondit à cet appel. Iaroslav se leva et sortit dans le couloir. Une odeur de brûlé s'insinuait dans l'air de l'étage. En débouchant sur le balcon, mon père fut enveloppé par une abondante fumée. Les lueurs d'un incendie embrasaient le hall.

« Dans la cohue, quelqu'un avait renversé un bougeoir. Le feu avait attaqué les rideaux et s'était répandu à une vitesse folle. De hautes flammes léchaient déjà les murs. Iaroslav retourna sur ses pas pour aller chercher les gens qui restaient. Heureusement, ils étaient peu nombreux. Tous le suivirent sans opposer de résistance. Mon père les fit passer devant lui. Une troupe piteuse et nue le précéda dans l'escalier. La porte était ouverte et la curieuse procession traversa le brasier pour jaillir à l'air libre. Dehors, le froid était vif. Une neige fine tombait. La nature reprenait ses droits dans les jardins du Maître. Les brebis de Poliakov se dispersaient dans le matin naissant. Leurs corps dépouillés tremblaient de froid. Iaroslav jeta son manteau sur les épaules d'une femme. Elle posa sur lui un regard chargé de reconnaissance. En empruntant l'allée, mon père avisa le couple Vassiliev. Ivan et sa femme étaient blottis l'un contre l'autre, se frottant mutuellement le dos avec énergie pour apaiser la morsure du froid. Iaroslav s'approcha d'eux et ils l'accueillirent timidement. Un profond malaise se lisait dans leurs yeux. En les voyant, le cœur de mon père avait bondi. Ses yeux roulaient dans l'eau.

« "Dieu merci ! fit-il d'une voix brisée. Vous êtes saufs, mes amis ! "

« Ivan étrangla un sanglot. Il murmura péniblement :

« "Pardonne-moi, Iaroslav Illarionovitch... je n'ai pas pu résister. Je suis tombé moi aussi sous l'emprise de Poliakov.

« — Ce n'est rien, répondit mon père. Le Maître est mort maintenant. Approchez-vous de l'incendie. Vous aurez plus chaud. Mon cheval est tout près d'ici. Essaie de réunir le plus de gens que tu pourras. Je reviendrai vous chercher avec des carrioles, des couvertures et des vêtements. "

« Ivan Vassiliev acquiesça silencieusement. Il posa une main tremblante sur l'épaule de son ami avant d'entraîner sa femme dans la chaleur émanant du brasier. Iaroslav les regarda s'éloigner, puis il fit de son mieux pour rassembler quelques gens déroutés et transis qui erraient sur les pelouses. Une heure plus tard, dans un ronflement hargneux, la somptueuse demeure de Lev Poliakov crachait le feu par tous ses orifices. Des gerbes d'étincelles montaient dans le ciel gris. Une partie du toit s'écroula dans une avalanche de débris incandescents. Le cauchemar était terminé. Les derniers vestiges du Maître se consumaient dans un bûcher rageur de purification. Mon père quitta le domaine. Une chaleur triomphante embrasait son être, atténuant un peu la froideur de ce matin d'automne.

« Après cet épisode, ma famille coula des jours heureux. Ma mère n'avait pas été témoin des sortilèges du Maître, mais, à la lumière des témoignages de nombreuses personnes, notamment de celui de son amie Axinia, elle croyait maintenant au récit que lui avait fait mon père. À la ville, on ne parlait plus de Lev Poliakov. Les gens qui avaient été sous son joug rebâtissaient tant bien que mal leurs existences ruinées. Nombreux furent ceux parmi eux qui, incapables d'affronter le regard des autres, partirent vivre sous d'autres cieux. Certains se donnèrent la mort. Ce fut le cas, entre autres, du docteur Konstantinov. Le vieil homme étrangla sa femme avant d'avaler du cyanure. Dans les mois suivant la mort du Maître, plusieurs événements tragiques de la sorte se produisirent dans le quotidien d'Armavir. Puis, lentement, la vie reprit son cours, et personne n'osa remettre sur le tapis le nom damné de Lev Poliakov. Le Maître ne fut plus présent, dès lors, que par les sillons immuables qu'il avait creusés dans la chair et l'esprit des hommes.

« Trois ans s'écoulèrent. Mon père n'avait rien oublié, mais il avait érigé un mur entre lui et ses souvenirs tourmentés. Il avait couché son récit sur papier, afin de lui donner une dimension impersonnelle. Les souvenirs qui le hantaient se diluaient ainsi dans l'encre de sa plume. Il écrivait sans omettre le moindre détail, en prenant conscience qu'il avait vécu une bien horrible aventure. Cette observation, plutôt que de ressusciter ses vieilles terreurs, éveillait en lui un sentiment de grande fierté. Il se disait que cette sordide histoire n'eût pas connu cet heureux dénouement si lui, Iaroslav Illarionovitch Zoubov, n'était pas intervenu pour anéantir les desseins du Mal. Mon père était donc heureux de la conclusion du récit. Il ignorait cependant qu'en ce qui le concernait cette conclusion n'avait pas encore eu lieu.

« Ainsi, un jour où il se trouvait à la maison, Iaroslav découvrit dans son cabinet un riche coffret posé au milieu de son secrétaire d'acajou. Il n'eut pas à s'interroger longtemps sur la provenance de cette chose. Sculpté dans l'or du couvercle, le masque de Poliakov le défiait de son regard froid. Iaroslav était sidéré. La porte de son cabinet était toujours fermée à double tour et il était le seul à en posséder la clef. Il était cependant obligé d'admettre que quelqu'un était venu. Vérifiant si les fenêtres n'avaient pas été forcées, il constata que les loquets étaient bien en place et que personne n'avait pu passer par là. Mon père s'affala sur une chaise et il eut envie de pleurer. Un rouleau de parchemin se trouvait à côté du coffret. Iaroslav s'en empara, déroula la corde qui l'enserrait et il lut, avec une inquiétude grandissante, la missive qui lui était adressée. Cette lettre disait :

Mon très estimé Iaroslav Illarionovitch Zoubov,

Peut-être auras-tu reconnu le visage gravé sur ce coffret. Ce visage si beau qui, naguère, fut le mien. Je t'envoie ce précieux cadeau pour ne pas que tu oublies ton vieil ami. Je me dois de te complimenter. En raison de ton courage inconscient, mes projets furent anéantis. Tu seras parvenu à me faire regretter de ne pas t'avoir tué. Je ne l'ai pas fait car, vois-tu, je voulais profiter de ta richesse et de ton influence pour étendre mon pouvoir bien au-delà d'Armavir. Hélas ! tu ne m'en auras pas laissé le temps. Lev Poliakov est mort et je dois t'avouer que cela me contrarie au plus haut point. Ce jeune homme possédait des facultés grandioses. Les pouvoirs que son cerveau me permettait de développer étaient illimités.

Lev Poliakov était un nom fictif. Je ne saurai jamais d'où venait cet homme dont j'ai pris le corps. Le hasard a fait en sorte que je croise son chemin au moment opportun. Sans toi, je n'aurais sans doute pas réussi à le sauver. Que s'est-il passé, ce jour-là, pour qu'il fût si mal en point ? Je n'en sais rien. Il était dans cet état au moment où je l'ai découvert. Je venais tout juste de m'emparer du corps lorsque tu es entré dans l'abri. Après mon rétablissement, j'ai dû inventer une histoire pour expliquer mes blessures. Je me suis trouvé un nom, un lieu d'origine, un passé. Ma richesse, quant à elle, était véritable. J'ai dû me retirer un long moment pour fabriquer de l'or selon un procédé alchimique. Mes goussets remplis, je suis revenu à Armavir. Je tenais à me lier d'amitié avec toi, car tu possédais les clefs pour m'introduire dans la haute société. Dans les premiers temps, je me suis conduit en fils de bonne famille. J'avais besoin d'une certaine période pour apprendre à maîtriser mes pouvoirs. La suite, tu la connais.

J'imagine la terreur qui t'habite en lisant cette lettre et en constatant que la chose qui possédait Lev Poliakov existe toujours. J'occupe maintenant le corps d'un moine qui est mort de froid sur une route de Sibérie. Mes pouvoirs mentaux ne sont pas l'ombre de ce qu'ils étaient. Néanmoins, la force que je suis transporte sa science depuis d'innombrables millénaires.

C'est cette science, que d'aucuns appellent alchimie, sorcellerie ou magie, qui me permet aujourd'hui de te châtier.

Le coffret que je t'envoie contient un maléfice. Pour éviter ce châtiment, tu devras veiller sur le coffret afin qu'il ne soit jamais ouvert. Cette tâche sera à elle seule un terrible châtiment. Le coffret est fabriqué dans l'or le plus pur et, toute ta vie, pour éviter qu'il ne soit ouvert, tu devras le soustraire à la cupidité des autres. Il n'y aura qu'une seule façon de mettre un terme au maléfice de Lev Poliakov. Il faudra que ton fils, Volodia, emporte le coffret dans sa tombe. Il en est ainsi car je tiens à ce que tu regrettes ta vie durant de t'être immiscé dans mon entreprise. Si tu avais été le seul à être concerné par ce sortilège, tu n'aurais eu qu'à te suicider pour le conjurer. Maintenant, tu sais que ta mort ne pourrait rien changer au châtiment. Tu devras léguer le coffret à ton fils et il devra à son tour le protéger jusqu'à sa propre mort. À son trépas, le coffret du maléfice devra être enterré avec lui. Si tout n'est pas fait comme il est écrit dans cette missive, vous serez, ton fils et toi, responsables de la mort de nombreuses personnes.

J'aurais pu ne pas t'aviser de la menace qui plane sur toi. Tu aurais rompu le sceau, tu aurais ouvert le coffret et tu serais mort. Mais cette mort aurait été trop douce en comparaison des années de tourments qui t'attendent désormais. En te mêlant à la lutte qui oppose des forces infiniment supérieures à ta futile condition d'homme, tu aurais dû savoir qu'un jour ou l'autre viendrait l'heure de la vengeance. Cette heure est venue, Iaroslav Illarionovitch. Et je souris en imaginant la tête que tu fais en ce moment.

« En terminant la lecture de la missive, mon père tremblait de tous ses membres. Il laissa choir le parchemin, qui s'enroula sur lui-même en tombant. Il posa les yeux sur le coffret du maléfice. Le masque de Poliakov se moquait de lui. Derrière les fenêtres, le jour déclinait. Iaroslav alluma des bougies. Ensuite, il examina le coffret sous tous ses angles. Lentement, sa crainte cédait. Une détermination farouche montait en lui. Il réfléchit jusqu'à tard dans la nuit avant de trouver ce qu'il crut être la solution à son problème.

« Le lendemain, Iaroslav mit le coffret dans un havresac, enfourcha son cheval et parcourut plusieurs verstes avant de s'arrêter dans un coin isolé de la steppe. Pourvu d'une pelle, il creusa un trou assez profond pour y enterrer un homme debout. Ce travail lui demanda plusieurs heures. Harassé, il s'arrêta enfin. Il se délesta du havresac contenant le coffret et il le laissa au fond de la fosse. Ensuite, il l'enterra. Lorsque ce fut fait, mon père camoufla les traces de son labeur en disposant des brindilles et des cailloux sur la terre fraîchement remuée. Iaroslav s'octroya un bref repos. Il s'étendit dans l'herbe haute en songeant au ridicule du châtiment de Lev Poliakov. La force maléfique, qui prétendait habiter désormais le corps d'un moine, lui avait envoyé une lettre pour lui dire de ne pas ouvrir le coffret. N'eût été cet avertissement, mon père eût sans doute rompu le sceau et soulevé le couvercle. La vengeance du Maître, il n'en doutait pas, se serait aussitôt abattue sur lui. Au lieu de cela, le parchemin l'avait averti du danger qu'il courait. Mon père n'avait pas l'intention de veiller toute sa vie sur le coffret. Il ne comptait guère plus me le léguer. Toutefois, il croyait fermement qu'une horrible menace sommeillait dans le précieux boîtier. Alors, pour éviter l'éveil de ce mystérieux châtiment, il avait pensé qu'il suffisait de faire disparaître le cadeau funeste de Lev Poliakov. Il avait la certitude que, là où il serait dorénavant, le coffret du maléfice sombrerait dans l'oubli et ne serait plus une menace pour personne.

« Mon père revint directement à la maison. Il fit sa toilette, embrassa ma mère et monta dans son cabinet. En pénétrant dans la pièce, il vit le coffret doré qui trônait exactement à l'endroit où il l'avait découvert la veille. J'étais bien jeune à l'époque. Mais le hurlement de bête blessée que mon père a poussé ce soir-là, je ne l'ai jamais oublié. »

XIII

« Le cri d'Iaroslav ameuta la maisonnée. Lorsque ma mère et sa femme de chambre pénétrèrent en trombe dans le cabinet de mon père, elles trouvèrent ce dernier assis sur le sol, le visage dans ses mains et les épaules secouées de sanglots. Tatiana pria la domestique de la laisser seule avec son mari. Elle ne remarqua pas le coffret. Inquiète, indécise, elle s'assit par terre et serra mon père dans ses bras pour tenter de le calmer. Mes parents demeurèrent longtemps ainsi, enlacés, sans rien échanger d'autre que leur chaleur, que leur silence complice. La tendresse qui émanait de cette étreinte mena lentement mon père à l'apaisement.

« Iaroslav, à bout de forces, se leva et entraîna ma mère vers le secrétaire. Lorsqu'elle vit le masque de Poliakov sur le couvercle du coffret, son visage s'enveloppa d'un voile d'angoisse. Mon père ouvrit un tiroir et en tira le parchemin qu'il avait lu la veille. Ma mère le lut à son tour et elle partagea aussitôt l'immense désarroi de son mari. Ce dernier lui raconta qu'il avait tenté sans succès de faire disparaître le coffret. Ensuite, il lui fit promettre de ne révéler à personne l'existence de cette chose. Pour s'assurer qu'il demeurerait à l'abri des regards, Iaroslav décida sur-le-champ d'enfermer le coffret du maléfice dans son coffre-fort. Il referma l'épaisse porte d'acier et enclencha la serrure. En se retournant, ses yeux tombèrent sur le visage livide de sa femme. Elle fixait le secrétaire d'un air sidéré. Ses lèvres tremblaient. Par un diabolique sortilège, le coffret doré avait repris sa place sur le bois sombre et lisse du meuble.

« Après de multiples expériences, mon père constata que, pour que le coffret demeurât caché, il fallait qu'il le gardât constamment en contact avec lui. S'il le glissait dans un sac, le coffret pouvait demeurer dans ce sac tant et aussi longtemps qu'il le gardait en main. Toutefois, aussitôt qu'il lâchait le sac pour le poser quelque part, le coffret réapparaissait sur le secrétaire. Mon père songea bien naïvement qu'en éliminant le meuble il mettrait peut-être un terme à ce jeu démoniaque. Il fit donc transporter le lourd meuble dans la cour, puis il le brûla. Il refit l'expérience du coffre-fort, mais, cette fois, le coffret du maléfice réapparut sur le sol du cabinet. Mon père se résigna à son sort. Il se dit que le coffret serait tout de même en sécurité tant qu'il resterait dans sa demeure. Comme son bureau était toujours fermé et que personne à part lui n'en possédait la clef, il décida d'y laisser l'objet maléfique.

« Le lendemain matin, Iaroslav fit préparer sa voiture pour se rendre à la compagnie. Notre cocher s'appelait Goria. C'était un homme bourru, corpulent et peu bavard. Une odeur d'écurie et de sueur l'imprégnait constamment. Ses doigts énormes ressemblaient à des saucisses. C'était un profond imbécile, mais il faisait bien son travail. Ce matin-là, mon père, qui n'avait pas fermé l'œil de la nuit, avait une mine d'enterrement lorsqu'il prit place dans la voiture. Il salua le cocher et celui-ci hurla un ordre grossier aux chevaux. L'attelage s'ébranla. Presque aussitôt, mon père s'endormit. Peu de temps après, une bourrade le réveilla. Iaroslav sortit de sa torpeur. La voiture était arrêtée et Goria se tenait devant lui.

« "Qu'y a-t-il? demanda mon père d'une voix enrouée.

« — J'ai trouvé cette chose à mes pieds, fit Goria. C'est à vous ? »

« Iaroslav baissa les yeux et il vit qu'entre ses mains énormes le cocher serrait le coffret du maléfice. Il arracha brutalement l'objet de la poigne de Goria. Ce dernier protesta :

« " Doucement, barine ! Je ne vais pas vous la voler, votre boîte à musique ! Elle était à mes pieds, que je vous dis ! Un peu plus et elle tombait sur la route ! Faudrait voir à ne pas laisser traîner vos choses, c'est tout ! "

« Iaroslav s'excusa et ordonna à Goria de faire demi-tour. Durant le court trajet, il garda les yeux rivés sur le coffret. La figure d'or du Maître le narguait de son air de triomphe. Mon père devait se rendre à l'évidence : il ne pourrait plus laisser le coffret sans risquer de le voir apparaître n'importe où. Il comprit que le plus épais des coffres ne saurait le retenir. L'objet devenait le plus lourd des fardeaux, un poids horrible qu'il aurait à traîner, telle une ombre, jusqu'à la fin de ses jours.

« Pour qu'un tel événement ne se reproduisît plus, mon père dut se résoudre à emporter le coffret dès qu'il quittait la maison. À cet effet, il avait fait coudre une grande poche à l'intérieur de chacune de ses vestes et redingotes. La menace du maléfice pesait constamment sur lui. Il s'interrogeait sur l'essence du châtiment de Poliakov. Qu'adviendrait-il si le coffret était ouvert ? Quel cataclysme sommeillait dans le ventre de cette petite boîte en or massif ? Pouvait-il risquer de faire fondre l'objet sans que la mort s'abattît sur lui ? Quelquefois, Iaroslav prenait plaisir à croire qu'il n'y avait pas de maléfice, que tout cela n'était qu'un bluff, que le coffret était vide et qu'il n'aurait qu'à briser le sceau et à soulever le couvercle pour mettre un terme à ses tourments. Mais, malgré tous les encouragements qu'il se prodiguait à lui-même, mon pauvre père vivait toujours dans la crainte. Malgré ses théories les plus réconfortantes, il ne pouvait prendre le risque de les vérifier.

« De sa rencontre avec Lev Poliakov jusqu'à sa mort en 1896, l'existence de mon père fut un enfer. Quant à moi, j'avais trente-deux ans lorsque le coffret me fut légué. J'étais préparé à le recevoir car, dès l'âge de quatorze ans, j'avais été mis au courant du secret de mon père. Je savais tout du Maître. Je connaissais par cœur l'histoire de son avènement, de sa fin tragique et de son mystérieux maléfice. Sur son lit de mort, mon père m'a fait promettre de veiller fidèlement sur le coffret. Je lui ai fait cette promesse et je l'ai tenue jusqu'à mon dernier souffle. Lors de la grande Révolution, je me suis réfugié dans les montagnes pour éviter que les insurgés ne missent la main sur le coffret. J'avais alors cinquante-trois ans. Pendant dix années, j'ai vécu en ermite. Lorsque j'ai quitté la montagne pour rejoindre mes frères à Armavir, les terres de mon enfance étaient devenues le bien de l'État. Une connaissance m'apprit alors que, quelques mois après que j'eus quitté les terres pour me perdre dans la solitude, le plus vieux de mes frères avait été fusillé. On m'apprit également que mon autre frère, Igor, de deux ans mon aîné, vivait maintenant dans un petit village près de Toula. Heureusement, la sœur de la femme d'Igor habitait encore Armavir. Grâce à elle, j'ai pu le retrouver et je suis venu le rejoindre ici, à Roublev. J'ai vécu le peu qui restait de ma vie dans votre petit village. Mon frère est toujours vivant. Au moment de mon décès, il y a quelques mois, Igor a veillé à ce que le coffret du maléfice m'accompagnât dans mon cercueil.

« Mon récit est terminé, fossoyeur. Ta vie aussi. Si tu savais les sacrifices qui ont été faits afin que ce damné coffret ne soit jamais ouvert. Et toi, par ton geste cupide, tu auras réussi à rendre nos efforts inutiles. Je constate aujourd'hui que le coffret contenait une damnation bien futile en comparaison de celle que nous avons crainte, mon père et moi, durant toutes ces années. Nous appréhendions un cataclysme, un fléau, un déchaînement effroyable qui eût entraîné des milliers d'hommes dans la mort. Au lieu de cela, le coffret servait d'écrin à un livre. Je connais maintenant le châtiment de Lev Poliakov. Je dois convenir qu'il s'agit là d'une création qui ne reflète que trop bien la nature perfide de l'esprit qui en est à l'origine. Seulement, je regrette d'avoir gâché mon existence pour ce maléfice qui, tout compte fait, ne tuera sans doute que bien peu de gens. Ce livre tuera, certes. Mais il ne tuera que ceux qui auront eu le malheur de le lire. En ouvrant ce livre, fossoyeur, tu m'as appelé. Pour ne pas que mon âme soit condamnée à l'errance, je dois maintenant exécuter le châtiment. Je vais donc te tuer. Et le récit de ta mort s'écrira sur les pages vierges du livre. Ton esprit errera jusqu'au jour où quelqu'un d'autre trouvera le livre. Ce quelqu'un lira ton histoire, sans se douter que son propre récit s'apprêtera à rejoindre le tien. Car, pour conjurer à ton tour la damnation de ton âme, tu devras tuer le prochain lecteur. Ce lecteur, à son tour, devra perpétuer le châtiment. Ce livre s'écrira ainsi : avec le sang de ceux qui l'auront lu. Et il grossira, d'histoire en histoire et de mort en mort. »

L'héritier observa un long silence. Stépan Branilov sentit la force qui l'immobilisait se relâcher. Il put bouger la tête et il regarda autour de lui. Il ne vit pas l'héritier et, pour un instant, il crut que l'esprit de Volodia Zoubov s'en était allé sans exécuter sa sentence de mort. Il s'assit et voulut se lever, mais une douleur fulgurante à la jambe l'en empêcha. Les larmes aux yeux, il constata que son pantalon était souillé de sang. En tombant, il s'était fracturé la jambe gauche. Un morceau d'os blanc, pointu comme un fer de lance, avait transpercé le tissu du pantalon. Sa cheville avait fait un tour complet sur elle-même, et la semelle de sa botte faisait face au plafond dans une position irréelle. Loin de tout appui, le cocher se rendit compte qu'il ne pourrait se lever seul.

Mais que faisait donc cet imbécile de Nicolas ? Il eût dû être là depuis longtemps. Stépan s'aperçut soudain que la lumière autour de lui n'avait pas changé. Pourtant, l'héritier avait parlé un très long moment. Le fossoyeur regarda la vieille horloge accrochée au mur et il sursauta. Le balancier n'oscillait plus. Il ne s'était pas immobilisé normalement en pointant vers le bas, comme il le faisait d'habitude lorsqu'on oubliait de remonter l'horloge. Il était plutôt figé au bout de sa course, en diagonale, comme si quelque chose le retenait dans le vide ou comme si le temps s'était arrêté. Non sans peine, Stépan parvint à extirper sa montre de la poche de son pantalon. Elle marquait quinze heures douze. À son arrivée au cimetière, juste avant de descendre de la calèche, le cocher avait consulté sa vieille tocante. Il se souvenait qu'à cet instant les aiguilles indiquaient tout juste quinze heures. Il porta la montre à son oreille et il n'entendit pas son tic-tac. Soudainement, il laissa tomber la montre. Il poussa un cri strident et plaqua rageusement ses mains sur ses tempes. La voix de l'héritier emplissait de nouveau sa tête.

« Je suis toujours là, fossoyeur. N'est-il pas merveilleux de constater que nous sommes seuls, toi et moi ? Que le temps lui-même s'est figé pour nous permettre de nous entretenir sans que rien ni personne puisse nous déranger ? Tu crois que mon récit a traîné en longueur, mais, en vérité, il n'aura duré que le temps d'un souffle. »

Stépan pleurait. Sa jambe blessée le faisait atrocement souffrir. Il savait sa dernière heure venue. Il eût voulu prier mais cette voix dans sa tête l'en empêchait. Le fantôme de Volodia Zoubov réapparut devant lui. Le cocher leva sur son bourreau des yeux suppliants. La figure de l'héritier n'était qu'un masque d'intransigeance. Ses yeux jaunes brillaient comme si une lanterne eût brûlé dans son crâne. Puis, toujours sans que ses lèvres bougeassent, l'héritier ordonna :

« Lève-toi, fossoyeur ! »

Cet ordre était absurde. La blessure de Stépan lui interdisait de bouger. Le moindre mouvement de sa part suscitait une douleur lancinante. Pourtant, avec un étonnement horrifié, le cocher sentit son corps obéir au commandement. Saisi d'une souffrance indescriptible, obligé de se mouvoir par la force de ses mains et de sa jambe valide, Stépan Branilov se leva. Sa bouche s'ouvrait pour hurler mais les cris refusaient d'en jaillir. Il perdit l'équilibre et s'appuya de tout son poids sur sa jambe fracturée. L'os du tibia brisé, aiguisé comme un tesson de bouteille, saillit encore plus de la chair du membre. La jambe inerte, ne soutenant plus rien, se plia en trois. Stépan s'écroula comme un arbre abattu. Sa mâchoire percuta violemment le parquet. Sous la force de l'impact, de nombreuses dents se brisèrent. La bouche du cocher se gorgea de sang. Chaque parcelle de son être avait mal. Couché sur le ventre, il souhaitait l'ultime assaut qui mettrait fin à ses supplices. Dans un état voisin de l'inconscience, il se fit violence pour émettre cette pensée :

« Tuez-moi ! Maintenant !… Tuez-moi !… Je vous en conjure ! Ne me laissez pas souffrir !

— Tes souffrances ne m'émeuvent point, fossoyeur, fit l'héritier. Si tu ne peux marcher, tu ramperas. Près de la porte, il y a ton fusil de chasse. Je sais qu'il est chargé de chevrotines. Tu vas donc te traîner jusqu'à lui. Tu vas mettre le canon dans ta bouche et tu n'auras qu'à appuyer sur la détente pour mettre un terme à ta torture. »

Encore une fois, le cocher dut se soumettre au commandement du spectre de Volodia Zoubov. Couché sur le ventre, Stépan dut faire un tour complet sur lui-même pour pouvoir se diriger vers le râtelier où était appuyé son vieux fusil. Lentement, il se mit à ramper. Sa jambe blessée traînait comme une loque en laissant un sillage rouge et poisseux dans la poussière du sol.

L'os découvert raclait les planches en se coinçant dans leurs interstices. La douleur du fossoyeur était atroce. Sa terreur, elle, était sans borne. Il rampait vers l'arme sans pouvoir retarder sa lente mais inexorable progression. Il atteignit finalement la porte et dégagea le fusil de son support. Ensuite, il s'adossa au mur et tourna le canon de l'arme vers son visage. Il appuya la crosse sur le plancher, la maintint entre ses cuisses et ouvrit la bouche pour y engouffrer le canon. Le goût âcre de la poudre se mêla à celui du sang. Le contact froid du métal vrillait les nerfs à vif de ses dents cassées. L'un des doigts du cocher se crispa nerveusement sur la détente. Il sentit une larme rouler sur sa joue. Puis il y eut un éclair.

Un coup de feu retentit du côté de l'isba. Les flancs noirs de Boris frémirent. Ses sabots martelèrent la fange durcie du sol de l'écurie et il tendit l'encolure dans un hennissement inquiet. Les mains de Nicolas s'immobilisèrent sur la longue lanière de cuir qu'il s'apprêtait à dénouer. Le muet tendit l'oreille et il émit un léger ricanement. Sans doute Stépan avait-il encore raté son coup. Depuis le début de la semaine, le cocher avait déjà tiré trois fois sur Mangeur de merde et, par trois fois, il avait manqué sa cible. Mangeur de merde — c'est Stépan qui l'avait baptisé ainsi — était un énorme chien qui renversait les poubelles et qui semblait prendre un malin plaisir à disséminer les ordures dans tout le cimetière. Cet horrible chien sévissait depuis des mois. Stépan avait trouvé en lui un adversaire futé, coriace et indomptable. Depuis le commencement de l'hiver, le fusil de Stépan demeurait chargé en permanence. Il avait canardé Mangeur de merde une bonne vingtaine de fois, mais, loin de se montrer intimidé par ces coups de feu qui ne l'atteignaient jamais, le chien revenait farfouiller dans les déchets en améliorant chaque fois sa technique pour éparpiller les immondices. À la fin de chacun de ses délits, on eût dit qu'une tornade était passée.

Pressé de savoir si son père avait encore une fois raté sa cible et chassé le vent, Nicolas acheva rapidement de retirer les harnais de Boris. Il laissa le licou au cheval pour pouvoir attacher la bête dans sa stalle. Il noua la longe, accrocha les harnais au mur et flanqua une claque affectueuse sur la croupe de Boris. Le cheval, sans se préoccuper du muet, plongea les naseaux dans son auge pour prendre un faisceau d'avoine. Nicolas quitta la minuscule écurie et se dirigea en souriant vers la maisonnette.

Les trois poubelles presque pleines n'avaient pas été renversées. Leurs couvercles n'avaient même pas bougé. Nicolas ne voyait aucune trace indiquant que Mangeur de merde était passé par là. Stépan avait certainement fait feu sur l'animal alors que celui-ci n'avait pas encore atteint les ordures. Le muet regarda autour de lui et ne vit aucun cadavre de chien. Stépan avait encore gaspillé de la chevrotine. Le jeune homme fit le tour de l'isba et gravit le petit escalier. Il voulut entrer dans la demeure, mais quelque chose en dedans coinçait la porte. Du poing, Nicolas heurta le battant. Pas de réponse. Le muet frappa plus fort et, encore une fois, rien ne se produisit. Inquiet, il poussa énergiquement sur la porte. La chose qui bloquait l'entrée glissa légèrement. Encouragé, Nicolas redoubla d'efforts. La résistance céda d'un coup. Surpris par ce soudain relâchement, le fossoyeur perdit l'équilibre et plongea la tête la première dans la pièce. Il trébucha sur une masse molle, battit l'air de ses mains, puis termina sa course en s'écrasant sur une chaise. Les pattes du meuble cédèrent et Nicolas roula sous la table.

Nerveusement, le muet se releva. Ce qu'il voyait était trop atroce pour que ce fût vrai. Perclus d'épouvante, le jeune homme ne pouvait détacher son regard du corps sans visage de son père. Stépan était méconnaissable mais, à cause des vêtements et de la carrure, Nicolas savait que c'était lui. Tel un ivrogne cuvant son vin, le cocher était appuyé au mur. Il ne lui restait que la moitié du crâne. Presque toute l'autre moitié de sa tête s'était étalée sur la cloison qui soutenait son cadavre. Un cratère sanglant remplaçait la figure. Un globe oculaire pendait sur ce qu'il restait d'une joue. Un morceau de mâchoire encore pourvu de quelques dents se balançait à l'extrémité d'un filet de muscle. Le sang avait giclé de toute part et, partout autour du mort, sur les murs, les solives et les objets, des fragments de cervelle s'agrippaient comme des sangsues. Le fusil de chasse, projeté par la puissance du recul, avait culbuté à quelques pas de Stépan. Épuisée par son œuvre meurtrière, l'arme gisait désormais sur son flanc et, comme si elle avait eu peur de constater le résultat de sa furie, elle regardait ailleurs en pointant les yeux noirs de son double canon vers la porte d'entrée.

Nicolas était tombé à genoux. Il scrutait le vide en balançant le torse. Dans sa tête, tout était noir, sans fond, abyssal. Son père était mort, emportant la Terre entière avec lui. Nicolas n'était plus rien. Le muet ne s'interrogeait pas sur ce qui avait causé la fin horrible du cocher. Il était mort, c'était tout. On avait pris le fusil de chasse pour le tuer et on avait jeté l'arme par terre. Maintenant, quelqu'un viendrait. Quelqu'un viendrait bientôt. On dirait que Nicolas le fou avait tué son père. Et Nicolas ne pourrait rien dire, rien expliquer. On le gronderait et on l'enfermerait dans un placard : comme quand il était petit, comme quand il était seul, comme quand on ne l'aimait pas.

Le muet se leva. Pas une larme ne mouillait ses yeux. Stépan étant mort, il ne lui servait plus à rien de vivre désormais. Pas une seule seconde il ne songea au coffret. Le jeune fossoyeur s'approcha de la dépouille défigurée. Il regarda les restes avec froideur. Il savait déjà ce qu'il avait à faire. Il empoigna les chevilles de Stépan et tira le cadavre pour le traîner à l'écart de la porte.

Pour la dernière fois de sa courte vie, Nicolas referma la porte de l'isba. Il n'y entrerait plus. Les gens qui viendraient trouveraient la maison vide. Ils verraient le sang mais ils ne sauraient jamais ce qui était arrivé. Le muet alla chercher la bâche de la calèche et il l'enroula autour du cadavre de son père. Le corps gisait en bas de l'escalier, sous une fine pluie qui commençait à peine à tomber. Le ciel s'était assombri d'un coup, comme s'il savait.

Sans un regard derrière lui, Nicolas descendit les marches de la maison où il avait passé ses plus belles années. Il ferma la main sur une sangle qui entourait la bâche et, par secousses, il traîna le mort jusque dans l'allée principale. Là, il dut prendre un peu de repos. Le corps de son père était lourd. De l'isba à l'allée, il s'était enfoncé dans la boue en laissant par endroits de profonds sillages. La pause du muet fut brève. Il lui fallait faire vite. Si quelqu'un arrivait, son plan échouerait. Secoué par cette éventualité, Nicolas se pencha sur son fardeau, s'empara de la sangle et reprit sa pénible progression. Le corps glissait plus aisément sur les gravillons de l'allée. Le muet le tira jusqu'au fond du cimetière, tout près de l'endroit où se trouvait la crypte secrète. Il délaissa ensuite le cadavre pour se diriger en courant vers l'écurie.

Quelques minutes plus tard, le fossoyeur revint avec le cheval et un long câble pourvu de crochets à ses extrémités. Parvenu sous le grand chêne dénudé qui surplombait la crypte, il s'arrêta. Il lâcha la longe de Boris et le cheval, bien dressé, demeura immobile. Nicolas déroula le câble en le laissant glisser dans sa main. Lorsqu'il ne lui resta qu'un court segment de corde, il fit tournoyer le crochet à la manière d'un lasso. D'une main experte, le muet lâcha le câble, et le crochet vola dans les airs pour passer par-dessus la plus basse branche de l'arbre. Ensuite, Nicolas prit les deux parties du câble qui pendaient de chaque côté de la branche.

En tirant, il glissa la corde jusqu'à ce qu'elle se logeât dans un large sillon taillé dans le bois. Le palan ainsi installé, le jeune homme ramassa l'un des crochets et l'introduisit dans l'anneau de la lourde dalle qui fermait l'entrée de la crypte secrète. Il fixa le second crochet à la bride qui passait autour du cou de Boris et, dans un râle, il ordonna au cheval d'avancer. La bête fit sans forcer les quelques pas nécessaires pour ouvrir le tombeau. Afin que la dalle demeurât soulevée, Nicolas attacha Boris à un pieu enfoncé profondément dans la terre. Il se dirigea vers la crypte. La dalle s'ouvrait comme une trappe. Un de ses côtés était toujours appuyé sur la margelle qui entourait le puits noir du caveau. Nicolas plaça une bûche entre la dalle et son assise, puis il retourna vers Boris. Il fit un peu reculer l'animal, et la dalle fut retenue par la bûche. Le fossoyeur retira le crochet de la bride du vieux cheval. Il caressa la crinière de Boris et il plaqua ses lèvres sur la joue noire de la brave bête. Le cheval renâcla et il bougea la tête comme pour dire adieu. Les yeux de Nicolas se mouillèrent. Sa main s'attarda un peu sur le dos rêche du cheval, et le muet se détourna pour aller à la rencontre de son triste destin.

Nicolas laissa glisser le corps de son père sur les marches humides de l'escalier menant au fond de la crypte. Parvenu sur le sol du tombeau, il traîna le cadavre sur une courte distance et l'abandonna au cœur du monceau de bijoux que les fossoyeurs avaient accumulés. Un pactole qui ne servirait à rien. Le jeune homme remonta l'escalier et émergea sous la pluie de ce jour déclinant. Il se rendit ensuite dans la remise qui jouxtait l'écurie. Là, il s'empara d'une lourde hache accrochée à un clou, puis il retourna à la crypte. Avant d'entrer dans le caveau, le muet jeta un dernier regard sur le monde des vivants. Le ciel gris s'assombrissait dans une promesse de soir pluvieux. Boris s'abreuvait dans le miroir troublé d'une flaque. L'isba, désormais privée de ses occupants, avait quelque chose de pathétique. Sa façade ressemblait à un visage triste. Ses fenêtres noires fixaient le cimetière avec regret. Dans le crépuscule naissant, la maisonnette semblait se recueillir sur tous les morts qu'on avait enfouis dans la nécropole.

Nicolas Branilov prit une longue respiration. L'air avait un goût de terre. Le jeune homme entra dans le puits. Il descendit quelques marches et écarta les jambes pour plaquer ses pieds sur les parois de pierre longeant l'escalier. Nicolas empoigna fermement le manche de la hache et, d'un élan vigoureux, il frappa la bûche qui retenait la dalle. La bûche glissa un peu sur la pierre lisse. Nicolas frappa encore avec acharnement. Après dix coups, la bûche se libéra dans un craquement, et la lourde dalle retomba sur son assise. Nicolas lâcha la hache qui dégringola l'escalier. Dans l'obscurité totale, le muet se laissa choir sur la pierre froide d'une marche. Sa vie touchait à sa fin.

Nicolas Branilov mourut vingt-trois jours plus tard. Jusqu'à la minute précédant sa mort, il ne quitta pas la marche sur laquelle il s'était assis. Son attente fut atroce. La faim torturait ses entrailles et la soif brûlait sa gorge. Un mince filet d'eau ruisselait sur les pierres, mais le muet se refusa d'y puiser. Après deux jours d'immobilité, il eut déjà du mal à bouger ses membres. Ses muscles ankylosés étaient secoués, de temps à autre, de spasmes douloureux. Il était transi par le froid humide, et ses os lui faisaient mal. Au bout d'une semaine, en bas, dans le caveau, le corps de son père commença lentement à se décomposer. Une odeur douceâtre se mêla à l'air rare. Nicolas sombra vite dans un état second. Il n'était plus Nicolas. Il n'était qu'une pierre parmi les autres pierres du tombeau. Il n'avait plus sa conscience lorsque, au vingt-troisième jour, son corps fut pris de violentes convulsions. Ses jambes le projetèrent vers l'avant. Il plongea dans le vide, et sa tête alla s'écraser sur les dalles de granit de la sépulture. Au terme de sa chute brève, son crâne éclata telle une coquille d'œuf.

Ce livre s'écrira par le sang et dans la langue de celui qui le lira. Tu as lu le Livre : tu en écriras la suite. Ne sens-tu pas sur toi tomber le voile froid de la mort ?

Le Professeur

I

Il neigeait sur Montréal. En ce 23 décembre, avant-veille de Noël, la ville émergeait subitement de sa torpeur hivernale, comme un dormeur réveillé par des bruits insolites. Malgré le froid et le vent, la rue Saint-Hubert revêtait des allures de champ de foire. De chaque côté de la chaussée, sur les trottoirs saupoudrés de sel et de gravier, une rivière humaine allait son cours. Sur l'asphalte, la neige, malaxée depuis l'aube par des milliers de pneus, n'était plus qu'une purée brunâtre. Pas une place de stationnement n'était libre. Les parcomètres, sombres et chétifs, surveillaient les voitures avec intransigeance. Des colliers d'ampoules multicolores scintillaient dans les vitrines, habillaient les branches dénudées des arbres grelottants, et faisaient briller encore plus les yeux émerveillés.

Pierre Polsky s'arrêta pour contempler l'étalage d'un magasin de guitares. Derrière le grand rectangle vitré, au milieu des décorations de Noël, une douzaine d'instruments tentaient de séduire les âmes musiciennes. Les guitares sèches, appuyées sur des supports au chrome chatoyant, se tenaient fièrement debout, leur bois verni faisant penser à du sucre d'orge. Suspendues à un treillis, trois guitares électriques aux couleurs criardes se languissaient de rugir ce qu'elles avaient dans le ventre. Dans un coin, couché sur le dos dans sa caisse tapissée de velours rouge, un violon dormait.

Monsieur Polsky aimait bien les violons. Il n'avait jamais su en jouer mais, dès qu'il en voyait ou en entendait un, les rumeurs d'un passé lointain résonnaient dans un coin de sa mémoire. Il se souvenait de la Russie : des longues soirées d'hiver où le froid fendait les pierres ; d'une isba chaleureuse aux volets turquoise ; de sa mère, Lioubov, qui n'avait qu'à ouvrir les bras pour apaiser ses craintes d'enfant ; de son père, Valery, un homme bon, un homme juste, un homme qui faisait pleurer son vieux violon comme si l'instrument avait eu toutes les tristesses du monde à raconter. Pierre Polsky voyait tout cela dans le violon qui dormait. Il voyait un autre violon, au bois plus clair celui-là, un violon au corps solidement enfoncé dans la barbe blonde de son père. Il revoyait les doigts fins et habiles de l'homme qui couraient sur le manche ; et l'archet, dont le crin tendu à rompre faisait l'amour aux cordes.

Un klaxon hurla et le vieil homme sortit de ses songes d'un temps lointain. Il abandonna le violon à son sommeil et reprit sa marche lente, dans une autre époque, un autre lieu, une autre vie. Autour de lui, le flot humain n'en finissait plus de couler. C'était un torrent intarissable de manteaux lourds et colorés. Les visages semblaient heureux. Des éclats de rire fusaient au milieu du brouhaha des conversations et du clapotis des bottes martelant le sol mouillé. Des panaches de vapeur blanche jaillissaient des bouches et s'estompaient, bien avant d'avoir atteint les marquises de verre surplombant le trottoir. Pour éviter d'être bousculé, Pierre Polsky songea qu'il valait mieux longer les façades. Il avançait péniblement, prudemment, comme s'il eût eu à traverser un lac à la glace trop mince pour le supporter. Tous les dix mètres, il s'octroyait une brève pause pour recouvrer son souffle. Ses jambes lui faisaient mal. Son dos rond projetait ses épaules vers

184

l'avant. Il peinait pour conserver son équilibre. Malgré tout, Pierre Polsky refusait de se servir d'une canne. Il disait que seuls les vieillards ont vraiment besoin de s'appuyer sur un bâton. Quant à lui, il venait tout juste d'avoir « seulement » quatre-vingt-onze ans.

Après une multitude de petits pas laborieux, Pierre Polsky parvint à l'intersection des rues Saint-Hubert et Beaubien. Afin de donner un peu de repos à ses phalanges endolories, le vieillard posa par terre les minces sacs de plastique blanc qu'il portait. Il avait fait quelques emplettes car, ce jour-là, on était mardi. Le professeur viendrait lui rendre visite et, histoire de célébrer Noël, le Russe avait invité le jeune homme à partager son repas.

Pierre Polsky retira ses gants de laine pour masser ses vieilles mains engourdies. Il fouilla ensuite sa poche pour y puiser son mouchoir. Sous le regard dégoûté d'une dame enveloppée de fourrure, il se moucha avec force. Il remit le mouchoir dans sa poche, enfila ses gants, reprit ses sacs et attendit, au milieu d'un groupe de gens, que le feu de circulation passât au rouge. Quand le signal de départ fut donné aux piétons, le groupe se rua vers l'autre côté de la rue. Le vieillard s'engagea dans leur sillage sans pouvoir suivre la cadence de leurs pas pressés. La rue n'était pas large mais, même en redoublant d'efforts, il n'atteignit son but que de justesse. Comme le feu tournait au vert, il enjambait la bordure du trottoir d'en face. Dans son dos, les voitures impatientes s'élançaient en trombe. Monsieur Polsky s'arrêta encore. Son visage était rouge et un feu de forge brûlait dans sa poitrine. Suffoquant comme un noyé sans que personne y prêtât attention, il mit de longues minutes à pouvoir respirer convenablement. Un taxi l'éclaboussa et Polsky proféra un juron. Le vieil homme replaça convenablement son chapeau, puis, aussi dignement qu'il le put, il continua sa marche chancelante vers la station de métro.

Bien plus tard, épuisé par son escapade, Pierre Polsky poussa la porte d'entrée de l'immeuble où il résidait depuis dix ans. Une puissante odeur de désinfectant envahit aussitôt ses narines. Le vieillard pénétra dans la chaleur du vestibule. Il enleva ses gants, les glissa dans sa poche et jeta un œil entre les fentes de l'une des treize boîtes aux lettres encastrées dans le mur de stuc. Une voix nasillarde explosa dans son dos et le Russe, absorbé, sursauta.

« Enfin ! vous voilà, monsieur Paul ! »

Pierre Polsky leva les yeux. Madame Duval, la concierge, le regardait d'un air sidéré.

« Bonjour, madame ! » fit le vieillard en plissant ses yeux faibles.

La concierge, armée d'une vadrouille, descendit à sa rencontre. C'était une petite femme tout en rondeurs. Elle avait un visage replet et rose comme celui d'un nourrisson. Son menton était presque inexistant. Son nez camus était chevauché par de grosses lunettes mauves à monture de plastique. Ses cheveux roux et frisottés balayaient ses épaules. Ils étaient plats sur le dessus de sa tête et se gonflaient légèrement en longeant sa figure. On eût dit des oreilles d'épagneul. Madame Duval s'approcha de monsieur Polsky en agitant un doigt désapprobateur.

« Êtes-vous fou, monsieur Paul ? brailla-t-elle, le souffle court et la voix suraiguë.

— Qu'est-ce que j'ai fait de mal ? demanda Polsky avec une expression de surprise.

— Ce que vous avez fait de mal ! répéta la concierge. Vous me demandez ce que vous avez fait de mal ! Eh bien, je vais vous le dire, moi ! Vous partez sans avertir personne ; vous vous absentez pendant de longues heures ; il fait froid ; les trottoirs sont comme des patinoires ; vos jambes ont peine à vous supporter de la chambre à la cuisine et, vous, vous allez gambader dans les rues sans vous faire le moindre souci ! Vous n'avez plus l'âge de faire des choses pareilles! Un de ces jours, monsieur Paul, vous allez vous fracturer une hanche! À votre âge, vous le savez bien, une fracture de la hanche, ça ne pardonne pas!»

Amusé par l'assaut furibond de la grosse femme, le vieillard émit un petit rire sifflant.

«Allons, madame Duval. Faut pas m'en vouloir. J'avais des choses à acheter. Mais vous avez raison: c'est très dangereux pour moi dans la rue… Surtout avec toutes ces jolies femmes qui me courent après!

— Vous pouvez bien rire, fit la concierge en pouffant. N'empêche, j'étais très inquiète pour vous. Promettez-moi de ne plus recommencer.

— Je vais vous le promettre si vous acceptez de vous marier avec moi.»

Madame Duval s'étouffa presque dans un éclat de rire perçant.

«Vous êtes fou, monsieur Paul! Vous agissez comme un vrai gamin! Je me demande si vous seriez capable d'être sérieux une seule minute!

— C'est très mauvais pour le cœur d'être sérieux, rétorqua le vieil homme. Et puis, ce n'est pas à quatre-vingt-onze ans que je vais changer.»

La concierge consulta sa montre et elle eut un sursaut de stupeur exagérée.

«Oh, Seigneur! s'exclama-t-elle de sa voix criarde, il est déjà trois heures vingt! Je dois vite terminer mes choses! Mon frère passe me prendre aux alentours de six heures!

— Vous partez? demanda Polsky.

— Oui, répondit-elle. Je vais passer les fêtes chez mon frère, à Joliette. Je serai de retour le 7 janvier. Mon fils s'occupera de l'immeuble durant mon absence. Si vous ne vous sentez pas bien, vous n'aurez qu'à lui téléphoner. C'est d'accord?

— N'ayez pas peur, ma petite dame. Puisque vous ne serez pas là pour me soigner, ça ne vaut pas la peine que je sois malade.»

La rondelette gloussa comme une dinde. Elle s'approcha, puis, en se dressant sur la pointe de ses pieds menus, elle déposa un baiser sur la joue rêche de Polsky.

« Je vous souhaite un très joyeux Noël, monsieur Paul, murmura-t-elle en prenant la main du vieillard.

— Vous pareillement, madame Duval ! Je vous souhaite aussi une bonne année 1998 !

— Bonne année à vous aussi ! fit la concierge en gravissant l'escalier. Je vais prier pour que vous gardiez la santé ! C'est ce qu'il y a de plus important !

— J'y compte bien ! s'exclama le vieux. Jamais je n'aurais pensé que je verrais l'an 2000, mais, maintenant que j'y suis presque, ce serait ridicule que je meure tout de suite ! »

Madame Duval ouvrit sa porte.

« À bientôt, monsieur Paul ! Faites attention à vous !

— Au revoir, ma petite dame ! C'est bien de savoir que, pendant quelques jours, je vais pouvoir aller faire mon jogging sans me faire engueuler par la concierge !

— Allons ! Vous seriez le plus malheureux des hommes si je cessais de vous réprimander ! »

Polsky ne trouva rien à redire. La grosse femme lui fit un signe de la main, puis elle referma sa porte sur un long rire en cascade.

Une fois seul, monsieur Polsky jeta un autre regard dans les fentes de sa boîte aux lettres. Elle était vide. D'une main, il empoigna ses deux sacs d'emplettes et, de l'autre, il fouilla sa poche pour en sortir son trousseau de clefs. Prenant appui sur la rampe de fer, il jeta un soupir avant d'entreprendre l'escalade des trente-deux marches qui le mèneraient chez lui.

Le vieux Russe mit de longues minutes pour atteindre le troisième étage. En arrivant sur le palier, il fit quelques pas exténués avant de s'immobiliser devant la première porte qui se découpait à sa gauche sur le mur craquelé du couloir. Derrière le battant qui arborait le chiffre dix, des miaulements de désespoir se faisaient entendre. En tremblant, monsieur Polsky engagea sa clef dans le trou de la serrure. La porte s'ouvrit et trois chats, ronronnant comme de petits moteurs, se jetèrent dans les jambes de leur maître.

« Oh là, les petits ! fit le vieux en riant. Vous allez me faire tomber ! Vous seriez bien avancés si je m'assommais en tombant ! Je pourrais mourir, vous savez ! Et, si je mourais, qu'est-ce qui vous resterait, pauvres idiots ? »

Les chats répondirent par des miaulements suppliants. Leurs corps maigres se frottaient au pantalon du vieillard. Malgré l'entrave affectueuse des félins, l'homme déposa ses sacs et parvint à retirer ses bottes. Le téléphone sonna dans l'appartement. Monsieur Polsky referma la porte. Aussi vite que le lui permirent ses vieilles jambes, il se dirigea vers la cuisine. Il atteignit l'appareil au huitième coup de sonnerie. Il retira son chapeau et décrocha enfin le combiné.

« Aaaallô ? fit-il en plissant les paupières.

— Monsieur Paul ? » demanda une voix grave à l'autre bout du fil.

Le visage fané du Russe s'éclaira.

« Ah, bonjour, Patrice ! Comment vas-tu ?

— Moi, je vais très bien ! Mais vous ? Où étiez-vous donc passé ? C'est la troisième fois que j'essaie de vous joindre !

— Je suis allé me promener un peu. Mais, dis-moi, il n'y a rien de grave au moins ? Tu viens toujours chez moi ce soir ?

— Soyez sans crainte, monsieur Paul, j'y serai vers dix-huit heures. Je vais jouer une partie de hockey avec des copains et, tout de suite après, je me rends chez vous. J'appelais simplement pour m'assurer que vous serez disposé à me recevoir. Surtout, ne préparez rien pour le repas : je m'en occupe.

— Pas de problème, fit le vieux. J'avais acheté quelques petites choses, mais, si tu y tiens, je ne cuisinerai pas ce soir. Ça nous préservera de l'empoisonnement ! Tu sais, j'ai failli annuler notre rendez-vous ! Une grande blonde de vingt ans se mourait d'envie de passer la soirée avec moi. À cause de toi, je lui ai dit que j'avais un empêchement. Si tu l'avais entendue brailler, la pauvre fille !

— Vous êtes un véritable bourreau des cœurs ! lança Patrice en ricanant.

— Oh, la petite s'en remettra ! renchérit le vieillard. De toute manière, je crois qu'elle est un peu trop jeune pour moi... Allez ! il faut que je raccroche maintenant ! Y a mes chats qui crèvent de faim !

— À ce soir, monsieur Paul ! fit Patrice.

— C'est ça, à ce soir, jeune homme ! » termina Pierre Polsky en déposant le combiné sur sa fourche.

Ses yeux brillaient de bonheur. Un large sourire découvrait le trou sombre de sa bouche édentée. Il frotta ses paumes l'une contre l'autre dans un geste d'excitation. Les chats continuaient à danser autour de lui en miaulant d'impatience.

« Voilà ! voilà ! bande de petits voyous ! Vous l'aurez, votre repas ! Aujourd'hui, j'ai une petite surprise pour vous ! »

L'homme se dirigea en trottinant vers la porte d'entrée, où il avait laissé ses sacs. Il revint dans la cuisine en exhibant une boîte de nourriture qu'il avait achetée pour ses protégés.

« Qu'est-ce que vous en dites, les chats ? Ça s'appelle "Délice suprême de fruits de mer" ! Ce n'est pas du fond de poubelle, ça, mes vieux ! »

Polsky engagea le contenant scellé sous la lame de l'ouvre-boîtes électrique. Le doux ronflement de l'appareil augmenta l'agitation des trois félins qui se précipitèrent vers leurs gamelles vides. L'homme délivra la boîte de la mâchoire de l'appareil et, utilisant une cuiller, il alla remplir les bols de ses petits affamés. Les chats se jetèrent avec promptitude sur la pâtée brunâtre, huileuse et malodorante. Pierre Polsky s'écarta. L'œil attendri, il observa ses compagnons dévorer leur pitance.

Plus personne n'appelait Pierre Polsky par son vrai nom. Le vieux Russe vivait au Québec depuis 1944. Il avait quitté son pays natal en 1940, deux ans avant l'occupation allemande. Il s'était embarqué pour travailler comme cuistot sur un cargo soviétique qui s'était échoué plus tard près des côtes du Brésil. Aucun des membres de l'équipage, y compris le capitaine, n'était retourné en URSS. Après avoir vécu un an ou deux en Argentine, Polsky avait repris la mer sur un autre navire. Il avait débarqué à Montréal en simple oiseau de passage, mais l'amour d'une femme l'avait retenu en cette terre qui deviendrait sienne jusqu'à la fin de ses jours. Elle s'appelait Odile Vézina. C'était une jeune prostituée. La tendresse, la beauté et la candeur d'Odile avaient chaviré le cœur de Pierre Polsky. Comparées à elle, toutes les aventures du monde lui avaient semblé futiles. Pour le Russe, le corps d'Odile était devenu la seule patrie qu'il valût la peine d'aimer. Il l'avait sortie d'un bordel minable de la rue Ontario et l'avait épousée. C'était elle qui l'avait surnommé Pierre Paul. Ce nom lui était resté.

En ce temps-là, Polsky et sa petite femme caressaient de beaux projets. Ils voulaient acheter une maison, avoir des enfants et, peut-être, ouvrir un petit restaurant. Dès la fin de la Seconde Guerre, Pierre avait travaillé comme débardeur au port de Montréal. Le couple n'était pas très riche mais l'avenir lui souriait. Ils avaient pu économiser un peu et, lentement, leurs rêves avaient pris forme. Ils s'étaient aimés très fort durant près de quatre ans. Puis, par un tour cruel du destin, Odile fût tuée dans la rue. Elle était enceinte d'un premier enfant. Un tramway l'avait écrasée sous ses roues. Après cet événement tragique, Polsky avait perdu toute envie de vivre. Il avait dépensé les économies du couple en buvant et en jouant. Odile avait tout emporté avec elle, même son enfant. Elle ne lui avait laissé que quelques photos et une foule de souvenirs : les plus beaux souvenirs du monde mais aussi les plus douloureux qui fussent. L'homme avait perdu son emploi au port. Il avait travaillé sur des chantiers, dans des usines et des entrepôts. Il avait travaillé beaucoup, pour peu. Il avait surtout travaillé pour boire et pour oublier. Aucune femme n'était venue remplacer Odile. Pierre Polsky n'avait jamais oublié sa petite femme, mais sa fureur, au fil du temps, avait fini par s'estomper. Comme les photos d'elle jaunissaient, la douleur de l'homme s'effaçait. Et, toute sa vie, il avait caché, sous un inaltérable sens de l'humour, son âme d'écorché vif. Sa vie durant, il n'avait eu que peu d'amis. Son existence à Montréal n'avait été que travail et solitude. Depuis vingt-trois ans que le vieux Russe ne travaillait plus, cette solitude était devenue lourde au point de lui faire espérer la fin de cette vie gâchée. Désœuvré, sans famille et suffisamment pauvre pour être qualifié de pauvre, monsieur Polsky attendait la mort comme on attend un train dont le retard s'éternise. Les jours, les semaines, les mois coulaient trop lentement comme une huile épaisse. Donc, il attendait. Il attendait sur un quai désert et froid où il n'y avait rien d'autre à faire que d'attendre.

Presque personne ne savait que monsieur Polsky était d'origine russe. Il n'y avait rien dans son modeste logis qui évoquât la Russie. Son vrai nom n'apparaissait que sur les papiers officiels. Il se présentait toujours sous le nom de Pierre Paul. Ainsi, il gardait le surnom que lui avait donné Odile et il coupait la dernière syllabe de ce nom de famille qui le faisait passer pour un étranger. Après presque soixante ans, on n'est plus un étranger. Le vieil homme ne fréquentait guère ses compatriotes. Et puis, après tout ce temps, il eût éprouvé bien du mal à entretenir une conversation dans sa langue maternelle.

Par le peu de gens qu'il connaissait, le vieillard se faisait appeler monsieur Paul. Il recevait, le 28 de chaque mois, un chèque du gouvernement. Cet argent lui permettait de se loger, de se nourrir et cela lui suffisait.

L'appartement de Pierre Polsky était modestement meublé. Les murs et les armoires de cuisine étaient peints d'un blanc immaculé. Tout y était propre et chaque objet se trouvait à sa place. Il y avait trois pièces minuscules qui paraissaient grandes à cause du manque d'ameublement. Dans la cuisine, un vieux réfrigérateur d'un vert olivâtre jouxtait un four à l'émail brun et austère. La table et les chaises avaient des allures de meubles pour enfants. Leurs pattes d'insectes révélaient leur grande fragilité. Dans le salon, la plus grande des trois pièces, il n'y avait qu'une lampe, une berceuse au velours usé, une étagère et un petit poste de télé en noir et blanc. La chambre à coucher du vieux était presque vide. À part le lit, il n'y avait là qu'une commode à six tiroirs qui servait de socle à une Vierge au plâtre craquelé.

Monsieur Polsky brancha la bouilloire pour se faire un thé. Il souriait. Il avait hâte de revoir Patrice. Il connaissait ce jeune homme depuis à peine six mois, mais, chaque fois que ce dernier lui rendait visite, le vieillard éprouvait un bonheur presque enfantin. Patrice Dupire avait trente-deux ans. Il enseignait le français dans une école polyvalente. Lui et Polsky avaient fait connaissance dans un restaurant de la rue Jarry. Ils avaient discuté longtemps, de tout et de rien, puis, comme il pleuvait beaucoup, le professeur avait offert au vieux de le reconduire en voiture. Ils avaient échangé leurs numéros de téléphone et, depuis ce temps, pas une journée ne s'écoulait sans que le jeune homme passât un coup de fil pour prendre des nouvelles de son ami. Chaque mardi, Patrice venait chez monsieur Polsky. Cette fréquentation comblait le vieillard d'une chaleur depuis longtemps oubliée. Bien sûr, le Russe attendait toujours le train de la mort, mais, maintenant, il y avait quelqu'un sur le quai pour l'attendre avec lui. Quelqu'un qui meublerait un peu de ce temps qu'il restait ; quelqu'un qui serait peut-être là pour le regarder partir.

Polsky ébouillanta le sachet de thé qui reposait au fond de sa tasse. L'eau fumante se transforma en bouillon roux. Avec une cuiller, il repêcha le sachet pour mettre fin à sa torture. Le vieil homme aspira quelques gouttes de la boisson chaude. Soudain, comme si le thé avait eu un goût infect, une expression de désarroi creusa chaque ride de la figure du Russe. Polsky déposa sa tasse sur le comptoir et se frappa le front du plat de la main.

« Bon sang ! fit-il. Comment ai-je pu oublier une chose aussi importante ? ! »

Le vieillard songeait qu'il n'aurait rien à offrir à Patrice en guise de cadeau de Noël. Il lui fallait trouver quelque chose, un petit truc de rien du tout pour souligner l'importance de cette amitié dans sa vie trop longtemps solitaire. Pierre Polsky s'en voulait amèrement d'avoir oublié. Il trépignait d'impatience en cherchant une solution qui ne venait pas. Il songea à retourner au magasin mais l'heure avançait. S'il sortait, il ne pourrait revenir à temps pour accueillir le jeune homme. Il se résigna à tenter de trouver un cadeau parmi le maigre inventaire de ses possessions. Éperdu, il explora l'appartement de long en large, sans rien découvrir qui fût satisfaisant. Dans le salon, il s'immobilisa devant une statuette représentant un éléphant. Le pachyderme soulevait sa trompe et tendait ses défenses dans une posture menaçante. L'une de ses pattes de devant manquait. Malgré cette mutilation, l'animal conservait son équilibre. La blessure laissait voir le plâtre, dont la blancheur crue tranchait sur la peinture sombre de l'ensemble. Pierre Polsky avait trouvé cette statuette dans une poubelle et, manifestement, elle ne valait rien. Le vieil homme maudissait son dénuement. Plutôt que d'offrir une pacotille semblable, mieux valait sans doute ne rien offrir du tout. Le vieillard prit l'éléphant sur l'étagère. Il le reposa, le reprit, puis, découragé, il se laissa choir dans sa berceuse pour réfléchir.

Au bout d'un moment de réflexion contrariée, son visage s'illumina. Il se leva, abandonna le pachyderme infirme et marcha vers sa chambre à coucher. Il ouvrit le placard et attrapa, un à un, les vêtements miteux qui s'y trouvaient. Il les posa sur le lit et retourna à ses recherches. Monsieur Polsky sortit encore quelques boîtes à chaussures, une vieille valise, deux ou trois sacs remplis d'objets sans intérêt; puis, en forçant un peu, il parvint à libérer une petite malle qui, depuis dix ans, n'avait rien connu d'autre que pénombre et poussière. Il tira la malle à l'extérieur, chassa la mousse qui l'enveloppait et, avec empressement, il déclencha le système d'ouverture pour soulever le couvercle léger.

Le contenu de la malle représentait une vie. Il y avait là des photos, des lettres, des cartes de souhaits; une petite bouteille de verre contenant de la terre de la Russie; le crucifix de laiton et le rosaire qu'on avait posés dans le cercueil d'Odile et que Pierre avait conservés; une pipe ayant appartenu à son père; une bague qui était à sa mère, avant qu'il ne l'offrît à Odile, avant que la mort de celle-ci ne la rendît cruellement à Polsky. Le vieillard s'empara d'un cadre et son regard s'attarda un peu sur une grande image de sa petite femme. Sur la photo aux noirs gris et aux blancs jaunis, s'étalait le joli visage d'Odile Vézina-Polsky. Ses lèvres ourlées dessinaient un sourire timide. Ses yeux étaient tristes et clairs comme une eau calme. Elle portait un petit chapeau pâle, et des boucles de cheveux sombres serpentaient dans son cou. D'un doigt tendre, monsieur Polsky effleura la photo et, les yeux clos, il déposa un baiser sur la vitre sale de l'encadrement.

Le Russe posa délicatement l'image sur le plancher,

et sa main sonda le fond de la malle pour y trouver ce qu'il cherchait. Ses doigts se refermèrent sur quelque chose et le vieux émit un petit cri de satisfaction. Il sortit l'objet de sa cachette. C'était un livre. Un livre noir. Il n'avait pas de titre et Pierre Polsky ne l'avait jamais lu. Il se souvenait seulement de l'avoir déniché dans une isba lugubre qu'il avait habitée un an à peine. Cette année-là, en 38 ou peut-être en 39, il avait été gardien de cimetière près d'un petit village de Russie appelé Roublev.

II

De la paume, Pierre Polsky dessina un rond dans la buée qui couvrait la vitre du salon. Il était dix-huit heures et Patrice Dupire arriverait bientôt. Il ne neigeait plus. Plusieurs fenêtres du voisinage égayaient le soir des chapelets lumineux qu'elles portaient pour Noël. En bas, le fils de la concierge pelletait la neige de l'entrée. Une petite Ford bourgogne s'arrêta devant l'immeuble. Monsieur Polsky plissa les paupières. C'était bien celle du professeur. La voiture recula promptement pour s'enfoncer dans les congères qui bordaient le trottoir. Ses roues avant patinèrent en sifflant et en expulsant des gerbes de neige sale. Le conducteur embraya et le véhicule se dégagea avec peine. Au bout de plusieurs manœuvres brusques, le professeur coupa le moteur. La voiture était maintenant garée au centre d'un monticule de neige défiguré. Le jeune homme ouvrit sa portière et Polsky, fébrile, quitta son poste d'observation.

Au bout d'un moment étrangement long, Patrice Dupire cogna discrètement à la porte. En ouvrant, le vieillard constata que son ami avait les bras encombrés de boîtes et de sacs.

«Ça alors! s'exclama le Russe. Mais c'est le père Noël, ma foi!

— C'est presque ça, monsieur Paul! fit Patrice en secouant ses bottes. J'ai acheté du poulet rôti, du vin

197

blanc et un énorme gâteau au chocolat. Est-ce que ça ira ?

— Sûrement que ça ira ! répondit Polsky. Qu'est-ce que c'est que toutes ces choses que tu trimbales ?

— Il y a là-dedans une foule de surprises ! Vous verrez bien ! Puis-je entrer ?

— Bien sûr, entre ! Mais laisse-moi d'abord te débarrasser un peu ! »

Avec empressement, le vieux s'empara des boîtes qui contenaient le poulet. Le professeur déposa par terre le reste de son fardeau. Il retira ensuite ses bottes lourdes, puis il referma la porte. Patrice Dupire était grand et beau. Une buée de barbe couvrait le bas de son visage hâlé. Ses cheveux châtains étaient coupés ras. Il portait un manteau d'un jaune vif et un jean pâle aux genoux râpés.

Polsky se dirigea vers la cuisine et Patrice, après avoir sorti une bouteille de vin de l'un des sacs qu'il avait apportés, le suivit. Parvenu à la table, le vieillard y déposa doucement les boîtes pour serrer chaleureusement la main de son invité.

« Alors ! demanda le Russe, cette partie de hockey ? Vous l'avez gagnée, au moins ?

— Quelle question ! fit Patrice en retirant son épais manteau. Vous savez bien que les vrais gagneurs ne perdent jamais ! Et vous, ça va comme vous voulez ?

— Oh, tu sais, répondit monsieur Paul en balayant l'air de la main, à mon âge, rien ne va plus comme on veut. Tu verras, un jour, quand tu seras vieux et que ta mécanique tombera en pièces. Tu ne joueras plus au hockey, tu ne danseras plus, tu regarderas les femmes en te souvenant du temps où tu pouvais encore les faire hurler et pleurer de joie. Tu sais, j'étais un véritable taureau, dans le temps. Quand j'étais marin, j'avais au moins une femme dans chaque port...

— Je n'en doute pas le moins du monde, coupa Patrice avec un sourire qui dévoila ses dents blanches.

Mais si nous bavardions plutôt en mangeant. Ce poulet sent drôlement bon et je crève de faim !

— Je te parle de femmes et, toi, tu me parles de poulet ! Où va donc cette jeunesse ! Moi qui te croyais fringant comme un coq ! »

Le vieux avait pris un air faussement affligé. En riant, Patrice s'approcha de la table pour ouvrir les boîtes de carton jaune qui contenaient le repas. Dans chacune d'elles, couchée sur un lit de frites, reposait une grosse cuisse de poulet fumante à la peau ambrée. Le professeur déboucha ensuite la bouteille de vin blanc. Il versa un peu de son contenu limpide dans les deux coupes dépareillées que lui tendait le Russe. Les chats, flairant la nourriture, vinrent rôder autour de la table. Polsky les chassa. Les deux hommes s'attablèrent face à face. Avant de commencer le repas, Patrice souleva sa coupe. Il s'éclaircit la gorge et dit :

« Je bois à votre santé, monsieur Paul ! Vous êtes un homme extraordinaire et je suis très heureux d'avoir fait votre connaissance ! »

Le Russe leva son verre pour le cogner sur celui de son ami.

« Buvons donc à notre rencontre ! fit-il. C'est généreux de ta part de venir me voir si souvent. Surtout qu'un vieil homme comme moi n'a vraiment que bien peu de chose à t'apporter.

— Ce que vous dites là est ridicule, s'objecta le professeur. Vous m'apportez beaucoup, sachez-le. J'adore vous écouter parler. Surtout lorsque vous plongez la tête la première dans vos souvenirs.

— Pourtant, soupira le vieux, ils sont bien tristes, mes souvenirs.

— Les belles histoires sont souvent tristes », fit Patrice en posant sa main sur celle de son vieil ami.

Polsky se contenta de hocher la tête. Par la suite, ils mangèrent presque en silence, en parfaite communion, dans cette chaleur tranquille qui rend les mots dérisoires.

Après avoir jeté aux ordures les boîtes de poulet devenues ossuaires, le vieillard nettoya la table avec un chiffon et mit de l'eau à bouillir. Pendant ce temps, Patrice coupa deux généreuses parts dans le gâteau qu'il avait apporté. Il déposa les morceaux décorés de cerises dans de petites assiettes et, lorsque le café fut prêt, les deux hommes passèrent au salon pour faire honneur au dessert. Le professeur posa son assiette et sa tasse sur l'étagère du salon. Il retourna à la cuisine pour prendre une chaise et, en revenant, il ramassa les grands sacs d'emplettes qui étaient restés près de la porte d'entrée. Il y en avait deux. Ils étaient faits de papier rigide et des bouts de corde leur servaient de poignées. Patrice plaça ensuite sa chaise tout près de la berceuse de monsieur Polsky. Il déposa ses sacs et se rendit de nouveau dans l'entrée, rappliquant presque aussitôt avec le fourre-tout de nylon noir qu'il traînait toujours avec lui. Lorsque le jeune homme s'assit enfin, le vieillard désigna les sacs de papier avec sa fourchette couverte de glaçage au chocolat. D'une voix étouffée, il dit en mâchouillant une cerise :

« Qu'y a-t-il là-dedans ? Tu n'as pas fait de folie, au moins ?

— Vous verrez bien ! répondit Patrice, une lueur malicieuse dans ses prunelles grises. Vous ne pensiez tout de même pas que je n'aurais rien à vous offrir pour Noël ?

— Peu importe ce que ce sera, je sais déjà que ce sera trop, reprit timidement le vieux. Ce qui me chagrine, c'est que, de mon côté, je n'aurai presque rien à te donner.

— Vous me donnez déjà suffisamment, monsieur Paul. Vous me ferez un très grand plaisir en acceptant ces présents. »

Les yeux de Polsky se mouillèrent. Il prit une longue respiration et il sortit son mouchoir de sa veste.

« Voilà que tu me fais brailler, petit chenapan ! »

Patrice Dupire poussa les deux sacs près de la berceuse. Monsieur Polsky les observa longtemps, sans oser les toucher. Le professeur fouilla dans son fourretout pour prendre un paquet de cigarettes. Il en alluma une pour tenter de chasser l'émotion qui l'étreignait. Le vieil homme s'enhardit et ouvrit l'un des sacs. Lorsqu'il vit ce que celui-ci contenait, ses yeux s'arrondirent de stupéfaction. Sans dire un mot, il déploya l'épais anorak à capuchon de fourrure que lui offrait son jeune ami.

«Tu es fou… parvint-il à balbutier. Ces choses-là valent une petite fortune…

— C'est du duvet d'oie, fit le professeur. Avec ça, monsieur Paul, vous serez au chaud. Mais ce n'est pas tout!»

Du menton, Patrice désignait l'autre sac. Pierre Polsky, l'air tout à fait secoué, délaissa son manteau neuf pour reprendre son exploration. À l'intérieur du second sac, il dénicha une écharpe, un bonnet de laine, des gants de suède isolés de mouton et une paire de bottes d'hiver aux semelles épaisses. À chaque découverte, une clameur d'ahurissement retentissait. Le vieux avait le regard d'un gamin contemplant un feu d'artifice. Lorsque le sac fut vide, Polsky s'essuya les yeux, se moucha bruyamment et s'affala dans sa berceuse pour faire passer le trop-plein d'émotion qui lui comprimait la pomme d'Adam. Il mit plusieurs minutes à pouvoir prononcer un mot. Sa voix tremblante était presque un murmure lorsqu'il dit:

«Tu es fou, Patrice… Il ne fallait pas… C'est beaucoup trop. Je ne sais que dire.

— Ne dites rien, monsieur Paul. Mon bonheur est au moins aussi grand que le vôtre en ce moment. J'ai même pensé à vos petits copains. Attendez une minute!»

Le professeur ouvrit la fermeture éclair de son fourre-tout. Il en sortit trois jouets pour chats. C'étaient de mignonnes petites souris en fourrure de lapin.

« À ce que je vois, tu as pensé à tout ! fit le vieux en riant. Moi aussi, j'ai un cadeau pour toi. C'est mille fois rien en comparaison de ce que tu m'as apporté ce soir, mais ça te fera quand même un petit souvenir de ce vieux gâteux de Pierre Paul. Attends-moi ! Je reviens ! »

Polsky se leva et quitta le salon. Patrice écrasa sa cigarette dans un cendrier de verre poli. Le vieillard revint quelques instants plus tard avec un objet grossièrement enveloppé dans du papier brun. Il tendit le paquet à son ami qui, avant d'en défaire délicatement l'emballage, le secoua un peu contre son oreille. Pendant que le jeune homme s'exécutait, le vieux, debout près de lui, répétait avec une certaine tristesse :

« Tu verras, ce n'est vraiment pas grand-chose. »

Le livre apparut et une joie réelle se dessina sur les traits du professeur.

« Un livre ! fit-il. Ce n'est pas rien, un livre ? ! Je vous remercie mille fois, monsieur Paul !

— Ça te plaît ?

— Sûrement que ça me plaît ! J'adore les bouquins ! J'en mangerais ! Et celui-ci ne semble pas dater d'hier ! Où l'avez-vous donc déniché ? »

Monsieur Polsky, heureux de l'effet qu'avait produit son humble présent, reprit place dans sa berceuse.

« Ce livre est sans doute plus vieux que je ne le suis. Je l'ai trouvé, il y a très longtemps, dans une maison que j'ai habitée. Il y a presque soixante ans de ça. J'avais à peu près ton âge à cette époque. On m'avait engagé comme gardien de cimetière dans un petit village de mon pays…

— Vous avez été fossoyeur ? ! l'interrompit Patrice avec une grimace de dégoût.

— Oui, reprit le vieillard. Mais ça n'a pas duré très longtemps. Je dois t'avouer que je n'aimais pas vraiment ce travail. Et, comme je devais dormir dans une maison construite directement dans le cimetière, pas besoin de te dire que mes nuits étaient courtes ! J'avais peur des morts et je n'ai jamais pu m'y faire. En plus, les fossoyeurs, ceux qui avaient vécu là avant moi, avaient disparu de façon très mystérieuse.

— Que voulez-vous dire ?

— Un mois avant mon arrivée à Roublev — c'était le nom du village —, il y a eu un accident sur la route qui passait devant le cimetière. Une automobile a renversé un cheval. C'était la bête des fossoyeurs. Le conducteur de la voiture s'en est tiré sans blessure grave, mais le pauvre vieux cheval, lui, n'a pas eu cette chance. Le choc avait été violent. Du sang et des viscères s'étaient étalés partout sur la terre du chemin. Heureusement, la bête n'aura pas eu le temps de souffrir. Le fossoyeur, un certain Branilov, n'avait pas l'habitude de laisser l'animal gambader à sa guise. Visiblement, quelque chose n'allait pas. Des gens se sont donc rendus à la maison du cimetière et ils ont vu que Branilov et son fils, un muet qui passait pour débile, n'y étaient plus. Ils ont trouvé du sang. Beaucoup de sang. Ils ont aussi trouvé un vieux fusil. On avait tué quelqu'un dans l'isba. Quelqu'un avait traîné un objet lourd, sans doute un corps, dans la petite allée boueuse qui rejoignait l'allée centrale. Les traces s'arrêtaient là. La pluie qui tombait depuis la veille avait tout effacé. On a fouillé les environs, on a vérifié les tombes fraîchement creusées, mais jamais on n'a retrouvé les deux fossoyeurs.

— Quelle histoire ! s'étonna Patrice. Et vous avez quand même habité cette maison ?

— Oui. Ne me demande surtout pas comment j'ai fait ! Roublev était un village où il ne se passait jamais rien. Les habitants y étaient, pour la plupart, vieux comme Mathusalem et peureux comme des lièvres. Un événement pareil dérangeait grandement l'existence paisible de leur minuscule village. Alors, pour expliquer la disparition étrange des fossoyeurs, chacun y allait de sa théorie. On inventait des histoires à faire peur et, en ce qui me concernait, ça réussissait très bien. En fait, ce qui effrayait le plus les gens du village, c'est qu'ils ne voyaient pas pourquoi quelqu'un aurait assassiné des fossoyeurs. En effet, personne n'aurait eu intérêt à commettre un meurtre semblable. Il n'y a vraiment rien à voler dans un cimetière. Et puis, il y avait ce sang, il y avait le fusil et, surtout, il n'y avait pas de corps. Pourquoi un assassin aurait-il pris la peine de cacher les cadavres si c'était pour laisser tout ce sang derrière lui ? On ne comprenait pas. On murmurait que le diable était venu à Roublev et qu'il avait laissé le sang comme une marque pour aviser les gens qu'il reviendrait prendre d'autres corps. On racontait n'importe quoi avec une sorte de plaisir cruel. Peut-être avait-on inventé ces histoires pour faire peur aux quelques gamins qui restaient dans ce village d'ancêtres. Peut-être que ceux qui racontaient ces récits terrifiants avaient peur eux-mêmes, qu'ils avaient honte d'avoir peur, et qu'ils auraient tout fait pour excuser leurs craintes en donnant la trouille à ceux qui osaient encore se montrer braves. Toujours est-il que, dès mon arrivée à Roublev, on m'a accueilli avec tant de propos sinistres que j'ai eu envie de prendre mes jambes à mon cou. Mes premières nuits au cimetière ont été atroces. Je n'ai jamais cru aux fantômes. Cependant, tu avoueras qu'un cimetière n'est pas l'endroit rêvé pour dormir la tête tranquille.

— Pourquoi avoir décidé d'y travailler alors ?

— Fallait bien que je travaille ! Là, au moins, j'avais un toit et de quoi manger. Roublev était un endroit plutôt calme pour l'époque et, puisque j'étais une sorte d'anarchiste, j'aimais mieux me tenir loin de l'autorité. Je crachais sur les idéologies des bolcheviks. J'avais dix ans lorsque mes parents sont morts. C'était avant le grand soulèvement de 1917. Mon père et ma mère marchaient dans une rue de Moscou, et une bombe a explosé à quelques pas d'eux. La bombe était destinée à un dignitaire et, ce jour-là, les révolutionnaires ont bien réussi leur coup. Le dignitaire et sa famille ont été déchiquetés par la bombe. Mais une dizaine de personnes qui n'avaient rien à voir avec ces histoires y sont passées aussi. Je me suis donc retrouvé orphelin. Je suis allé habiter chez ma grand-mère pour un an ou deux, puis, à treize ans, je me suis enfui de la ville. Le pays appartenait désormais au peuple. Les gens faisaient la fête mais, moi, j'avais la rage au cœur. Mon père et ma mère n'avaient jamais été des ennemis du peuple. Ils appartenaient au peuple. Pourtant, c'est ce peuple qui les avait assassinés. Ce même peuple qui maintenant chantait et souriait. Ce peuple qui m'avait enlevé ce que j'avais de plus précieux au nom d'une cause que je ne comprenais pas encore. »

Le vieux fit une pause. Un soupçon de hargne avait fait trembler sa voix. Il respira à fond et continua :

« J'ai erré pendant des années sur les routes de Russie. Je savais lire et j'étais très débrouillard. J'ai travaillé un peu partout dans une certaine clandestinité. J'aidais des gens en échange d'une bouchée de pain, et jamais on ne me posait de questions. Pour ne pas attirer l'attention, je demeurais chaque fois très peu de temps au même endroit. Oh, je n'étais pas un criminel ! Pour être en règle, il m'aurait simplement suffi de remplir quelques papiers. Seulement, j'aimais trop ma liberté. J'aurais pu le payer cher, mais j'ai eu de la chance. Il faut dire que, quelquefois, je m'amusais bien. Par exemple, à l'âge de dix-sept ans, j'ai eu le bonheur d'habiter chez une femme qui me traitait comme un roi. Elle s'appelait Anna. Elle avait vingt ans de plus que moi et elle avait des seins énormes ! Son mari était un membre influent du Parti. Leur maison était grande et, en marchant sur la route, j'ai tout de suite remarqué la grosse cheminée qui crevait son toit. Je suis allé frapper à la porte et Anna, avec ses seins énormes qui menaçaient de faire sauter les boutons de sa robe, m'a ouvert. J'étais vêtu comme un souillon. J'étais sale et j'avais des poux. J'avais surtout faim. Très faim ! J'ai demandé à la dame si je pouvais ramoner sa cheminée en échange d'un repas. Elle m'a souri et m'a invité à entrer. Je lui ai dit que j'avais faim et que je voulais manger avant de me mettre au travail. Elle a accepté et m'a servi un repas comme je n'en avais pas mangé depuis des siècles.

« Pendant que je dévorais comme un loup, Anna m'a préparé un bain. Elle a insisté pour que je me lave tout de suite. Elle disait que le travail pouvait attendre au lendemain, que je lui semblais trop fatigué pour entreprendre un tel boulot, que j'avais sûrement besoin de dormir et qu'elle me préparerait un lit dans une chambre qui ne servait pas. J'ai accepté avec plaisir ce qu'elle m'offrait. Je n'avais pas du tout l'intention d'exécuter le travail promis. D'ailleurs, je n'avais pas d'outils et je n'avais jamais ramoné de cheminée de ma vie. Je comptais profiter de la nuit pour prendre la fuite. Je me suis donc installé confortablement dans le bain chaud en louant la gentillesse de cette dame que je m'apprêtais à escroquer.

« Anna est venue me rejoindre dans la chambre où se trouvait la baignoire. Malgré mes dix-sept ans, j'étais encore puceau. J'étais plutôt beau garçon, mais mon manque d'hygiène presque constant n'aidait en rien dans mes rencontres avec les filles. Ce que je savais des femmes se résumait à presque rien. Je me suis donc retrouvé nu devant cette étrangère qui aurait pu être ma mère. J'étais brûlant de gêne et je faisais de mon mieux pour cacher mes parties intimes. En constatant ma timidité, Anna a éclaté de rire. Elle s'est approchée de moi. Elle m'a dit qu'elle avait déjà vu un homme nu et que ce n'était pas moi qui lui apprendrais à quoi ça ressemblait. Ses yeux avaient quelque chose d'inquiétant. Elle a sorti une paire de ciseaux et, à ce moment, j'ai failli jaillir du bain et partir en courant ! Je me voyais déjà castré ! Tout en se tordant de rire devant mon air terrifié, Anna m'a vite tranquillisé en me disant qu'elle voulait seulement me couper les cheveux, pas les couilles! Pendant qu'elle m'observait, je me suis lavé de la tête aux pieds. Ma nudité ne semblait pas l'émouvoir. Elle me parlait sans sourciller comme si ç'avait été normal pour elle de discuter avec un jeune étranger nu comme un ver. Après, j'ai appuyé ma tête sur le rebord de la baignoire et elle a commencé à me couper les cheveux. Lorsqu'elle a eu fini, j'étais presque tondu. Son travail était loin d'être parfait, mais Dieu que je me sentais bien! Elle a ramassé le tas de cheveux qui étaient tombés par terre. Ensuite, elle est venue ajouter de l'eau chaude dans la baignoire et elle m'a servi un verre de cognac. J'étais au paradis. Anna m'a déposé un baiser chaste sur le front, puis elle m'a laissé seul.

« Je suis resté deux heures dans le bain. J'ai dormi. À mon réveil, j'avais la peau comme une vieille pelure. J'entendais une musique. C'était du piano. Je me suis séché et j'ai constaté que mes vêtements avaient disparu. Anna m'avait laissé un peignoir appartenant à son mari. Je l'ai revêtu et j'ai quitté la pièce pour rejoindre ma bienfaitrice. La musique du piano provenait du haut de l'escalier. Timidement, j'ai appelé Anna. Elle ne répondait pas. Je suis monté à l'étage et j'ai traversé un étroit couloir pour accéder à une pièce faiblement éclairée. Le pianiste semblait jouer dans cette chambre. En vérité, la musique sortait d'un phonographe. J'avais entendu parler de cet appareil, mais, jusqu'alors, je n'en avais jamais vu. Je suis entré dans la pièce pour examiner ce prodige. Je devais ressembler à un homme primitif qui voit une voiture pour la première fois. Je ne pensais plus à Anna. J'étais émerveillé par le phonographe. Je regardais le disque qui tournait et, incapable de suivre ses révolutions seulement avec mes yeux, je faisais des cercles avec ma tête. Je plaquais mon oreille devant la gueule du cornet en jetant des soupirs naïfs. Je devais avoir l'air d'un imbécile. Quand le disque est arrivé au bout de sa course, moi, ne sachant que faire, j'ai parlé au phonographe pour lui demander de recommencer. Tu te rends compte à quel point je devais avoir l'air idiot !

« Comme j'étais là à parler au phonographe, il y a eu un rire de femme derrière moi. C'était Anna. Elle m'observait depuis la minute où j'étais entré dans la chambre. Elle avait revêtu un peignoir bleu nuit avec des roses blanches brodées dessus. Elle s'est avancée et elle a remis le disque. Ses yeux brillaient un peu trop. Elle a marché jusqu'au lit et elle a ôté son peignoir. Là, elle m'a dit :

« "Tu veux bien me ramoner la cheminée maintenant, mon petit chéri ? "

« C'était vraiment une belle femme, et ce, même si ses seins étaient beaucoup trop gros pour son corps élancé. Je n'avais jamais regardé de seins nus avant ce soir-là. Et ce n'étaient pas des seins ordinaires, crois-moi ! C'était la première fois que j'allais faire l'amour. J'étais un peu craintif et je crois que c'est la grosseur de ses nichons qui me faisait le plus peur. Déjà qu'ils paraissaient énormes quand Anna était habillée, tu peux t'imaginer ce que c'était lorsqu'elle retirait son corset ! Bien sûr, ils étaient affaissés et plutôt disgracieux, mais je n'avais rien vu de ma vie qui soit plus appétissant !

« Elle s'est étendue sur le lit, et la peur m'a quitté. Il y avait une bête en moi. Je n'ai pas tardé à m'en apercevoir. Mon peignoir est allé rejoindre celui d'Anna et, comme un fou, je me suis jeté sur elle. Nous avons fait l'amour pendant des heures, jusqu'au matin. Épuisé, je me suis endormi dans ses bras.

« Notre idylle a duré trois mois. De temps à autre, je passais des journées entières dans le grenier. Des gens rendaient souvent visite à Anna. Son mari était à Leningrad, où il occupait, comme je te l'ai dit, des fonctions importantes au sein du gouvernement. Tous ceux qui ne se ralliaient pas à la cause communiste étaient des ennemis du peuple. Donc, moi, je me considérais comme un ennemi pour le mari d'Anna. Ma satisfaction n'en était que plus grande quand je voyais sa femme hurler de plaisir sous mes caresses. Chaque nuit, nous faisions l'amour. Comme je te l'ai dit, je vivais comme un roi. Je mangeais à ma faim et je puisais généreusement dans la réserve d'alcool de ce haut fonctionnaire de l'État. Mais, comme toute bonne chose a une fin, il a bien fallu que ça se termine un jour. Le mari d'Anna étant sur le point de rentrer à la maison, je devais partir. Anna m'a préparé de faux papiers. Elle avait accès au bureau de son mari et il y avait là tous les formulaires, les tampons et les papiers officiels dont j'avais besoin pour circuler en paix. Elle m'a aussi donné des vêtements, des chaussettes et une solide paire de bottes. Une nuit, nous avons fait l'amour une dernière fois et je suis parti. Son mari revenait pour un mois seulement. Avant que je la quitte, elle m'a demandé de passer devant la maison de temps en temps. Elle m'a dit qu'elle accrocherait un foulard rouge aux barreaux du balcon pour m'indiquer quand la voie serait de nouveau libre. Quand je suis parti, elle pleurait comme une enfant. Je crois bien qu'elle m'aimait. Je ne suis jamais repassé par là.

— Comme c'est triste, fit le professeur.

— Pas du tout! répondit le vieux. Je n'ai jamais aimé Anna. J'ai profité de ma chance et j'ai pris du bon temps! Du très bon temps! De toute manière, notre histoire n'aurait mené nulle part. Ne va pas t'imaginer que j'ai profité d'elle. Je lui faisais l'amour et c'est tout ce qu'elle attendait de moi. Elle était insatiable! Après moi, elle se sera certainement trouvé un nouvel amant. Toujours est-il que j'ai continué ma route. Les papiers qu'elle m'avait donnés m'ont été très utiles pour un temps. Ensuite, j'ai dû régulariser ma situation et devenir comme tout le monde. L'armée, les sovkhozes, les usines. J'ai fait toutes sortes de métiers par la suite et, au début de la trentaine, j'ai abouti à Roublev. L'isba du cimetière fut ma dernière demeure en Russie. C'est dans cette maison, sous un fauteuil, que j'ai trouvé ce livre que je viens de t'offrir.

— Quel en est le sujet ?

— Je l'ignore. Je ne l'ai découvert que quelques semaines avant mon départ. Ce livre ne m'intéressait pas. Toutefois, en prévision du voyage, j'avais glissé les quelques photographies que je possédais entre ses pages pour ne pas risquer de les abîmer en les transportant dans mon sac. Ensuite, ce fut l'exil. Un exil que je croyais temporaire, mais qui dure depuis ce temps. J'ai quitté ma terre sur un cargo pour un voyage qui devait durer moins d'une année. Notre navire s'est échoué dans l'Atlantique Sud et je soupçonne notre capitaine de l'avoir fait exprès. Nous avions la chance d'être loin de ce fou de Staline, et les Allemands avaient commencé à attaquer notre patrie. J'ai vécu en Argentine, où j'ai appris un peu l'espagnol. Ensuite, je me suis embarqué sur un navire marchand dont la moitié de l'équipage parlait français. Quand je suis arrivé ici, je connaissais suffisamment votre langue pour me faire comprendre. J'ai rencontré ma femme et j'ai bâti mon nid. Ma femme est morte et j'ai détruit mon nid. J'ai bu, j'ai presque tout perdu, mais, allez savoir pourquoi, ce livre est resté là, dans une vieille malle avec toutes ces choses négligeables que je n'ose pas jeter. Il est inutile de te casser la tête pour essayer de le lire : il est écrit en russe, je crois. Je n'ai jamais pris le temps de le lire, donc. Et, maintenant, il faudrait que les caractères soient gros comme des locomotives pour que je puisse les déchiffrer. Mais, puisque tu aimes les livres anciens, j'ai tout de même pensé que celui-ci irait bien dans ta bibliothèque !

— Ce fut une excellente pensée, monsieur Paul ! fit Patrice en caressant la peau noire du vieux bouquin. J'en prendrai grand soin. Il semble très bien conservé, mais la reliure doit être très fragile après tout ce temps.

— Fragile, oui. Tout comme moi. Le temps n'épargne rien ni personne. Je suis un peu comme ce vieux livre : une vieille chose oubliée. »

Le vieux Russe soupira. Il s'étira pour poser sa main sur le bras de Patrice et il fit, d'une voix tremblante de reconnaissance :

« Si tu savais à quel point je suis heureux que tu sois là !

— Allons ! lança le professeur, vous dites ça maintenant et, dans une heure, vous regretterez de m'avoir connu !

— Pourquoi donc ? demanda Polsky avec surprise.

— Parce que nous allons jouer aux échecs et que je n'ai pas l'intention de me laisser battre comme je l'ai fait la semaine dernière. Ce soir, ce sera moi le vainqueur !

— C'est ce que tu crois ! s'exclama le vieil homme en se levant. Il te faudrait vivre au moins mille ans pour oser espérer me battre à ce jeu. Je vais ranger mes choses pendant que tu t'occuperas de l'échiquier. N'oublie pas de sortir tes mouchoirs. Tu vas pleurer comme une fillette quand je t'aurai donné la leçon de ta vie ! »

Polsky ramassa son anorak, ses bottes et tout le reste. En fredonnant un air connu de lui seul, il transporta les vêtements neufs dans sa chambre à coucher. Patrice ouvrit son fourre-tout pour y glisser le livre noir.

Lorsque le Russe arriva dans la cuisine, les pièces de bois du jeu d'échecs étaient déjà prêtes à livrer une sanglante bataille. Patrice, l'air crâneur, attendait au bout de la table. Le professeur était convaincu que, cette fois, il gagnerait. Les deux hommes jouèrent trois parties, ce soir-là. Et Pierre Polsky prononça par trois fois : « Échec et mat ! »

III

La salle de classe était remplie d'un grand calme. Il
n'y flottait qu'une douce rumeur : un bruissement de
souffles, de pages qu'on tournait, de vêtements qu'on
effleurait. Le soleil faufilait la flèche d'un rayon timide
par le plexiglas rayé de l'unique fenêtre trop étroite du
local. Trente-quatre élèves, garçons et filles d'à peu près
seize ans, se penchaient sur *L'Étranger* d'Albert Camus.
Certains, une minorité, lisaient attentivement. Les
autres faisaient semblant de lire en jetant des coups d'œil
exaspérés à l'horloge, dont les aiguilles n'avançaient
que trop lentement. À l'arrière de la classe, un étudiant
luttait contre un sommeil trop fort pour lui. Ses paupières
tombaient, sa tête dodelinait, sa bouche s'ouvrait mollement et son nez piquait doucement vers le bouquin
posé sur le pupitre. Dans des soubresauts coupables, il
se réveillait et lisait trois ou quatre mots avant d'entreprendre une nouvelle chute dans son gouffre de torpeur
irrésistible.

Patrice Dupire plia son journal et jeta ce dernier
dans le bac de recyclage. Tout en parcourant la pièce
d'un regard absent, il frotta ensemble ses doigts
souillés d'encre. La salle était vaste et aussi peu chaleureuse que possible. Ce n'était qu'un blockhaus. Qu'un
cube de béton grisâtre où s'alignaient sept rangées de
pupitres presque tous occupés. Au fond, plaquée contre

le mur et grimpant jusqu'au plafond, une étagère métallique supportait des centaines de livres aux reliures abîmées. L'étudiant qui vacillait de sommeil avait perdu son combat. Son visage disparaissait maintenant entre ses bras repliés.

On était le lundi 12 janvier. Pour des milliers d'élèves, il s'agissait là du premier jour d'école depuis un bon bout de temps. Cette année, les vacances de Noël avaient duré plus longtemps que prévu. Le retour en classe devait avoir lieu une semaine plus tôt, mais une tempête de verglas était venue tout chambouler. La pluie verglaçante était tombée cinq jours durant en laissant derrière elle un paysage hallucinant. Les arbres s'étaient transformés en cristal, et le moindre coup de vent suffisait à casser leurs ramifications devenues trop lourdes. Le réseau électrique avait subi d'importants dommages. Les fils s'étaient rompus et les poteaux s'étaient brisés comme de vulgaires allumettes. Dans les champs, de nombreux grands pylônes s'étaient écroulés. Plus d'un million de foyers avaient manqué de courant. Le temps froid n'aidant en rien aux travaux de reconstruction, on prévoyait un bon mois avant de pouvoir réparer l'ensemble des dégâts causés par la tempête. Un large contingent de l'armée canadienne fut mobilisé afin d'assurer la surveillance des zones les plus touchées. Des centres d'hébergement furent aménagés en toute hâte pour accueillir les sinistrés. Pendant trois jours, à Montréal, en raison des pannes et des énormes plaques de glace qui chutaient des édifices, l'accès au centre-ville avait été interdit. Le métro fonctionnait au ralenti ; l'eau potable avait atteint un niveau critique ; les rues et les trottoirs étaient impraticables. La nature, d'un seul souffle, était venue rappeler à l'homme qu'il est bien petit.

Patrice Dupire n'avait pas souffert de cette extraordinaire tempête de glace. Il comptait parmi les chanceux qui n'avaient pas manqué d'électricité. Pendant que de nombreux autres avaient dû déserter leurs logis devenus trop froids, le professeur avait pu profiter entièrement du confort de son appartement. Monsieur Polsky n'avait pas eu la même veine. Cependant, Patrice s'était fait un plaisir d'héberger le vieillard et ses trois chats. Les deux hommes avaient joué d'innombrables parties d'échecs et, malgré des efforts mentaux louables, Dupire n'était parvenu à sortir vainqueur d'aucun de ces duels. Pour le professeur, la tempête n'eut donc pas de conséquences fâcheuses. Sa seule déception fut qu'en raison de ce mauvais temps, Sophie n'était pas encore rentrée de Paris. Elle avait téléphoné trois jours plus tôt pour dire à Patrice qu'elle prévoyait être là pour le retour en classe. Ce matin-là, pourtant, le jeune homme ne l'avait pas vue dans la salle de repos des enseignants.

Depuis deux ans, Sophie Marchand enseignait les arts plastiques dans la même école que Dupire. C'était une jeune femme très belle et très fortunée. Elle enseignait pour le plaisir, conduisait de luxueuses voitures et portait toujours des vêtements hors de prix. La plupart des professeurs la détestaient. Ils se demandaient ce que venait faire cette snob dans leur modeste polyvalente. Sophie Marchand possédait visiblement beaucoup plus d'argent qu'il ne lui en fallait. On jugeait qu'elle n'avait pas besoin de ce travail et qu'elle eût mieux fait de laisser la chance d'enseigner à ceux à qui c'était nécessaire. Il est vrai que la jeune femme faisait preuve de bien peu d'humilité. Sans se montrer vraiment prétentieuse, elle ne faisait rien pour dissimuler son appartenance à un milieu aisé. Elle puait le luxe à plein nez.

Depuis presque un an, Patrice Dupire était l'amant de Sophie. Personne n'était au courant de cette idylle. À l'école, lorsqu'ils se croisaient, ils s'efforçaient de ne rien montrer de cet engouement qu'ils éprouvaient l'un pour l'autre. Ils se rencontraient deux ou trois fois par semaine dans l'appartement de Patrice. Ils faisaient l'amour comme seuls ceux qui s'aiment peuvent le faire. Pour Dupire, cette liaison n'avait rien à voir avec une simple histoire de cul. Il aimait réellement Sophie. De ce genre d'amour qui lui donnait l'impression de n'avoir jamais connu d'autre amour. De ce genre d'amour qui vous comble d'un bonheur plus grand que le bonheur et qui, une fois l'autre ailleurs, vous laisse un vide immense. Malgré tout, Patrice savait que cette histoire ne pourrait durer encore bien longtemps. Sophie était issue d'une famille riche. Un flot d'or ininterrompu coulait dans ses veines depuis sa naissance. De surcroît, elle avait épousé un homme riche. Elle disait à Dupire que cette vie l'ennuyait et que l'argent n'avait que peu d'importance pour elle, mais le professeur était convaincu qu'elle mentait. En la voyant évoluer, jour après jour, il avait acquis la certitude que son amour avait autant besoin d'argent qu'un poisson a besoin d'eau.

Dupire eût aimé posséder la force de mettre un terme à cette relation. Il en avait assez de n'être qu'un amant. Il n'en pouvait plus de voir la femme qu'il aimait, enfiler sa robe et passer la porte pour aller dormir ailleurs. De la voir tellement belle, tellement à lui durant leurs étreintes et cruellement à un autre lorsqu'il se retrouvait seul. Il ne pouvait lui demander de tout quitter pour lui. Il n'osait pas car, en toute logique, elle refuserait. Et un refus d'elle eût été trop dur à supporter. Si cette histoire devait finir, il valait mieux que ce fût Patrice qui en scellât l'issue. Qu'il tirât un trait sur cette liaison, avec tristesse, soit, mais en ayant au moins le réconfort de ne pas en sortir humilié.

Le carillon annonçant la fin des cours fit entendre ses trois notes métalliques. Les élèves quittèrent la classe à la vitesse de la lumière. Au fond, l'étudiant endormi ronflait comme un avion.

«Monsieur Perron!» s'écria Patrice avec force.

L'étudiant leva la tête et posa un regard ahuri sur le monde. Un rond de bave souillait une page de son livre de poche. Le professeur lança d'un ton railleur :

« Ouf ! te voilà revenu à la vie. Tu m'as fait peur. J'étais presque sur le point d'appeler l'ambulance. J'étais sûr que tu étais gravement malade, car, vois-tu, il faut être gravement malade pour s'endormir dans un cours aussi intéressant que le mien.

— Vous croyez ? » répliqua l'étudiant sans trop de conviction.

Il se leva et glissa son livre dans son sac à dos.

« Allez, file ! reprit Dupire. La classe est terminée ! Il ne faudrait pas que tes copains s'imaginent que tu aimes l'école au point de rester après les cours ! »

L'adolescent obtempéra puis quitta la classe en traînant les pieds avec application. Le professeur ferma la porte. Il revint à son bureau, rassembla ses affaires et les jeta pêle-mêle dans son fourre-tout de nylon noir. Les cours étaient terminés, mais Dupire devait rester à l'école pour assister à une réunion. Ayant une demi-heure à tuer d'ici là, le jeune homme fouilla son sac pour prendre une revue. Il tomba sur le livre que lui avait offert Polsky. Il regarda le volume avec émotion et caressa sa couverture lisse. Il se rappela la gêne du pauvre vieux qui eût aimé lui offrir bien plus que ce livre de quatre sous. Patrice s'assit et, pour la première fois, il ouvrit le livre noir. Il eut un léger sursaut. Le vieillard lui avait affirmé que ce livre était écrit en russe. Dupire ne s'attendait donc pas à pouvoir le déchiffrer. Il l'avait ouvert par curiosité, simplement pour voir à quoi ressemble un bouquin écrit en russe. Toutefois, monsieur Paul devait avoir confondu ce livre avec un autre, car le bouquin que Patrice avait dans les mains était rédigé en français.

Patrice lut le prologue étrange qui se trouvait sur la première page du vieux bouquin. Il s'agissait d'un seul paragraphe, écrit à la main à l'aide d'une encre brune et qui disait :

Ce livre s'écrira par le sang et dans la langue de celui
qui le lira. Tu as rompu le sceau : le maléfice s'éveille.
Tu as lu le Livre : tu en écriras la suite. Ne sens-tu pas
sur toi tomber le voile froid de la mort ?

Patrice Dupire tourna la page. Le titre du bouquin, qui n'apparaissait nulle part sur sa couverture, s'étalait en grosses lettres en plein centre de sa troisième page. Le livre s'intitulait : *Le Fossoyeur*.

Le récit commençait à la page suivante. Le professeur posa les pieds sur son bureau, puis, faisant peu de cas de la loi antitabac qui sévissait en ces lieux, il alluma une cigarette. En tirant une bouffée de fumée, sa première depuis quatre heures, il commença à lire le livre noir, dont le récit s'amorçait comme un conte pour enfants. Patrice Dupire eut un sourire et il lut à voix haute, comme pour se moquer de cet auteur d'un autre temps :

Ce fut un jour comme les autres dans cet endroit du
monde. Nicolas retira sa casquette et épongea son
front avec le lambeau de tissu crasseux qui lui servait
de mouchoir…

Le professeur s'interrompit et secoua la cendre de sa cigarette dans le bac de recyclage. Il bâilla un bon coup avant de continuer silencieusement la lecture du livre maléfique.

La réunion des profs avait traîné en longueur. Patrice Dupire salua un collègue, puis, avec un long soupir de délivrance, il poussa la porte principale pour émerger au-dehors. L'air froid et humide lui flanqua une gifle et il dut remonter jusqu'au menton la fermeture éclair de son parka. Il longea la façade de stuc de la polyvalente, emprunta une venelle baignée d'ombre et déboucha dans le stationnement. La voiture de Dupire était tout au fond. Ce dernier traversa la cour glacée en se maudissant d'avoir garé sa Ford si loin. Il ne neigeait pas mais il soufflait un damné vent qui vous fouillait jusqu'aux os. Le professeur releva la tête pour s'orienter. Lorsqu'il vit la voiture grise stationnée près de la sienne, une chaleur subite l'inonda.

C'était la BMW de Sophie Marchand. Le moteur tournait et, à travers les reflets du pare-brise, Patrice discernait une ombre dans l'habitacle. C'était bien elle. Un large sourire éclairait le visage de la jeune femme. L'homme accéléra le pas. Sophie ouvrit la portière et Dupire s'engouffra dans la berline.

Tout de suite, sans dire un mot, leurs lèvres s'entre-choquèrent. Des mains tremblantes survolèrent les deux corps, sans se poser, éperdues de vouloir trop toucher l'autre. Leur amour se transforma en rage. Leurs bouches se dévoraient, leurs doigts se refermaient comme des serres sur les vêtements qui entravaient les caresses, qui empêchaient leurs peaux de se toucher. Leurs soupirs exaltés se confondaient dans un même souffle de désir intense. Patrice défit les boutons du manteau de Sophie. Il fit glisser sa bouche sur un cou satiné, chaud, parfumé. Sa main se faufila sous le pull-over de laine, puis elle saisit un sein captif qui dressait sa pointe implorante sous la mince dentelle du soutien-gorge. Sophie referma sa main sur le poignet de l'homme.

«Pas maintenant, dit-elle d'une voix irrésolue. Pas ici, mon amour. J'en crève d'envie mais on pourrait nous voir.»

Il retira lentement sa main et ils s'observèrent, quel-ques secondes, d'un même regard admiratif et incré-dule. Pour la millième fois peut-être, Patrice Dupire constata à quel point Sophie Marchand était belle. Belle à donner le vertige. Belle au point de rendre beau ou d'éclipser d'un coup tout ce qu'il y avait autour d'elle. Les cheveux noirs de Sophie étaient décoiffés et ses yeux noisette étaient moins brillants que d'habitude. Sa figure se couvrait d'un léger voile de fatigue, et ses lèvres boudeuses étaient un peu meurtries. Malgré tout, la beauté de cette femme, aux yeux de son amant, ne pouvait avoir d'égale.

« Tu m'as manqué, princesse, murmura Dupire en faisant jouer ses doigts dans la longue et douce chevelure de Sophie.

— Tu me manques encore, répondit-elle en se plaquant contre lui pour l'étreindre de toutes ses forces.

— Quand es-tu arrivée ?

— Mon avion s'est posé à quatorze heures. Mes bagages sont encore dans le coffre de ma voiture. J'avais tellement hâte de te revoir que je ne suis même pas passée chez moi !

— Et ton mari, où est-il ? demanda Patrice.

— Édouard est resté en France. Des affaires à conclure. Il sera à Montréal dans trois jours. Dès mon arrivée, je lui ai téléphoné de l'aéroport pour lui dire que mon voyage s'était bien déroulé. Il ne m'appellera pas avant demain soir. Nous avons donc toute une nuit devant nous.

— Toute une nuit ! répéta Dupire avec une mimique de surprise exagérée. Dites-moi, madame, que comptez-vous faire de toute cette nuit ?

— Je veux vous faire l'amour, monsieur !

— Mais vous êtes mariée, madame ! Et vous semblez oublier que, demain, je devrai me lever tôt pour venir enseigner la langue de Molière à tous ces jeunes qui n'en ont rien à foutre !

— Moi non plus, ce soir, je n'en ai rien à foutre, de Molière. Demain, tu n'auras qu'à appeler à l'école pour te faire porter malade.

— Et toi ? Quand reprendras-tu tes cours ? Tu devais recommencer ce matin comme tout le monde, non ?

— J'ai pu m'arranger avec le directeur. Je recommence dans trois jours. Si nous quittions ce parking maintenant. On sera plus à l'aise chez toi. »

L'homme acquiesça en silence. Ils s'embrassèrent encore un peu et Patrice sortit de la BMW. Il referma la portière et salua Sophie à travers la vitre sale. La jeune femme lui répondit par un baiser. Elle alluma les phares de sa voiture et, sans attendre Dupire, elle quitta le stationnement.

Le professeur s'engouffra dans l'habitacle glacial de sa petite Ford. Il mit le contact et, malgré le froid intense, l'automobile démarra sans peine. Les vitres étaient couvertes d'une mince couche de givre. Patrice ouvrit la boîte à gants pour y prendre un grattoir. Il mit le chauffage au maximum, puis il sortit pour déglacer le pare-brise et les vitres de côté. Brûlant d'impatience de retrouver Sophie, l'homme se contenta d'un grattage très sommaire. Lorsqu'il réintégra le siège du conducteur, il constata qu'il pouvait à peine voir devant lui. Toutefois, il jugea que c'était bien suffisant. Il abaissa le frein à main, passa la première vitesse et, les paupières plissées, il guida la voiture vers la sortie du parking.

Comme il allait atteindre la rue, une silhouette humaine se jeta devant l'automobile. Le professeur freina à mort. Les roues se bloquèrent mais le véhicule, malgré sa vitesse réduite, dérapa sur la glace vive pour continuer sur sa lancée. Le choc était inévitable mais l'impact n'eut pas lieu. La voiture s'immobilisa, cinq mètres plus loin, sans avoir heurté personne.

Crispé sur son volant, Patrice Dupire ne pouvait admettre qu'il était parvenu à éviter le quidam. Ce dernier devait avoir glissé à côté de la voiture. Tremblant, le jeune homme ouvrit la portière pour aller s'enquérir de l'état du miraculé. Il regarda aux alentours mais ne vit personne. Il contourna l'automobile, jeta un coup d'œil en dessous, puis se releva, effaré, incrédule et forcé de constater qu'il avait rêvé. Pourtant, Patrice était certain qu'il avait vu un type apparaître subitement devant le véhicule. Il pouvait même donner une mince description de l'individu. Il s'agissait d'une espèce de colosse qui ressemblait à un clochard. L'homme avait une barbe sombre et un chapeau à larges bords. Cette image était claire dans la mémoire de Patrice. Cependant, il devait se rendre à l'évidence : rien ne s'était passé. Le professeur eut un petit rire nerveux.

« C'était sans doute un fantôme », fit-il à voix haute en s'installant derrière le volant.

Bien entendu, Patrice Dupire ne croyait pas un mot de ce qu'il venait de dire. Il avait prononcé ces paroles avec ironie, pour chasser la tension nerveuse qui l'étouffait encore. Cependant, bien qu'il fût à mille lieues de s'en douter, le jeune homme avait dit vrai. Car il avait bel et bien fait la rencontre d'un fantôme ce soir-là. C'était un esprit damné qui errait depuis longtemps dans l'attente d'une libération. Une libération qui viendrait bientôt. Patrice venait d'apercevoir le spectre du fossoyeur Stépan Branilov.

IV

Le professeur referma doucement la porte. Le parfum de Sophie flottait déjà dans l'appartement. Le bruit de l'eau provenant de la salle de bains lui indiqua que la jeune femme était passée sous la douche. L'homme vida ses poches sur le bahut antique de l'entrée. Il retira ses bottes et accrocha son manteau à la patère. Sur la pointe des pieds, il se dirigea ensuite vers la salle de bains. En douce, il se déshabilla dans le corridor et pénétra dans la petite pièce embuée.

Patrice, tout à fait nu, enjamba les vêtements épars que Sophie avait laissés choir. Il s'approcha de la baignoire. La silhouette de la jeune femme dessinait une ombre pâle sur le rideau de plastique blanc. Avec discrétion, le jeune homme écarta l'une des extrémités du rideau. Il posa son regard sur Sophie. Elle lui tournait le dos. Dupire l'observa un moment, rempli d'admiration : un ornithologue observant un oiseau rare. Il retrouvait enfin son bel amour, ce corps splendide qui le rendait fou, cette beauté pure qui irradiait. Sophie se pétrissait la tête pour y faire mousser le shampooing. La mousse glissait sur sa nuque tendre. Tout entière à sa tâche, elle ne se doutait de rien. Patrice, étonné encore par la délicatesse de sa peau de lait, la caressa des yeux. Le désir enflamma l'homme. Il enjamba le rebord de la baignoire pour y rejoindre sa maîtresse.

Elle sursauta lorsqu'il glissa ses doigts sur son ventre, mais, très vite, reconnaissant l'autre à la douceur de ses caresses, elle s'abandonna.

Sophie eut un sourire béat. Les lèvres de Patrice effleurèrent son oreille et épousèrent son cou. Il saisit ses seins à pleines paumes pour les modeler comme une pâte. La jeune femme appuya sa tête sur le torse de l'homme. Ses seins brûlaient du plaisir absolu que seules ces mains-là savaient leur procurer. Les caresses étaient tantôt vigoureuses, presque violentes ; tantôt douces, presque une brise. Les yeux fermés, elle goûtait la moindre sensation. Des doigts habiles titillaient doucement ses mamelons. Une paume lisse et mouillée arpentait savamment sa poitrine. Le sexe de Patrice, dur comme du bois et brûlant de fièvre, effleurait ses reins. Sophie s'enivrait. Son corps, rompu par de longues heures sans sommeil, avait les nerfs à vif. Le jet chaud et puissant de la douche criblait sa peau de mille baisers. Elle envoya une main à la recherche de la verge. Ses doigts délicats touchèrent une cuisse musclée. Elle fit glisser ses ongles vers le haut pour cueillir la bourse dans le creux de sa paume. Ses doigts se refermèrent ensuite sur le sexe. Elle fut émue de le sentir si plein, si gros, si avide d'elle. Elle le saisit plus vigoureusement pour le secouer avec la maladresse d'un désir trop intense. L'une des mains de l'homme replongea vers le ventre impatient de Sophie. Les doigts en peigne franchirent sa chatte et enrobèrent son sexe étonnamment fragile. Elle eut un gémissement. Le plaisir envahit son corps. Ses jambes fléchirent. N'arrivant plus à contrôler ses gestes, elle délaissa la verge suintante qui lui glissait des doigts. Il n'y avait plus que ce feu qui l'embrasait et que rien ne pouvait éteindre. Elle se pencha vers l'avant et appuya ses mains de part et d'autre de la baignoire. L'homme fut en elle. Un éclair de sublime douleur fouilla sa chair. Une envie véhémente les unissait. Il la possédait furieusement et elle l'encourageait en hurlant comme elle n'avait jamais hurlé. C'était une étreinte animale, brutale, farouche ; une faim immense qui les pressait d'aller au bout du plaisir. L'explosion vint rapidement. Les hanches de l'homme bougèrent plus lentement et elle sentit la verge grossir encore. Le sexe de Dupire tressauta et la jeune femme fut prise dans un tourbillon de volupté. Une chaleur inouïe l'inonda. Ils furent tous deux emportés, à la même seconde, dans un paradis de jouissance sans borne.

Dupire, frémissant, embrassa l'épaule de Sophie. Il demeurait en elle. L'eau chaude coulait sur eux comme une pluie d'orage. Les effluves fruités du shampooing embaumaient l'air brumeux. La joue de Sophie touchait la céramique froide du mur. La jeune femme reprenait ses sens. Les derniers frissons de l'orgasme s'estompaient, laissant leur place à un doux bien-être. Patrice se retira et ils se redressèrent. Elle se retourna et il la prit dans ses bras pour la serrer tendrement.

« C'est tellement bon de te revoir, fit-il.

— De me revoir ou de me baiser ? demanda-t-elle, les yeux pétillants et le sourire lascif.

— De te revoir, de te baiser, de t'entendre, de sentir ton odeur. C'est comme tu veux.

— Je veux tout !

— Tu as toujours eu tout ce que tu voulais de toute façon, dit Patrice en lui donnant une petite claque sur une fesse.

— C'est faux ! riposta-t-elle d'une voix enfantine. La semaine dernière, quand j'étais à Paris, mon mari a refusé de m'acheter le palais du Louvre.

— Estime-toi heureuse, répliqua le jeune homme en riant. Si tu avais épousé un pauvre type comme moi, tu ne l'aurais même pas vu, le palais du Louvre. »

Le visage de Sophie Marchand s'assombrit. Elle jeta à son amant une œillade furibonde, puis elle s'écarta légèrement de lui.

« Je déteste t'entendre dire des choses comme celles-là, Patrice. Si j'avais épousé un pauvre type comme toi, je serais avec lui ce soir au lieu de faire l'amour avec un autre. Que tu le veuilles ou non, c'est toi que j'aime. »

Dupire s'appuya le dos au carrelage. Un sourire taquin animait sa figure. La jeune femme faisait la moue. À l'aide d'une éponge, elle badigeonnait son corps de savon. Ses yeux fixaient maintenant le fond de la baignoire.

« C'est vrai que tu m'aimes ? demanda Patrice.

— Bien sûr, idiot », murmura-t-elle du bout des lèvres et sans lever les yeux.

Après la douche, ils se séchèrent et, sans se vêtir, ils se rendirent dans la chambre. Patrice alluma des chandelles et s'assit sur le grand lit défait. Sophie vint se blottir contre lui. Un long moment, sans rien dire, ils fermèrent les yeux pour savourer la douce tiédeur qui les enveloppait. Ils étaient bien, dans la pénombre, l'un contre l'autre et respirant au même rythme ; s'aimant tout entiers, sans remords, avec l'impression qu'il n'y avait pas d'autre ailleurs. Reposant sur un nuage, Dupire, ivre de ce bonheur retrouvé, caressait du bout des doigts la croupe superbe de Sophie. Il ouvrit les yeux pour la contempler. Elle semblait dormir, une joue plaquée contre son torse. Ses longs cheveux encore humides s'étalaient, noirs et bleutés, sur la neige du drap. Patrice observa chacun des détails que lui exposait le profil de ce magnifique visage. Il s'attarda d'abord sur la nuque exquise, d'une pâleur émouvante sous la soie sombre des cheveux fous. Sophie avait un nez fin, un visage ovale aux pommettes savoureuses et au menton ferme. Ses lèvres pleines et finement dessinées étaient du même rose discret que celui du bout de ses seins.

« Tu es belle », soupira Patrice.

Sophie souleva paresseusement la tête avant d'ouvrir les paupières. Elle eut un sourire de douce félicité.

La lueur des chandelles faisait scintiller ses yeux noisette. Sans rien dire, elle frôla de son visage la joue rugueuse de l'homme. Elle embrassa furtivement son front, son nez, sa bouche ; puis elle ferma délicatement les dents sur son menton mal rasé. Ses lèvres longèrent le cou et arpentèrent le torse vigoureux pour le couvrir de baisers fugaces. La chevelure de Sophie chatouillait les flancs de Dupire. Les muscles crispés, il serrait les dents pour ne pas succomber au fou rire qui le gagnait. Il roucoula lorsque la langue de la jeune femme traversa son ventre.

De nouveau, ils firent l'amour. Leurs corps étant assouvis par la furie qui les avait enflammés sous la douche, les amants s'enlaçaient maintenant avec tendresse. Patrice contemplait sa belle sans plus réfléchir au fait qu'elle était tout sauf à lui. Cette étreinte dura longtemps, jusqu'à ce qu'ils eussent comblé le manque qu'avait causé leur trop longue désunion. Une fois leur chair rassasiée, ils s'étendirent, côte à côte et peau contre peau. Seul le silence avait encore sa place entre eux. Les mots n'eussent rien pu ajouter pour décrire leurs sentiments. Leurs corps avaient déjà tout dit.

Il n'était que vingt et une heures, mais Sophie, exténuée par son long voyage de retour, s'était endormie. Patrice remonta les couvertures sur le corps pâle de son amour. Il l'embrassa sur une joue, souffla les chandelles et enfila son peignoir avant de quitter la chambre. Crevant de faim, le professeur se rendit à la cuisine pour se confectionner un sandwich. Il enfourna d'abord deux tranches de pain blanc dans les fentes du grille-pain. Il ouvrit ensuite le frigo pour y prendre un longiligne salami hongrois, un pot de moutarde, du beurre et une bouteille de bière. Dupire s'empara d'un long couteau accroché au mur et il trancha une bonne part du saucisson pour la découper en rondelles fines. Quand le pain fut grillé, il prépara son sandwich, flanqua ce dernier dans une assiette, empoigna sa bière et emporta son gueuleton au salon. Il déposa le tout sur une petite table et il actionna la télécommande du téléviseur. Debout au centre de la pièce, le jeune homme parcourut rapidement les chaînes. N'y trouvant rien qui fût digne d'intérêt, il referma la télé. Avant de s'asseoir pour prendre une première bouchée de son sandwich, il alla chercher le livre noir afin d'en continuer la lecture. Lorsqu'il revint, il décapsula sa bouteille et il entama le second chapitre du bouquin.

Avant d'aller retrouver Sophie, le professeur avait lu trois autres chapitres du livre maléfique. Il pénétra doucement dans la chambre, retira son peignoir et se glissa précautionneusement sous les draps chauds. Il se blottit contre elle, puis, jumelant son propre souffle à la respiration régulière de la jeune femme, il accéda rapidement au sommeil.

Patrice Dupire s'éveilla en sursaut. Il avait conscience d'un vague danger, d'une présence hostile dans l'appartement. Il resta étendu, tentant de se convaincre que son imagination lui jouait un tour. Ses yeux grands ouverts se heurtaient à un mur d'encre opaque. Sa main gourde chercha Sophie mais ne rencontra que du vide. Le professeur se dressa sur son séant. Ses pensées l'enjoignaient de croire que tout était normal. Sophie était sans doute aux toilettes. Ou peut-être avait-elle eu faim et s'était-elle simplement levée pour grignoter quelque chose.

Le cœur battant, le corps en sueur et l'oreille aux aguets, l'homme tentait de percevoir un bruit qui le rassurerait. En bas, dans la rue, une voiture passa. Le chuintement mouillé de ses pneus traversa la fenêtre close. Dans la cuisine, le réfrigérateur faisait entendre son ronronnement doux et régulier. Tous ces sons lui étaient familiers. Ils faisaient partie de ses silences nocturnes. Dupire cherchait à entendre autre chose : un bruissement de rien du tout, un souffle qui lui indiquerait que Sophie était toujours là.

Il se leva et enfila son peignoir. Sous la porte fermée filtrait une étrange lumière rougeâtre qu'il n'avait pas remarquée de son lit. Le professeur se figea. Indécis, il s'interrogea sur la provenance de cette lueur. Il songea d'abord à un incendie, mais la lumière était trop douce, trop constante pour que ce fût le cas. Il ouvrit la porte et demeura stupéfait.

Un épais brouillard emplissait le couloir. C'était une fumée rouge, luminescente. Ses volutes paresseuses avaient la densité d'un nuage lourd. Pris de panique, le professeur s'immobilisa dans l'embrasure. Un long moment, il resta pétrifié ; partagé entre l'effroi et la surprise ; enchevêtrant ses idées afin de découvrir une explication plausible à ce phénomène. Le brouillard n'avait pas d'odeur. Il se respirait comme l'air le plus limpide. Machinalement, Dupire enfonça sa main dans la brume rouge. Aussitôt, une chose horrible se produisit. Une tenaille froide, visqueuse et d'une force incommensurable emprisonna son poignet. Agrippé au chambranle, l'homme luttait désespérément pour extirper sa main de cette serre répugnante. La chose voulait l'entraîner derrière l'écran sanglant du brouillard. Les ongles de Patrice s'incrustaient dans le bois de l'encadrement. Ses doigts crispés avaient presque atteint leur seuil de rupture. De l'autre côté, la tenaille lui broyait le poignet. Les pieds nus de Dupire glissaient sur les lattes vernies du parquet. La douleur de ses doigts devint vite insoutenable. Il y eut une secousse et le jeune homme lâcha prise. Sans même avoir le temps d'émettre un cri, il fut avalé par la brume.

Terrifié, le professeur se retrouva au cœur de l'étrange brouillard. La chose qui l'avait entraîné là avait desserré son étreinte. L'homme n'y voyait rien. La brume l'enveloppait tel un cocon. Tremblant d'effroi, il appréhendait un nouvel assaut de la créature. Cet assaut ne vint pas. Après quelques minutes, Dupire recouvra un peu son calme. Lentement, pour ne pas attirer l'attention de la chose qui l'avait saisi par un poignet, il entama une marche aveugle qui, du moins l'espérait-il, le mènerait hors du brouillard.

Patrice marcha longtemps. Trop longtemps. Il cherchait à atteindre un mur qui l'aiderait à s'orienter. Toutefois, contre toute logique, ses bras tendus n'atteignaient rien. Il fit une centaine de mètres dans le brouillard rouge, puis il s'arrêta. La panique recommençait à l'envahir. Il était forcé d'admettre qu'il n'était plus dans son appartement. La distance qu'il venait de parcourir était équivalente à la longueur d'un hall de gare.

Accablé, le jeune homme eût voulu héler Sophie. La jeune femme devait être là, non loin de lui, perdue elle aussi dans la vapeur dense. Il eût voulu appeler mais, en faisant cela, il eût risqué d'attirer la créature. La peur lui ceinturait le ventre. Il bataillait âprement pour ne pas céder à l'hystérie. Les pires scénarios défilaient dans sa tête. Sophie devait être non loin de là, certes, mais le tout était de savoir si elle était toujours vivante.

Le professeur continua sa marche insensée. Graduellement, sous ses pieds nus, le sol devint froid, spongieux et humide. Il s'accroupit et sa paume s'enfonça dans un tapis de neige. Il était dehors. Mais où, dehors ? Comment avait-il pu sortir de chez lui pour se retrouver là ? De plus, malgré la mince protection que lui procurait son peignoir, il n'avait pas vraiment froid.

Dupire s'assit dans la neige pour réfléchir à son étrange situation. Il remarqua d'abord que la brume se dissipait légèrement. Ensuite, une voix lui parvint. Il n'entendait pas distinctement ce que cette voix disait. Il plissa les paupières et tendit l'oreille. C'était un murmure grave et plaintif qui semblait provenir de toutes les directions à la fois. La voix répétait constamment la même chose : quatre syllabes modulées sur un ton psalmodique et implorant. On eût dit une sorte de litanie étouffée de moines en prière.

Le professeur se releva. D'un coup, la brume s'étiola pour ne laisser derrière elle que quelques tentacules maigres et rosâtres. Dupire se retrouva alors dans un décor cauchemardesque. C'était toujours la nuit ; mais une nuit étrangement claire où se profilait chaque détail. Autour de l'homme, des centaines de pierres tombales s'alignaient. Un peu plus loin, un imposant mausolée dominait les rangées de tombes. Patrice se trouvait dans un cimetière. Et ce cimetière, il le reconnaissait. Il bégaya :

« C'est… c'est le… le cimetière du livre. Je suis à… Roublev ! »

L'étrange litanie maintenait ses quatre syllabes plaintives. Le professeur avait maintenant la certitude que cette voix provenait du mausolée. Malgré la peur qui l'accablait, il se dirigea vers la grande sépulture. Lorsqu'il l'atteignit, il constata que la porte était ouverte. Il entra. La voix se fit plus claire. Le jeune homme pouvait maintenant comprendre la phrase qui, depuis tout à l'heure, se répétait sans cesse. La voix disait : « Délivre-moi… Délivre-moi… » Ces paroles semblaient suinter de la pierre des murs, comme issues de haut-parleurs dissimulés aux quatre coins du mausolée. Mais Patrice n'avait pas vraiment la tête à s'interroger. Il se retrouvait au théâtre, dans une scène macabre déjà jouée par un muet qui s'appelait Nicolas. Le décor était le même. Des cercueils s'alignaient le long des murs et, au fond, sur des caisses, reposait une modeste bière de bois clair. Accroché à la cloison, un fanal brûlait. C'était la même scène, mais le cercueil de Nina était toujours fermé. Il ne manquait que le jeune fossoyeur pour venir l'ouvrir dans un élan de démence et en retirer le cadavre.

Le fossoyeur ne vint pas. Mû par une force étrange, Patrice Dupire s'avança dans l'allée. Son corps le poussait vers le cercueil. Il allait l'ouvrir. Il avait beau se dire que c'était de la folie, il avait beau ordonner à ses jambes de faire demi-tour, rien ne pouvait l'arrêter. La plainte s'amplifiait. « Délivre-moi… Délivre-moi… » Dupire pressa le pas. Il se jeta sur le cercueil et souleva son couvercle étrangement léger.

Ce qu'il vit le tua presque. Il hurla de douleur. Ce n'était pas le cadavre de Nina qui se trouvait dans la bière. C'était celui de Sophie. On avait pris le grand couteau de cuisine avec lequel Patrice avait tranché son salami et on avait enfoncé sa lame, jusqu'au manche, dans le cœur de son amour. La voix venue de nulle part cessa brusquement et un rire rauque éclata dans le dos du professeur. Ce dernier se retourna et vit un colosse qui se dressait au milieu du mausolée. Il avait la stature de ce clochard que Patrice avait failli renverser avec sa voiture en sortant du stationnement de l'école. Plus tôt dans la soirée, alors qu'il lisait le livre noir que lui avait offert Polsky, il avait inconsciemment donné cette image à l'un des personnages du bouquin. Dupire reconnaissait en cet homme un fossoyeur qui avait pour nom Stépan Branilov.

Le rire du fossoyeur s'estompa et il fixa Patrice d'un œil amusé.

« Ne trouves-tu pas que la mort lui sied bien ? fit-il.

— Elle ne peut pas être morte ! cria le professeur. Sophie ! Réveille-toi, Sophie !…

— Ce n'est plus qu'une écale vide maintenant, reprit Branilov d'une voix qui projetait des échos. Souviens-toi, professeur, que les morts ne reviennent pas. Laisse-la donc pourrir en paix et délivre-moi… Délivre-moi…

— Tu l'as tuée ! C'est toi qui l'as tuée ! Tu as tué ma Sophie ! Ma Sophie !… »

Il allait bondir sur Branilov quand la voix de Sophie Marchand émergea de l'au-delà :

« Je suis là, mon amour ! Calme-toi ! Ce n'est qu'un rêve ! Un vilain rêve... »

Le monde autour de Patrice sembla fondre comme du sucre dans l'eau. Il retrouva l'obscurité, le lit sous son dos et les bruits de l'appartement. Et il ouvrit les yeux sur le visage inquiet d'une Sophie bien vivante. Dupire, tremblant comme feuille au vent, se secoua pour chasser les relents de terreur de son cauchemar. Un reste d'effroi le poursuivait dans le monde réel. Sophie avait allumé une lampe. En voyant l'homme s'extirper de son sommeil troublé, elle eut un soupir de soulagement.

« Enfin, murmura-t-elle en lui caressant doucement les cheveux. Tu m'as fait peur, mon chéri.

— J'ai fait un rêve affreux, bredouilla Patrice d'une voix pâteuse. C'était affreux... Affreux ! »

Patrice s'assit dans le lit et se frotta les yeux. Il posa un regard éberlué sur Sophie, puis il l'attira à lui pour la serrer dans ses bras. Sophie l'étreignit tendrement.

« Ça va maintenant ? questionna-t-elle. Tu hurlais comme un fou.

— Tout va bien, princesse. Je suis un peu secoué mais ça va. Ça m'apprendra à bouffer comme un porc avant d'aller dormir.

— Raconte.

— Que veux-tu que je te raconte ?

— Ce cauchemar que tu as fait. »

Patrice hésita. Il ne pouvait tout de même pas dire à la jeune femme qu'il venait de la voir couchée dans un cercueil, avec un couteau fiché dans la poitrine. Alors, il mentit :

« Ce n'est plus très clair mais, crois-moi, c'était tout ce qu'il y a de plus réel... J'étais dans un cimetière, et un fou me poursuivait avec un grand couteau de cuisine. Je sais pourquoi j'ai fait ce rêve. Ce soir, je suis passé à deux doigts de heurter un clochard avec ma voiture. Ça m'aura sans doute traumatisé un peu, car c'est ce vagabond qui me courait après dans mon cauchemar. Ensuite, avant de venir te rejoindre au lit, j'ai lu un peu. L'histoire du roman se déroule dans un cimetière. Il n'en fallait pas plus pour que je m'invente des histoires à faire peur. En plus, dans le livre, le fossoyeur du cimetière a une vague ressemblance avec ce clochard que j'ai failli écraser. Mon esprit aura confondu les deux hommes pour n'en faire qu'un seul… »

Satisfait de son analyse, Patrice s'étira et bâilla longuement avant d'ajouter :

« Tu vois, tout s'explique. Même le couteau. C'était le couteau de cuisine que j'ai utilisé ce soir pour trancher du salami. Puis il y a l'émotion causée par ton retour. J'ai fait des cauchemars pour beaucoup moins que ça, tu sais.

— Tu veux que j'aille te chercher un verre d'eau ? demanda Sophie d'une voix attendrie. Tu es en sueur, mon pauvre chéri !

— Ce n'est pas la peine, fit Patrice en souriant amoureusement. J'irai moi-même. Rendors-toi. Je suis désolé de t'avoir réveillée. »

La jeune femme se glissa en gémissant sous les couvertures. Patrice lui caressa doucement le dos. Il se leva puis éteignit la lampe. Le professeur ouvrit ensuite la porte de la chambre pour sortir dans un couloir exempt de brume rouge et agréablement normal.

« Quel affreux cauchemar tout de même ! » murmura-t-il en poussant la porte de la salle de bains.

V

Une neige paresseuse tombait sur la ville. C'était un début d'après-midi à crever d'ennui, où la lumière timide peignait tout du même gris morose que celui du ciel. Le professeur gara sa petite voiture devant l'immeuble où résidait monsieur Polsky. Il arrivait chez le vieux beaucoup plus tôt que de coutume. Comme le lui avait conseillé Sophie, il avait téléphoné à la polyvalente pour dire qu'il était malade ce mardi-là. Lui et Sophie venaient tout juste de se quitter. Ils avaient dîné chez *Carmen*, un petit restaurant qui se trouvait à trois rues de chez Patrice ; puis, une ombre de chagrin dans les yeux, la jeune femme était rentrée chez elle.

Patrice coupa le contact et demeura un long moment dans sa voiture. Il restait immobile, le regard trouble et les lèvres figées sur un sourire un peu triste. Il songeait à la nuit qu'il venait de passer, une nuit qui, mis à part le rêve atroce venu la perturber, avait été merveilleuse en tous points. Au réveil, les deux amants avaient encore fait l'amour. Encore. Comme si leur liaison n'eût servi qu'à ça. Après, ils avaient discuté et, comme d'habitude, leur conversation n'avait été qu'un échange de propos banals. Sophie lui avait parlé de Paris et, lui, il lui avait relaté les affres de la tempête de verglas. Ils avaient tous deux évité de parler de leur relation. La jeune femme semblait se plaire dans cette double vie. Quant à Patrice, sa peur de tout gâcher lui avait interdit de lui avouer à quel point il n'en pouvait plus de l'aimer.

Au petit matin, après avoir téléphoné à l'école, Dupire était resté étendu sur le lit. Il avait regardé Sophie qui se coiffait devant la glace. Elle était toute nue, radieuse dans le halo blême du jour qui s'infiltrait dans la chambre. Même si elle venait tout juste de sortir du lit, Sophie restait belle à vous scier les jambes ; à croire que toute la beauté du monde s'éveillait avec elle. Patrice l'avait observée longtemps. Il avait imaginé qu'elle était sa femme. Que c'était un matin comme les autres et que, le lendemain, elle serait encore là à brosser ses longs cheveux noirs devant la glace. Il avait contemplé ce corps félin, cette divine contrée que ses doigts connaissaient par cœur, cette île paradisiaque dont il eût voulu être l'unique habitant. Pourtant, cette femme, elle avait une vie bien à part de lui. Il ne possédait rien d'elle ; elle le possédait. Et il n'y aurait plus de matin comme celui-là avant longtemps. Ils se reverraient, certes. Mais ce serait encore un de ces rendez-vous à l'emporte-pièce ; une de ces rencontres brèves où elle ne lui concéderait que des parcelles de sa vie ; quelques heures par semaine où ils auraient à peine le temps de s'aimer et au bout desquelles, comme chaque fois, elle partirait.

Le jeune homme sentit un mélange de frustration et de chagrin monter en lui. Il avait du sable dans les yeux. Il gonfla la poitrine et expira lentement pour ne pas pleurer. Il se mira dans le rétroviseur, ébaucha un sourire qui n'eût dupé personne et ouvrit sa portière.

Lorsqu'il atteignit le troisième étage, monsieur Polsky l'attendait déjà sur le palier.

« Vous saviez que j'étais là ? demanda Patrice.

— J'ai vu ta voiture en regardant par la fenêtre. Que se passe-t-il ? Je ne t'attendais pas avant ce soir.

— J'ai décidé de faire l'école buissonnière, fit Dupire en serrant la main du vieil homme.

— Tu es souffrant ? s'inquiéta Polsky.

— Pas du tout, monsieur Paul. Tout va bien. Mais peut-être aimeriez-vous mieux que je repasse plus tard ?

— Non ! Bien sûr que non ! Allez, entre. J'ai mis de l'eau à bouillir. Je vais nous préparer du thé.

— Je prendrai du café, si vous le voulez bien. »

Polsky opina du chef et marcha vers la cuisine. Patrice referma la porte, retira ses bottes et jeta son manteau sur la berceuse du salon. Il caressa distraitement un chat venu se frotter contre sa jambe et il rejoignit le vieux. La bouilloire commençait à siffler.

« Tout va comme tu veux ? demanda le Russe en débranchant l'appareil.

— Ouais, tout va bien », répondit le jeune homme sur un ton peu convaincant.

Le vieillard s'approcha de Dupire. Un doute se dessinait sur son visage ridé. Il fixa le professeur d'un regard soupçonneux.

« Bien, toi, dit-il, si tout va bien dans ta vie, c'est que, moi, j'aurai vingt ans demain ! »

Patrice émit un léger ricanement et balaya l'air d'un geste de la main.

« Laissez, dit-il en s'assoyant. Ce n'est rien de trop grave. Juste un léger problème. »

Polsky haussa les épaules. Il retourna au comptoir et ouvrit une porte d'armoire pour prendre des tasses. Tandis qu'il préparait les boissons, il lâcha :

« Elle est sûrement très belle.

— Qui ? Quoi ? demanda Patrice.

— Ton léger problème.

— Et pourquoi dites-vous cela ? » fit le professeur en fronçant les sourcils.

Le vieux lui jeta une œillade amusée.

« Mon jeune ami, il y a deux raisons qui peuvent donner à un homme la figure d'enterrement que tu as aujourd'hui. La première, c'est bien entendu un enterrement. Et la seconde, c'est quand une jolie petite femme lui fait des misères. »

Patrice soupira. Il s'accouda sur la table et prit sa tête entre ses mains. Polsky s'avança précautionneusement, une tasse pleine dans chaque main et le visage crispé par l'attention. Il atteignit la table sans verser une goutte. Le professeur leva les yeux et gratifia le vieil homme d'un sourire las. Puis, ressentant l'envie soudaine d'exprimer le désarroi qui le minait, il décida de passer aux confidences.

« C'est vrai qu'elle est belle, monsieur Paul. Je l'aime et les apparences, quelquefois, me portent à croire qu'elle m'aime aussi. Malheureusement, elle est mariée.

— Elle est ta maîtresse ? demanda Polsky.

— Depuis presque un an, fit le professeur en saisissant sa tasse de café.

— Son mari est-il au courant ? Il vous a surpris ?

— Non. Il ne sait rien. Il ne se doute de rien.

— Est-ce qu'elle envisage de le quitter ?

— Il faudrait qu'elle soit folle à lier pour faire une chose pareille. C'est un homme riche, son mari. Un homme très riche. Avec lui, elle a tout ce qu'une femme peut désirer au monde.

— Si c'est vrai qu'elle a tout, pourquoi diable le trompe-t-elle ? »

Patrice resta songeur. Il observa un long silence et se mordit les lèvres. Il répondit d'une voix sourde et acrimonieuse :

« Oui, monsieur Paul, pourquoi le trompe-t-elle ? Je suis sans doute, moi aussi, trompé par les regards amoureux qu'elle me lance. Elle n'hésite pas à me dire qu'elle m'aime. Pourtant, elle ne m'a jamais dit qu'elle aimerait vivre avec moi. Je ne suis que son histoire de cul hebdomadaire. Elle passe chez moi, je la saute et elle repart. C'est juste si elle ne jette pas quelques dollars sur la table avant de s'en aller. Et, chaque fois, je retombe dans son piège. Ce n'est qu'un jeu pour elle. C'est évident ! Au début, je trouvais ça merveilleux. Elle est magnifique, vous savez. J'éprouvais une grande fierté de l'avoir dans mon lit. Elle ne me manquait pas trop lorsqu'elle s'en allait. Maintenant, je ne peux plus supporter de la voir partir. Elle sait que je l'aime comme un fou et je crois qu'elle me manipule. Oh, elle comble tous mes désirs sexuels ! Mais, visiblement, notre relation ne tient qu'à cela. Je suis partagé entre le plaisir qu'elle me procure et le dégoût de la voir se comporter en pute. J'en ai assez de la baiser mais je ne peux lui résister. Je suis une marionnette ! Quelquefois, elle va même jusqu'à jurer que je suis son seul amour. Et moi, je la crois. Je fais tout pour la croire car c'est elle que je veux. C'est ma femme. Enfin, j'aimerais bien qu'elle le soit. Si vous saviez comment je peux me sentir fort lorsqu'elle est près de moi. Mais, dès qu'elle franchit ma porte pour s'en retourner chez elle, je me sens minable à pleurer. »

Monsieur Polsky trempa les lèvres dans son thé. Il s'éclaircit la gorge et demanda :

« Tu lui as dit ce que tu viens de me dire ?

— Non, répondit Dupire. J'ai toujours eu trop peur que, confrontée à un choix, elle ne revienne plus. Mais, cette fois, c'est décidé. Je vais mettre un point final à cette histoire. Si elle m'aime vraiment, elle viendra me rejoindre pour de bon. Sinon, tant pis. J'aurai beaucoup moins mal si je cesse de la voir. »

Le professeur fixa le vide un instant. Polsky ne trouva rien à ajouter. Dupire renifla et, d'un index énergique, il essuya ses yeux embrouillés. Ensuite, il sourit au vieux et il fit, d'une voix presque enjouée :

« Si nous parlions d'autre chose maintenant ! Vous savez, ce livre : celui que vous m'avez offert pour Noël ?

— Tu l'as feuilleté ? demanda Polsky.

— Non seulement je l'ai feuilleté, monsieur Paul, mais j'en ai également commencé la lecture.

— Tu sais lire le russe ! s'étonna le vieillard.

— Non, certainement pas. Si j'ai pu le lire, c'est tout simplement parce qu'il est écrit en français.

— En français ! répéta Polsky en se grattant la tête. Pourtant, j'aurais juré... Je me suis peut-être trompé après tout. Peut-être l'ai-je confondu avec un autre bouquin. Il y a tellement longtemps de cela ! Ce livre n'est sans doute pas celui que j'ai trouvé autrefois à Roublev.

— C'est bien celui-là, fit Patrice. J'ai d'abord cru, moi aussi, que vous vous étiez trompé de livre. Seulement, en le lisant, j'ai acquis la certitude que c'était bien de ce bouquin qu'il s'agissait. Dites-moi, monsieur Paul, vous rappelez-vous le nom de ce fossoyeur qui avait mystérieusement disparu avant votre arrivée au cimetière ?

— Il s'appelait Branilov, répondit Polsky sans la moindre hésitation. Je t'ai même parlé de lui l'autre jour. J'ai oublié son prénom, mais son nom de famille était bien Branilov.

— N'était-ce pas Stépan Branilov ? »

Le vieillard plissa le front pour faire appel à ses souvenirs. Après une brève réflexion, il sursauta légèrement et considéra le jeune homme d'un regard étonné.

« Ma foi, tu as raison ! Maintenant que tu le dis ! Je suis persuadé que c'était ça, son prénom : Stépan ! Oui, c'est ça ! Stépan Branilov, qu'il s'appelait ! Mais comment diable as-tu fait pour le savoir ?

— C'est écrit dans le livre, répondit Patrice.

— Ah ! bien sûr ! reprit Polsky. Ce livre devait certainement lui appartenir. Il y aura mis sa signature.

— Pas du tout, corrigea le professeur avec un sourire mystérieux. Si je connais le nom de cet homme, c'est tout bonnement parce qu'il est l'un des personnages du livre. Je ne voudrais pas trop m'avancer, mais, comme ce bouquin est écrit à la main, je ne serais pas étonné de découvrir que ce Stépan Branilov en ait été l'auteur. Les soirées devaient être bien longues au cimetière de Roublev. Écrire était sans doute son passe-temps favori.

— Ce serait bien étonnant, lança le vieux. À moins, bien sûr, que Branilov n'ait été un écrivain cachant sa véritable identité. Avant la Révolution, les écrivains et les intellectuels russes faisaient pour la plupart partie de la bourgeoisie aisée. Et, comme tu t'en doutes, après l'accession au pouvoir des bolcheviks, les bourgeois qui étaient parvenus à sombrer dans l'anonymat n'avaient pas intérêt à évoquer leur passé devant les prolétaires. Il est possible que Branilov ait été l'un de ceux-là. Toutefois, d'après la description qu'on m'a faite de cet homme à l'époque, il avait plus du charretier que de l'homme de lettres. D'autant plus que ce livre est rédigé en français… C'est étrange, tout ça. Très étrange… Figure-toi que je n'avais même pas remarqué que ce livre était écrit à la main.

— C'est sans doute parce que la calligraphie y est extraordinairement soignée. Chacune des lettres frôle la perfection. On dirait une écriture de moine.

— Et tu crois qu'un humble fossoyeur aurait été capable d'écrire comme cela ?

— Si c'est le cas, ce Branilov, sous ses airs de charretier, était un homme de grand talent. Il lui aura également fallu une patience infinie pour parvenir à aligner aussi proprement tous ces petits caractères. J'aimerais bien que mes élèves fassent preuve d'autant d'application dans leurs travaux. »

Patrice Dupire s'interrompit. Le vieil homme semblait songeur. Son regard fuyait.

« Quelque chose ne va pas, monsieur Paul ?

— Oh, rien d'important ! répondit Polsky. J'essaie simplement de me remémorer l'instant où j'ai découvert le livre. À cette époque, je ne parlais que le russe. Si ce bouquin avait été rédigé dans une autre langue que la mienne, j'aurais dû le remarquer, même si je ne comptais m'en servir que pour protéger mes photographies. Mais, tu sais, à mon âge, la mémoire s'enfuit comme les oiseaux en automne.

— C'est tout à fait normal d'oublier ce genre de détail. Moi, je n'ai que trente-deux ans et, si vous me demandiez le titre du premier roman que j'ai lu, je ne saurais vous répondre. Il n'y a pas si longtemps de cela pourtant. »

Le vieil homme eut un rire sifflant.

« Tu n'as pas tort, jeune homme, dit-il. Je me demande pourquoi je me pose autant de questions au sujet d'un simple vieux livre. Ce qui compte après tout, c'est que tu puisses le lire. Est-ce qu'il est intéressant, au moins ?

— J'en suis déjà rendu au sixième chapitre. Le bouquin s'intitule *Le Fossoyeur*. Nicolas, le fils de Stépan Branilov, est le personnage principal de ce récit. C'est un roman où il y a des scènes chaleureuses. Notamment celle où Nicolas épie une jeune fille qui se baigne dans un ruisseau. Mais il y a également des scènes horribles qui vous glacent le sang. Il y a une part de mystère, aussi. Dans le dernier chapitre que j'ai lu, Nicolas trouve un coffret dans un cercueil. Je ne sais pas encore ce qu'il y a dans ce coffret, mais il paraît que ça tuera Stépan Branilov.

— C'est une drôle de coïncidence, fit le Russe. À l'époque, toutes les apparences tendaient à montrer que Branilov avait été assassiné. Peut-être que le bouquin évoque ce meurtre. Et si ce livre racontait une fausse histoire pour en cacher une autre ?

— Que voulez-vous dire ? » demanda Patrice.

Le vieux porta ses épaules vers l'avant pour approcher son visage de celui du professeur. Son regard brillait d'une lueur étrange. Il posa une main sur l'avant-bras de Patrice avant de dire à voix basse :

« Tu sais que les fossoyeurs ont disparu sans laisser de traces. Je t'ai parlé aussi de tout ce sang qu'on avait trouvé dans l'isba. Personne n'a jamais su ce qui s'était passé là-bas. Tu vas sans doute me prendre pour un vieux gâteux, mais j'ai l'impression que ce bon vieux bouquin nous apprendra quelque chose sur la disparition de Branilov. Ce n'est sans doute pas par hasard qu'il y est écrit qu'il sera tué.

— Vous croyez ? fit le jeune homme.

— Pourquoi pas ? lança Polsky. Même que, si tu veux mon avis, il ne serait pas étonnant que l'assassin lui-même ait écrit ce livre.

— Ah bon ! dit Patrice, de plus en plus intrigué. Et qui était cet horrible meurtrier, selon vous ?

— Je n'ai jamais cru qu'il y ait eu un autre assassin que Stépan Branilov dans cette histoire. D'après moi, cet homme a tué son fils. Le bruit courait que ce Nicolas était un garçon gravement attardé. Il était sans doute un gros fardeau pour son père. Surtout si ce dernier comptait quitter le pays. Stépan aura donc assassiné Nicolas. Il aura fait disparaître son corps avant de quitter Roublev pour ne jamais plus y remettre les pieds. Je ne sais pas quelle est la mort qui attend Branilov dans le livre, mais il a sans doute inventé ce récit pour couvrir le meurtre qu'il avait l'intention de commettre. Il aura voulu amener les gens sur une fausse piste. Si c'est le cas, il s'est donné bien du mal pour rien. Les gens du village ont mis tout ça sur le dos du diable, et les autorités ont vite classé l'affaire. Ma théorie est tout ce qu'il y a de plus tordu, mais, pour l'instant, je ne vois guère d'autre explication.

— Vous auriez fait un excellent détective, monsieur Paul !

— Disons que j'ai eu amplement le temps de me pencher sur cette histoire. Quand j'habitais dans cette maudite isba, j'ébauchais tous les scénarios possibles pour expliquer la disparition des fossoyeurs. Ces histoires de diable qu'inventaient les villageois me faisaient dresser les cheveux sur la tête. C'est pour ça que je tentais de résoudre le mystère de cette étrange disparition. Lorsque j'ai compris que Stépan Branilov avait sûrement tué son fils, ça m'a permis de dormir un peu mieux.

— Il est donc fort possible que Stépan Branilov ait écrit ce bouquin.

— C'est probable, répondit le vieux. Si je veux que ma théorie tienne, je suis bien forcé de l'admettre, même si ce satané livre est écrit en français.

— Justement, le fait qu'il soit rédigé en français ne vient-il pas saboter votre hypothèse ? Si Branilov avait voulu couvrir le meurtre de son fils en laissant un faux récit et s'il espérait que ce livre soit découvert par les habitants de Roublev, ne trouvez-vous pas qu'il lui aurait été nécessaire, dans ce cas, d'écrire son récit en russe et, surtout, d'exposer le livre à la vue de tous ? Vous avez mis du temps à le trouver, non ? »

Polsky réfléchit un instant et eut un haussement d'épaules avant de conclure :

« À quoi bon se creuser les méninges ? Ce n'est qu'un vieux livre, après tout. De toute manière, il y a sans doute longtemps que ce vieux Branilov est mort et enterré. Peu importe ce que ces écrits pourraient nous apprendre, il y a bien des lunes que ça ne concerne plus personne.

— La prochaine fois que je vous rendrai visite, je veillerai à l'apporter. Ainsi, nous pourrons parcourir ensemble quelques passages de ce mystérieux bouquin.

— C'est une excellente idée, ça ! approuva monsieur Polsky. Tu pourras même me le lire au complet si tu veux. Ça meublera nos soirées. »

Le vieux se leva et se frotta les mains en disant :

« Que dirais-tu d'une petite partie d'échecs ?

— C'est d'accord, acquiesça Patrice. Mais pas plus d'une partie. Ce soir, je vous invite au restaurant et nous irons finir la soirée au cinéma.

— Ça doit bien faire une trentaine d'années que je ne suis pas allé au cinéma. La concierge m'a parlé d'un film qui raconte le naufrage du *Titanic*. J'aimerais bien voir ça.

— J'allais justement vous le proposer, monsieur Paul. Nous sommes sans doute les seuls en ville, vous et moi, à ne pas avoir vu ce film. Il paraît que c'est grandiose ! Et puis, vous verrez, les salles de cinéma ont bien changé depuis trente ans ! »

Les deux hommes passèrent une très agréable soirée. Pour le repas, Patrice arrêta son choix sur un excellent restaurant grec. Après, ils se rendirent au cinéma du Quartier latin. Malgré le froid de cette soirée d'hiver, il y avait foule au guichet. Tandis qu'ils étaient coincés au milieu d'une interminable file d'attente, Polsky, paradant fièrement dans son manteau neuf, lança à Patrice sur un ton ironique :

« Heureusement que nous sommes les seuls en ville à ne pas avoir vu ce film ! Il y a plus de monde ici qu'il n'y en avait à bord du *Titanic* lorsqu'il a sombré ! »

Autour d'eux, dans le rang, des gens s'amusèrent de la remarque du vieil homme. Encouragé par les rires, Polsky ajouta :

« J'espère au moins qu'ils nous fourniront des gilets de sauvetage ! »

Un peu plus tard, les portes des salles s'ouvrirent, libérant d'un seul coup des centaines de cinéphiles volubiles et encore sous le charme de l'œuvre de James Cameron. En entrant à son tour dans l'une des vastes salles de projection, le vieux Russe fut émerveillé par son luxe et son modernisme. Quand le film commença, la puissance du son le fit sursauter et, dans le noir, Dupire esquissa un sourire de douce moquerie. Monsieur Paul lui adressa un regard étonné.

« Il y a de quoi devenir sourd ! » lança-t-il en faisant mine de se boucher les oreilles.

Patrice acquiesça en riant. Le vieillard se cala confortablement dans son fauteuil moelleux. Durant toute la durée du film, il fixa le grand écran sans perdre une seule séquence.

Il était vingt-deux heures passées. De sa fenêtre, Pierre Polsky salua le professeur. Celui-ci lui rendit son salut avant de s'engouffrer dans sa voiture. Le vieux avait la tête remplie d'images. Il avait adoré le film mais, plus que tout, il avait vraiment apprécié cette soirée. Dans la noirceur de son petit salon, il remercia Dieu pour sa bonté. Il le remercia pour ce précieux cadeau qu'il lui avait fait un jour en le mettant sur le chemin de Patrice. Il bénissait le ciel d'ainsi lui permettre, comme sa vie achevait, de ne pas mourir avec cette solitude qui avait meublé, presque de bout en bout, le long parcours de son existence. Lentement, le vieil homme commença à déboutonner son anorak. En bas, la voiture de son ami quitta le bord du trottoir enneigé pour disparaître au bout de la rue. Polsky referma le rideau sans se douter que sa maudite solitude l'attendait, encore plus impitoyable qu'avant, dans le silence de son minuscule logis.

VI

Le regard de Dupire allait se perdre dans les reflets cuivrés de son verre de Southern Comfort. Il en était à son huitième. Les bruits du bar semblaient provenir d'un autre monde. Le professeur ne pensait à rien. Des bribes d'un blues langoureux lui parvenaient à travers les brumes abrutissantes de l'alcool. Il sentait son corps mollir. Il était ivre et bien.

Le bar était presque désert. Patrice avait choisi une table, à l'écart de l'excessif tintamarre des machines à sous, dans un coin de pénombre où il avait la paix. Il voulait éviter les regards et les conversations. Furtivement, l'image de Sophie vint occuper son esprit. Le jeune homme soupira et trempa les lèvres dans son verre. Il laissa filtrer le liquide entre ses dents et le fit tournoyer dans sa bouche avant de l'avaler. Sophie, si elle eût pu le voir en train de se saouler la gueule, eût-elle compris qu'il en avait par-dessus la tête de jouer l'amoureux de service? Eût-elle saisi son désarroi ou eût-elle posé sur lui des yeux dégoûtés? « Que le diable l'emporte! » râla Patrice, à voix haute, sans que personne l'entendît. Il glissa une main vers son paquet de cigarettes et constata avec dépit qu'il n'en restait qu'une. Il l'alluma en fermant les yeux.

Une détonation sèche retentit du côté de la table de billard. Dupire sursauta légèrement et, agacé, il tourna la tête dans cette direction. Les joueurs, un homme et une femme, suivaient des yeux la course des boules qui, après le bris, s'entrechoquaient encore sur le tapis turquoise. L'homme était petit et trapu. Un imposant ventre gonflait son t-shirt sale. Il avait la chevelure grisonnante, le teint terreux et le regard abruti. La femme, elle, aussi peu femme que possible, se penchait sur le jeu. Elle était laide. Ses cheveux courts et raides, d'un roux pisseux et assurément teints, n'avaient sans doute jamais connu les soins d'un coiffeur digne de ce nom. Elle avait les épaules larges et les hanches étroites. Elle ne portait visiblement pas de soutien-gorge sous sa blouse ample, et ses seins, lourds et lâches, s'appuyaient nonchalamment sur le rebord de la table. La femme ferma un œil. La queue de bois verni fit quelques va-et-vient entre son pouce et son index, puis, dans une détente brutale, l'embout heurta la blanche, qui rata sa cible. La joueuse frappa le sol d'un pied rageur et proféra un affreux juron. Son partenaire se moqua de son échec et elle lui assena un « Va chier ! » retentissant. L'homme s'approcha d'elle pour l'étreindre. Elle fit mine de le repousser, puis, après une brève discussion, ils échangèrent un long baiser passionné.

Dans son coin, Patrice ébaucha un sourire. À ses yeux, ces gens-là n'avaient rien qu'il pût envier. Pourtant, tout aussi grossiers qu'ils fussent, ils étaient deux. Et lui, il se retrouvait saoul, pitoyable, triste et écrasé de détresse comme le plus con des Roméo. Il était là, à boire seul et à envier l'étreinte d'un couple de piliers de bar qui n'avait rien d'enviable. Le professeur fit une grimace. Il quitta les joueurs des yeux et éclusa sa dernière gorgée de Southern.

Son ultime cigarette ayant rejoint les mégots qui débordaient du cendrier, Patrice se leva. Vacillant, il prit son manteau, qu'il avait accroché au dossier de sa chaise. Ses jambes étaient de chiffon, mais elles le porteraient sans peine jusque chez lui. En passant, il salua le barman, puis il poussa la porte donnant sur la rue. Son appartement n'était qu'à trois minutes de marche. Après avoir déposé monsieur Polsky, le jeune homme n'avait pas eu envie de rentrer. Il avait garé sa voiture devant chez lui et il avait marché jusqu'à ce petit bar, modeste et sans attrait, dans lequel il n'avait jamais mis les pieds auparavant. Dupire entama sa marche sans même remonter la fermeture éclair de son manteau. Le froid de la nuit était cinglant, mais il ne sentait pas sa morsure. Il était minuit trente. Le boulevard dormait sous la clarté crue des lampadaires. Le professeur, malgré son état, avançait à grandes enjambées. Ses semelles larges morcelaient la neige durcie du trottoir. Il irait dormir, comme une pierre, sans penser à Sophie Marchand. Lorsqu'il la reverrait, il lui dirait de ne plus passer chez lui. Il le lui dirait gentiment mais posément : il faudrait qu'elle comprenne bien qu'ils devaient tous deux tirer un trait sur leur liaison. Patrice savait qu'il aurait la force de le faire. Il souriait. L'alcool lui donnait des ailes.

Le jeune homme quitta le boulevard pour s'engager dans la petite rue où il habitait. Il sortit son trousseau de clefs et, au bout d'une cinquantaine de mètres, il arriva devant la porte de son appartement, qui occupait le premier étage d'un duplex dont il était copropriétaire. Machinalement, avant de gravir les marches du perron, Dupire leva les yeux vers la fenêtre de son salon. Le professeur sursauta et s'arrêta net. Une ombre mouvante se dessinait derrière la vitre. Il y avait quelqu'un là-haut.

Sans doute un cambrioleur. Patrice, immobile et interdit, plissa les paupières pour tenter de mieux discerner cette silhouette massive encadrée dans la fenêtre du salon. Là-haut, l'intrus avait cessé de bouger. Il restait tapi, légèrement en retrait dans l'obscurité. Il savait qu'il avait été aperçu et il semblait attendre. Patrice songea à sonner chez les voisins d'en dessous pour leur demander d'appeler la police. Il allait le faire quand la silhouette s'avança. La lumière oblique d'un lampadaire éclaira un visage aux joues couvertes de barbe. Un visage dont le haut disparaissait dans l'ombre d'un chapeau à larges bords. Patrice avait tout de suite reconnu le clochard qu'il avait failli heurter avec sa voiture.

Il sembla à Dupire que l'homme l'observait en souriant. Le professeur baissa les yeux sur son trousseau de clefs pour choisir celle de la porte d'entrée. Lorsqu'il leva de nouveau la tête, il constata que le clochard avait abandonné la fenêtre. Debout au milieu du trottoir, le jeune homme prit le temps de réfléchir à ce qu'il devait faire. Une certaine anxiété l'habitait. Toutefois, enhardi par l'alcool, il n'avait pas vraiment peur. Son bon sens était grandement altéré. Même si ce clochard n'avait aucun droit de s'introduire ainsi chez lui, Patrice ne voulait plus avertir la police. Il songeait que, contre toute apparence, il avait bel et bien renversé cet homme en quittant le parking de l'école l'autre soir. Et il préférait régler toute cette affaire à l'amiable plutôt que de se retrouver avec une accusation de délit de fuite sur le dos. Le professeur monta lentement les quelques marches du perron. Il prit la poignée et constata qu'elle tournait librement.

«J'avais oublié de verrouiller la porte, pensa-t-il. Mon visiteur n'aura eu qu'à monter pour m'attendre tranquillement à la maison. Il aura trouvé mon adresse à cause de la plaque de ma voiture. Je suis sûr qu'il veut de l'argent. Il dira que je l'ai blessé et qu'il désire un dédommagement. Si je refuse, il va sans doute m'engueuler et me menacer d'aller tout raconter aux flics. Et, saoul comme je le suis ce soir, je n'ai pas vraiment envie de rencontrer les flics. Merde! pourquoi ai-je oublié de verrouiller cette foutue porte? Et pourquoi cet imbécile ne s'est-il pas montré, l'autre soir, quand je suis sorti de ma voiture pour aller voir s'il était blessé? On aurait pu tout arranger. Merde! c'est trop stupide!»

Le professeur ouvrit la porte. Il pénétra discrètement dans l'entrée sombre et il referma derrière lui avec précaution. En haut, la porte de l'appartement était close et l'escalier disparaissait dans une noirceur opaque. Le jeune homme remit son trousseau de clefs dans la poche de son parka. Il s'empara ensuite de la pelle à neige métallique appuyée contre le mur. Patrice songea encore que, dans pareille situation, il eût mieux valu pour lui d'avertir la police. Il hésita un peu, puis, finalement résolu, il monta l'escalier, emmenant sa pelle dans l'éventualité où l'individu se montrerait hostile. Il était parvenu à mi-chemin lorsqu'un rai de lumière apparut soudainement dans les contours de la porte. Dupire sursauta. Avec un bruit de gong, sa lourde pelle percuta l'une des marches. Dans l'appartement, un pas léger se fit entendre. Le silence retomba. Dupire cessa de respirer. Au bout d'un temps se rapprochant de l'éternité, une voix claire et craintive demanda :

« Qui est là ?

— Sophie ? fit Dupire d'un ton déconcerté. C'est bien toi, Sophie ? »

Le professeur se propulsa vers la porte. La lumière inonda l'escalier et le battant s'ouvrit. Patrice plongea dans l'appartement. Il jeta un regard furtif à sa maîtresse, puis, armé de sa pelle brandie, il s'élança comme un fou pour visiter une à une les cinq pièces du logis. Il regarda sous le lit, dans la penderie, les placards et derrière les longs rideaux de sa chambre. Il chercha partout pour trouver l'homme qu'il avait vu à la fenêtre. Sophie Marchand le suivait pas à pas. La mine inquiète, la voix chevrotante, cette dernière demandait sans arrêt : « Que se passe-t-il ? » sans que son amant daignât lui répondre. Le professeur, hors d'haleine et un peu étourdi, termina son investigation sans découvrir la moindre trace de l'intrus. Par acquit de conscience, il alla sonder la porte de derrière qui se trouvait dans la cuisine. C'était verrouillé. Personne n'avait pu sortir par là, car il fallait une clef pour verrouiller cette porte de l'extérieur. Patrice cracha un juron. Sophie s'était arrêtée au centre de la cuisine. Elle considérait le jeune homme d'un regard éberlué.

« Vas-tu enfin me dire ce qui se passe ? » demanda-t-elle d'une voix blanche.

Dupire abandonna sa pelle contre le mur. En jetant un long soupir, il s'affaissa sur une chaise. Il demeura silencieux, la figure déconfite et les yeux dans le brouillard. Au bout d'un long moment, il fit, à bout de souffle :

« Je deviens fou ! Voilà ce qui se passe ! »

Sophie serra les lèvres pour retenir un sourire. Patrice continua :

« De la rue, expliqua-t-il, j'ai cru apercevoir un homme dans la fenêtre du salon. Il était là et il me souriait… »

Sophie l'interrompit :

« Je peux t'affirmer qu'à part moi, il n'y avait personne ici. »

Dupire secouait lentement la tête. Malgré l'évidence, il gardait la conviction d'avoir vu le clochard. Sophie s'approcha de lui, posa les mains sur ses épaules et se pencha pour l'embrasser. Elle resta interdite et ébaucha une grimace.

« Tu as bu ! s'exclama-t-elle, les lèvres pincées, comme on crache une pelure.

— Ouais, j'ai bu ! répliqua vigoureusement le professeur avec un sourire triomphant. Je passais devant un bar et j'ai ressenti l'envie irrésistible de me saouler la gueule ! J'ai tellement bu que je vois des spectres dans mes fenêtres ! J'ai tellement bu que j'imagine ma maîtresse plantée devant moi, au milieu de ma cuisine, en plein cœur de la nuit. Mais tout ça n'est pas vrai ! Ce n'est qu'un rêve, n'est-ce pas ? Cette charmante jeune femme ne peut pas être ici cette nuit ! Elle est sans doute chez elle, à attendre que son petit mari rentre tranquillement de voyage ! Et moi, je suis saoul… Complètement saoul et complètement dingue ! »

Sophie porta la main à sa bouche. Elle pouffa, fit une dérisoire tentative pour conserver son sérieux, puis, presque pliée en deux sous la tenaille, elle s'abandonna tout à fait à son irrépressible envie de rire.

« Pourquoi tu te marres ? demanda Patrice, l'œil soupçonneux et la mâchoire tombante.

— Si tu voyais ta gueule ! parvint-elle à articuler en s'essuyant les yeux. Je ne t'ai jamais vu dans cet état. Tu ressembles à un… un zombie. »

Et elle ponctua ces mots d'un rire aigu.

Dupire passa la main dans ses cheveux. Il fixa la jeune femme de ses yeux injectés de sang. Il ouvrit les lèvres, les referma, balaya l'air d'une main nonchalante et commença à délacer ses bottes. La neige sale, prise dans les stries profondes des semelles, avait fondu en une flaque grisâtre qui s'élargissait sur le carrelage.

« Quel gâchis ! fit Patrice. J'en ai mis partout !

— Laisse-moi m'en occuper, suggéra Sophie. Dans l'état où tu es, tu ne ferais qu'empirer les choses.

— Si tu veux, consentit le professeur. Mais, dis-moi, que fais-tu ici ? Je n'ai pas vu ta voiture. Ne devais-tu pas… ?

— Ça, c'est une longue histoire, ivrogne de mon cœur. Pour l'instant, tu vas prendre une bonne douche, plus froide que chaude, histoire de t'éclaircir les idées. Ensuite, tu t'offriras quelques cafés bien noirs. Lorsque tu seras vraiment en mesure de m'écouter, je t'expliquerai. »

Patrice Dupire se leva. Il chancela un peu sur ses jambes molles, ce qui eut pour effet d'arracher un autre éclat de rire à sa maîtresse. Le jeune homme considéra cette dernière d'un regard perplexe. Il retira maladroitement son manteau et le jeta sur le comptoir.

« Comment peux-tu me demander de prendre une douche froide ? Tu as vu le temps qu'il fait dehors ! Est-ce qu'on peut négocier? Disons que je prendrai une douche tiède et quelques cafés de plus, pour compenser.

— Ça me va, concéda Sophie avec une mine qui se voulait intransigeante. »

Comme Dupire se retournait, elle prit soin d'ajouter :

« Et surtout, n'oublie pas de te brosser les dents : je pourrais me saouler juste en respirant ton haleine.

— À vos ordres, commandante! » répondit Patrice en se dirigeant vers la salle de bains.

En ouvrant le robinet de la douche quelques minutes plus tard, le professeur songea au clochard qu'il avait cru apercevoir dans la fenêtre du salon.

« Décidément, cet homme me hante, se dit-il en riant. Bientôt, je le verrai dans ma soupe. Tu deviens cinglé, professeur. Ils appellent ça de la schizophrénie… ou du delirium tremens? Enfin, je sais plus. Disons que l'alcool a sûrement quelque chose à voir avec ces visions. Non mais, tu t'imagines! S'il avait fallu que j'appelle les flics! »

Le cerveau embrumé, les yeux clos et le sourire aux lèvres, Patrice se glissa, contrevenant à la règle établie par Sophie, sous une trombe d'eau très chaude.

Le café concocté par Sophie était noir comme du goudron. Le professeur porta la tasse à sa bouche et s'y brûla les lèvres. Il fronça les sourcils et reposa la tasse pleine à ras bord sur la table de verre du salon. Sans un mot, Dupire ouvrit un paquet de cigarettes qu'il avait puisé dans sa réserve. Il en planta une entre ses lèvres et l'alluma. Sophie était assise, les jambes étendues sur le canapé. Le jeune homme, ruisselant et vêtu uniquement d'un slip, avait pris place dans le fauteuil. Ils se faisaient face, dans un silence où planait une certaine timidité. Sophie fit glisser un long regard velouté sur le corps musclé de l'homme. Les yeux noyés de convoitise, elle étira ses longues jambes sur le cuir tabac des coussins. Elle portait le peignoir de Patrice : un vieux vêtement fatigué, d'un bleu morne ; une relique qu'il possédait depuis son adolescence. Nombre de fois, le professeur avait eu envie de jeter aux ordures cet affreux vêtement. Cependant, tout aussi laid qu'il fût, ce vieux peignoir devenait beau lorsque Sophie le revêtait. Et Dupire, comme chaque fois, songea qu'il n'y avait pas de femme au monde qui fût plus désirable qu'elle. Il allait ouvrir la bouche lorsqu'elle prit la parole.

« As-tu revu ton fantôme sous la douche ? » demanda-t-elle en riant.

Le professeur se contenta de sourire vaguement à la plaisanterie. Sophie continua :

« L'alcool ne te va pas, mon amour. Je ne sais pas ce que tu as bu, mais un verre de plus et tu partais chasser l'éléphant rose.

— Tu peux bien rire, répondit Patrice, un peu mal à l'aise. J'ai eu l'air con avec ma vieille pelle. J'étais persuadé que quelqu'un s'était introduit chez moi. Comme tu es là, je n'avais pas vraiment tort. Du trottoir, j'ai sans doute vu ton ombre, et les reflets des lumières de la rue m'auront fait imaginer autre chose.

— Je m'excuse d'être arrivée sans prévenir. Il fallait absolument que je te voie. Tu dois te demander ce que je fais ici.

— D'autant plus que ton mari peut débarquer chez toi d'un moment à l'autre, ajouta Patrice. Que se passe-t-il ? Édouard a décidé de prolonger son séjour en Europe ? Si ce n'est pas le cas, tu risques de mettre ton mariage en péril, ma chérie.

— Depuis quand t'inquiètes-tu pour mon mariage ? répliqua-t-elle sur un ton où pointait une vague ironie. Quand je passe te voir et qu'on se fait l'amour, il est bien loin de ta conscience, mon mariage. Commencerais-tu à avoir des remords ? Crois-tu vraiment que je viendrais te voir si j'avais quelque chose à craindre ? »

Patrice Dupire tira une bouffée de sa cigarette. Les effets de l'alcool se dissipaient peu à peu. Il toussa, but une première gorgée de café puis reposa doucement sa tasse. De ses doigts en peigne, il lissa nerveusement ses cheveux humides, puis, s'armant de courage, il osa soupirer :

« Il faut que ça cesse, Sophie.

— Que veux-tu dire ? demanda-t-elle en fronçant les sourcils. »

Patrice appuya ses coudes sur ses genoux. Il posa son menton dans le creux de ses mains ouvertes. Il fixa son amour d'un regard plein de regret, comme s'il se fût apprêté à lui annoncer la mort d'un proche. D'une voix sourde, il laissa tomber :

« Je veux dire qu'il ne faut plus se voir. »

Un sursaut presque imperceptible secoua la jeune femme. Elle souleva les épaules, et ses yeux devinrent ronds comme des billes.

« Il y a une autre femme dans ta vie, c'est ça ?

— Non ! répliqua Patrice avec une certaine violence. »

Sophie fit une moue désarmante de candeur.

« Qu'y a-t-il alors ? Tu ne m'aimes plus ? »

Le professeur flanqua une taloche au bras de son fauteuil. Il soupira, tira une bouffée de sa cigarette, puis, d'une voix qu'il s'efforça de contenir, il fit :

« Oui, je t'aime. Je t'aime trop et j'en ai assez. Voilà tout. Figure-toi que j'ai envie de me faire une vie, moi aussi. Je veux une femme. Une femme bien à moi, juste à moi ! Une petite femme qui sera là pour dormir dans mon lit ! J'ai envie d'une vie de couple bien banale : les promenades à la campagne tous les dimanches après-midi ; les beaux-parents que je détesterai sans aucun doute. Je veux des enfants, aussi. Des petits morveux qui brailleront, qui attraperont les oreillons et qui auront toujours la couche pleine. C'est ça que je veux, moi. Et peut-être même un chien. Oui ! un ridicule petit chien blanc qui pissera par terre lorsque je le gronderai pour avoir pissé par terre. Ce n'est pas que je ne t'aime plus, ma belle. Mais voilà, j'en suis venu au point de vouloir fonder une famille. Et nous deux, Sophie, même si je le souhaite plus que tout au monde, ça ne ressemblera jamais à rien de tout ça. »

Sophie Marchand ne broncha pas. Elle se contentait de regarder son amant avec un sourire étrange. Elle laissa passer un ange, caressa de ses doigts pâles le dossier du canapé, puis, d'une voix pleine de certitude, elle déclara :

« Jamais je ne laisserai une autre femme partager ta vie. »

Patrice demeura bouche bée. La jeune femme s'étira sensuellement. Elle se leva, défit la ceinture du peignoir et, malgré le fait que les rideaux du salon ne fussent pas tirés, elle laissa tomber le vêtement à ses pieds. Sa superbe nudité illumina la pièce. Le professeur la regardait, partagé entre l'admiration et la colère. Elle contourna la table basse pour franchir l'espace qui la séparait de lui. Elle s'agenouilla devant son amant, puis, le sourire lascif, ses yeux plongés dans ceux de l'homme, elle soupira :

« Tu es à moi, professeur. Pour toujours. »

La main de Sophie glissa tendrement sur la cuisse nue de Patrice. Ce dernier se renfrogna. Dans un grognement, il repoussa la main caressante et étira le bras pour écraser sa cigarette qui se consumait dans le cendrier. Sophie souriait toujours. Ses doigts reprirent leur douce reptation. Patrice faillit succomber au désir. Cependant, comme la main de la jeune femme atteignait son slip, il se ressaisit. Il prit le poignet délicat pour l'écarter fermement mais sans violence.

« Arrête, bredouilla-t-il. Ça ne m'amuse plus. Tu agis comme une adolescente. Tu n'as aucune idée du mal que tu me fais. Je ne suis pas un imbécile. Je veux que tu partes. Une fois pour toutes. Tu ne peux pas tout posséder, Sophie. Et j'en ai assez de t'attendre comme un chien attend son maître. J'en ai assez d'être seul pendant que, toi, tu joues les grandes dames au bras de ton cher Édouard. Il y a un monde entre nous deux, ma belle. Tu habites un château dans lequel la moindre porte s'avère déjà trop chère pour mes moyens. Je gagne bien ma vie pourtant. Mes parents sont même très fiers de moi. Mais, vois-tu, le seul fait de te fréquenter me donne l'impression de n'être qu'un gagne-petit. Oublie-moi, tu veux ? Je ne suis pas ton esclave, Sophie.

— Édouard sait tout », trancha Sophie.

Le visage de Dupire se figea sous l'effet de la surprise.

« Qu'est-ce que tu viens de dire ? bégaya-t-il, partagé entre l'inquiétude et le vague espoir d'avoir mal entendu.

— Édouard sait tout », répéta la jeune femme, le sourire aux lèvres et le regard frondeur.

Elle laissa planer un silence avant d'ajouter :

« Il sait tout parce que je lui ai tout dit. »

VII

Patrice avait des bourdonnements dans la tête. La surprise le paralysait. Il ne savait que penser. Une flopée de questions voulaient jaillir de sa bouche, mais aucun son ne franchissait ses lèvres. Une sorte de crainte mêlée de déception assombrissait son visage. Sophie cessa de sourire. Elle s'était visiblement attendue à une tout autre réaction de la part de son amant. Hésitante, elle se leva, renfila le peignoir et retourna s'asseoir sur le canapé. Le jeune homme la dévisageait d'un air ahuri. Elle soutint brièvement son regard, puis, embarrassée, elle baissa les yeux pour dire :

« Tu ne sembles pas très… heureux.

— Heureux ! explosa Dupire en bondissant de son fauteuil. Tu viens de foutre ta vie en l'air et tu voudrais que je sois heureux ? !

— Je n'ai rien foutu en l'air du tout ! répliqua-t-elle vivement.

— Et ta vie, Sophie ? Tu crois que ton mari te fera confiance maintenant ? Il suspectera le moindre de tes mouvements ! Pourquoi lui avoir tout dit pour nous deux ? Il ne se doutait de rien ! On n'aurait eu qu'à se quitter et il n'aurait rien su !

— Je voulais qu'il le sache », murmura Sophie.

Elle leva vers Patrice un visage tourmenté. Des larmes glissaient sur ses joues. Elle soupira avant de reprendre :

« Je voulais qu'il sache que j'aime un autre homme. Je voulais qu'il sache que je ne l'ai jamais vraiment aimé. Je l'ai fait pour nous, Patrice. Parce que je n'en peux plus de vivre loin de toi.

— Tu veux dire… commença le jeune homme d'une voix chevrotante.

— Je veux dire que je quitte Édouard », termina Sophie.

La gorge de Dupire se serra. Il s'avança vers son amour, s'assit auprès d'elle et la prit dans ses bras.

Sophie pleurait doucement, plaquant sa joue humide sur l'épaule nue de l'homme. Patrice pleurait aussi. Il pleurait de bonheur. Il avait du mal à croire ce qui lui arrivait. Il avait prévu la fin de leur histoire. Il s'était préparé à la mort de leur amour et au deuil qui suivrait. Il s'était senti prêt à subir une grande douleur en renonçant à Sophie. Maintenant, elle était là, blottie contre lui. Elle venait de commettre un acte insensé, un geste qui transformait tout à coup un rêve improbable en exquise réalité. Comme pour s'assurer qu'il ne rêvait pas, Patrice demanda :

« Que s'est-il passé, Sophie ? Pourquoi as-tu subitement pris cette décision ? Tu aurais pu m'en glisser un mot. »

La jeune femme se redressa et s'essuya les yeux.

« Tu aurais tout fait pour m'en empêcher, répondit-elle d'une voix étouffée, mais avec un sourire empreint de tendresse. Tu m'aurais fait l'un de tes interminables discours de prof : un discours endormant, froid et logique, dans lequel tu aurais prétendu que ça ne valait pas la peine que je laisse tout tomber pour un type comme toi. Ça faisait trois longs mois que je songeais à quitter mon mari. J'attendais. Je voulais acquérir la certitude que tu m'aimais suffisamment pour faire un bout de chemin avec moi.

— Comment as-tu pu en douter une seule minute ? fit Patrice, euphorique. Un bout de chemin ! Mais c'est ma vie que je veux traverser avec toi !

— Nous n'étions que des amants. J'avais l'impression que cela te satisfaisait. Tu mettais toujours l'accent sur nos différences. Tu semblais prendre plaisir à souligner que nous ne sommes pas de la même classe. Je me disais que c'était ta manière à toi de me faire voir que tu ne voulais pas de moi dans ta vie.

— C'était plutôt une façon de me protéger, ma belle. Je croyais que notre relation n'était qu'un jeu pour toi. Alors, je jouais aussi, par orgueil, et, surtout, pour te montrer que tu n'aurais pas le dessus sur moi malgré la présumée supériorité des gens de ton espèce. Je ne voulais pas sortir perdant de cette aventure, Sophie. Tu semblais tellement bien dans ta vie de princesse. J'appréhendais le jour où tu me jetterais comme une vieille paire de chaussures. Édouard, en plus d'être fortuné, t'apportait un prestige sans pareil. Comment aurais-je pu croire sérieusement que tu renoncerais à toutes ces choses pour venir me rejoindre ? »

Sophie lui décocha un regard furibond.

« Tu me trouves donc si prétentieuse ? »

Dupire hésita. Il ne voulait rien gâcher. Il décida néanmoins de décrire Sophie telle qu'il la voyait depuis le premier jour.

« Disons que tu n'as pas des allures de pauvresse. En te voyant, tout le monde devine que tu roules sur l'or. Tu as la classe des riches, la démarche des riches ; tu possèdes leurs manières, leur langage. Tu es le genre de femme qui semble inaccessible au gars ordinaire que je suis. C'est tellement stupide ! On fait l'amour depuis un an et je n'ai jamais abordé ce sujet avec toi. Je ne te connaissais pas, Sophie. Je me suis trompé. Je suis désolé.

— Il faut dire qu'en un an, on a laissé très peu de place à la discussion, fit Sophie Marchand en reniflant. Il faudra que ça change dorénavant. Je dois convenir que j'ai l'air un peu snob. Je suis née parmi les riches. Ça laisse certaines séquelles. Mon père était riche bien avant sa naissance. Ma mère aussi est issue d'une famille riche. Je n'y peux rien. J'ai vécu une enfance de petite fille de riches : les cours de ballet, les leçons de violon, l'école privée ; la nounou, le chauffeur, les domestiques ; les vacances de Noël en Suisse et les étés au bord de la Méditerranée. J'ai baigné dans la richesse. Tu as eu une enfance, Patrice. Pas moi. Je savais à peine marcher que je devais déjà me soumettre aux règles de la maison. Je portais des robes hors de prix. Je devais être la plus belle et la meilleure dans tout. Mon destin n'était certes pas de devenir une professeure de secondaire. Quand j'étais petite, j'aimais bien cette existence-là. J'aimais la richesse et je savais que les gens de notre espèce ont un pouvoir que la majorité n'a pas. Mais, à treize ans, j'ai eu le privilège de faire la connaissance d'un ange.

— Un ange ? demanda Patrice qui l'écoutait avec attention. »

Les yeux de Sophie voguèrent un moment dans la brume d'un précieux souvenir.

« Parfaitement, répondit-elle au bout d'un bref silence. Mon ange s'appelait sœur Francine. Je ne t'ai jamais parlé d'elle, mais cette rencontre a changé beaucoup de choses dans mon existence. C'était un petit bout de femme extraordinaire. Elle était professeure de dessin à l'institut où j'ai fait mes études secondaires. Je l'avais surnommée sœur Soleil. Elle souriait tout le temps et elle aimait tout le monde. Sœur Soleil savait tout faire. Elle dessinait, peignait, jouait du piano et elle chantait divinement. Elle avait une façon de marcher particulière : on aurait dit qu'elle flottait dans l'air ! Pendant cinq ans, j'ai fait partie des pensionnaires de l'institut. Durant l'année scolaire, je ne rentrais chez moi que les week-ends. J'aurais dû m'ennuyer à mourir dans cette atmosphère de couvent. La plupart des filles détestaient ça, d'ailleurs. Mais ce n'était pas mon cas. Quand j'entrais à l'institut le dimanche soir, je n'étais qu'une fille parmi les autres. J'avais des copines de mon âge et je n'avais pas à me conduire comme une impératrice.

« La discipline y était rigoureuse, toutefois. Chaque matin, les religieuses nous réveillaient à six heures. Sitôt nos lits faits, nous devions procéder à notre toilette et nous rendre à la chapelle pour les prières matinales. Ensuite, nous prenions notre petit-déjeuner dans le grand réfectoire. À huit heures, les cours commençaient pour se terminer à onze heures trente. Nous avions une heure pour dîner avant que les cours reprennent jusqu'à seize heures. Après l'école, les pensionnaires avaient droit à un répit. Certaines filles se rendaient au gymnase ; d'autres allaient déambuler dans la cour ou se reposaient dans leur chambre. Moi, j'allais rendre visite à ma sœur Soleil ! C'était mon amie. Elle me parlait avec tendresse et prêtait attention à tout ce que je lui disais. Elle avait réponse à tout et trouvait une solution à chaque problème. Elle possédait d'immenses talents aussi. Tout ce qu'elle touchait devenait un petit chef-d'œuvre ! Après le repas du soir, nous retournions à la chapelle. Toutes les pensionnaires étaient ensuite réunies dans la bibliothèque pour les devoirs, les leçons et une période de lecture libre. Plus tard, sœur Soleil venait nous voir. Elle organisait des jeux, racontait des histoires ; elle avait un charisme, un charme, un je-ne-sais-quoi qui nous captivait ! Elle était un peu la mère de toutes les filles et elle distribuait avec équité les encouragements et les conseils. J'admirais sœur Soleil. Je voulais lui ressembler et devenir institutrice comme elle. J'avais choisi pour idole cette modeste religieuse. J'aurais pu devenir avocate, chirurgienne ; j'aurais pu étudier dans le but d'occuper un poste de prestige dans l'une des entreprises de mon cher papa, mais, au grand dam de mes parents, j'ai choisi d'enseigner les arts plastiques.

— Ils ont dû t'en vouloir, fit Patrice avec un sourire amusé.

— Ça, tu peux le dire! s'exclama Sophie. Ils m'ont presque reniée. Pendant mes années universitaires, j'ai été la honte de la famille. Mes parents ont eu bien du mal à accepter mon choix. Toutefois, quand Édouard m'a demandée en mariage, malgré le fait qu'il avait vingt ans de plus que moi, ils ont été tellement heureux que c'en était pathétique. C'était fête en la demeure! Leur «petite fille» était sauvée! Elle allait épouser un homme de leur classe!

— Ils vont en faire, une tête, lorsqu'ils apprendront que tu le quittes.

— Oh oui! Je crois même que, cette fois, ils ne me pardonneront pas cet affront. Tu disais tout à l'heure que tu aimerais avoir des beaux-parents que tu détesterais, non? Eh bien, tu peux me croire, mon amour: ces beaux-parents-là, tu les détesteras à t'en confesser. Et ils te détesteront encore plus que jamais tu ne pourras les détester. Je ne leur dirai rien pour le moment. Ils sont en Californie jusqu'au mois de mai. À leur retour, nous vivrons ensemble depuis un bon moment déjà.

— Comment Édouard prend-il la chose?

— Édouard est un être merveilleux, répondit la jeune femme. Il est rentré de Paris vers la fin de l'après-midi et m'a invitée au restaurant. J'avais pleuré toute la journée. Il a bien vu que ça n'allait pas. Le pire, c'est qu'il a tout de suite mis le doigt sur ce qui me chagrinait. Il m'a dit: «Tu es amoureuse de quelqu'un d'autre, n'est-ce pas?» Tu te rends compte! Et moi, je n'ai pas voulu nier. Ses yeux étaient remplis de compassion. Je savais qu'il ne me ferait pas de scène. Édouard ne perd jamais son sang-froid. Et puis, juste à voir son regard, je n'avais aucun doute qu'il comprendrait. Alors, j'ai vidé mon sac. Je lui ai tout dit, du début à la fin. Il m'a écoutée en hochant la tête avec cet air qu'aurait un père écoutant sa petite fille chérie. Après le resto, il m'a déposée devant ta porte. C'est la raison pour laquelle tu n'as pas vu ma voiture en bas.

— Il ne doit pas t'aimer pour avoir réagi ainsi !

— Édouard est un homme étrange. Il a voulu me montrer qu'il ne veut rien d'autre que mon bonheur. Il a même insisté pour que je vienne te rejoindre. Je n'ai jamais pu définir les sentiments qu'il a pour moi. Et puis, je n'ai jamais connu quelqu'un qui soit aussi imperturbable que lui ! La solitude est sa seule vraie maîtresse. Lorsqu'il est à la maison, il passe de longues heures dans son bureau, entouré de ses livres rares qu'il a lus et relus. Il écrit aussi des romans qu'il fait publier sous différents pseudonymes. Lorsqu'il n'est pas dans le bureau, il s'enferme dans le pavillon du jardin pour peindre. Il a du talent. Beaucoup de talent ! Mais il refuse d'exposer ses œuvres. Je ne sais pas s'il m'aime. J'ai toujours pensé qu'il éprouvait une sorte d'amour paternel envers moi. Sa solitude a toujours compté plus que tout et j'ai fini par me lasser de cette vie. Je m'y sentais de trop. Nous sommes mariés depuis cinq ans déjà et je n'ai jamais ressenti avec lui ne serait-ce qu'un iota de ce que je ressens avec toi.

— Et tu l'as tout de même épousé ? s'étonna Patrice.

— Je dois dire qu'il m'attirait au début. Édouard a un grand sens de l'humour. Il m'avait avoué être très solitaire. Je savais donc à quoi m'attendre et j'appréciais le fait qu'avec lui je pourrais conserver une certaine liberté. Il a vécu une enfance plus que modeste et il a gardé, malgré sa richesse, une formidable humilité. Mon mari, je veux dire : mon ex-mari, n'a toujours compté que sur lui-même. Avec presque rien, il a tout mis en œuvre pour se constituer une fortune colossale. La fortune appelle généralement la gloire. Pourtant, Édouard se complaît dans l'anonymat. Il a du renom dans les hautes sphères de la finance, mais très peu de gens pourraient le reconnaître dans la rue. C'est ça qui m'a poussée à accepter sa demande en mariage. Il possédait l'argent pour plaire à mes parents, il était cultivé et, surtout, il demeurait discret et ne se considérait pas comme le centre du monde. Nous avons développé une belle amitié. Je m'en voudrais de briser cela. Mais, pour ce qui est de l'amour, je crois bien que le courant n'est jamais vraiment passé entre lui et moi. Les vingt ans qui nous séparent y ont sans doute un peu contribué. »

Sophie fixa un moment le vide devant elle. Elle bâilla et s'étira avant de continuer :

« Le divorce se réglera à l'amiable. Je n'ai aucune envie de jouer les vampires. Et, même si Édouard a insisté, je lui ai assuré que je n'avais pas besoin de son argent. J'ai des placements, un boulot ; et je sais bien que ça t'indisposerait que notre couple tire profit de son argent. »

Patrice la serra tout contre lui.

« Tu as raison, dit-il. Il n'est pas dans mes intentions de subtiliser autre chose à Édouard. Je lui ai déjà ravi sa femme. J'ai un peu de mal à réaliser ce qui m'arrive. Le fait de voir ton mariage se terminer ainsi me rend heureux et à la fois me fait sentir affreusement coupable.

— Tu n'as pas à te sentir coupable.

— Aurais-tu quitté Édouard si je n'avais pas été là ?

— Tu as en effet une grande responsabilité dans tout ça. Avant toi, je n'avais jamais songé à quitter Édouard. Je n'imaginais pas non plus que j'aurais l'audace de lui être infidèle. Je ne cherchais pas un amant. Je ne cherchais rien en fait. Mais tu as croisé mon chemin et je suis tombée amoureuse. Je n'avais jamais connu de sentiment semblable avant toi. C'est bon, l'amour. Il n'y a rien de comparable. En te quittant, hier, j'ai vu dans tes yeux que tu m'en voulais de partir. J'ai compris que tu ne jouais pas et que tu m'aimais vraiment. Cette certitude m'a perturbée. Puisque tes sentiments étaient aussi forts que les miens, ma place devait être à tes côtés. Je ne pouvais plus rien cacher à Édouard. S'il n'avait pas deviné, je lui aurais quand même avoué mon amour pour toi. Tu es sans doute un peu la cause de ce qui arrive, Patrice, mais tu n'as pas à en porter le blâme. »

Dupire hocha la tête d'un air entendu. Sophie avisa le livre noir qui était resté sur la table du salon.

« C'est le roman que tu lisais l'autre soir ?

— Oui, fit Patrice. C'est un bouquin que m'a offert le vieux Polsky à Noël. Je ne l'ai pas encore terminé. Je le ferai sans doute demain. Pour le moment, j'ai une foule de choses beaucoup plus intéressantes à faire. »

Le professeur caressa la joue de Sophie et il l'attira vers lui. Ils s'embrassèrent tendrement et se levèrent pour aller au lit. Avant de dormir, ils firent l'amour avec la conscience nouvelle d'une étreinte légitime.

Très tôt le lendemain matin, Patrice téléphona à son travail pour dire qu'il ne se sentait pas mieux. « Une fort vilaine grippe » précisa-t-il. Ses mots hésitants et sa voix enrouée par les abus de la veille l'aidèrent grandement à jouer son rôle de malade. Mademoiselle Moreau, la secrétaire du directeur, ne douta pas un seul instant du mal qui affligeait le professeur. Elle raccrocha, non sans avoir pris le temps de lui adresser des vœux de rétablissement pleins de réelle compassion. Patrice, en tâtonnant, reposa le combiné sur son socle. Il jeta un œil vague à Sophie qui dormait, puis il enfouit sa tête sous l'oreiller et retourna rapidement à son sommeil interrompu par la sonnerie nasillarde du radio-réveil.

Il était presque onze heures lorsque le jeune homme s'éveilla de nouveau. Son corps était lourd et sa tête était de pierre. Une odeur de café frais vint chatouiller ses narines. Il ouvrit les paupières. Des bruits de vaisselle lui rappelèrent qu'il n'était pas seul. Sophie s'affairait dans la cuisine. Patrice frémit de bonheur à la pensée qu'elle serait toujours là désormais. Enhardi par cette douce perspective, il s'étira et s'extirpa, un peu à regret, du cocon douillet des couvertures. La fraîcheur de la pièce le fit frissonner. Il résista à l'envie de replonger dans la chaleur du lit. Il se leva péniblement, enfila son vieux peignoir et se dirigea d'un pas traînant vers la salle de bains. Après une douche rapide, histoire d'effacer les séquelles de sa nuit presque blanche, le professeur ouvrit l'armoire de pharmacie pour y prendre deux cachets d'aspirine. Lorsqu'il la referma, la glace lui renvoya le reflet d'un visage aux traits tirés. C'était un visage blafard et mal rasé. Mais les yeux brillaient d'un éclat vif et nouveau. Les lèvres se distendaient dans un sourire comblé. Somme toute, c'était là le visage d'un homme heureux. Patrice Dupire se sécha et renfila son peignoir avant d'aller rejoindre celle qui était à l'origine de toute cette allégresse.

Sophie faisait du pain doré. Un agréable parfum de beurre fondu embaumait la pièce. Elle accueillit Patrice avec un sourire radieux et tendit les lèvres pour recevoir son baiser.

« Tu as bien dormi, professeur ?

— Tu veux rire ? fit-il d'une voix pâteuse. Comment aurais-je pu bien dormir avec ce que tu m'as annoncé hier ?

— Pourtant, tu ronflais comme un camion ce matin. Tellement que je me suis demandé si c'était vraiment une bonne idée de venir habiter avec toi !

— Toi, tu as un sacré don pour l'exagération ! » protesta Patrice en se servant du café.

Il alla s'asseoir et observa la jeune femme d'un regard à la fois moqueur et admiratif.

« Tu es drôlement chic ce matin, mon ange ! Tu ressembles à une héroïne d'un roman de Mary Higgins Clark ! »

Puis, d'une voix grave et amusée, il se mit à la décrire comme on l'aurait fait dans un tel roman :

« Sophie Marchand était resplendissante dans cette robe noire qui moulait à la perfection sa fine silhouette. Elle avait jeté sur ses épaules délicates une veste de cachemire aux reflets argentés, ce qui contrastait de façon ravissante avec la teinte sombre et bleutée de ses longs cheveux…

« — Arrête ! fit Sophie en riant. D'abord, ce n'est pas du cachemire. J'ai payé cette veste seulement quarante dollars dans une petite boutique de rien du tout. C'est de la laine synthétique. Je suis allergique à la vraie. Et puis, comment aurais-je pu m'habiller autrement ? Je n'ai rien d'autre à me mettre. Édouard m'a déposée devant ta porte hier soir ; tu l'as oublié ? Cet après-midi, je vais retourner chez moi pour faire quelques valises. Le reste suivra plus tard… le temps que tu me fasses une petite place. »

Ils mangèrent en bavardant. Une pointe de folie animant leurs regards et leurs voix, ils faisaient déjà des projets. Le pain doré, abondamment arrosé de sirop d'érable, fit le délice de Patrice. Lorsqu'il eut terminé son repas, le professeur écarta son assiette, alluma une cigarette et demanda :

« Vers quelle heure comptes-tu partir ?

— Oh ! je partirai dans une heure environ. Je ne reviendrai ici que dans quelques jours. Probablement ce week-end. J'ai tellement de choses à régler d'ici là ! Sans compter que je serai de retour à l'école jeudi.

— Tu veux que j'aille te reconduire chez toi ?

— Non, ce n'est pas la peine. Je prendrai un taxi. Repose-toi. Profite bien de ta quiétude car, bientôt, je viendrai tout chambouler dans ton quotidien de célibataire. Je foutrai ton décor en l'air et j'ai l'intention de commencer par ça. »

Elle pointait du doigt un horrible panier de fruits qui trônait au centre de la table. L'osier du contenant était effiloché et les fruits de plastique étaient d'affreuses imitations que le temps n'avait pas arrangées.

« Je le tiens de ma mère ! protesta Dupire.

— N'essaie surtout pas de m'attendrir. Cette chose est monstrueuse ! »

Elle se leva et prit un ton sévère pour conclure :

« Ce sera cet objet ou moi ! »

Dans l'heure qui suivit, ils s'amusèrent comme des

gamins. Ils s'entendirent sur les couleurs qu'auraient les murs, les tissus dont seraient faits les rideaux ; et ils se chamaillèrent à propos des meubles qui conviendraient à ce nouveau décor. Sophie vouait la plupart de ceux qui se trouvaient là au bon plaisir des brocanteurs et Patrice, lui, voulait à tout prix conserver un tant soit peu l'identité de sa tanière. Lorsque Sophie Marchand quitta l'appartement, ils s'embrassèrent goulûment sur le seuil. Dehors, le taxi attendait. Le professeur enlaça son amour pour la serrer très fort contre lui : un peu comme s'il eût su que la mort les séparerait bientôt.

VIII

Après le départ de Sophie, Patrice avait passé un t-shirt de Pink Floyd et un affreux pantalon de jogging d'un rouge délavé. Il avait fait le lit, lavé la vaisselle et refait du café. Sa tasse pleine à la main, il marcha jusqu'au salon et s'attarda devant la fenêtre. La neige tombait en rafales et le vent faisait trembler les vitres. Le jeune homme fit une grimace. Sa voiture disparaissait presque entièrement sous un épais cocon blanc. Sans réfléchir trop longtemps, Dupire décida que la meilleure chose qu'il pût faire était de rester sagement chez lui à ne rien faire. Il allait passer l'après-midi dans la chaleur de son gîte. Il étouffa un bâillement, déposa sa tasse et se laissa chuter lourdement sur le canapé. Étendu de tout son long, il tendit le bras pour saisir le livre de Poliakov. Il l'ouvrit et remarqua que Sophie avait griffonné un mot sur le bout de carton qui lui servait de signet. La jeune femme avait écrit : « Pour que tu penses à moi. Je t'aime ! Ta Sophie. » Trouvant cette pensée adorable, Patrice eut un sourire de ravissement. Durant un long moment, il rêva à leur avenir à deux. Ils vendraient l'appartement et achèteraient une maison. Il lui ferait tout de suite un enfant. Ils en auraient deux, peut-être même trois. Perdu dans ses réflexions, Dupire dit tout haut, dans le silence étouffé du salon : « Tu verras comme nous serons heureux, ma belle. » Le jeune homme soupira d'aise. Il alluma ensuite une lampe et se replongea dans la lecture du livre.

Il lut longtemps. L'histoire avait pris une tournure insolite. C'était un récit un peu trop délirant pour que Patrice l'appréciât vraiment. L'auteur du livre noir, possiblement Stépan Branilov, se perdait dans les méandres d'une imagination débridée et puérile. Malgré tout, le professeur se sentait ligoté par ce bouquin qu'il eût ordinairement laissé de côté par manque d'intérêt. Il venait de terminer le conte de cet improbable héritier du maléfice : ce fantôme aux yeux jaunes qu'on eût dit tout droit sorti d'un mauvais film d'horreur. Selon lui, Stépan Branilov avait réveillé le maléfice de Lev Poliakov. Aussi allait-il mourir. Le revenant affirmait que tous ceux qui liraient le livre noir subiraient le même sort. Patrice ne fit aucun cas de cet avertissement. Il survolait le récit avec un détachement d'observateur, comme il l'eût fait pour n'importe quelle œuvre de fiction. Il ne se sentait pas concerné le moins du monde par la menace de l'héritier. Personne n'eût pu reprocher au professeur cette insouciance. Car un livre ne peut tuer. À moins qu'on ne le jette, du haut d'un gratte-ciel, sur le crâne d'un infortuné passant.

Cet après-midi-là, le professeur lut huit chapitres. Il en était à la scène où le fossoyeur se voit forcé de se donner la mort avec son vieux fusil — c'est-à-dire à trois ou quatre pages de la fin — lorsque le téléphone sonna. Patrice plaça son signet dans le livre, ferma ce dernier et étira le bras pour prendre le sans fil qui était posé sur la table.

« Oui ?

— C'est moi, répondit Sophie.

— Bonjour, mon amour.

— Il serait plus approprié de me dire bonsoir, corrigea-t-elle. Je te signale qu'il est dix-huit heures vingt.

— Alors, bonsoir, mon amour, rectifia le jeune homme. Je lisais et je n'ai pas vu le temps passer. J'ai trouvé le petit mot que tu m'as laissé. C'est gentil.

— Ce n'est rien, fit-elle. Je voulais juste que tu penses à moi.

— Comment pourrais-je faire autrement ? Je ne fais que ça !

— Tu as mangé ?

— Non.

— Alors, viens me rejoindre chez *Carmen* dans une demi-heure. Je m'ennuie déjà de toi.

— C'est d'accord, j'y serai. Tu viendras dormir chez moi après ?

— C'est impossible. Pas avant quelques jours. Et puis, tu sais fort bien qu'il serait difficile de dormir si je venais poser mes jolies fesses dans ton lit.

— C'est vrai que tu as de jolies fesses.

— Les tiennes ne sont pas mal non plus. Arrange-toi pour les traîner chez *Carmen* avant une demi-heure.

— Je m'habille et j'arrive.

— Tu es tout nu ? Oh !

— Petite perverse. Je ne suis pas à poil ; je porte mes vieux chiffons. Tu me quitterais sur-le-champ si tu me voyais porter ces hardes. J'enfile des vêtements décents et je vole à ta rencontre.

— Je t'aime.

— Moi aussi. À tout à l'heure, princesse.

— Bye. »

Patrice raccrocha. Un couinement dans son estomac lui indiqua qu'il était grand temps, en effet, de manger quelque chose. Il s'offrirait un énorme steak. Ne songeant plus au livre noir, il s'habilla rapidement et sortit. Dehors, le jour avait depuis longtemps rendu l'âme.

Le professeur termina le livre le lendemain. Ce matin-là, il avait eu une conversation discrète avec Sophie. La jeune femme avait repris le travail et ils s'étaient vus à la cafétéria. Toutefois, comme ils n'étaient pas seuls, ils n'avaient pas osé discuter de la tournure merveilleuse que prenaient leurs destinées en s'unissant pour de bon. La veille, au restaurant, Sophie avait annoncé à Patrice qu'elle emménagerait chez lui dans les prochains jours. Tout allait donc pour le mieux ce jeudi-là. Le premier cours de la journée s'achevait et Dupire était fébrile et souriant. Depuis plus d'une heure, en témoins ahuris de cette excessive bonne humeur, ses élèves assistaient à un exposé loufoque sur les bienfaits d'une excellente ponctuation. Le professeur entrecoupait son discours de blagues et il dansait presque en déambulant dans la classe. Lorsque le carillon résonna, l'entrain du jeune homme avait déteint sur l'humeur ambiante. Des élèves aux figures souriantes quittèrent la classe avec moins d'empressement qu'à l'ordinaire. Une jolie étudiante s'approcha de Dupire. Elle prit une pose lascive et planta son regard brillant dans celui de l'homme. Un moment, elle interrompit le supplice du chewing-gum qu'elle mâchouillait, pour dire, d'une voix veloutée :

« Vous savez, prof, je vous aime bien. Je vous trouve très désirable quand vous déconnez comme ça. »

Dupire ne fut pas étonné par l'impertinence de l'adolescente. C'était la dixième fois au moins qu'elle revenait à la charge. Elle était prête à tout pour lui faire comprendre qu'elle eût été heureuse de coucher avec lui. Sur le même ton qu'elle, il murmura :

« S'il est vrai que vous m'aimez bien, mademoiselle Thibault, peut-être consentiriez-vous à me le prouver ? »

Elle s'approcha encore de lui pour soupirer :

« Je ferai tout ce que tu voudras, Patrice. »

Le professeur baissa un peu la tête pour lui souffler doucement à l'oreille :

« Ce que je voudrais plus que tout, mademoiselle Thibault, et il s'agirait là de la preuve ultime de cette grande estime que vous semblez éprouver à mon égard, ce serait de vous voir me rendre, une seule fois seulement, une dictée convenable. »

L'étudiante recula pour lui lancer un regard furieux. Dupire lui adressa un sourire narquois avant d'ajouter :

« Me promettez-vous de tout mettre en œuvre pour devenir cette brillante élève que je devine reléguée derrière vos fantasmes ?

— Salaud ! Va au diable ! » cracha-t-elle entre ses dents avant de tourner les talons.

Dupire ferma la porte derrière la Lolita. Il restait une dizaine de minutes avant le début de la seconde période de cours. Il prit le livre de Poliakov et entreprit d'en achever la lecture.

Ce qu'il fit. Il lut la fin de Nicolas, et un léger frisson parcourut son dos lorsqu'il tomba sur le dernier paragraphe du bouquin. Ce paragraphe ressemblait à celui du prologue :

Ce livre s'écrira par le sang et dans la langue de celui qui le lira. Tu as lu le Livre : tu en écriras la suite. Ne sens-tu pas sur toi tomber le voile froid de la mort ?

Et, effectivement, le professeur sentit un froid glacial envahir la pièce. D'un coup, toute la rumeur de l'école s'était tue. Dupire leva les yeux. Le fantôme de Stépan Branilov, accoudé sur un rayon de l'étagère du fond, était venu libérer son âme des tourments qui l'accablaient depuis soixante ans.

« Bien le bonjour, professeur ! » fit une voix rauque dans la tête de Patrice.

Paniqué et serrant toujours le livre dans ses mains tremblantes, le jeune homme se leva d'un bond pour se propulser vers la porte. Il lâcha le livre pour saisir la poignée, qu'il n'atteignit pas. Une force puissante le repoussa vers l'arrière. Il vola d'un bout à l'autre de la salle pour aller s'écraser aux pieds du spectre.

« C'est peine perdue, fit ce dernier. Le glas sonne déjà pour toi. »

Le professeur gisait, immobile et terrifié. Il essaya d'articuler un mot mais en fut incapable. Les yeux jaunes du fossoyeur luisaient comme des tisons dans l'ombre du large chapeau. Patrice remarqua la cicatrice en forme de fer à cheval qui sillonnait la joue du revenant. Sur un ton affligé, la voix caverneuse reprit :

« Tu n'as pas l'air heureux de me voir, professeur. Et moi qui brûlais d'envie de te rencontrer.

— Ne me tuez pas ! supplia mentalement Patrice. Mon Dieu, faites qu'il ne me tue pas !

— Dieu est si bon, répliqua Branilov. Mais, pour l'instant, je crois bien que sa ligne est en dérangement, mon p'tit vieux. »

Un rire sardonique martela le crâne de Dupire. Ce dernier espérait voir un élève pousser la porte de la salle de classe. Le carillon annonçant le prochain cours devait être sur le point de se faire entendre. Patrice regarda l'horloge pour constater que la trotteuse ne bougeait plus.

« Personne ne viendra, professeur. Je pourrais te raconter ma vie entière sans que jamais personne pousse cette porte. Nous sommes quelque part entre deux secondes. L'Univers s'est figé afin que j'accomplisse ma sale besogne.

— Je ne mérite pas ça ! songea Dupire avec véhémence.

— Je n'ai jamais pensé que tu méritais de mourir, professeur. Le maléfice aurait pu frapper n'importe qui, mais le sort a voulu que ce soit toi. Tu as lu le Livre, non ? Alors, je t'en prie, ne me blâme pas. Je n'ai guère le choix. Tu vas mourir. Et tu trouveras la mort bien douce en comparaison de ce qui t'attend de l'autre côté. Les souffrances d'une âme errante sont la pire des tortures. Moi, je souffre depuis si longtemps déjà. Je n'ai guère connu pareille souffrance de mon vivant. Le désespoir m'accable. C'est un mal atroce qui pousserait au suicide le plus courageux des hommes. Le hic, tu vois, c'est que je suis déjà mort. Comment peut-on s'enlever la vie lorsqu'on ne l'a plus ? C'est comme si j'avais une grosse envie de chier et qu'on m'ait flanqué un bouchon au cul. Et, pour enlever ce bouchon, il faut que je te tue. Ta mort me soulagera. Tu seras le prochain héritier du Livre. Quant à moi, je ne peux que souhaiter que ta délivrance vienne vite. »

Le visage de Patrice demeurait impassible, mais ses yeux pleuraient. Il pensait :

« Ce n'est pas vrai ! Rien de tout cela n'est vrai ! Ce n'est qu'un cauchemar ! Comme l'autre nuit quand j'ai rêvé au brouillard rouge, à Roublev, à Sophie, au couteau ! Tout ça n'était qu'un cauchemar ! Je vais me réveiller bientôt et tout ira bien !

— Tu es effectivement dans un cauchemar, professeur, acquiesça le fantôme. Le problème, cette fois-ci, c'est que tu ne te réveilleras plus. »

La voix de Branilov fit une pause. Le fossoyeur s'agenouilla tout près du condamné. Il ferma les paupières sur son regard incandescent et hocha longuement la tête, de gauche à droite, avant de reprendre :

« Le livre de Poliakov est un objet sournois. Toutefois, il t'a laissé toutes les chances du monde d'éviter cette mort. Tu ne peux en imputer la faute qu'à toi-même, professeur. Dès la première page, tu étais avisé du châtiment, mais tu as continué ta lecture en te disant que c'étaient des foutaises. Par trois fois, mon spectre est venu te hanter. Je voulais que tu fasses le lien entre le livre et mes apparitions. J'avais hâte que tu me libères et je voulais que la curiosité te pousse à connaître la conclusion du récit. Mon impatience aurait pu m'être néfaste car, en me montrant ainsi à toi, j'avais toutes les chances de te faire peur. Pourtant, chaque fois, ton esprit pragmatique a désavoué ce que tu avais vu. Tu étais averti, professeur. Tu aurais dû savoir que le Livre sucerait ta vie aussi cruellement qu'une araignée déguste un insecte. Ton sang devra maintenant se joindre au mien pour écrire une autre partie de ce livre maléfique. L'heure de ma délivrance a enfin sonné!»

Branilov ouvrit les yeux. Son visage blafard s'éclaira d'un sourire. Quelque chose éclata dans la tête du professeur. Il ressentit dans son crâne une douleur vive mais brève. Ce fut la fin. Son corps sans vie fut découvert trente secondes plus tard, lorsque les premiers élèves du cours de français entrèrent dans la salle.

Sophie Marchand sursauta et faillit laisser tomber la pile de dessins qu'elle transportait. Un cri perçant venait de résonner dans le couloir. Elle posa les feuilles et sortit de sa classe pour aller voir ce qui se passait. À quatre portes de là, une jeune fille, visiblement secouée, s'appuyait sur un camarade pour ne pas tomber. Une quinzaine d'adolescents atterrés formaient un groupe dense devant la porte de la classe de français. D'un pas hésitant, Sophie les rejoignit.

«Que se passe-t-il? demanda-t-elle d'une voix blanche.

— C'est le prof, madame Marchand! Il est étendu par terre au fond du local! On croit qu'il est mort!»

Le sang de Sophie se glaça. À coups de coudes, elle se fraya un passage à travers le barrage formé par les étudiants. Lorsqu'elle pénétra dans la classe, ses yeux incrédules fixèrent le corps immobile qui gisait sur le sol. Elle s'entendit hurler: «Qu'on appelle vite une ambulance!» et elle se rua vers le cadavre de Patrice.

Les ambulanciers n'avaient pu que constater le décès. Des employés de la morgue, vêtus comme des corbeaux, avaient pris la relève. Une dizaine de profs se massaient maintenant dans la salle. Les élèves étaient retenus dans le couloir. Pendant qu'on hissait le corps de Patrice sur un brancard, Sophie se tenait debout, un peu en retrait. On enveloppa le cadavre dans une couverture grise qu'on entoura de sangles orangées. Sophie ne réalisait pas. À travers les brumes de sa stupeur, elle entendait la rumeur lointaine de tous ces gens qui s'affairaient prestement autour d'elle. «C'est sans doute un anévrisme», dit quelqu'un. «Quel était le nom de la victime?» demanda un autre. Et madame Papineau, la professeure d'histoire, répondit d'une voix éprouvée: «Il s'appelait Patrice Dupire.» Un bruit sec et métallique fit tressauter Sophie. On avait déployé le support du brancard. «Faites place, je vous prie!» fit l'un des corbeaux. Puis les roues de la civière entraînèrent silencieusement le mort vers la sortie.

«Je t'aime, Patrice», murmura Sophie.

Elle ne pleurait pas. Une torpeur indolente occultait tout. La jeune femme vit le livre noir qui gisait par terre tout près de la porte. Elle s'en approcha et se pencha pour le ramasser; sans toutefois remarquer qu'il était beaucoup plus épais qu'il ne l'était lorsqu'elle l'avait vu la dernière fois. Elle l'ouvrit à la page marquée par le signet et elle lut ces mots, écrits de sa main sur ce bout de carton: «Pour que tu penses à moi. Je t'aime! Ta Sophie.» Ce fut à ce moment qu'elle réalisa qu'elle venait d'être flouée par le destin. La mort venait de lui arracher l'homme de sa vie. Elle se sentit défaillir et ne reconnut pas sa voix qui disait:

«J'allais devenir sa femme… Heureuse… enfin… Pourquoi? Pourquoi?»

Sophie Marchand s'évanouit. Madame Papineau eut tout juste le temps de tendre les bras pour ralentir sa lourde chute vers le sol.

Ce livre s'écrira par le sang et dans la langue de celui qui le lira. Tu as lu le Livre: tu en écriras la suite. Ne sens-tu pas sur toi tomber le voile froid de la mort?

L'Artiste

I

C'était un ciel rageur et délirant. Il passait, sans nuance, du bleu obscur à l'orangé. Çà et là, des touffes de nuages bruns le morcelaient. Un soleil agressif venait s'asseoir sur le flanc sombre d'une montagne imaginaire; et des rayons de lumière, vifs et acérés, embrasaient la cime des pins rabougris. La spatule mordit dans la pâte verte et huileuse. En quelques gestes prestes mais précis, l'artiste déposa une bordée de nénuphars sur le miroir flou d'un lac couleur de lave.

Sans lâcher sa spatule, le peintre recula de quelques mètres pour contempler son œuvre. Une force apocalyptique émanait du tableau. L'homme sembla ravi du résultat. Il plissa les paupières derrière ses lunettes rondes, comme s'il eût cherché à déceler un détail secret dans ce décor qu'il venait de créer. Le visage grave et les lèvres serrées, il se déplaça de côté, tel un crabe, puis de gauche à droite, pour considérer le paysage sous tous ses angles. Finalement, sa figure s'éclaira d'un sourire enchanté.

«Je l'intitulerai *Fureur*!» clama-t-il en revenant vers son chevalet.

Le peintre abandonna la spatule pour s'emparer d'un pinceau long et chétif. D'une main habile et d'un rouge de feu, il signa la toile.

Édouard Marchand était un homme de taille moyenne. Il avait cinquante-cinq ans, mais son visage

281

encore jeune ne les trahissait pas. Son corps gardait une minceur et une souplesse juvéniles. Il portait, sur ses vieux vêtements, un sarrau blanc maculé de fientes multicolores. Il arborait une barbe de plusieurs jours et son épaisse crinière, grise comme une peau de loup, se hérissait de mèches folles. Édouard noya les soies de son pinceau dans un bac de diluant. D'un regard presque sensuel, il embrassa encore une fois sa dernière création.

Dans le vaste atelier aux larges verrières, plus de deux cents autres tableaux s'entassaient dans un anonymat que l'artiste n'avait aucunement l'intention de rompre. Il était comme ça, Édouard : il faisait tout pour éviter d'attirer l'attention. À vrai dire, bien qu'on lui affirmât sans cesse le contraire, l'homme ne se considérait pas comme un artiste de grand talent. Aussi, plutôt que de voir son travail pilonné par une éventuelle mauvaise critique, il préférait le tenir à l'abri des regards. De toute façon, Édouard Marchand était très riche. Il n'avait donc nul besoin de faire commerce de son art pour subsister.

L'artiste leva la tête. La pluie tambourinait sur la toiture vitrée du gigantesque atelier. Le mois d'août s'annonçait plutôt mal, car ses quatre premiers jours avaient été gris. Édouard haussa les épaules en signe de résignation. Il avait envie d'enfourcher sa moto et de s'offrir un dimanche après-midi de randonnée dans les Laurentides. Mais, à travers les verrières, le ciel matinal était si sombre que rien ne laissait présager une éclaircie. La moto resterait au garage.

Édouard retira son sarrau et se lava les mains. Un concerto de Beethoven émanait doucement des six haut-parleurs de l'atelier. Des odeurs d'huile de lin et de térébenthine se mêlaient à celle du café frais. Le climatiseur diffusait une fraîcheur confortable. Des cadres de buée s'étaient formés autour des vitres étincelantes. L'artiste traversa la grande pièce. Une cafetière dernier cri trônait sur un long comptoir de chêne pâle. Marchand remplit sa tasse et vida dans l'évier ce qui restait à l'intérieur du récipient en verre. Il alla s'asseoir dans un fauteuil, empoigna un téléphone cellulaire, composa un numéro et appliqua l'appareil contre sa joue. À l'autre bout du fil, on décrocha presque aussitôt.

« Allô ? fit une voix féminine.

— Comment va mon amour ? susurra Édouard en souriant.

— Je vais bien, mon chéri. Et toi ? Quoi de neuf depuis hier ?

— Rien de bien important, fit l'homme. J'ai peint une autre toile, il pleut des clous et tu me manques.

— Tu me manques aussi, répliqua la femme. Je serai libre le week-end prochain. Si l'envie te prenait de quitter pour quelques jours ton existence monacale, pourquoi ne viendrais-tu pas me rejoindre à Québec ?

— Je viendrai. C'est promis.

— C'est enregistré, dit-elle. Tu as intérêt à venir ! J'ai hâte de te présenter à mes copines ! Il y a six mois que je loge presque en permanence à Québec et elles ne t'ont encore jamais vu !

— Tu crois que je vais leur plaire ?

— J'espère que non ! lança-t-elle en riant. Ce sont de vraies mangeuses d'hommes ! »

La réplique amusa Édouard. La femme reprit :

« J'allais justement t'appeler lorsque le téléphone a sonné. Ce matin, je me suis rendu compte qu'une broche manquait dans mon coffret à bijoux. Il s'agit du serpent de jade que tu m'as acheté à San Francisco l'année dernière. Je l'ai sans doute laissé dans le tiroir de ma coiffeuse. Tu veux bien y jeter un coup d'œil quand tu en auras le temps ? J'aimerais que tu me l'apportes lorsque tu viendras me voir.

— J'y veillerai, répondit Édouard. Veux-tu que je te rappelle ce soir ?

— Non. Il y a un vernissage à la galerie. Je dois partir bientôt pour tout organiser. Je reviendrai tard. Je t'appellerai demain. En attendant, je t'embrasse très fort ! À demain, mon chéri !

— Je t'embrasse aussi, fit tendrement l'homme. À demain. »

Après avoir raccroché, Édouard posa le minuscule téléphone sur la table et trempa les lèvres dans son café. En soupirant, l'artiste ferma les yeux. Il réalisa que sa femme lui manquait vraiment. Cela le fit sourire. Édouard n'était pas un grand sentimental. De toute sa vie, il ne s'était jamais vraiment attaché à qui que ce soit. Son père et sa mère étaient décédés dans un accident de voiture. Il avait six ou sept ans quand c'était arrivé. Ayant par la suite vécu une enfance labourée de déceptions, il avait appris très tôt à ne compter que sur lui-même. Jusqu'à maintenant, cette attitude l'avait très bien servi. Il n'y avait eu personne dans sa vie pour l'abreuver de mises en garde et pour l'empêcher d'agir comme il l'entendait. À vingt ans, il avait acheté une vieille voiture et l'avait aussitôt revendue cent dollars de plus. Cela avait suffi à éveiller son impressionnant talent pour les affaires. Depuis ce jour, rien n'avait pu l'arrêter.

Dès l'âge de trente ans, Édouard Marchand était déjà millionnaire. Maintenant dans la cinquantaine, il valait cent fois plus. Le gros de sa fortune, il l'avait fait dans l'immobilier. Il possédait des parts dans plusieurs centres commerciaux, des magazines, des imprimeries ; il injectait des fonds pour venir en aide à quelques maisons d'édition et à de petites entreprises prometteuses. Il était également le mécène de nombreux artistes, particulièrement des peintres et des écrivains. Personne ne le sollicitait directement, car peu de gens savaient qui il était. L'homme d'affaires donnait sans compter à plusieurs organismes d'entraide. Par l'entremise d'une fondation qui s'était engagée à préserver son anonymat, il permettait aussi à certains hôpitaux pour enfants d'acquérir l'équipement essentiel qu'ils n'eussent pu s'offrir autrement. Édouard était une ombre. Un être anonyme aux actes remarquables. Il était très fier de ses accomplissements. Cependant, il préférait demeurer loin des projecteurs. La gloire n'est profitable qu'à ceux qui ont quelque chose à vendre. Lui, il donnait. Et la gloire est souvent néfaste pour ceux qui ont la réputation de donner.

La radio diffusait maintenant le *Canon en ré* de Pachelbel. Édouard pensait à Sophie. Depuis six mois, il ne la voyait presque plus. Leur couple n'en avait assurément plus pour très longtemps. Elle avait failli le quitter une fois déjà. Il y avait de cela plus de quatre ans. Elle était tombée amoureuse d'un professeur de français. Malheureusement, juste au moment où Sophie s'apprêtait à aller vivre avec ce jeune homme, la mort avait fauché celui-ci. Ce jour-là, Édouard avait dû se rendre à l'école pour y prendre sa femme qui n'était pas en état de conduire. Jamais il n'avait vu tant de détresse dans un regard. La douleur de Sophie était intolérable à voir. En silence, il l'avait ramenée à la maison. Durant les trois jours qui avaient suivi le drame, elle n'avait pas prononcé un seul mot. Elle s'était cloîtrée dans la chambre des maîtres, et la gouvernante avait veillé à ce qu'elle ne manquât de rien. Par respect, Édouard avait laissé sa jeune épouse seule. Puis, un matin, elle était venue le rejoindre dans l'atelier. Elle n'avait rien dit, attendant sans doute qu'il lui demandât de partir. Mais il l'avait prise tendrement dans ses bras pour lui montrer qu'elle pouvait toujours compter sur lui. Elle n'avait plus jamais reparlé de Patrice, et Édouard avait pris garde de ne jamais faire allusion à lui. D'un commun et silencieux accord, ils avaient déchiré, en apparence du moins, cette page de leur histoire. Mais l'amant de Sophie serait toujours là. Édouard Marchand ne doutait pas qu'elle aimerait toujours Patrice. Celui-ci était mort mais l'amour subsistait, malgré les années, comme quelque chose d'indélébile. Il transparaissait dans le manque d'intérêt qu'éprouvait Sophie pour les choses qu'elle avait aimées avant la mort de cet homme. L'artiste le voyait toujours, cet amour, lorsque, quelquefois, sans vraiment le vouloir, il croisait le regard voilé de larmes de sa femme. Édouard aimait Sophie. De cela non plus, il ne doutait pas. Mais il eût préféré qu'elle partît avec Patrice plutôt que de la voir ainsi anéantie.

Sophie Marchand passait maintenant le plus clair de son temps à Québec. Elle avait abandonné l'enseignement pour ouvrir une galerie d'art dans la Vieille Capitale. Édouard avait épaulé ce projet. Il était devenu évident que la jeune femme n'arrivait plus à évoluer dans cet environnement qu'elle avait eu le désir de quitter quatre années auparavant. Même leur complicité, jusqu'alors inébranlable, avait cessé d'exister. Lorsqu'elle parlait à son mari au téléphone, Sophie riait et plaisantait avec l'humour qui, de tout temps, avait caractérisé leur relation. Toutefois, dès qu'elle se trouvait en sa présence, la jeune femme était incapable de le regarder dans les yeux. Visiblement, elle s'en voulait de faire semblant d'être là alors qu'en fait elle eût dû être ailleurs. Elle avait rejeté Édouard en faisant un trait sur sa vie avec lui. Elle savait qu'elle ne l'aimait plus. Elle le lui avait même avoué. Ce n'était pas elle mais le destin qui avait décidé qu'elle resterait. Sans doute Sophie en voulait-elle un peu à cet homme si passif, si bienveillant et si généreux qui l'avait reprise dans ses bras malgré sa trahison. Sans doute se sentait-elle coupable d'avoir pensé, ne fût-ce qu'une seconde, que la mort du mari eût été assurément moins douloureuse que celle de l'amant.

L'artiste savait que sa femme n'avait pas d'autre homme dans sa vie. Il y avait eu Dupire et, si Sophie demeurait fidèle désormais, c'était pour l'amour du défunt professeur qu'elle le faisait. Édouard, pour sa part, n'avait jamais essayé de la retenir. Il était conscient qu'il n'avait jamais su l'aimer comme un homme qui aime se doit de le faire. Car Édouard Marchand était un égoïste. Et il devait sa fortune à cette caractéristique. Seul, il avait pu se permettre tous les sacrifices. Il avait dormi dans des chambres modestes ; il avait porté longtemps les mêmes vêtements usés ; de nombreuses fois, même en ayant des milliers de dollars en poche, il s'était privé de choses essentielles pour disposer de l'argent nécessaire à la conclusion d'une bonne affaire. Il n'avait pas voulu d'une femme à cette époque où il considérait l'amour comme une chaîne. À cette étape de sa vie, Édouard n'avait pas la moindre place à offrir à qui que ce soit. Il s'était engagé corps et âme dans la poursuite d'un objectif : celui de prouver à tous que, même en ayant tiré les mauvaises cartes, un homme peut toujours gagner. Dans la jeune trentaine, il avait atteint son but. Et sa brillante réussite était allée bien au-delà de ses espérances. Édouard avait simplement souhaité avoir une vie confortable, une vie dépourvue des appréhensions et de la froideur qui avaient marqué sa prime jeunesse. Il s'était promis que, lorsqu'il posséderait assez d'argent, il trouverait une femme merveilleuse et achèterait une maison à la campagne pour y élever leurs enfants. Lorsque ce rêve fut à sa portée, l'homme eût pu tout arrêter et jouir enfin de cette paix sécurisante. Seulement, cela eût équivalu à attacher un cheval de course à sa stalle. Édouard avait encore envie de courir. En épousant Sophie, il s'était pourtant juré de lui consacrer la majeure partie de son temps. Cependant, il avait vite réalisé que c'était chose impossible. Édouard avait tellement meublé la pièce de son existence de ses propres habitudes que, s'il eût ouvert sa porte à une femme, celle-ci n'aurait jamais vraiment pu entrer tout à fait dans sa vie.

Aujourd'hui, le monde des affaires ennuyait Édouard au plus haut point. Il avait délégué la majeure partie de ses tâches à d'honnêtes subalternes. Cependant, rien n'avait changé en lui. Toujours enfermé dans sa bulle, il écrivait des romans et peignait des tableaux avec la rigueur d'autodidacte qu'il consacrait à tout ce qui le passionnait. Sophie n'avait pas plus de place qu'avant. Personne n'en aurait jamais.

En sirotant son café dans le grand atelier, Édouard songeait qu'il ne devait pas retenir Sophie plus longtemps. En fait, il ne la retenait pas : elle se retenait. La jeune femme habitait maintenant une autre ville, mais un lien incompréhensible l'unissait toujours à lui. Elle semblait hésiter à partir pour de bon. Elle semblait attendre qu'il lui donnât son accord. L'artiste aimait sa femme, car il était impossible de ne pas aimer une femme comme elle. Mais plus le temps passait, plus l'attitude résignée de Sophie l'agaçait. Elle n'était pas heureuse. Elle gâchait sa vie et souffrait en silence. En raison de tout cela, une ombre d'angoisse et de culpabilité troublait la quiétude d'Édouard Marchand. S'il fallait dire à Sophie de prendre son envol, il le ferait. Sophie était une femme magnifique, intelligente et combative. Après le divorce, elle serait heureuse et Édouard retournerait à son bonheur ouaté de solitaire. L'artiste accueillit cette perspective avec un certain soulagement. Mais un pincement au cœur lui rappela qu'il n'était pas de pierre. Sa petite femme lui manquait vraiment et il eût aimé se sentir emporté par un élan soudain, un élan d'amour irrépressible l'obligeant à prendre sa voiture pour aller la rejoindre à Québec ; arriver chez elle à l'improviste pour lui faire l'amour avec toute la passion du monde. À cet instant, le peintre dut se rendre à l'évidence : comme tant de fois auparavant, il eût aimé savoir aimer.

Édouard se leva et alla déposer sa tasse vide dans l'évier. Il profiterait de cet autre jour pluvieux pour ajouter quelques pages au manuscrit déjà fort avancé de son prochain roman. Il éteignit la radio, prit ses clefs sur le comptoir, composa un code sur le clavier du système d'alarme et quitta le pavillon.

II

Édouard parcourut quarante mètres sous la pluie battante avant d'atteindre la maison. Ruisselant, il gravit les marches qui menaient à la terrasse, puis il enfonça une clef dans la serrure de la grande porte coulissante de la cuisine. Une fois à l'intérieur, il tapa un autre code sur un autre clavier et retira ses espadrilles détrempées. La cuisine avait des allures de station spatiale. La cuisinière, le réfrigérateur, le lave-vaisselle et le four à micro-ondes, le long comptoir en forme de « U », la plaque chauffante et le double évier s'emboîtaient comme s'ils avaient été fabriqués dans un seul bloc d'acier inoxydable. Le plancher lustré était un échiquier fait de carreaux noirs et blancs. Le bleu nuit des armoires de cuisine atténuait à peine la froideur de cette pièce que madame Dupuis, la gouvernante, comparait volontiers à un laboratoire de médecin légiste.

Laissant une traînée de gouttes sur le carrelage, Édouard traversa la cuisine pour déboucher dans une impressionnante salle à manger où personne ne mangeait jamais. En fait, il s'agissait plutôt d'une salle de banquet. C'était une immense pièce d'un luxe inouï, un morceau de château aménagé à grands frais pour absolument rien. La longue table d'acajou massif sur laquelle on eût pu garer une Cadillac était entourée de dix-huit chaises fabriquées dans le même bois. Leurs dossiers étaient hauts et leurs coussins étaient recouverts de cuir d'autruche. Un imposant piano à queue trônait solennellement près d'une grande fenêtre aux rideaux tirés. C'était un Steinway, noir et miroitant, un instrument digne d'un virtuose mais crevant d'ennui dans l'indifférence la plus absolue. Sur un mur bleu : un Riopelle, un Degas, un Manet et quelques esquisses de Dali. Sur un autre mur bleu : un Borduas, un Lemieux et un Pollock. Des œuvres de maîtres que personne ne regardait jamais ; sauf quand Édouard les prêtait à quelque musée. Des tapis persans se prélassaient sur le marbre gris du sol. Plusieurs sculptures d'aspect fluide reposaient sur des socles en granit. La salle à manger baignait dans une lumière perlée. Les lueurs du jour pénétraient le verre sablé d'un dôme vertigineux qui donnait à l'endroit des allures de chapelle. Une énorme cheminée de pierre ouvrait sa grande gueule cendreuse comme si elle avait voulu tout avaler de cette magnificence. Regardant sans rien voir, Édouard traversa la salle à manger. Ses chaussettes humides glissaient sur le marbre sans faire de bruit. Le silence était lourd, total, oppressant. Édouard semblait seul et pathétique dans cet espace. Il s'empressa d'atteindre le splendide escalier, qu'il grimpa avec souplesse. Une fois en haut, il ouvrit la porte de son bureau et la referma derrière lui.

Un désordre étonnant régnait en ce lieu. Le bureau d'Édouard était le seul endroit où madame Dupuis n'avait pas accès. C'était le coin intime de l'artiste, plus intime encore que son atelier. Il s'agissait encore d'une pièce de grande dimension, comme l'étaient d'ailleurs toutes les pièces de la demeure, mais, à l'opposé du faste général, rien ne paraissait vraiment riche dans ce capharnaüm. Les murs étaient entièrement dissimulés par de hauts rayonnages de vieux livres poussiéreux, des livres rares qui valaient cher mais qui semblaient ne rien valoir du tout. Sur le sol de planches, d'autres bouquins s'élevaient en colonnes grossières, si chancelantes qu'on eût dit qu'elles étaient sur le point de s'effondrer. Un vieux canapé au cuir usé et fendu laissait voir ses entrailles de bourre blanche par tous les orifices de ses nombreuses plaies. Au beau milieu de cet antre maussade, il y avait une ridicule chaise pivotante et une grande table sur laquelle, jurant sur l'ensemble par trop de modernisme, trônait un ordinateur dernier cri.

Édouard Marchand s'installa devant le clavier et bougea la souris. Bientôt, l'écran s'illumina. L'artiste cliqua deux fois sur une icône, et une page se découpa sur l'écran du moniteur. Le titre provisoire de son bouquin y apparaissait en grosses lettres noires et stylisées : *Les Nuits du loup*. L'homme fit défiler le texte jusqu'au passage qu'il avait rédigé la veille. Il relut ces quelques lignes pour se replonger dans l'ambiance sordide de son roman d'épouvante :

Appuyée sur une grosse pierre, les poumons en feu, Sandrine sentait son courage l'abandonner. Elle avait fui la bête en courant à perdre haleine dans l'obscurité dense de la forêt. Les branches l'avaient cruellement flagellée. Elle avait trébuché maintes fois. Des obstacles avaient freiné sa fuite comme si la nature elle-même s'était alliée à la bête. Ses vêtements n'étaient plus que des lambeaux d'étoffe sanguinolente. Son œil droit était sans doute crevé. Elle avait fui la bête mais, maintenant, elle souffrait de partout. Elle saignait de partout. Et le sang attirerait la bête. C'était bien fini. Elle n'aurait plus la force de fuir maintenant. Dans sa bouche, le goût de sel des larmes se mêlait au goût ferreux du sang. Elle fit une tentative pour se relever. Une douleur lancinante lui vrilla la cheville. Elle s'écroula lourdement et sa figure alla s'enfoncer dans l'humus fétide et poisseux du sol. « Mourir tout de suite, pria-t-elle. Je veux mourir tout de suite. Trop mal... trop peur... trop froid... Que la terre m'avale avant que cette monstruosité le fasse. »

Comme pour couper court à cette supplication dérisoire, le hurlement de la bête monta dans la nuit.

Édouard plissa les paupières, réfléchissant à ce qu'il écrirait ensuite. Le récit tirait à sa fin. Encore une trentaine de pages, peut-être, et l'histoire serait scellée. Il avait éprouvé énormément de plaisir à écrire ce roman. Deux cent cinquante pages, des chapitres brefs et un rythme impétueux. Encore quelques jours d'écriture et il pourrait envoyer son œuvre à ses correcteurs. Après les corrections, trois, afin que nulle erreur ne subsistât, Édouard coordonnerait toutes les étapes de la production. Il déboursarait aussi l'argent nécessaire à la publication de son œuvre. Lorsque *Les Nuits du loup* arriverait chez l'éditeur, ce dernier aurait simplement la tâche de le faire distribuer. Évidemment, les romans d'Édouard lui coûtaient plus cher qu'ils ne lui rapportaient. Cependant, pour lui, cela n'avait aucune importance. Les écrivains l'avaient toujours fasciné et, dès son enfance, il s'était promis de devenir l'un des leurs. La vie l'ayant entraîné sur d'autres voies, plus de quarante années s'étaient écoulées avant qu'il réalisât ce rêve, un rêve qui n'eût sans doute jamais été tout à fait concrétisé sans l'intervention de Sophie.

Cela s'était passé neuf ans plus tôt. À cette époque, Édouard Marchand venait de terminer le manuscrit de son premier roman. Comme d'ordinaire, il s'était mis en tête de garder son œuvre pour lui seul. Sophie, qui avait lu l'ouvrage, s'en était offusquée. Elle admirait le talent fou de son mari, mais elle détestait au plus haut point son attitude misanthropique. L'anonymat maladif dans lequel il semblait se complaire pouvait sans doute s'avérer utile dans le monde des affaires, mais, selon elle, lorsqu'on possédait comme Édouard une force créatrice exceptionnelle, on n'avait aucun droit de laisser sombrer tout cela dans l'inconnu. Sophie avait donc eu l'idée d'inviter Michel à la maison. Michel était éditeur. Il comptait aussi parmi les meilleurs amis d'Édouard. Ce soir-là, tandis qu'ils discutaient, Sophie avait subitement exhibé le manuscrit de son mari.

L'artiste avait évidemment protesté. Il avait assuré à ses invités que son style était banal et qu'il faudrait encore bien du travail avant de faire quelque chose de convenable avec son récit. Michel avait offert à Édouard de le conseiller dans ce domaine. Après maints pourparlers, l'artiste s'était finalement laissé convaincre. L'éditeur avait donc emporté le manuscrit pour le lire.

Trois mois plus tard, il avait téléphoné à Édouard. Le roman avait été soumis à un comité de lecture qui l'avait grandement apprécié. Si l'auteur y consentait, son livre aurait sa place parmi les publications automnales de la maison d'édition. Édouard avait accepté, à la condition qu'il pût publier son roman sous un pseudonyme. De surcroît, il fut entendu que, mis à part une infime publicité, il n'y aurait pas de promotion ni de sortie publique de l'écrivain. Ces exigences ne soulevèrent que peu d'objections. L'éditeur n'avait de toute façon rien à perdre, puisque Édouard tenait à couvrir tous les frais qu'engendrerait la conception de son bouquin. Une fois les détails du contrat réglés, Édouard était devenu un auteur en bonne et due forme.

Depuis neuf ans, il avait écrit deux autres romans. *Les Nuits du loup* serait son quatrième. Comme de raison, ses publications précédentes n'avaient connu que très peu de succès. Les critiques les avaient totalement ignorées. L'artiste ne s'en était jamais plaint, bien au contraire. Son anonymat lui avait permis de peaufiner son style tout en explorant plusieurs genres littéraires. Cette fois cependant, avec *Les Nuits du loup*, il touchait enfin une forme qu'il brûlait d'envie d'associer à son nom. Il n'en avait pas encore parlé avec l'éditeur, mais il le ferait bientôt. *Les Nuits du loup* deviendrait alors la première œuvre liée au nom d'Édouard Marchand.

Édouard fixait l'écran sans vraiment voir le texte qui s'y affichait en grosses lettres noires sur fond blanc. Il en était toujours ainsi lorsqu'il s'installait pour écrire. Il relisait ce qu'il avait créé la veille, puis son esprit s'égarait. Ses doigts pianotaient nerveusement sur la table. Il relisait un paragraphe pris au hasard, se levait, déambulait dans la pièce et revenait s'asseoir. Il pouvait perdre une heure en gestes et en songes inutiles avant d'oser écrire le premier mot de sa journée. Toutefois, dès que ce premier mot venait, les phrases commençaient à s'enchaîner comme des perles sur un collier. Quand ce premier mot venait, Édouard était submergé par le récit. Les images se succédaient à un train d'enfer, et ses doigts martelaient le clavier avec la peur écrasante de perdre le rythme fou que l'esprit leur imposait. Donc, lorsque le premier mot venait, l'artiste écrivait parfois jusqu'à ce que la fatigue l'obligeât à abdiquer.

Mais, ce dimanche-là, même au bout d'une heure, le premier mot n'était pas venu. Édouard abandonna le bureau en se promettant d'y revenir dans l'après-midi. Il allait descendre pour manger un morceau lorsqu'il se souvint de ce que lui avait demandé Sophie à propos du serpent de jade. Il changea de direction et se dirigea vers la chambre des maîtres. En ouvrant le tiroir de la coiffeuse de style Louis XVI, il vit tout de suite le serpent qu'il avait offert à sa femme. Le bijou brillait doucement, vert comme une pastille à la menthe et posé, bien en évidence, sur la peau crevassée d'un très vieux livre noir.

D'une main délicate, l'artiste déposa le serpent de jade sur le meuble. Il prit ensuite le livre et examina sa couverture qui ne portait pas de titre. Une expression d'intérêt crispait ses traits. Édouard connaissait les vieux bouquins. Il en possédait des centaines dans son bureau. Tous étaient très vieux, très rares et demeuraient, pour la plupart, des exemplaires uniques au monde. Mais ce livre qu'il venait de découvrir intriguait l'homme au plus haut point, car, à première vue, il ne pouvait le rattacher à aucune époque et à aucun procédé de reliure connu de lui. Édouard frôla le cuir noir et raviné, une peau qui portait les stigmates des ans, mais qui n'en avait pas la sécheresse. Le cuir était souple, comme vivant. L'artiste ouvrit le livre, et sa curiosité s'intensifia. La couverture n'était pas qu'une mince membrane de cuir appliquée sur du carton. Elle était apparemment formée d'une seule pièce : un grand rectangle sans couture, sans colle, et taillé dans une peau épaisse comme on imagine celle d'un éléphant. Un morceau de carton tomba du livre. Édouard se pencha pour le ramasser et lut ce qu'il y avait d'écrit sur ce signet : « Pour que tu penses à moi. Je t'aime ! Ta Sophie. »

Une vague de joie réchauffa le cœur de l'homme. Sophie avait utilisé le serpent de jade comme prétexte afin qu'il découvrît ce livre qu'elle voulait lui offrir. Ce présent et ces quelques mots griffonnés par sa femme déclaraient à Édouard cet amour en lequel il ne croyait plus. La fierté de se savoir aimé par elle et le remords de ne savoir que faire de cet amour se mêlaient en lui ; le clouant sur place, le forçant un instant à reconsidérer son projet de vivre seul et le laissant, bouleversé, sur une frontière qu'il croyait avoir laissée derrière lui depuis longtemps. Sophie lui tendait les bras. Elle lui clamait son amour avec de l'encre, du carton et une ferveur toute nouvelle. Édouard se sentait tout drôle en dedans. Le livre que sa femme lui donnait lui faisait grand plaisir, certes. Mais ce n'était pas là la cause de son étonnement. Par le passé, Sophie lui avait fait de nombreux cadeaux. Cependant, rien parmi toutes ces choses n'avait mieux exprimé la véritable tendresse que ces mots brefs, simples et jetés spontanément sur un vulgaire bout de papier rigide. Ce geste d'amour presque enfantin le déconcertait. Et puis, elle n'avait jamais écrit « Ta Sophie » auparavant.

Le regard de l'artiste s'éleva vers la grande photographie de sa femme qui dominait l'âtre de la chambre. Sophie souriait de toutes ses dents très blanches. Le vent qui soufflait, le jour où on avait pris ce cliché, avait ébouriffé ses cheveux. Ses yeux en amande brillaient comme des billes, et son visage rayonnait comme si la vie n'avait pu qu'être belle. L'homme se fit violence pour admettre que la jeune femme s'était menti à elle-même en écrivant ces choses. Alors qu'il regardait la photo et admirait toute cette jeunesse, toute cette fougue et toute cette beauté, Édouard songea au bonheur que refusait Sophie en s'obstinant à demeurer madame Marchand, et l'évidence d'une imminente rupture s'imposa de nouveau à lui. Il relut le signet, le frôla de ses lèvres et le glissa dans le cadre doré qui entourait la photographie. Et il se sentit seul. Encore. Une larme germa au coin de son œil, mais il se secoua pour ne pas céder à la mélancolie. Édouard Marchand toussa, détourna les yeux du magnifique visage et décida que tout cela avait assez duré. Le lendemain, il irait voir sa femme pour la convaincre de recommencer ailleurs ce qu'elle avait raté avec lui.

III

Édouard était assis dans son bureau du rez-de-chaussée. Cette pièce était plus vaste, plus belle et beaucoup mieux éclairée que la poussiéreuse tanière où il écrivait ses romans. Elle avait été spécialement aménagée pour recevoir les gens importants. Le décor y était sobre, mais d'une sobriété opulente où se mêlaient les métaux, les cuirs, le verre et les bois obscurs aux essences rarissimes. Les murs étaient peints en vert et en marron. Derrière le grand bureau d'ébène sur lequel était penché l'homme, trônait un gigantesque aquarium à l'eau bleutée. De son fond de sable mordoré jaillissaient des faisceaux de corail chatoyant. Les plantes aquatiques se balançaient dans l'onde telles de longilignes plongeuses explorant en apnée les fonds marins. Tout visiteur eût cherché en vain des poissons dans ce magnifique aquarium. Celui-ci était en place depuis six mois et Édouard n'avait pas encore eu le temps de trouver les pensionnaires qui l'occuperaient.

L'artiste regardait le livre ouvert sur la surface de bois noir. Il ne le lisait pas. Sous l'éclairage laiteux des néons, il s'intéressait plutôt aux caractères d'imprimerie, vaguement bruns, qui s'alignaient sur le papier jauni. Contrairement à ce que donnaient à penser ces lettres stylisées et légèrement creusées dans le papier délicat, Édouard décréta sur-le-champ que le livre ne pouvait avoir été écrit à la main. Car aucun calligraphe, si habile eût-il été, n'eût pu reproduire autant de lettres de façon si parfaitement identique. Un « b » en haut d'une page était rigoureusement pareil à un autre qui se trouvait plus bas. Il en allait de même pour les autres lettres, pour chaque virgule et pour chaque trait. Les lignes étaient droites ; les intervalles, réguliers ; et les marges avaient la rectitude d'un mur. Ce livre avait donc été imprimé.

Malgré cette certitude, l'homme demeurait perplexe. L'encre qu'on avait utilisée lui semblait étrange. Édouard songea que l'imprimeur du vétuste ouvrage avait dû avoir recours, par souci d'économie, à une pauvre mixture de son cru. Puis, en lisant quelques phrases prises au hasard au milieu d'une page, il s'aperçut que le livre noir n'était pas aussi ancien que sa couverture et son papier le laissaient supposer. Tout d'abord, le français dans lequel il était écrit semblait contemporain. L'homme était tombé sur le mot « tsar » qui, dans les vieux ouvrages français, s'orthographiait plutôt « czar ». Il était aussi question d'un pistolet automatique et, bien qu'Édouard n'eût que peu de connaissances sur les armes, il songea que ce genre de pistolet ne devait guère exister depuis plus d'un siècle. C'était à n'y rien comprendre. Alors que la reliure et les feuilles du bouquin semblaient dater d'au moins deux cents ans, son contenu était beaucoup plus récent. D'où ce livre provenait-il ? Dans quel intérêt quelqu'un avait-il fabriqué cette fausse relique ? Édouard referma l'ouvrage et, convaincu que celui-ci n'avait aucune valeur, à tout le moins sur le plan historique, il alla chercher un coupe-papier qui se trouvait sur un massif bahut en bois d'épave. Puis il pratiqua une infime brèche dans la peau noire du livre. Ce qui se passa alors glaça l'homme d'épouvante.

Lorsque la lame avait pénétré le cuir, Édouard avait senti le livre tressaillir sous ses doigts. Il avait laissé tomber le coupe-papier, puis, l'air ahuri, il avait reculé de quelques pas. Le livre rampait lentement sur l'ébène lustrée du bureau. La blessure légère qu'avait causée la lame laissait échapper un mince filet d'un rouge noirâtre : une source sinistre, incongrue et pourtant bien identifiable. Le livre saignait.

Le visage d'Édouard exprimait toutes les peurs du monde. Un trou noir engouffrait ses pensées. Il regardait le livre sans croire à ce qu'il voyait. L'objet progressait péniblement, telle une limace, en laissant un sillage sanglant sur le bureau. L'artiste ne parvenait pas à s'arracher de l'immobilité que provoquait sa terreur. Ses yeux s'attachaient à cette scène hallucinante sans pouvoir s'en détourner. Édouard Marchand était un être profondément rationnel. Pour lui, tout événement nébuleux avait forcément une explication sensée. Toutefois, il est de ces manifestations qui peuvent terrasser le plus convaincu des sceptiques. Ce que l'homme avait sous les yeux dépassait de loin son entendement et, si quiconque lui eût un jour affirmé avoir été témoin d'un pareil phénomène, il l'eût pris à coup sûr pour un dangereux mythomane.

Mais là, il avait peur. Rien d'autre que cette peur visqueuse qui enveloppe tel un linceul, une peur qui étouffe et qui forme des embâcles glacials dans les veines pour arrêter le sang. Édouard se dit qu'il fallait en finir avec cette chose insensée et sûrement malfaisante. Il devait la détruire avant qu'il fût victime d'un autre sortilège. Le sang du livre formait maintenant une large mare qui atteignait le rebord de la table. Une cascade sirupeuse coulait sur la moquette du bureau. Le bouquin avait cessé sa lente et brève progression. Il gisait, immobile, agonisant ou peut-être déjà mort. Édouard secoua son hébétude. Il réfléchit rapidement et entrevit en un éclair ce qu'il devait faire pour détruire la chose. Il se rendrait dans la salle à manger, tournerait la clef du gaz et mettrait le feu dans l'âtre. Après, il reviendrait chercher le livre, puis il l'emporterait pour le brûler.

Déterminé comme jamais, il fonça vers la porte entrouverte. Avant qu'il l'atteignît, le battant se ferma en claquant. L'homme empoigna rageusement le bouton de cuivre, qu'il s'évertua à faire tourner. La poignée résista. La flamme courageuse qui avait enhardi Édouard s'éteignit. Sa terreur revint : les cheveux qui se dressent ; les veines des tempes battant furieusement ; la sueur, froide, parce que le corps n'a pas eu chaud, une sueur qui gicle des pores comme si la chair pleurait ; les muscles tendus comme des cordes de guitare ; la bouche qui s'ouvre dans un cri muet ; et les yeux qui cherchent une échappatoire ; et les mains qui griffent le vide pour saisir une invisible planche de salut. La porte ne s'ouvrait pas. Il étouffait. Il suffoquait comme un homme enterré vivant et dont les hurlements n'atteignent plus personne. Ne pouvant aller plus loin, il se retourna pour faire face au livre. Aussitôt, il fut submergé par un troublant sentiment d'incompréhension. Sur le bureau, le livre était ouvert comme il l'avait été avant qu'il le fermât pour aller prendre le coupe-papier. Il n'y avait aucune trace de sang sur l'ébène du meuble ; rien non plus sur le tapis. Le coupe-papier se trouvait toujours sur le grand bahut où Édouard pensait l'avoir pris. Rien, à l'évidence, ne s'était passé là.

L'artiste saisit sa tête entre ses mains. Était-il fou ? Avait-il imaginé tout cela ? Adossé à la porte, il se laissa glisser pour s'asseoir sur la moquette. La pièce était plongée dans un silence de sépulcre. Le cœur d'Édouard voulait sortir de sa poitrine. Son souffle maintenait un rythme impétueux. Transfiguré par le choc qu'il venait de subir, il paraissait soudainement vieux. Sa terreur se transformait progressivement en vive inquiétude. L'angoisse d'une quelconque psychose le gagnait. De quel mal atroce et insoupçonné souffrait-il ? L'esprit qui s'égare est bien pire que les yeux aveugles. Bien pire encore que la bouche qui se tait à jamais. La folie annihile l'âme et vous domine. Elle fait volontiers de l'humain un clown navrant, un tueur sans honte, une larve baveuse pour chambre close. Quand la folie vous prend, il vaut mieux mourir que de subir les affres d'un complet naufrage. C'est ce qu'Édouard avait toujours pensé. Maintes fois, il avait songé qu'il préférerait mourir plutôt que de perdre ainsi sa dignité et son âme. Mais il n'osa pas juger trop vite de l'effroyable crise de délire dont il venait d'être victime. De toute manière, rien ne disait qu'un semblable égarement pût se produire à nouveau.

Tranquillisé, Édouard se leva. Il tourna la poignée, et la porte s'ouvrit. Ensuite, avec précaution, comme s'il se fût approché d'un lion assoupi, il avança vers la table de travail. Le livre de Poliakov restait immobile. Comme n'importe quel bouquin, celui-là n'avait rien de menaçant. Édouard le toucha, glissant ses doigts sur les pages pour chasser progressivement le doute qui l'accablait. Il prit le livre entre ses mains, le feuilleta distraitement et examina attentivement sa reliure sans y déceler la moindre trace de coupe-papier. L'homme eut un sourire contrarié. Il avait eu une absence et il se devait de l'admettre. Pouvait-il ignorer ce fait et l'oublier? Cette poussée de folie demeurerait-elle sans suite ou était-ce là le début d'un atroce cortège de tourments? Les sentiments qui habitaient l'artiste étaient certes bien inconfortables. Pourtant, tout cela n'était rien en comparaison de ce qui le guettait.

En premier lieu, Édouard n'eut pas conscience du piège qui se tendait. Oubliant son désarroi, il avait eu très envie de lire le livre. À vrai dire, et sans que l'homme s'en rendît compte, cette envie avait la puissance d'une nécessité. L'artiste n'avait même pas pris la peine de s'asseoir. Il avait ouvert le bouquin à la première page et il avait lu. Debout, près du bureau, il lisait maintenant sans pouvoir s'arrêter. Édouard atteignait le troisième chapitre lorsqu'il eut vaguement connaissance de l'emprise qu'exerçait sur lui le livre de Poliakov. Une nouvelle ondée de terreur le fit tressaillir. Mais il ne pouvait réfréner cette envie absolue d'absorber les phrases. Ses yeux ne pouvaient se détacher des mots. Le livre était une drogue dont la dépendance ne lui laissait aucun répit.

Depuis combien d'heures Édouard lisait-il ? Il portait sa montre mais ne pouvait la consulter. Derrière lui, la grosse horloge du bureau battait les secondes avec entêtement. L'étoffe de la nuit avait depuis longtemps drapé les fenêtres. Les jambes de l'artiste fléchissaient. La fatigue l'écrasait. Et il avait peur, surtout. Car Édouard connaissait maintenant le châtiment qui l'attendait. Le Livre allait le tuer. Les pages défilaient inexorablement vers cette conclusion : il lirait le Livre et il en écrirait la suite. L'homme n'avait d'autre choix que celui de croire au maléfice de Poliakov. Il ne pouvait nier les pouvoirs du Livre, puisque le Livre l'avait envoûté. Et cette irrépressible lecture le poussait à sa perte aussi sûrement que le couloir de la mort mène à la chaise électrique.

Édouard Marchand n'avait pas le loisir de réfléchir. Ce qu'il y avait de terrible dans ce sortilège, c'était que la personne envoûtée demeurait lucide. Ses yeux lisaient, son cerveau enregistrait chacun des mots ; et l'homme observait tout cela en témoin impuissant, sans rien pouvoir tenter ; l'esprit confiné dans un coin sombre, l'âme reléguée à un rôle de spectatrice. L'artiste avait parcouru *Le Fossoyeur* et il finissait presque de lire *Le Professeur*. Le récit concernant l'ancien amant de Sophie le troubla. Le Livre lui jetait à la figure toute cette passion qu'avait éprouvée sa femme pour cet homme. Les scènes d'amour lui firent un peu mal. Depuis ce soir où Sophie lui avait avoué sa liaison, Édouard avait tout fait pour éviter d'imaginer sa femme dans le lit de son jeune amant. Il avait pris la chose avec le détachement qu'il vouait à tout ce qui pouvait le blesser. Ce que lui montrait le Livre le faisait frémir. Car il voyait à quel point il n'était plus rien pour Sophie lorsque celle-ci s'abandonnait aux caresses de Patrice. Mais le bouquin ne laissait pas à Édouard le temps de s'attarder à de vains regrets. Il fallait qu'il lût le Livre jusqu'à ce dernier mot qui creuserait sa tombe. S'il restait à l'artiste le moindre doute quant à sa mort prochaine, ce doute partit en fumée à l'instant où il songea qu'avant lui le professeur avait lu le livre. Il l'avait lu et, de toute évidence, c'est ce qui l'avait tué.

Édouard découvrit aussi que sa femme n'avait jamais voulu lui offrir ce livre noir. Il était malencontreusement tombé sur ce signet : ce bout de carton autrefois adressé à Patrice et qu'il avait cru destiné à lui-même. Comment avait-il pu se leurrer de la sorte ? Ils n'étaient pas pour lui, ces mots pleins de tendresse, et, bien que le signet eût grandement contribué aux tourments qu'il subissait, Édouard se trouva curieusement attristé en comprenant qu'il ne lui appartenait pas. Sophie avait sans doute gardé ce livre en mémoire du jeune homme. Le Livre avait tué l'amant ; il tuerait maintenant le mari.

L'artiste mit dix heures pour achever sa lecture. Dix longues heures de torture pendant lesquelles il fut contraint à rester debout. Il avait très soif. Son immobilité l'avait obligé à se soulager dans ses pantalons. À la toute fin du Livre, il y avait cette phrase, prévisible entre toutes :

Ce livre s'écrira par le sang et dans la langue de celui qui le lira. Tu as lu le Livre : tu en écriras la suite. Ne sens-tu pas sur toi tomber le voile froid de la mort ?

Le livre de Poliakov relâcha finalement son emprise. Édouard était épuisé. Ses jambes engourdies ne pouvaient le soutenir davantage. Il ne pensait plus au maléfice. Sa fatigue était telle que cela lui était égal. Il ôta ses lunettes pour les laisser tomber sur la moquette. Le dos voûté, il se traîna jusqu'à un canapé, sur lequel il se laissa choir comme une pierre. Il s'endormit.

IV

Édouard avait fait un très long rêve et, comme c'est souvent le cas pour les très longs rêves, il ne conservait que d'infimes fragments de celui-là. L'image d'une route étroite serpentant devant sa camionnette lui revenait. Il s'agissait d'une route sablonneuse, cahoteuse et surplombée de chaque côté par de hautes et sombres murailles de résineux. Dans ce rêve, Édouard avait eu la désagréable impression d'être dirigé par un esprit qui n'était pas le sien. Puis il y avait eu cette longue marche dans la forêt : une forêt dense, sans sentiers ; obscure parce que c'était le crépuscule et froide parce que c'était l'automne. Il avait progressé dans la nuit noire, trébuchant à chaque pas, claudiquant plus qu'il ne marchait, errant sans but ou en quête de quelque nébuleux objectif. Transi de froid, il s'était traîné jusqu'à une clairière où s'élevait une bien piètre cabane. C'était tout. Le très long rêve s'était terminé là.

Au moment où il avait émergé du sommeil, Édouard n'avait pas eu la force d'ouvrir les yeux. Il se sentait fiévreux, affaibli et malade. Sa torpeur avait l'épaisseur d'un sirop. Il était couché sur le ventre, il avait la nausée, le froid l'enveloppait et tous ses muscles étaient douloureux. L'homme mit un temps considérable à reprendre ses sens. Ses pensées étaient confuses. Une amnésie profonde embuait tout. Depuis quand dormait-il ? Où se trouvait-il ? Il tentait de se remémorer un détail qui eût pu l'éclairer, mais, toujours, des images du rêve lui revenaient. Édouard ne pouvait se rappeler ce qui s'était passé avant qu'il s'endormît. Il revoyait sans cesse la mauvaise route, la camionnette et la forêt. Sous lui, il sentait un matelas mou et gorgé d'humidité. Son nez captait des relents de moisissure, de bois brûlé et de pétrole. Selon toute évidence, il n'était pas chez lui. Car l'endroit où il se trouvait n'avait rien de confortable. À travers les brumes de son abrutissement, une idée lui vint. Il songea à un enlèvement. On l'avait sans doute drogué pour l'emmener là dans l'attente d'une rançon.

Édouard ouvrit finalement les paupières. Ses yeux se heurtèrent à une noirceur complète. Il tendit l'oreille et n'entendit rien d'autre que ses propres dents qui claquaient. Il souleva doucement la tête, et son regard fouilla l'obscurité. À trois mètres de l'endroit où il se trouvait, sur le mur opposé, une fenêtre se découpait. Les pauvres lueurs du dehors éclairaient parcimonieusement l'intérieur de ce qui semblait être une pitoyable masure. Une table et une chaise se dessinaient vaguement dans l'ombre. Édouard ne discernait rien de plus. La nuit avalait le reste.

L'artiste prit appui sur ses coudes et se leva péniblement. Une douleur terrible lui vrillait le crâne. Il parvint à s'asseoir, les bras croisés sur le torse et les mains frictionnant ses épaules pour tenter de produire un peu de chaleur. Le froid intense l'empêchait de réfléchir à sa situation. Édouard se dressa sur ses jambes vacillantes, traversa la pièce en tâtonnant et posa la main sur la surface rugueuse d'un objet massif, trapu et arrondi : un poêle. Il fallait faire du feu ! À tout prix ! Édouard s'activa avec l'énergie du désespoir. Tout près du poêle, il découvrit une armoire et l'explora à tâtons. À l'intérieur, au milieu d'un maigre inventaire, il dénicha par miracle une boîte d'allumettes et trois bougies.

Édouard tremblait violemment. Cette trouvaille inespérée le poussait au comble de l'excitation. Retenant son souffle, il parvint tant bien que mal à atténuer les secousses de son corps. Ses doigts gourds ouvrirent la boîte d'allumettes et il pria pour que celles-ci ne fussent pas corrompues par l'humidité. Il en frotta une contre la fonte du poêle et elle craqua dans une flamme discrète qui eut l'effet d'un feu de joie. Édouard alluma une bougie en poussant un profond soupir de soulagement. À ses pieds, il avisa quelques bûches, une pile de journaux et un récipient rectangulaire contenant du kérosène. Il ouvrit la porte grinçante du poêle et, au bout de quelques minutes, une flambée bénéfique réchauffait l'endroit.

Le feu crépitait. La porte du poêle était demeurée ouverte et la lumière des flammes éclairait faiblement la masure. Car on ne pouvait nommer autrement ce gîte. Les bûches sèches, les journaux datant de moins d'une année, les allumettes encore utilisables et le contenant de kérosène à peine poussiéreux prouvaient que cet endroit avait été habité plus ou moins récemment. Mais la cabane se mourait. C'était un gîte abandonné avec tout ce que ce mot a d'intransigeant. Les murs se penchaient avec la hâte, semblait-il, de s'étendre définitivement. Le plancher était moisi et détrempé parce que le toit, las de retenir la pluie et la neige pour rien ni personne, avait commencé à crever. Des quatre carreaux de l'unique fenêtre, un seul demeurait intact. Le lit n'était qu'un grossier cadre de bois sur lequel on avait jeté un coussin sale, mince et mitraillé d'excroissances de laine grisâtre. Dans ce triste décor figuraient une table, deux chaises bancales et dépaillées, ainsi que l'armoire dans laquelle Édouard avait trouvé les allumettes. L'homme avait utilisé le carburant pour allumer le feu. Un brouillard nauséabond achevait de se dissiper.

Assis sur l'une des deux chaises qu'il avait transportée près du poêle, Édouard Marchand fixait le vide.

Que s'était-il donc passé pour qu'il fût là, dans une misérable cabane au beau milieu de nulle part? Quelques minutes plus tôt, il était sorti pour inspecter les alentours. Il avait constaté que la cahute de bois semblait perdue en pleine forêt. Cette cabane, il l'avait vue dans ce qu'il avait pris pour un rêve. La camionnette, la route, la forêt, tout cela faisait dorénavant partie d'une troublante réalité à laquelle l'artiste ne pouvait se risquer à donner la moindre interprétation. Il s'était réveillé là et c'était la seule chose qu'il pouvait affirmer. Tout portait à croire qu'on ne l'avait pas enlevé. Si c'eût été le cas, les ravisseurs ne l'eussent certainement pas laissé libre comme il l'était en ce moment. L'homme se perdait en conjectures. Les innombrables égratignures qui sillonnaient sa peau tendaient à prouver qu'il avait marché longtemps dans la forêt. L'une de ses chevilles était plutôt mal en point. Il ne portait qu'un pantalon maculé de boue et une chemise d'un blanc indéfinissable déchirée à maints endroits. Une croûte terreuse couvrait ses espadrilles; et ses chaussettes, qu'il avait mises à sécher sur le poêle, étaient dans un tel état qu'elles fussent parvenues à dégoûter un clochard. Les pensées d'Édouard s'égaraient dans des dédales tortueux quand une voix, grave et venue de nulle part, le fit sursauter.

«Le feu est bon?»

L'artiste tourna la tête. Privé de ses lunettes, il dut plisser les paupières pour mieux voir le nouveau venu. Un grand gaillard aux cheveux en brosse se tenait dans l'ombre près de la porte. Il portait un pantalon, une chemise et des souliers de cuir souple et luisant. Il n'était pas vêtu de façon adéquate pour se balader en forêt. Était-ce la lueur du feu qui donnait à son regard cet éclat hallucinant? Sans trop savoir pourquoi, Édouard sentit monter en lui une vive inquiétude. De longues secondes passèrent avant qu'il arrivât à bredouiller:

« Je ne vous avais pas entendu entrer. Est-ce que vous habitez ici ?

— Tu n'y es pas du tout, l'artiste, répondit l'homme. Cet endroit t'appartient, puisqu'il s'agit là de ta dernière demeure. »

Le sang d'Édouard n'avait fait qu'un tour. Son visage avait pris la pâleur d'un suaire. L'homme avait parlé sans ouvrir la bouche. Et, du coup, ce fut la débâcle dans l'esprit de l'artiste. Il se souvint du livre de Poliakov, du maléfice ; il se rappela avec exactitude les instants horribles qu'il avait vécus sous l'emprise du bouquin. Et il sut que l'homme qui se trouvait devant lui n'était pas vraiment un homme. C'était un spectre, un fantôme ; une âme damnée qui venait se libérer en lui passant le flambeau lugubre du maléfice de Lev Poliakov. Édouard ne fit aucune tentative pour se lever de sa chaise. Il savait qu'il eût été inutile de tenter quoi que ce fût. Le voile froid de la mort tombait déjà sur lui. Il le sentait, presque palpable. Il avait très froid malgré le fait qu'il se trouvait à proximité du poêle. Il devinait qu'il avait peu de chances d'éviter la mort. Alors, s'il devait mourir, il valait mieux que ce fût dans la dignité. Un calme étonnant se fit en lui. Ses traits se détendirent et il sourit au spectre de Patrice Dupire. Édouard se rendit compte qu'il pouvait toujours parler et il prit une voix calme pour demander :

« Me feras-tu la grâce de me dire où je suis ? »

Les échos d'un rire franc résonnèrent dans la tête de l'artiste. Le spectre traversa la pièce comme s'il eût marché mais, forcément, sans faire craquer la moindre latte. Il demeurait à bonne distance d'Édouard et il regardait ce dernier d'un air qui se voulait vaguement admiratif.

« Tu m'étonnes, l'artiste ! déclara le fantôme. Il faut que tu sois brave pour subir tout ça sans broncher ! Quand mon tour est venu, moi, je tremblais comme un agneau ! Je comprends à présent toute l'admiration qu'éprouvait Sophie à ton égard !

— Cette admiration n'était que peu de chose en comparaison de l'amour qu'elle te vouait. Elle était sur le point de me quitter, je te rappelle.

— Oui, mais hélas, je suis mort. À propos, c'est curieux, non ? Tu as aimé la femme que j'ai aimée et tu subiras le châtiment que j'ai subi ! Nous sommes faits pour nous entendre, mon vieux ! Mais j'imagine que l'heure n'est guère propice au badinage. Il est peu séant pour le bourreau de s'amuser avec le condamné.

— Je veux savoir où je suis, insista Édouard.

— Tu es en vacances, l'artiste. Des vacances dont tu ne reviendras pas, tu t'en doutes bien. À l'heure où nous discutons tranquillement, toi et moi, on te croit en expédition de pêche. La pêche est bonne, à ce qu'il paraît, en automne.

— Nous ne sommes qu'au début du mois d'août, fit Édouard en fronçant les sourcils. L'automne est encore bien loin.

— Nous sommes, en vérité, au milieu du mois d'octobre. Il s'en est passé, des choses, tandis que tu dormais. Le Livre, ce cher objet du diable, m'a investi d'une mission. Tu m'as donné un fier coup de main, l'artiste. Sans toi, je n'aurais rien pu faire. Pendant plus de deux mois, tu m'as prêté ton corps. De mon vivant, j'aimais mieux t'emprunter celui de ta femme, mais, cette fois-ci, j'avais besoin du tien. »

La raillerie fit frémir Édouard mais il ne dit rien. Qu'eût-il pu dire, d'ailleurs ? Du coin de l'œil, il lorgnait la porte fermée. Pouvait-il tenter de fuir ? Le spectre lut dans ses pensées. La voix sépulcrale se teinta de contrariété :

« Tu voudrais déjà qu'on se quitte ? ! N'y songe surtout pas. Tu n'es plus guère qu'un pigeon dans la mire d'un fusil. Tu ouvres les ailes et, moi, je te tue. »

Édouard serra les poings. Son flegme se dissipait. Il n'avait pas peur ; il rageait. Les dents serrées, il cria :

« Même David a eu sa chance de vaincre Goliath !

Ce n'est pas dans ma nature, de perdre sans rien tenter ! Ce n'est pas du jeu ! Je ne voulais pas lire ce livre mais j'ai été forcé de le faire ! D'ailleurs, il est mauvais, ce livre ! Si j'avais commencé à le lire de mon propre gré, je m'en serais très vite lassé !

— Tu as lu le Livre, l'artiste. Ni toi ni moi ne pouvons changer ce fait. Moi non plus, je n'ai pas vraiment apprécié ce bouquin. Il faut dire, à sa décharge, qu'il n'est pas issu de la plume d'un grand auteur. Ce sont ceux qui le lisent qui déterminent les lignes qui, d'une mort à l'autre, vont s'y étaler. L'histoire de ces malheureux lecteurs se crée à partir du moment où le châtiment qui les emportera s'ébauche. Stépan Branilov a découvert le Livre, il l'a ouvert et a lu la seule phrase qui s'y trouvait. Monsieur Polsky m'a offert le Livre et j'ai lu ce que Branilov y avait laissé. Toi, tu as lu Branilov, tu m'as lu et, prochainement, quelqu'un d'autre nous lira. Branilov et moi avons été des hommes sans trop d'histoires. Les grandes histoires font les grands romans, et le livre de Poliakov ne prétend pas à ce titre. De plus, nul homme sachant lire ne peut être à l'abri du maléfice. Qu'un rabbin pose les yeux sur ses pages et le Livre sera écrit en hébreu ! Ce bouquin n'aspire qu'au malheur du monde. Il s'ajuste aux langages des peuples. Seuls les aveugles et les illettrés pourraient y échapper. Et encore, les aveugles ont le braille ! En créant le Livre, Poliakov y a semé un peu de cette force maléfique qui l'animait. Le Livre est plus qu'un objet : c'est une force pernicieuse à laquelle est venu se mêler le mal intrinsèque qui sommeillait dans ceux qui l'ont lu. Tout humain possède son côté noir, et la force s'en nourrit. Le Livre détient un pouvoir qui augmente au fur et à mesure que ses pages s'accumulent. Chaque fois qu'il prend une vie, ce satané bouquin devient plus fort. Il a maintenant une volonté : celle d'accroître le rayonnement du maléfice de Lev Poliakov. C'est la raison pour laquelle tu as été forcé de le lire. Tu étais

311

l'instrument idéal pour mener à bien ce projet. Pour cette raison, j'ai dû attendre jusqu'à aujourd'hui pour me libérer. Mon spectre aurait dû pouvoir se manifester dès le moment où tu as commencé la lecture du livre de Poliakov. C'est ce que le fantôme de Branilov avait fait avec moi. Toutefois, à cette époque, le Livre ne possédait pas la puissance qu'on lui connaît aujourd'hui. Tu as lu le Livre en une seule journée, mais je n'ai pas pu te tuer tout de suite. Il me fallait d'abord accomplir ma mission. C'est fait maintenant ! Je te rappelle, l'artiste, que tu as grandement contribué à ma réussite ! Et, demain, ou peut-être dans quelques jours, le maléfice de Lev fera bien d'autres victimes. Tous des gens qui mourront à cause de toi !

— Mais je n'y suis pour rien ! protesta Édouard. Si j'ai fait quoi que ce soit de mal, ç'a été contre mon gré !

— Ç'a été réellement contre ton gré, je l'admets. C'est aussi en toute innocence qu'un jeune muet a un jour dépouillé un cadavre du coffret doré qui contenait le Livre. Branilov ne l'aurait certainement pas ouvert, ce coffret, s'il avait su. Et moi ? Quel a été mon tort ? Je n'ai fait que lire un bouquin qu'un vieil homme m'avait offert ! Quant à toi, tu n'es guère plus fautif que nous ne l'avons été. Mais, ton existence, ainsi que tous ces blocs que tu as empilés au fil du temps pour devenir ce que tu es devenu, ont fait de toi une arme redoutable dans la main du Mal. Laisse-moi t'expliquer maintenant comment la victime que tu étais s'est transformée en alliée du maléfice. Après, je te laisserai prendre un dernier bol d'air et je ferai ce qui doit être fait. »

V

Le spectre fit une pause. Totalement abattu, chose rare chez lui, Édouard regardait ses mains sales. Ses longs doigts effilés et adroits ne peindraient sans doute plus rien. Nerveusement, il tentait de déloger une saleté se trouvant sous l'ongle de son pouce. Il regarda sa montre et eut la surprise de constater que la trotteuse arpentait toujours le cadran. Il se souvint que l'horloge, dans l'isba des fossoyeurs, s'était arrêtée lors de l'entrée en scène de l'héritier. Le même phénomène s'était produit dans la salle de classe de Dupire lorsque le fossoyeur était venu. Le temps s'était figé pour eux. Que se passait-il pour qu'il n'en fût pas de même pour lui ? Le fantôme du professeur l'éclaira sur ce point.

«Tu vois, l'artiste, je te fais une fleur en te laissant libre de tes mouvements. Cette liberté, tu la dois tout d'abord à l'isolement dans lequel tu te trouves actuellement. Tu es loin de tout et il n'y a aucun risque qu'on nous surprenne.

— Et si on nous surprenait ? fit Édouard avec fébrilité.

— Dans ce cas, je ne pourrais te tuer. Du moins, je devrais attendre que tu sois seul pour le faire. Pour plusieurs raisons, aucune intelligence, celle du condamné mise à part, ne doit être là quand le fantôme se manifeste. C'est comme un réflexe. Une sorte d'instinct de survie dont le Livre fut doté lors de sa conception. Il serait néfaste pour le maléfice que quiconque soit témoin de ce qui se passe ici. Je ne suis pas de chair mais, ce que tu vois de moi, n'importe qui pourrait aussi le voir. Je ne puis t'apparaître qu'à un moment où tu es vraiment seul. La moindre présence t'offrirait un sursis. Personne ne doit soupçonner l'existence du maléfice. Il ne faut en aucun cas que l'on puisse relier ta mort au Livre, car, si on ne peut détruire le Livre, on peut tout de même le rendre inaccessible en le dissimulant à tout jamais. C'est là une grande faiblesse. Si cela arrivait, personne ne lirait plus le Livre, et le maléfice de Poliakov serait pour ainsi dire conjuré. Branilov était seul dans l'isba du cimetière. Toutefois, Nicolas aurait pu survenir à tout moment. Quand Branilov m'est apparu, j'étais dans une école où se trouvaient deux milliers d'élèves. Il aurait suffi que l'un d'eux pousse la porte de ma salle de classe pour que j'échappe momentanément à mon exécution. Dans les deux cas, il était nécessaire que le temps s'immobilise afin d'éviter le contretemps d'une intrusion. En ce qui te concerne, l'artiste, il serait fort peu probable que quelqu'un vienne frapper à cette porte. Tu te trouves à sept kilomètres de la route où tu as abandonné ta camionnette. Le village le plus proche est à quarante kilomètres d'ici. Tu es drôlement isolé, l'artiste ! Heureusement que je suis là pour te tenir compagnie ! »

Édouard avait toujours possédé une inébranlable assurance. Il était comme la graine de chiendent qui croît dans la plus infertile crevasse. Il était de la trempe de ces joueurs de poker qui gagnent en ayant en main les pires cartes de la table. Le désarroi qui l'habitait en ce moment n'était pas total, puisqu'il sentait en lui le tressaillement d'un infime espoir. Était-il possible que quelqu'un s'amenât malgré tout ? Un braconnier, un chasseur, quelqu'un ! Son espoir faisait germer une flopée de scénarios dans son esprit. Mais il ne lui fallait surtout pas réfléchir à tout ça, car rien apparemment ne pouvait échapper au spectre. Édouard devait gagner du temps. Le temps que quelqu'un vînt. Et il fallait qu'il parlât pour éviter de penser qu'il lui fallait gagner du temps. L'artiste fit de son mieux pour masquer cette étincelle d'espérance qui venait de s'éveiller en lui. D'une voix neutre, il demanda :

« Le maléfice serait donc si fragile ? Que serait-il advenu si tu avais terminé la lecture du Livre en présence de tes élèves ? Tu aurais lu la phrase qui te condamnait et tu aurais pu leur parler du maléfice. Tu aurais toi-même pu enterrer le Livre pour ne plus qu'il nuise.

— Et comment aurais-je pu savoir ce qu'il fallait faire ? Si j'avais eu quelqu'un à mes côtés, comment aurais-je réagi en lisant cette phrase me condamnant ? Sur le moment, j'aurais été un peu surpris, certes. Mais, tant que mes élèves seraient demeurés là, rien n'aurait pu se passer. Alors, ma surprise se serait sans doute muée en interrogation. J'aurais pu conclure que la fin du Livre ne s'adressait pas vraiment à moi. Car il faut être fou ou grandement impressionnable pour croire d'emblée à ce maléfice. J'aurais donc refermé le Livre avec l'étrange sentiment d'avoir été le jouet d'un auteur un peu tordu. S'il y avait eu quelqu'un à mes côtés, j'aurais pu vivre quelques heures de plus. Le fantôme du fossoyeur aurait dû attendre que je sois seul pour exécuter le châtiment. Il se serait manifesté au détour d'un mur, dans ma voiture ou dans mon appartement. Je n'aurais pu y échapper. On finit toujours par se retrouver seul. Le maléfice attend le bon moment, et l'ombre de la mort plane sans cesse sur le condamné. C'est comme cette épée qui ne tenait que par un crin de cheval au-dessus de la tête de Damoclès. Le maléfice tient aussi à un fil. Un mince fil qui se rompt au premier instant d'isolement de celui qui est châtié. Mais tu as raison, l'artiste. Le maléfice était bien fragile à ce moment. J'aurais pu paniquer en terminant le bouquin. J'aurais pu expliquer à mes élèves que le Livre était sur le point de me tuer. Ils auraient bien ri ! Toutefois, imagine que l'un d'eux ait pris mes avertissements au sérieux. Si j'avais parlé du Livre et qu'on m'ait retrouvé mort par la suite, cet élève aurait pu faire le lien, retrouver le Livre et rendre ce dernier inaccessible en l'enterrant n'importe où. Nul ne sait ce qui aurait pu advenir du châtiment de Poliakov si j'avais eu la possibilité d'en parler. Mais ça n'a pas été le cas. Le Livre avait une faille que je n'ai pu exploiter. Heureusement d'ailleurs. Car j'aurais souffert long-temps s'il avait fallu que le Livre disparaisse. Désormais, pour le maléfice, tout risque est écarté : il a gagné en puissance et le Livre a enfanté.

— Que veux-tu dire ?

— Comme je te l'ai dit, il s'en est passé, des choses, pendant que tu dormais. J'ai pris ta place durant tout ce temps. Il fallait bien que tu termines ton roman, non ? *Les Nuits du loup*, que ça s'appelait. Ce n'était pas très bon et j'ai jugé qu'il valait mieux effacer tout ça et recommencer. Tout de suite, je me suis mis à la besogne et j'ai réfléchi. Je dois admettre que je suis un être de peu d'imagination. J'avais beau me creuser les méninges, ça ne menait à rien de bien glorieux. Puis une idée m'est venue. Il y avait ce livre noir que personne n'avait lu. Personne, mis à part nous deux. Et moi, mort et enterré comme je le suis, il y a fort à parier que je ne pourrai jamais en toucher mot à qui que ce soit. Alors, comme tu étais le seul être vivant à connaître ce bouquin, je ne voyais pas ce qui pouvait m'empêcher de le copier mot pour mot. Brillant, non ? Mais je blague. Je n'ai rien décidé du tout. Je devais faire en sorte que tu réécrives le Livre et en assures la diffusion. Il serait injuste que je prenne le mérite de ce que je vais te racon-ter maintenant, puisque tu as tout fait, l'artiste. »

À ces derniers mots, une effroyable hypothèse s'était insinuée dans l'esprit d'Édouard. Il pouvait presque deviner la suite du récit que lui faisait le fantôme. Des images de son très long rêve revenaient à la surface. Rien n'était clair. Cependant, il avait désormais la certitude inquiétante que, durant son inconscience, il avait bel et bien été le pantin du maléfice. De nombreux détails lui manquaient. La logique lui interdisait de croire que ce qu'il appréhendait fût possible. Toutefois, la logique n'avait pas sa place dans pareille histoire. « Le Livre a enfanté », avait dit le spectre. Et Édouard, à travers son hébétude, savait qu'il avait contribué à cet enfantement. Il avait été somnambule, inconscient et tout aussi détaché et impartial qu'eût pu l'être une arme dans la main d'un meurtrier. Le Mal l'avait pris au creux de sa paume glacée pour en faire son instrument. Patrice Dupire se lança alors dans un discours qui apporterait à l'artiste le commencement de la preuve de cet abominable fait.

« Tu as donc reproduit le livre de Poliakov. Il t'aura fallu dix jours pour accomplir ce travail. Tu n'étais plus toi-même, puisque chacun de tes mouvements obéissait à ma volonté. Malgré tout, il était hors de question que tu ressembles à un zombie. Je devais faire en sorte que personne ne remarque ce changement. Il fallait aussi que tu dormes et que tu te nourrisses convenablement. Je t'ai laissé dormir un bon moment à partir de l'instant où tu t'es assoupi sur le canapé de ton bureau. Le lendemain, après une bonne douche, tu étais fin prêt à entreprendre le travail que l'on attendait de toi. C'était lundi et la gouvernante est arrivée aux alentours de huit heures. Tu l'as saluée et vous avez échangé quelques mots. Ensuite, comme d'habitude, tu es monté à ton bureau et, comme d'habitude, tu ne l'as quitté que pour aller manger. Ta vie de reclus seyait parfaitement à la besogne que tu avais à exécuter. On ne peut s'étonner qu'une pierre demeure une pierre, non ? Alors, comment s'étonner de voir un homme comme toi se comporter en ermite ? Tu étais seul, tu avais du temps et tu as reproduit le Livre. Avant de continuer, il faut que tu saches que, tant qu'on ne l'ouvre pas, le bouquin demeure plutôt inoffensif. Il t'a envoûté parce que tu as posé les yeux sur ses mots. Tu as été le moucheron touchant d'une aile la toile de l'araignée. Si tu n'avais rien lu de ce bouquin, il t'aurait laissé tranquille. Le Livre ne peut attirer personne. Il est en dormance jusqu'à ce qu'on le réveille.

— Ce maudit livre ne peut tout de même pas continuer ainsi. Il faudra forcément que le maléfice se termine un de ces jours. Quand je l'ai lu, le Livre était déjà bien épais. Il le sera davantage après ma mort. Un jour viendra où plus personne ne voudra entamer la lecture d'un ouvrage aussi considérable et aussi dépourvu d'intérêt.

— D'où ton importance dans l'histoire, l'artiste. Le Livre a effectivement le pouvoir de croître à l'infini. Tant que ce monde sera et que des gens le liront, d'autres pages viendront se greffer à la suite de ce qui est déjà dans ce bouquin. L'éternelle succession d'histoires de lecteurs qui le caractérise commençait vraiment à poser un grave problème. En effet, ainsi que tu l'as souligné, qui serait prêt à lire d'un bout à l'autre un ouvrage de l'épaisseur d'un dictionnaire ? Bientôt, plus personne n'aurait voulu se taper un si gros bouquin. Et le maléfice aurait dû, comme ç'a été le cas pour toi, avoir recours à l'envoûtement. Mais ce piège, à son tour, n'aurait pu fonctionner indéfiniment. Tu as mis dix longues heures à terminer la lecture des pages que le livre de Poliakov contient déjà. En combien de jours l'aurais-tu lu s'il avait compté cinq mille pages ? Une semaine entière ? Peut-être davantage ? Tu n'aurais pu. Même envoûté, tu serais tombé de soif, de faim et d'épuisement. Sans compter que quelqu'un aurait pu te rendre visite dans cet intervalle. Encore deux ou trois lecteurs, donc, et le maléfice de Poliakov en serait venu à se conjurer de lui-même. Tu tombais à point. Le maléfice s'est servi de toi pour éviter son extinction. Le problème était facile à contourner. Il suffisait de faire un second exemplaire du Livre.

— Comment aurais-je réussi à reproduire un tel objet ? Je ne suis pas sorcier. Je n'avais qu'une vague idée des matériaux utilisés par Poliakov pour fabriquer ce livre magique. Et c'était la première fois de ma vie que je voyais un ouvrage relié de cette façon.

— Allons donc ! répliqua le spectre. Comme tu es drôle ! Il n'était nullement question de reproduire l'objet ! Tu n'as fait que retranscrire les mots. Le Livre n'est en fait qu'un contenant. Il est une création dotée de facultés étranges qui servent à protéger les écrits qu'elle renferme. Le coffret doré l'ayant contenu jadis possédait aussi des pouvoirs bien distincts. Toutefois, ce sont les mots écrits dans le Livre qui représentent la véritable menace. Ces mots s'enchaînent telle une formule magique. C'est un « abracadabra » qui s'allonge à chaque mort qu'il entraîne. Si, par exemple, on écrivait le contenu du Livre dans un carnet de notes, celui qui lirait cette copie subirait un sort identique au nôtre. La copie que tu as faite servira le maléfice à la façon de l'authentique livre noir. Évidemment, cette reproduction ne possède pas tous les pouvoirs du livre original et on peut aisément la détruire. Elle ne peut envoûter personne. Toutefois, il n'y a aucune différence en ce qui a trait aux mots qu'elle contient. C'est la même formule qui donnera la mort à ceux qui la liront. Tout à l'heure, lorsque je te tuerai, ton histoire ira s'inscrire simultanément dans le Livre et dans son duplicata. Ensuite, le Livre et la copie deviendront indépendants l'un de l'autre. Tu as mis au monde un autre livre de Poliakov, l'artiste. Et cette reproduction, comme toutes celles que l'on fera en se basant sur elle, aura à la fois la faculté de tuer son lecteur et celle d'inscrire le récit de sa mort à la suite de ce qui est déjà. Bien sûr, le récit de la mort d'un lecteur ne s'écrira pas dans toutes les copies qui existeront, mais uniquement dans celle qu'il aura lue. La force maléfique n'a d'autre but que celui de se perpétuer. En te prenant au piège du Livre, elle a flairé la bonne affaire. Tu étais l'homme tout indiqué pour procéder aux semailles du Mal. La moisson de tes actes sera la mort.

— Mes actes ! protesta Édouard, indigné. Qui parle ici de mes actes ? On ne condamne pas un aliéné ! Tu as toi-même déclaré que j'étais pris au piège du Livre ! J'étais donc aliéné, fou, demeuré ! Comment pourrais-je me sentir coupable ? Ah, tu crois sans doute que je vais avoir des remords et pleurer ? Tu crois peut-être que j'ai peur en ce moment ? Si tu peux lire en moi, espèce de mirage, tu comprendras que ton petit théâtre ne m'impressionne pas ! L'heure de ma mort est venue ? Eh bien, soit ! Il faut bien mourir de quelque chose ! Les avions s'écrasent sur des gratte-ciel, les voitures se rentrent dedans et puis, dis-moi, quelle est donc l'ampleur de ton maléfice si on le compare au sida ? Les gens baisent plus qu'ils ne lisent ! Le sexe est un piège autrement plus efficace et sournois que ne l'est la littérature ! Et cette maladie a un autre fléau pour allié : la drogue ! On s'enfile une aiguille souillée et le virus s'installe ! Ton maléfice n'est rien en comparaison du sida ! Il ferait un mort tandis que l'autre en ferait mille ! On meurt vite du maléfice de Poliakov. Le sidéen, lui, meurt lentement en voyant son être se dissoudre et en subissant l'horreur du jugement d'autrui ! Nul n'est besoin d'arrêter le temps pour attraper le sida ! Ce maléfice-là ne s'entoure pas d'autant de mystères ! Il suffit d'un ou deux verres de trop, d'une séduisante créature, d'une partie de jambes en l'air sans précautions, et voilà ! le tour est joué ! Quelques instants de plaisir pour une longue agonie ! Alors, professeur, arrête de prendre tes grands airs pour me parler du ridicule châtiment que tu m'apportes ! C'est la fronde comparée au canon ! C'est le ruisseau comparé au fleuve ! Ce n'est rien, en fait ! J'en mourrai ! Et alors ? Nous mourrons tous ! Tu dois bien souffrir en ce moment. Branilov a dit que la souffrance est grande de ton côté de la barrière. Qu'attends-tu pour accomplir ton œuvre ? Tue-moi ! »

C'est en hurlant presque que l'artiste avait lancé cette dernière phrase. Il y eut un long moment pendant lequel la voix d'outre-tombe ne se manifesta plus dans sa tête. Dans la pénombre, le spectre ne bougeait pas. Il se tenait bien droit, les bras croisés sur le torse. Ses yeux flamboyants n'exprimaient rien, mais ses lèvres dessinaient un sourire vaguement amusé. Ce silence était sinistre. Il pesait lourd. Édouard n'entendait que son souffle et celui du vent qui tombait du ciel pour se jeter dans le creuset de la clairière. Une pluie fine faisait murmurer le toit. Le feu brûlait toujours les bûches en faisant chuinter le poêle. Édouard avait encore très froid. Les muscles tendus, il attendait le coup fatal. Ce coup ne vint pas. Le spectre laissa planer longtemps ce silence insupportable avant de répliquer :

« Tu peux crâner si tu veux, l'artiste. Il est vrai que je souffre, mais c'est presque terminé maintenant. Il ne sert à rien de comparer ce maléfice à toutes les plaies du monde. Je me moque bien de ton jugement. Le fait est que ce livre m'a tué et que c'était son but. Il te tuera et c'est également son but. Ce maléfice-là, si minime soit-il, vient tout de même se joindre aux autres maux de l'Univers. Qui nous dit d'ailleurs que le sida n'est pas l'une des créations de la force maléfique ? Et cette force qui a habité le corps de Lev Poliakov aura peut-être possédé aussi le corps de César, de Bonaparte, d'Hitler ou d'Oussama ben Laden ? Qui sait ? Je ne puis répondre à ces questions. Le maléfice n'est pas mon œuvre. J'en ai moi-même été la victime. Je ne suis qu'un facteur qui t'apporte de mauvaises nouvelles et je ne... »

Édouard Marchand sursauta. Le spectre s'était interrompu pour disparaître instantanément. Le froid s'était dissipé d'un coup. Édouard regardait nerveusement autour de lui lorsque, soudainement, il identifia la cause probable de ce miracle.

Un mulot venait de quitter la zone d'ombre que surplombait la table. Il glissa furtivement jusqu'au centre de la cabane où il s'arrêta. Dressé sur ses minuscules pattes postérieures, il examina l'homme de ses petits yeux noirs et exorbités. La présence de l'animal avait fait fuir le fantôme.

VI

L'air était chargé d'angoisse. Édouard n'osait bouger de peur d'effrayer la bête. Sans se douter évidemment qu'il représentait le salut de l'homme, le mulot, peu farouche, contemplait celui-ci avec une certaine curiosité. Édouard fit lentement glisser son pied nu. Le rongeur eut un mouvement de recul. Il tourna en rond, s'assit de nouveau, lissa ses moustaches et reprit sa posture d'observateur.

L'artiste devait capturer ce mulot et l'emporter avec lui jusqu'à ce qu'il rencontrât quelqu'un. Il n'avait qu'à tendre la main pour toucher l'animal. Moins d'un mètre l'en séparait. Mais cet espace prenait la dimension d'un énorme fossé. L'homme était en sueur. Il fixait le petit rat en retenant sa respiration. Dans le poêle, un tison éclata. Ce bruit fit détaler l'animal, et Édouard fit un plongeon désespéré pour s'en saisir. Sa main se referma sur le mulot et l'emprisonna.

Tout s'était passé très rapidement. La tête d'Édouard avait violemment heurté le sol, mais ce n'était rien. Il était couché sur le ventre, les deux bras tendus, tenant la bête dans la paume de sa main gauche. Il rit nerveusement pendant de longues secondes, puis il ramena lentement son poing fermé vers son visage. D'une voix émue, il fit :

« Ah, mignon petit rat, si tu savais comme je t'aime ! Je t'offrirai une cage dorée, petit rat ! Et toute la nourriture qu'il te faudra ! J'achèterai même un chat et je le tuerai pour pouvoir te sauver la vie à mon tour ! »

Édouard s'assit et, précautionneusement, il ouvrit un peu sa main pour jeter un coup d'œil au minuscule animal. Son sourire se transforma en grimace. Son visage devint livide. Une goutte de sang souillait le creux de sa paume. Le mulot ne bougeait pas. Il était mort.

Transfiguré, Édouard regardait le cadavre comme s'il ne comprenait rien. Il poussa du doigt le petit corps inanimé qui roula de sa paume pour tomber mollement sur le sol. Rempli d'une immense détresse, l'homme s'abîma dans un sanglot. Le froid revint et la voix de Dupire retentit de nouveau :

« Ne pleure pas, l'artiste. A-t-on idée d'avoir autant de chagrin pour un misérable petit rat ? Je me dois de te souhaiter de nouveau la bienvenue dans l'antichambre de la mort. »

Édouard voulut bouger la tête pour s'apercevoir que tout mouvement lui était désormais interdit. Il était toujours assis. Ses larmes lui brouillèrent la vue durant quelques secondes. Une fois cette brume dissipée, il distingua le fantôme dressé en face de lui. Dans le poêle, la flamme brillait toujours, mais elle ne tremblait plus. On eût dit que le feu s'était changé en verre. Le silence était complet. Le temps ne coulait plus.

« Je ne prendrai pas de risques cette fois, continua le spectre. Oh, je ne crains pas de perdre ta trace. Je suis lié à toi jusqu'à ton dernier souffle. Seulement, si par hasard tu réussissais à quitter cette cabane, nul ne sait ce qui pourrait t'arriver. Imagine un instant que tu te sois sauvé en emportant ton petit copain afin d'éviter que je me manifeste. Je te rappelle que tu es loin de tout et que c'est l'automne. Quel chemin aurais-tu pris ? La forêt est dense et tu te serais peut-être égaré. Et si tu

étais mort de froid ? Et si tu avais croisé un ours ? Ah !
tu m'aurais bien eu si tu avais trouvé la mort sans que
j'intervienne ! J'ai commis une erreur en te laissant
libre. Si ta mort avait été causée par quelque chose
d'autre que moi, c'en était fait du maléfice. Si par
hasard tu avais décidé de t'enlever la vie en présence
de cette petite bête, tu aurais brisé la chaîne et j'aurais
été damné pour l'éternité. Pour que la suite de l'histoire
s'écrive, il faut que ce soit moi qui provoque ton trépas.
Mais n'en parlons plus. Le temps est figé et tu n'as plus
la moindre chance de prolonger ton sursis désormais. Il
me reste maintenant à t'expliquer la raison de ta présence ici. »

Assis sur le plancher glacé, Édouard Marchand
comprenait que tout était terminé. En mourant, le
mulot avait emporté avec lui son ultime espoir. La voix
de Dupire résonnait, lointaine, quelque part aux con-
fins de ses pensées.

« Une fois la reproduction du Livre achevée, tu as
contacté ton éditeur. Ce dernier ne connaissait pas le
sujet de ton prochain roman. Il aura donc reçu le
manuscrit du livre de Poliakov sans se douter de rien.
Tu lui as expliqué qu'il s'agissait là du premier tome
d'une œuvre qui en compterait trois, peut-être quatre.
Le livre de Poliakov n'ayant pas de fin, j'ai jugé qu'il
valait mieux avoir recours à ce mensonge plutôt que de
risquer un refus. Mais j'ai mis peu de temps à comprendre que ce stratagème était inutile. Les gens de la maison d'édition auraient fait n'importe quoi pour satis-
faire les volontés de monsieur Édouard Marchand. Je
crois, mon vieux, que si tu avais demandé à ces gens-là
de publier ta liste d'épicerie, ils l'auraient fait. On ne
refuse rien à un homme comme toi ! D'autant plus que
tu couvres tous les frais qu'occasionnent tes bouquins !
Le manuscrit a donc été retenu. Sois tranquille,
personne n'est mort en le lisant. Pour le moment, le
maléfice demeure en suspens. La chaîne du châtiment

doit être respectée et, puisque tu représentes le prochain maillon de cette chaîne, personne ne peut se glisser entre toi et moi. Pendant les semaines qui ont succédé à l'acceptation du roman, tu as entièrement supervisé les étapes de sa production. Cinq cents exemplaires ont été imprimés. C'est ce qui a été convenu avec ton éditeur. J'aurais préféré qu'il y en ait plus, mais il paraît que ça posait problème. Certains écrivains de l'écurie auraient rué dans les brancards s'il avait fallu que tu jouisses d'une trop grande diffusion. Évidemment, ils auraient pu croire ton œuvre publiée aux frais de la maison. Et ils n'auraient certainement pas apprécié que l'on accorde un quelconque privilège à un inconnu, un écrivaillon sans renommée. Car tu es inconnu, l'artiste. Tu as publié tes autres bouquins en utilisant chaque fois un pseudonyme différent. Jamais de promotion, pas la moindre sortie publique, rien ! Tes romans ne se vendent pas, la critique t'ignore et ça fait ton bonheur ! Tu es vraiment un homme particulier, l'artiste. Tu n'as rien à te reprocher, tu es foncièrement bon, tu pourrais briller comme un soleil, et le pays entier devrait connaître ton nom. Au lieu de tout cela, tu te terres comme une taupe, un lépreux, un galérien. On dirait presque Jean Valjean ! Mais ce côté nébuleux, même s'il ne permettait pas une grande distribution du Livre, aidait néanmoins notre cause. Cinq cents bouquins ont donc été créés dans l'une de tes imprimeries. Tu as tout supervisé car le Livre ne devait pas être altéré. Pour que les mots conservent leur pouvoir, aucune modification ne devait être apportée au texte. Tu as veillé à la mise en pages afin que la reproduction respecte en tous points la présentation de l'authentique livre de Poliakov. »

S'il eût pu rire, Édouard l'eût fait. Il avait été contraint à venir en aide au Mal. Cependant, il jugeait bien dérisoires les actes qu'il avait commis durant sa période d'inconscience. Il avait envie de se moquer de cette force maléfique qui, en croyant triompher, n'avait rien vu en vérité des énormes possibilités qui s'offraient à elle en le prenant sous son joug.

«Où était la nécessité de passer par une maison d'édition? songea-t-il. Mes ressources sont grandes. J'aurais pu aisément publier à compte d'auteur. Pourquoi se contenter de cinq cents exemplaires alors qu'il aurait été relativement aisé d'en produire mille fois plus? Et puis, jusqu'à ce jour, j'ai publié trois romans et aucun d'eux n'a connu le moindre espoir de renommée. Mis tous ensemble, mes romans totalisent à peine une centaine d'exemplaires vendus. Le livre de Poliakov n'aura aucun succès, sois-en assuré, le revenant. Si tu avais eu la présence d'esprit de consulter l'habile businessman que je suis, nous aurions aujourd'hui cinq cent mille bouquins à distribuer gratuitement dans les boîtes aux lettres.

— Il aurait été hasardeux de pousser trop loin nos ambitions. Une pareille façon d'agir n'aurait assurément pas manqué d'attirer l'attention. Le Livre a toujours été discret. Et puis, après ta mort, qui se serait soucié de distribuer un livre ne rapportant pas le moindre sou? Il aurait fallu un espace considérable pour entreposer autant de volumes. Et les cinq cent mille exemplaires du Livre auraient probablement pris le chemin du recyclage. Idéalement, il aurait fallu que l'on autorise la publication de deux mille exemplaires du livre de Poliakov. Il s'agit là d'un chiffre suffisamment discret et le maléfice aurait tout de même pu profiter d'un plus grand rayonnement. Mais bon, il n'y en a que cinq cents. Certes, il y a peu de chances qu'ils soient tous vendus. Dans un an, ton roman ne sera déjà plus sur les présentoirs des libraires. On le retirera sans doute rapidement du catalogue de la maison. Qu'adviendra-t-il de lui alors? Qu'arrive-t-il d'ordinaire aux exemplaires restants d'une publication discontinuée? Ils passent au pilonnage, non? Cependant, j'ai pris un arrangement avec ton ami l'éditeur afin qu'il veille à ce que ton roman ne connaisse pas une aussi triste fin. Il m'a assuré que ce ne serait pas le cas. C'est d'ailleurs stipulé dans une convention que ton avocat veillera à faire respecter. Quand ton œuvre ne sera plus en librairie, les exemplaires restants se retrouveront parmi les tonnes de bouquins qui s'empilent sur les étalages d'un des plus grands bouquinistes de Montréal. Le livre de Poliakov fera alors partie d'un lot d'ouvrages anonymes. Le malheureux bibliophile qui fera l'acquisition de l'un de ces exemplaires achètera alors sa mort pour moins de cinquante sous. Tout est en place. D'ici deux semaines, ton roman sera en librairie. Il me fallait un pseudonyme pour la couverture. J'ai utilisé un nom pris au hasard dans le journal. Ton absence n'aura rien de suspect, puisqu'on te croit en expédition de pêche. On ne t'attend pas avant un mois. Tu as dit à ta femme que tu n'avais pas le temps d'aller la voir. Elle en a l'habitude. Je ne pouvais te tuer là-bas : la nouvelle de ta mort aurait pu nuire à notre beau projet. Tu as remis le Livre dans le tiroir où tu l'avais découvert. Peut-être que Sophie le lira un jour. Maintenant, tu peux te lever, l'artiste. Il me répugnerait de frapper un homme qui est déjà par terre. »

Poussé par la volonté du spectre, Édouard se mit debout. Sans véhémence, il demanda mentalement à son bourreau :

« Est-ce vraiment si pénible de ton côté ? À quel supplice dois-je m'attendre ? Comment ce sera une fois que j'y serai ?

— Tu dois te préparer à une grande souffrance, l'artiste. Si je pouvais être désolé, je le serais assurément pour toi. Moi, j'ai la tâche de ne tuer qu'un seul lecteur. Toi, tu devras tuer au moins cinq cents fois avant que ton âme soit enfin libérée des affres de la damnation. Tant qu'il restera un exemplaire intact et non lu parmi le lot qui sera distribué, tu seras condamné à errer. »

Édouard n'écoutait déjà plus. Un souvenir incongru venait de s'imposer à son esprit. Il se revoyait gamin, déambulant dans un parc sous une pluie fine. Sa petite main agrippait celle d'une jeune femme qui était sa maman. C'était l'un de ces souvenirs que l'on peut croire effacés à tout jamais et qui rejaillissent un jour, sans raison, comme si la mémoire voulait nous le montrer une dernière fois avant de s'en débarrasser pour de bon. Édouard se laissait bercer par ce souvenir. Il pouvait presque entendre le bruit que faisaient ses petites bottes de caoutchouc rouge en pourfendant les flaques de l'allée du parc. Sa maman portait un ciré rose et un large chapeau. Elle lui souriait. Édouard ne parvint pas à se rappeler où ils étaient allés par cette journée pluvieuse. Il pouvait seulement affirmer que sa maman était morte dans les jours qui avaient suivi cette balade. Tandis qu'Édouard rêvassait, la voix de Dupire avait fait une brève pause. Lorsqu'elle avait repris, Édouard ne l'avait pas entendue qui disait :

« Adieu, l'artiste. »

Édouard ressentit une vive douleur dans la cage thoracique. Le visage de sa mère se dilua dans un voile rouge. L'air ne parvenait plus à ses poumons. Il pivota sur lui-même et tomba. Dans sa chute, il renversa le contenant de kérosène, et le liquide s'enflamma au contact du poêle. Son agonie fut brève. Il était déjà mort lorsque l'incendie commença à dévorer son corps.

Au matin, il ne restait plus de la cabane qu'un enchevêtrement de madriers noircis et fumants. Ce fut là le tombeau modeste et sans épitaphe d'un homme talentueux, riche et bon.

Ce même jour, à six cents kilomètres de là, René Valois, un manutentionnaire, se présenta en retard à son travail. Il souffrait d'une migraine innommable. Il avait passé la nuit à boire et à fumer de l'herbe. Il s'était endormi vers cinq heures du matin et le réveil, programmé pour sonner deux heures plus tard, n'était pas parvenu à perturber son sommeil d'ivrogne. C'est Marie-Claire qui l'avait réveillé en l'abreuvant d'injures. René s'était levé en tempêtant. Il avait traîné sa carcasse bedonnante jusqu'à la cuisine pour se préparer un café. Finalement, il avait opté pour une bouteille de bière tiède oubliée sur le comptoir. Lorsqu'il était retourné dans la chambre, Marie-Claire dormait en ronflant. L'homme avait jeté un œil plein de dégoût sur la créature qui gisait dans le lit. Même dans le sommeil, elle conservait un visage austère et grossier. Ses cheveux étaient noirs, malpropres et tout emmêlés. Elle était nue mais il n'y avait aucune grâce dans ce physique d'une maigreur épouvantable. Les veines dessinaient des entrelacs mauves sur sa peau livide. Elle avait des seins minuscules et flasques. La luxuriance extraordinaire de sa chatte envahissait son ventre et submergeait ses cuisses d'une toison obscure et indocile. Marie-Claire était laide. Elle ne quittait l'appartement que pour aller traîner dans les salles d'urgence. C'était une hypocondriaque, une dépressive, une névrosée. Elle se bourrait de pilules, et l'unique lueur d'intérêt qu'elle montrait pour l'existence ne se matérialisait qu'à l'heure des téléromans. Elle était la femme de René. Ils ne faisaient plus l'amour depuis longtemps. La haine que l'homme ressentait pour Marie-Claire n'avait d'égale que le mépris que cette dernière éprouvait pour lui. Il la trouvait moche et stupide. Elle, de son côté, jugeait que rien ne surpassait en disgrâce l'apparence de son mari. Depuis quinze ans, le couple vivait dans un quotidien baigné de griefs et d'aversion mutuelle. Toutefois, malgré toute la rancœur qu'elle lui inspirait, René était attaché à sa femme. N'eût été Marie-Claire, il se fût depuis longtemps enlisé dans l'indigence la plus complète. Elle était la planche qui l'empêchait d'abandonner son emploi pour sombrer totalement dans l'alcool. Elle le dégoûtait mais, lorsqu'on se noie, on s'accrocherait à n'importe quoi… y compris à la carcasse d'un être déjà noyé.

René Valois avait enfilé ses vêtements pour quitter la chambre avec une certaine hâte. Il eût aimé se recoucher, mais la chaleur du lit perdait de son attrait en raison de cette momie qui y gisait. Il avait mis son manteau, jeté sa casquette sur son crâne dégarni et avait fui l'appartement pour s'engager dans les rues tristes et sous le ciel pluvieux de ce lundi d'octobre. En arrivant à l'imprimerie, il avait une bonne demi-heure de retard. Il salua les employés et se dirigea vers son service. Une voix bourrue l'interpella :

« René ! »

Le manutentionnaire se retourna et vit le contremaître qui marchait vers lui d'un pas leste. La colère se lisait dans le regard du supérieur. René bomba le torse en voyant l'autre s'approcher. Le contremaître était un jeune homme d'à peine vingt-cinq ans. Valois, qui en avait presque cinquante, acceptait très mal de se faire rabrouer par un tel blanc-bec. Aussi, lorsque le jeune homme fut à ses côtés, René jeta, d'une voix suffisamment forte pour que les autres l'entendissent :

« Hé, le jeune, appelle-moi monsieur Valois ! T'étais encore aux couches quand j'ai commencé à travailler icitte ! C'est quoi, ton problème ?

— Vous êtes encore en retard, monsieur Valois, fit l'autre sans se démonter. C'est la quatrième fois en deux semaines ! »

Le jeune homme s'approcha davantage et baissa la voix pour continuer :

« Vous sentez encore la vieille tonne, monsieur Valois. Vous buvez trop…

— Mêle-toi de tes affaires, maudit jeune baveux ! J'bois juste quand j'suis chez moi ! Quand j'suis icitte, j'fais c'que j'ai à faire et mon ouvrage est bien fait !

— Justement, monsieur Valois, puisqu'on en parle, suivez-moi donc. J'ai quelque chose à vous montrer dans le *shipping*. »

René emboîta le pas au jeune contremaître. Ils pénétrèrent dans l'aire d'expédition, où s'empilaient des centaines de boîtes contenant des livres, des fascicules et des documents de tous genres. Le jeune homme montra du doigt un lot de boîtes éventrées. Quelques livres avaient jailli de leurs entrailles de carton pour se répandre sur le sol de ciment. René Valois regarda les boîtes sans comprendre.

« Qui a fait ça ? demanda-t-il.

— Sûrement pas les rats, répondit l'autre avec un sourire en coin. Le formulaire de commande stipule que vous avez emballé ces livres pas plus tard qu'hier après-midi.

— Bien sûr que c'est moi ! acquiesça Valois. Mais qui a malmené ces boîtes comme ça ? Elles sont toutes fendues !

— C'est vous le responsable, monsieur Valois. La preuve est là. Vous aviez cinq cents livres à emballer, et vous n'avez utilisé que sept boîtes. Je ne sais pas comment vous êtes arrivé à faire entrer tout ça là-dedans ! Vous auriez eu besoin d'au moins deux boîtes de plus ! Pas étonnant que le carton se soit rompu ! »

Le manutentionnaire fixait les boîtes d'un air perplexe. Il n'arrivait pas à comprendre ce qui s'était passé. Le contremaître posa une main sur son épaule et reprit sur un ton compatissant :

« Allez, remballez-moi tous ces livres et n'en parlons plus. La marchandise n'est pas abîmée et c'est l'essentiel. Je passerai l'éponge pour cette fois, mais je vais tout de même vous enlever une demi-heure de salaire en raison de votre retard. »

Le jeune homme quitta les lieux, laissant René à sa stupeur. Le manutentionnaire était certain de n'avoir pas trop rempli les boîtes. Il avait même dû ajouter des boulettes de papier au contenu de chacune d'elles afin de combler le vide qui restait. Il se pencha pour ramas-

ser l'un des exemplaires du livre. Que s'était-il passé ?
Cela dépassait son entendement. Comment eût-il fait
pour deviner que le contenu des boîtes, cinq cents
exemplaires du livre de Poliakov, avait grossi de plusieurs pages dans le courant de la nuit ? Ces choses-là
ne se peuvent pas.

Ce livre s'écrira par le sang et dans la langue de
celui qui le lira. Tu as lu le Livre : tu en écriras la suite.
Ne sens-tu pas sur toi tomber le voile froid de la mort ?